CASA de SAL e LÁGRIMAS

ERIN A. CRAIG

CASA de SAL e LÁGRIMAS

Tradução
Gabriela Araújo

1ª edição

— Galera —

RIO DE JANEIRO

2025

PREPARAÇÃO
Lara Freitas

REVISÃO
Cristina Freixinho
Aline Graça

TÍTULO ORIGINAL
House of Salt and Sorrows

CIP-BRASIL. CATALOGAÇÃO NA PUBLICAÇÃO
SINDICATO NACIONAL DOS EDITORES DE LIVROS, RJ

C923c   Craig, Erin A.
     Casa de Sal e Lágrimas / Erin A. Craig ; tradução Gabriela Araújo. - 1. ed. -
Rio de Janeiro : Galera Record, 2025.   (As Irmãs do Sal ; 1)

     Tradução de: House of Salt and Sorrows
     ISBN 978-65-5981-389-6

     1. Ficção americana. I. Araújo, Gabriela. II. Título. III. Série.

24-91697   CDD: 813
               CDU: 82-3(73)

Gabriela Faray Ferreira Lopes - Bibliotecária - CRB-7/6643

Impresso no Brasil

ISBN 978-65-5981-389-6

Seja um leitor preferencial Record.
Cadastre-se e receba informações sobre nossos lançamentos e nossas promoções.

Atendimento e venda direta ao leitor:
sac@record.com.br

Com muito amor, para meus avós,
Phoebe e Walter,
que sempre disseram que eu escreveria um livro.
Fico muito feliz que vocês estavam certos.

1

A ÂNCORA DE PRATA GRAVADA NO colar de minha irmã refletia a luz das velas. Era uma joia feia que a própria Eulalie nunca teria usado. Ela apreciava os cordões de ouro, os extravagantes colares de diamantes. Não... aquela coisa. O papai devia ter escolhido para ela. Remexi meu colar de pérolas pretas, considerando oferecer algo mais elegante à minha irmã, mas todas as pessoas que carregavam o caixão fecharam o ataúde antes que eu pudesse abrir o fecho da joia.

— Nós, o Povo do Sal, devolvemos esse corpo ao mar — entoou o Alto-Marinheiro enquanto a caixa de madeira descia ao túmulo.

Tentei não reparar nos poucos líquenes que brotavam de dentro da bocarra escancarada, grande o bastante para engolir minha irmã por inteiro. Tentei não pensar nela (que havia apenas alguns dias estivera viva, e aquecida, e respirando) sendo carregada ao repouso eterno. Tentei não imaginar o fundo fino do caixão inchando por causa da condensação e da água salgada antes de se desfazer e derramar o corpo de Eulalie nas profundezas debaixo do mausoléu de nossa família.

Em vez disso, tentei chorar.

Eu sabia que era o que esperavam de mim, assim como sabia que era improvável que as lágrimas surgissem. Apareceriam depois, provavelmente à noite, quando eu passasse pelo quarto dela e visse as mortalhas pretas cobrindo a parede de espelhos do quarto dela. Eulalie tivera tantos espelhos.

Eulalie.

Ela havia sido a mais bonita de todas nós, com os lábios rosados sempre curvados em um sorriso. Ela sempre amou uma boa piada, seus olhos verdes sempre prestes a dar uma piscadela. Dezenas de pretendentes disputaram a atenção de Eulalie, mesmo antes de ela se tornar a mais velha entre as filhas Taumas, a que herdaria toda a fortuna do papai.

— Do Sal nascemos, pelo Sal vivemos e ao Sal retornamos — prosseguiu o Alto-Marinheiro.

— Ao Sal — repetiram os enlutados.

Quando o papai deu um passo à frente para colocar duas moedas de ouro na base da cripta (um pagamento a Pontos por guiar minha irmã de volta à Salmoura), ousei olhar ao redor do mausoléu. Os presentes, que abarrotavam o lugar, trajavam as melhores vestes de lã e crepe, muitos deles outrora haviam sido pretendentes de Eulalie. Ela teria gostado de ver tantos jovens de coração partido lamentando por ela.

— Annaleigh — sussurrou Camille, me dando uma cutucadinha.

— Ao Sal — murmurei.

Levei um lenço aos olhos, fingindo choro.

O olhar de censura intensa do papai me corroeu por dentro. Os olhos dele transbordavam, e o nariz orgulhoso estava vermelho. O Alto-Marinheiro deu um passo à frente segurando uma concha de abalone e um cálice cheio de água do mar. Ele colocou a concha dentro do túmulo e despejou a água sobre o caixão de Eulalie, dando início à decomposição de maneira cerimoniosa. Assim que ele apagou as velas que ladeavam a abertura de pedra, a solenidade se deu por encerrada.

O papai se virou para a multidão reunida, com uma mecha branca contrastando muito com o cabelo escuro. Ela já tinha estado ali no dia anterior?

— Obrigado por virem relembrar minha filha Eulalie. — A voz dele, normalmente tão imponente e ousada, acostumada a se dirigir a lordes na corte, estava tomada pela incerteza. — Minha família e eu os convidamos agora a se juntarem a nós em Highmoor para celebrar a vida dela. Haverá comes e bebes e... — Pigarreou, parecendo mais um assistente de escritório nervoso do que o nono Duque das Ilhas Salinas. — Eu sei o quanto a presença de vocês lá teria significado para Eulalie.

Ele acenou com a cabeça uma vez, encerrando o discurso, o rosto inexpressivo. Queria estender a mão para confortá-lo, amenizar seu sofrimento, mas Morella, minha madrasta, já estava ao lado dele, sua mão segurando a de meu pai. Eles tinham se casado apenas alguns meses antes e ainda deveriam estar desfrutando dos dias inebriantes e extasiantes da vida a dois.

Era a primeira vez de Morella no mausoléu da família Taumas. Ela se sentia incomodada sob o escrutínio atento da estátua em memória à minha mãe? O escultor usara o retrato da mamãe enquanto noiva como referência, de maneira que o mármore cinzento frio transmitia o esplendor da juventude dela. Embora o corpo de minha mãe tivesse sido devolvido ao mar muitos anos antes, eu ainda visitava o sacrário dela toda semana para contar sobre meus dias e fingir que ela ouvia.

A estátua da mamãe se assomava sobre todo o restante no mausoléu, incluindo os sacrários das minhas irmãs. O de Ava era rodeado por rosas, sua flor favorita. Ficavam bem grandes e cor-de-rosa nos meses de verão, como as pústulas da peste que se apoderara do corpo dela aos dezoito anos.

Octavia seguira o mesmo rumo um ano depois. Encontraram o corpo dela na base de uma grande escada da biblioteca, os membros esparramados em ângulos estranhos. Um livro aberto estava próximo de onde ela caíra, com uma citação escrita em vaipaniano, uma língua que nunca aprendi.

Com tanta tragédia acontecendo em nossa família, a morte de Elizabeth parecera inevitável. Ela fora encontrada boiando em uma banheira como um pedaço de madeira à deriva no mar, encharcada e pálida. Rumores começaram em Highmoor, correndo até os vilarejos em ilhas vizinhas, sussurros de criadas para cavalariços, repassados de peixeiros para as esposas, que espalhavam a notícia em forma de alerta aos filhos travessos. Alguns diziam que fora suicídio. Outros acreditavam que a família era amaldiçoada.

A estátua de Elizabeth na cerimônia fora um pássaro. Devia ser uma pombinha, mas as proporções saíram completamente erradas, e mais parecia uma gaivota. Um tributo condizente com Elizabeth, que sempre quisera tanto voar para longe.

Qual seria a de Eulalie?

Já fomos doze irmãs: as Doze Taumas. No momento formávamos uma pequena fila, minhas sete irmãs e eu, e não pude deixar de me perguntar se havia um pouco de verdade nas especulações sinistras. Será que havíamos enfurecido os deuses de algum jeito? Será que uma escuridão tinha criado raízes em nossa família, arrebatando-nos uma a uma? Ou era só uma série de coincidências terríveis e azar?

Depois da solenidade, a multidão se separou e nos cercou. Enquanto sussurravam os pêsames, percebi que os presentes tomavam cuidado para não se aproximarem demais. Seria em virtude de nossa posição social, ou estavam preocupados com a possibilidade de aquilo ser contagioso? Quis categorizar a ideia como uma superstição ignorante, mas quando uma tia distante veio para perto de mim, com um sorriso tenso nos lábios finos, a mesma pergunta cintilou nos olhos dela, deixando transparecer algo impossível de não reparar: qual de nós seria a próxima?

2

Continuei no mausoléu depois que todo mundo partiu para a vigília, na intenção de me despedir de Eulalie sozinha, longe de olhares curiosos. Ao fim da cerimônia, o Alto-Marinheiro pegou o cálice e os castiçais, a água salgada e as duas moedas de meu pai. Antes de seguir pelo estreito caminho até a linha costeira de volta ao eremitério no extremo norte da ilha Selkirk, ele parou diante de mim. Eu estivera observando os criados selarem a entrada da tumba, empilhando tijolos besuntados de reboco arenoso sobre o túmulo, obscurecendo o movimento dos redemoinhos de água abaixo de nós.

O Alto-Marinheiro ergueu a mão em um gesto similar a uma bênção. Porém, algo na curvatura dos dedos dele pareceu estranho, como se fosse um gesto de proteção.

Proteção para si mesmo.

Contra mim.

Sem todas aquelas pessoas na cripta, o ar parecia mais frio, cobrindo-me como uma segunda capa. O cheiro do incenso doce e enjoativo ainda dominava o local, mas não conseguia bloquear de todo a pungência do sal. Não importava onde a pessoa estivesse na ilha, sempre dava para sentir o gosto do mar.

Os trabalhadores grunhiram quando posicionaram o último tijolo, calando de vez a água.

Então fiquei sozinha.

A cripta não passava de uma caverna, a não ser por um elemento: um rio largo que corria embaixo, desembocando água fresca (e os corpos dos Taumas falecidos) no mar. Cada geração tinha adicionado as próprias miudezas ao local, adornando a cantaria ao redor do túmulo ou enfeitando o teto com uma pintura elaborada do céu noturno. Toda criança Taumas aprendia a interpretar as constelações antes de sequer ser alfabetizada. Meu trisavô foi quem começou a adicionar os sacrários.

Durante o velório de Elizabeth (que foi uma ocasião ainda mais triste do que o de Eulalie, com o Alto-Marinheiro entoando uma reprimenda tensa e velada ao suicídio), eu contara as placas e estátuas espalhadas pela caverna para fazer o tempo passar mais rápido. Quanto tempo haveria até os sacrários tomarem o local sagrado completamente sem sobrar espaço para os que ainda viviam? Quando eu morresse, não queria monumento algum em minha homenagem. Será que a tia-avó Clarette descansava melhor no sono eterno sabendo que gerações dos Taumas ficavam observando o busto de mármore dela?

Obrigada, mas não. Que só me jogassem ao mar e me devolvessem ao Sal.

— Tinha muitos jovens rapazes aqui hoje — comentei, ajoelhando-me em frente à alvenaria úmida.

Era mesmo de se ponderar por que eles sequer se davam ao trabalho de fechar tudo com tijolos. Quanto tempo demoraria para aquelas pedras serem reabertas para que mais uma irmã minha fosse enfiada lá dentro?

— Sebastian e Stephan, os irmãos Fitzgerald. Henry. O contramestre de Vasa. E Edgar também.

Não parecia nada natural ficar ali tendo uma conversa tão solitária com Eulalie. Era comum que ela tomasse conta de qualquer coisa da qual fizesse parte. As histórias de minha irmã, extravagantes e cheias de uma perspicácia exagerada, cativavam quem quer que as ouvisse.

— Acho que, de todo mundo que compareceu hoje, eles foram os que choraram mais. Você tinha ido se encontrar com algum deles em segredo naquela noite?

Fiz uma pausa, imaginando Eulalie saindo para caminhar pelo penhasco, trajando uma camisola ondulante, feita de renda e cheia de fitas, sua pele branca banhada de azul por causa da lua cheia. Ela teria se esforçado para parecer ainda mais encantadora antes de ir encontrar um pretendente.

Quando os pescadores a encontraram caída nas pedras lá embaixo, confundiram-na com um golfinho encalhado. Se houvesse mesmo uma vida após a morte, eu torcia para que Eulalie nunca descobrisse aquilo. A vaidade de minha irmã nunca se recuperaria do baque.

— Você tropeçou e caiu? — Minhas palavras ecoaram na cripta. — Alguém empurrou você?

A pergunta escapou de mim antes que eu pudesse parar e considerar. Eu sabia sem sombra de dúvida como minhas outras irmãs tinham morrido: Ava ficara doente, Octavia se acidentara sem querer, até Elizabeth que... Inspirando depressa, enfiei os dedos na lã preta áspera e grossa da saia. Ela tinha ficado tão desalentada depois da morte de Octavia. Todas nós tínhamos sentido a dor da perda, mas não de maneira tão intensa quanto Elizabeth.

Só que ninguém estivera lá quando Eulalie morrera. Ninguém vira acontecer. Só viram o desfecho brutal.

Uma gota de água caiu em meu nariz e outra em minha bochecha enquanto goteiras fluíam para dentro da cripta. Devia ter começado a chover. Até o céu chorava por Eulalie naquele dia.

— Vou sentir saudade.

Mordi o lábio inferior, e as lágrimas enfim brotaram, fazendo meus olhos arderem até que elas escorressem à vontade. Tracei com o dedo o "E" entalhado nas pedras de maneira elaborada, querendo dizer muito mais, colocar o luto para fora, a impotência, a ira. Mas nada disso a traria de volta.

— Eu... eu te amo, Eulalie. — Minha voz soou baixa como um sussurro, e logo depois saí da caverna escura.

Do lado de fora, a tempestade rugia, revirando as ondas até virarem espuma branca. A caverna ficava na parte mais afastada do Pontal, uma península em Salície, projetando-se no mar. Ficava ao menos a um quilômetro e meio da casa, e ninguém tinha pensado em deixar uma charrete à minha espera. Afastei o véu preto e comecei a andar.

— Não está esquecendo nada? — questionou Hanna, nossa criada, antes que eu descesse para a vigília.

Fiz uma pausa, sentindo o peso do olhar maternal da mulher mais velha às minhas costas. Eu tivera que trocar de roupa imediatamente assim que havia chegado. A tempestade tinha me deixado ensopada, e, com ou sem maldição, pegar uma gripe e morrer não estava nos meus planos.

Hanna estendia uma fita preta comprida para mim, com um olhar de expectativa. Suspirando, deixei que ela envolvesse meu pulso com a fita fina, como havia feito tantas vezes antes. Quando a morte visitava uma residência, tínhamos que usar uma fita preta para evitar que seguíssemos o mesmo rumo. Havíamos tido tanto azar que os criados até se encarregaram de amarrar as miudezas sentimentais nos pescoços de nossos gatos, cavalos e galinhas.

Ela finalizou fazendo um laço com a fita que, se fosse de qualquer outra cor, seria bonita. Meu guarda-roupa inteiro não tinha nada além de trajes de luto àquela altura, cada vestido um tom mais escuro que o outro. Eu não trajava uma cor mais clara desde os últimos seis anos, quando a mamãe havia morrido.

Hanna havia escolhido um enfeite acetinado, não a bombazina pruriginosa que usamos no velório de Elizabeth. Aquela coisa deixava marcas nos pulsos que ardiam por dias.

Ajeitei o punho da manga.

— Verdade seja dita, eu preferia ficar aqui em cima com você. Eu nunca sei o que dizer nessas ocasiões.

Hanna afagou minha bochecha.

— Quanto antes chegar lá, mais rápido vai acabar. — Ela deu um sorriso, observando-me com seus olhos castanhos gentis. — Vou deixar um bule de chá de canela prontinho esperando por você antes de se deitar, que tal?

— Obrigada, Hanna — agradeci, apertando o ombro dela antes de sair porta afora.

Quando entrei na Sala Azul, Morella veio direto até mim.

— Venha se sentar comigo. A verdade é que eu não conheço ninguém aqui — admitiu ela, puxando-me em direção a um sofá perto das janelas compridas com placas de vidro grosso.

Embora estivessem salpicadas de gotas de chuva que lembravam confetes, delas se tinha uma vista espetacular do penhasco. Parecia errado que a vigília acontecesse naquele cômodo, exibindo o exato local em que Eulalie caíra.

Eu queria ficar perto de minhas irmãs, mas Morella me observava com os olhos grandes e carentes. Em momentos como aquele, era difícil esquecer de que a idade dela era bem mais próxima da minha do que da de meu pai.

Ninguém ficara surpreso quando ele casara novamente. A mamãe tinha morrido havia tanto tempo, e todos nós sabíamos que ele esperava ter um filho homem algum dia. Ele conhecera Morella quando estivera em Suseally, no continente. Papai retornara da viagem de braços dados com ela, todo apaixonado.

Honor, Mercy e Verity eram as Graças, como todos nós as chamávamos, tão jovens quando a mamãe morrera, e ficaram animadíssimas por terem uma nova figura materna em suas vidas. Ela fora uma governanta antes, então se afeiçoou às menininhas de imediato. As trigêmeas (Rosalie, Ligeia e Lenore) e eu ficamos felizes pelo papai, mas Camille detestava quando alguém presumia que Morella fosse uma das Doze Taumas.

Olhei ao redor da sala até focar na pintura enorme que ocupava uma parede. Retratava um navio sendo arrastado para o abismo azul por um *kraken*, seus olhos gigantes arregalados em fúria. A Sala Azul guardava muitos tesouros do mar: uma família de ouriços espinhentos em uma prateleira, uma âncora incrustada de cracas em um pedestal no canto e espécies da coleção de conchas das Graças se espalhavam por todas as superfícies que elas tinham altura para alcançar.

— Todas as solenidades são daquele jeito? — questionou Morella, espalhando as saias pelas almofadas aveludadas azul-marinho do assento. — Tão sérias e formais?

Não pude evitar fazer uma expressão perplexa.

— Bem, foi um velório.

Ela colocou uma mecha de cabelo loiro-claro atrás da orelha, abrindo um sorriso nervoso.

— Lógico. Eu queria dizer que... Por que a água? Eu não entendo por que vocês não a enterram, como fazem no continente...

Avistei o papai. Ele gostaria que eu fosse gentil, que explicasse nossos costumes. Tentei permitir que um pouco de compaixão por ela preenchesse meu coração.

— O Alto-Marinheiro diz que Pontos criou as ilhas e os povos que nelas vivem. Ele coletou sal das marés para atribuir força. Então o misturou à astúcia de um tubarão-cabeça-chata e à beleza da medusa-da-lua. Adicionou a fidelidade do cavalo-marinho e a curiosidade da toninha-comum. Quando a criação tomou a forma que deveria, ou seja, com dois braços, duas pernas, uma cabeça e um coração, Pontos soprou um pouco da própria vida para dentro dela, criando o primeiro do Povo do Sal. Então, quando morremos, não podemos ser enterrados no solo. Temos que voltar para a água, para casa.

A explicação pareceu agradá-la.

— Viu? Teria sido lindo ouvir algo assim no velório. É que houve tanta ênfase na... morte.

Sorri para ela.

— Bem... foi sua primeira vez. Você vai se acostumar.

Morella estendeu o braço, segurando minha mão, com o rosto pequeno bem intenso.

— Eu odeio que vocês tenham passado por isso tantas vezes. Vocês são jovens demais para terem sentido tamanha dor e sofrimento.

A chuva caiu mais forte, encobrindo Highmoor com tons pálidos de cinza. Os grandes pedregulhos à base do penhasco eram jogados para lá e para cá pelo mar revolto como se fossem bolinhas de gude dentro do bolso de um garotinho, as colisões explodindo nas pedras íngremes e competindo com o trovão.

— O que acontece agora?

Fiquei sem reação, voltando a atenção para ela.

— Como assim?

Minha madrasta mordeu o lábio, gaguejando com as palavras pouco familiares a ela:

— Agora que ela está... de volta ao Sal... o que devemos fazer?

— Isso foi tudo. Nós nos despedimos. Depois desta vigília, acabou.

Ela remexeu os dedos, inquieta e frustrada.

— Mas não acabou, não de verdade. Seu pai disse que temos que usar preto pelas próximas semanas?

— Na verdade, usamos preto por seis meses, e um cinza mais escuro por seis meses depois disso.

— Um ano? — Morella arfou. — Vou ter mesmo que usar essas roupas escuras por um ano inteiro?

As pessoas próximas ao sofá viraram a cabeça em nossa direção, tendo ouvido o rompante de minha madrasta. Ela teve a decência de corar, envergonhada.

— O que eu quero dizer é que... Ortun acabou de comprar meu enxoval de noiva. Não tenho nada preto. — Ela tinha usado um dos vestidos de Camille emprestados para a solenidade do dia, mas não cabia muito bem nela. Morella alisou a frente do corpete. — Não é só sobre as roupas. E você e Camille? Vocês duas deviam estar participando dos eventos sociais, conhecendo e se apaixonando por jovens rapazes.

Inclinei a cabeça, me questionando se ela falava sério.

— Minha irmã acabou de morrer. Não estou muito a fim de dançar.

Um estalo do trovão nos causou um sobressalto. Morella apertou minha mão, fazendo-me olhar de novo para ela.

— Perdoe-me, Annaleigh, estou usando todas as palavras erradas hoje. Quero dizer... Depois de tanta tragédia, esta família deveria ser feliz de novo. Vocês já ficaram de luto o suficiente por uma vida toda. Por que continuar enrolada no manto da dor? Mercy, Honor e a querida Verity deveriam estar brincando com bonecas no jardim, não ouvindo os lamentos de pêsames e participando de conversa fiada. E Rosalie, Ligeia e Lenore também, olhe só para elas.

As trigêmeas se empoleiravam em uma namoradeira em que na verdade só cabiam duas pessoas. Estavam com os braços envoltos uma na outra, abraçando-se como uma grande aranha enquanto choravam de soluçar nos próprios véus. Ninguém ousava se aproximar de tanto sofrimento em dose tripla.

— Fico de coração partido vendo todo mundo assim.

Afastei a mão da dela.

— Mas é isso que se faz quando alguém morre. Não pode mudar as tradições só porque não gosta delas.

— Mas e se houvesse um motivo para nos alegrarmos? Algo a se celebrar, não a esconder? A boa notícia não deveria falar mais alto?

Um criado se aproximou, servindo taças de vinho. Peguei uma, mas Morella o dispensou com um aceno de cabeça habilidoso. Ela já estava bastante confortável no papel de senhora de Highmoor.

— Acho que sim. — Hesitei. Outra rajada de trovões ressoou. — Mas não parece haver muito o que celebrar hoje.

— Acho que há, sim. — Inclinando-se para a frente, Morella abaixou o tom de voz até virar um sussurro cúmplice. — Uma nova vida.

Com discrição, ela colocou a mão na própria barriga de maneira protetora.

Engoli o vinho, quase engasgando com a surpresa.

— Você está grávida? — questionei, e ela abriu um sorrisão. — O papai já sabe?

— Ainda não. Eu estava prestes a contar, mas fomos interrompidos pelos pescadores, com Eulalie.

— Ele vai ficar muito feliz. Sabe de quanto tempo está?

— Três meses, eu acho. — Minha madrasta passou as mãos pelo cabelo. — Será mesmo que Ortun vai ficar feliz? Eu faria praticamente qualquer coisa para vê-lo sorrindo de novo.

Olhei para o papai, cercado por amigos, mas parecendo perdido demais em meio às lembranças de Eulalie para participar da conversa. Concordei com a cabeça.

— Tenho certeza de que vai.

Ela respirou fundo.

— Então não se deve guardar uma boa notícia, não é?

Morella foi na direção do piano de cauda no meio da sala antes que eu pudesse responder. Pegou uma sineta de cima do tampo e a tocou, e assim conseguiu que as pessoas fizessem silêncio.

Fiquei com a boca seca quando me dei conta do que ela estava prestes a fazer.

— Ortun — chamou ela, arrancando-o dos próprios pensamentos.

A voz de minha madrasta era alta e aguda, tal qual a sineta na mão dela.

Era a sineta de minha mãe. Camille e eu a encontramos anos antes enquanto vestíamos as roupas dela no sótão, por diversão. No passado, amáramos aquele toque melodioso e leváramos a sineta para a mamãe quando ela ficara fraca demais para que conseguíssemos ouvi-la pela casa. Então toda vez que eu ouvia o toque, me lembrava com tanta nitidez da última gravidez dela que era como se uma onda gelada me acertasse no peito.

Quando o papai foi para perto de Morella, ela continuou:

— Ortun e eu queremos agradecer a todos por terem vindo. Os últimos dias foram uma noite infinita de escuridão, mas a presença de vocês aqui agora é como os primeiros raios de um lindo nascer do sol tomando o céu.

As palavras, evidentemente escolhidas com cuidado, fluíram dela com leveza. Estreitei os olhos. Percebi que ela tinha ensaiado o discurso.

— As lembranças da querida e bela Eulalie pincelam nosso coração de alegria, deixando a melancolia de lado. E estamos felizes, até mesmo exultantes, porque esta nova manhã audaz marca o alvorecer de um novo capítulo para a Casa Taumas.

Camille, que estivera conversando com um tio do outro lado da sala, me lançou um olhar questionador. Até as trigêmeas se desgrudaram; Lenore ficou de pé perto da namoradeira, seus dedos apertando o braço macio do móvel.

Morella segurou a mão do papai e colocou uma das mãos na própria barriga lisa, abrindo um largo sorriso enquanto se deleitava com a atenção que recebia.

— E assim como o brilho da manhã dissipa a noite, as sombras do luto logo serão deixadas de lado pela chegada do nosso filho.

3

— Aquela mulher! — esbravejou Hanna enquanto terminava de abrir os botões minúsculos nas costas de meu vestido. Ela me ajudou a despir a peça antes de jogar para trás os próprios cachos grisalhos, bufando. — Usando o que deveria ser o dia de Eulalie para anunciar uma baita novidade. Que descaramento!

Camille se jogou de costas na minha cama, ao lado de Ligeia, bagunçando a colcha bordada.

— Eu não aguento ela! — Ela distorceu a voz em uma zombaria estridente que imitava a de Morella antes de prosseguir: — E assim como o deus da luz, Vaipani, com seu próprio sol, meu filho será um raio brilhante e ensolarado de luz do sol, como o Sol, meu filho-sol.

Camille fez um som de escárnio, que foi abafado pelo travesseiro em que enfiara o rosto.

— Ela poderia ter escolhido um momento melhor para dar a notícia — admitiu Rosalie, recostada em um balaústre da cama, retorcendo a ponta da trança castanho-avermelhada.

As trigêmeas, idênticas em todos os sentidos, tinham um cabelo ruivo que eu invejava, totalmente diferente do resto de nós. De todas as minhas irmãs, Eulalie havia sido a mais bonita, com um cabelo quase loiro. O meu era o mais escuro, da mesma cor da areia salina preta, encontrada apenas nas praias do arquipélago.

Soltei as ligas ao redor das coxas com um murmúrio baixo em concordância. Embora eu estivesse feliz por ela e pelo papai, a notícia poderia, sim, ter sido dada mais tarde. Abaixando as meias escuras e sem graça, me perguntei o que Morella tinha no enxoval. Será que o papai o tinha montado com meias de seda brancas, fitas e rendas, pensando que uma nova esposa daria fim ao azar dele? Vesti uma camisola preta de voal pela cabeça, afastando pensamentos sobre anáguas acetinadas e vestes da cor de pedras preciosas.

— Se for um menino, o que isso muda para nós? — perguntou Lenore do assento da janela. — Ele vai ser o herdeiro?

Camille se sentou. Seu rosto estava inchado por causa do choro, mas os olhos cor de âmbar se mostravam aguçados e obstinados.

— Eu vou herdar tudo. Depois Annaleigh, quando a maldição enfim me levar.

— Não vai ter ninguém sendo levado — contrapus com rispidez. — Que bobagem.

— A senhora Morella não acredita nisso — afirmou Hanna, ficando na ponta dos pés para pendurar meu vestido no armário.

A fileira dos demais vestidos com cores idênticas me deixou deprimida.

— Que somos amaldiçoadas? — perguntou Rosalie, sem entender.

— Que vocês, as meninas, vão herdar primeiro. Eu a ouvi conversando com a tia de vocês, Lysbette, gabando-se de como ela está carregando o próximo duque na barriga.

Camille revirou os olhos.

— Talvez seja assim que eles fazem as coisas no continente, mas aqui não. Eu adoraria ver a cara dela quando o papai der uma lição nela.

Sentando-me na espreguiçadeira, coloquei a manta fina sobre os ombros. Eu não tinha chegado a me aquecer de novo depois de andar na chuva, e o anúncio de Morella tinha feito com que outra rajada fria percorresse meu corpo.

Ligeia jogava uma almofada de um lado ao outro.

— Então seu marido viraria o vigésimo Duque das Salinas?

— Se eu assim quisesse — respondeu Camille. — Ou eu poderia ser duquesa por mim mesma e deixar que ele seguisse como consorte. Com certeza Berta ensinou isso a vocês há tempos.

Ligeia deu de ombros.

— Eu tento não lembrar de nada que as preceptoras dizem. São todas tão entediantes. Além disso, eu fui a oitava a nascer. Nem esperava herdar qualquer coisa.

Como a sexta filha, eu entendia como ela se sentia. Nascida no meio, no momento eu era a segunda na ordem de sucessão. Na noite seguinte à morte de Eulalie, não consegui dormir, sentindo o fardo pesado das novas responsabilidades pressionando meu peito. O brasão Taumas, que era um polvo agitando os tentáculos e segurando um tridente, um cetro e uma pena, adornava a arquitetura de todos os cômodos de Highmoor. O polvo que ficava do outro lado de minha cama nos encarava com uma expressão solene que eu nunca tinha reparado. E se acontecesse alguma coisa com Camille e de repente recaísse tudo sobre mim? Desejei ter me dedicado mais às aulas de história e menos às de piano.

Camille me ensinara a tocar. Tínhamos idades parecidas; eram as mais próximas entre todas as irmãs, com exceção das trigêmeas. Nasci dez meses depois dela, e crescemos como melhores amigas. O que quer que ela fizesse, eu repetia animadamente. Quando ela fizera seis anos, mamãe começara a ensiná-la a tocar o antigo piano vertical no salão dela. Camille fora uma pupila hábil, e me mostrava tudo o que aprendia. A mamãe nos dera versões a quatro mãos de todas as músicas favoritas dela, logo nos proclamando proficientes o suficiente para que nos aventurássemos no piano de cauda da Sala Azul.

A casa estivera sempre cheia de música e risadas enquanto minhas irmãs rodopiavam pelos cômodos, dançando ao som das músicas que tocávamos. Eu havia passado tantas tardes naquele banco acolchoado, colada a Camille, enquanto nossas mãos flanavam pelas teclas de marfim. Eu ainda preferiria formar um dueto com ela a aperfeiçoar um solo sozinha. Sem Camille ao meu lado, a música parecia fraca, pela metade.

— Senhorita Annaleigh?

Arrancada do devaneio, ergui a cabeça e vi Hanna olhando para mim com as sobrancelhas arqueadas.

— Ela disse de quanto tempo está?

— A Morella? Ela acha que uns três meses, talvez um pouco mais.

— Mais? — Camille deu um sorrisinho. — Eles só estão casados há quatro.

Lenore se afastou da janela e sentou comigo na cadeira.

— Por que ela incomoda tanto você, Camille? Estou feliz por ela estar aqui. As Graças adoram ter uma mãe de novo.

— Ela não é a mãe delas. Nem a nossa. Ela nem chega perto.

— Ela está tentando — argumentou Lenore. — E perguntou se poderia nos ajudar a organizar o baile. Podemos usá-lo como nosso baile de debutantes, já que não podemos comparecer a eventos sociais no período do luto.

— Também não podem dar um baile! — relembrou Camille.

— Mas é nosso aniversário de dezesseis anos! — Rosalie cruzou os braços e fez um bico. — Por que tudo que é divertido tem que ser suspenso por um ano inteiro? Não aguento mais todo esse luto.

— E eu tenho certeza de que suas irmãs não aguentam mais morrer, mas é assim que as coisas são! — esbravejou Camille, levantando-se da cama.

Ela bateu a porta com força ao sair antes que pudéssemos impedi-la. Rosalie ficou sem reação.

— O que deu nela?

Mordi o lábio, sentindo que deveria ir atrás de Camille, ao mesmo tempo que estava cansada demais para enfrentar uma possível briga.

— Ela está com saudade de Eulalie.

— Todas nós estamos com saudade dela — retrucou Rosalie.

Um silêncio profundo recaiu sobre nós enquanto voltávamos a pensar em Eulalie. Hanna perambulou pelo quarto, acendendo as velas nos castiçais e desligando as arandelas a gás até que apagassem. Os candelabros lançavam sombras bruxuleantes pelos cantos do quarto.

Lenore se apoderou de um pedaço de minha manta e se enfiou embaixo dela.

— Você acha que seria tão errado assim seguir o plano de Morella? Ter um baile? Só fazemos dezesseis anos uma vez... Não é culpa nossa que todo mundo fica morrendo.

— Eu não acho que seja errado querer celebrar, mas pense em como Camille se sente. Nenhuma de nós foi debutante. Nem Elizabeth, nem Eulalie.

— Então celebrem com a gente! — sugeriu Rosalie. — Poderia ser um festão... para mostrar a todo mundo que as Taumas não são amaldiçoadas e que está tudo bem.

— E ainda faltam três semanas para o nosso aniversário. Podemos ficar de luto até lá e então... parar — disse Ligeia.

— Eu não sei por que estão tentando me convencer. O papai é quem vai ter que aprovar.

— Ele vai dizer que sim se Morella pedir. — Rosalie abriu um sorriso malicioso. — Na cama.

As trigêmeas caíram na gargalhada. Ouvimos uma batida à porta, e todas nos calamos, certas de que era o papai chegando para nos repreender pela barulheira. Mas era Verity, parada no meio do corredor, quase sendo engolida por uma camisola escura grande demais para ela. O cabelo da menina estava despenteado, e vestígios de lágrimas marcavam seu rosto.

— Verity?

Ela não disse nada, só abriu os braços, implorando para que a pegassem no colo. Eu a ergui em um abraço, sentindo o cheiro do calor suave da infância. Embora ela estivesse suada e sonolenta, os bracinhos expostos estavam arrepiados, e ela se aninhou em meu pescoço, buscando conforto.

— Qual é o problema, pequena?

Comecei a massagear as costas dela em círculos, sentindo o cabelo de minha irmã, macio como a penugem de um pássaro, roçar em minha bochecha.

— Posso dormir aqui hoje? Eulalie está sendo malvada comigo.

As trigêmeas se entreolharam, preocupadas.

— Pode sim, lógico, mas lembra do que conversamos antes do velório? Você sabe que Eulalie não está mais aqui. Ela está com a mamãe e com Elizabeth agora, na Salmoura.

Senti a caçula assentindo.

— Mas ela fica puxando minha coberta.

Ela envolveu meu pescoço com os braços finos, apertando-me com mais força do que uma estrela-do-mar na maré alta.

— Lenore, dê uma olhada em Mercy e Honor, por favor?

Ela beijou o topo da cabeça de Verity antes de sair.

— Eu aposto que elas estavam só provocando você. É só uma brincadeirinha.

— Não é nada legal.

— Não mesmo — concordei, levando-a para a cama. — Hoje você pode ficar. Está segura aqui. Volte a dormir.

Verity choramingou uma vez, mas fechou os olhos e se acomodou nos lençóis.

— É melhor irmos também — sussurrou Rosalie, descendo da cama. — Já, já o papai vai lá no quarto ver se estamos dormindo.

— Devo ir com as senhoritas até o segundo andar? — sugeriu Hanna, entregando velas a Rosalie e a Ligeia.

Rosalie negou com a cabeça, mas aceitou um abraço e a luz antes de sair do quarto.

— Pense no que dissemos — acrescentou Ligeia e beijou minha bochecha. — Deixar o luto para trás seria bom para todas nós.

Ela deu um abraço de boa-noite em Hanna e se apressou pelo corredor.

As trigêmeas se recusaram a ter um quarto cada uma, alegando que dormiam melhor quando estavam juntas.

Hanna focou em mim.

— Então vai se deitar também, senhorita Annaleigh?

Olhei para Verity de novo, aninhada em meus travesseiros.

— Ainda não. Estou com a cabeça cheia demais para dormir.

Ela foi até uma mesa lateral, e voltei para a cadeira, dobrando e desdobrando a manta no colo. Hanna voltou com xícaras de chá de canela e se sentou ao meu lado. Algo nos gestos dela me fez relembrar de seis anos antes, da noite do velório da mamãe.

Hanna sentara exatamente como estava naquele momento, mas eu havia me acomodado no chão, com a cabeça apoiada em seu colo enquanto ela tentava confortar as minhas irmãs o máximo que conseguia. Camille estivera ao meu lado, seus olhos inchados e vermelhos. Elizabeth e Eulalie, ajoelhadas por perto, aninhavam as trigêmeas em um abraço cheio de lágrimas. Ava e Octavia estavam ao lado de Hanna, cada uma delas segurando uma Graça adormecida. A única que não estivera ali havia sido Verity, que, com apenas dias de idade, era de responsabilidade da cuidadora que também a amamentava.

Nenhuma de nós quisera ficar sozinha naquela noite.

— Foi uma cerimônia linda — afirmou Hanna, mexendo o chá com a colher e me trazendo de volta ao presente. — Tantos jovenzinhos. Tantas lágrimas. Eu tenho certeza de que Eulalie deve estar satisfeita.

Dei um golinho de nada no chá, deixando as especiarias se demorarem em minha língua antes de concordar.

— A senhorita está muito calada hoje — comentou ela, como um incentivo, depois que o silêncio tinha se estendido por tempo demais.

— Fico pensando em como o dia foi estranho. Como tudo vem sendo estranho desde que eles... a encontraram. — Minha boca se atrapalhou com as palavras, como se a ideia contida nelas fosse difícil de encaixar em frases bem construídas. — Parece que tem algo errado na morte dela, não?

Hanna me observava.

— Sempre parece que tem algo errado quando uma pessoa jovem morre, principalmente alguém como Eulalie, tão bonita e cheia de potencial.

— Só que é mais do que isso. Eu entendi por que as outras morreram. Foram todas mortes horríveis e tristes, mas sempre houve um motivo por trás. Mas Eulalie... O que ela estava fazendo lá fora? Sozinha, no escuro?

— A senhorita e eu sabemos que a intenção dela não era ficar sozinha por muito tempo.

Eu me lembrei de todos aqueles rostos marcados por lágrimas.

— Mas por que ela encontraria alguém lá? Ela não gostava de ir ao penhasco nem à luz do dia. Ela tinha medo de altura. Não faz sentido para mim.

Hanna soltou um muxoxo, colocando a xícara de lado antes de me puxar para um abraço. Senti o cheiro fraquinho do sabonete dela: leite e mel. Hanna era prática demais para usar perfume ou óleos de banho, mas o aroma cálido e simples me confortava. Inspirei fundo enquanto apoiava a cabeça no ombro dela.

Ele tinha ficado mais macio com o tempo, cedia com mais facilidade, e a pele à mostra acima do colarinho da camisa ajustada na cintura era enrugada e bem fina. Ela trabalhava em Highmoor desde que Ava nascera, sempre para ajudar a fazer curativos em joelhos ralados e massagear egos feridos. O próprio filho dela, Fisher, era só três anos mais velho que eu, e cresceu junto de nós. Hanna tinha nos ajudado com nossos primeiros espartilhos e a prender nosso cabelo, secando nossas lágrimas quando os cachos rebeldes se recusavam a ficar no lugar. Ela estivera ali durante toda a nossa infância, sempre por perto para oferecer um abraço quentinho ou um beijo de boa-noite.

— Você preparou a cama para ela naquela noite? — perguntei, ajeitando a postura. Hanna teria sido uma das últimas pessoas a ver Eulalie viva. — Alguma coisa parecia errada?

Ela negou com a cabeça.

— Não que eu me lembre. Mas não fiquei muito tempo. Mercy estava com dor na barriga. Ela apareceu pedindo chá de hortelã.

— E... depois? Você ajudou com... o corpo dela, não ajudou?

— Lógico. Cuidei de todas as suas irmãs, e da sua mãe.

— E como ela estava?

Hanna engoliu em seco e fez um gesto de proteção na frente do peito.

— De certas coisas não se deve falar.

Franzi a testa.

— Eu sei que ela devia estar... que deve ter sido horrível, mas tinha algo... errado?

A mulher mais velha estreitou os olhos, cética.

— Ela caiu mais de trinta metros, colidindo com as pedras. Havia muita coisa errada.

— Desculpe — murmurei, desanimada.

Eu queria perguntar se mais alguém havia ajudado a preparar o corpo para o retorno ao Sal, mas para Hanna a conversa estava encerrada.

— A senhorita está cansada, querida — comentou ela. — Por que não se deita e vê como se sente amanhã?

Ela beijou o topo de minha cabeça antes de ir embora. A porta se fechou sem fazer barulho.

Depois de checar se Verity tinha realmente dormido de novo, fui até a janela, atraída por uma inquietação estranha. Meu quarto ficava no terceiro andar e tinha vista para os jardins ao sul da casa. Um chafariz grande, exibindo um veleiro de mármore, ficava no centro do jardim, bem perto de um labirinto de sebes decorativo.

Verity se revirou, balbuciando algo incoerente em meio ao sono. Eu tinha fechado metade das cortinas pesadas quando um lampejo de luz me chamou a atenção. Embora a chuva tivesse parado, as nuvens escuras ainda lotavam o céu, encobrindo as estrelas.

Era um candeeiro, aparecendo e desaparecendo entre as topiarias esculpidas em forma de baleias-jubarte saltando. Quando a luz escapou das sombras das árvores, vi duas figuras. Uma menor carregava o candeeiro, colocando-o de lado antes de se sentar na beirada arredondada do chafariz. A luz das velas destacou a mecha branca no cabelo do papai.

O que ele estava fazendo nos jardins tão tarde da noite depois do funeral de Eulalie? Ele tinha mandado todas nós para a cama cedo, dizendo que deveríamos aproveitar o momento para fazer orações solenes a Pontos, pedindo que o Deus do mar concedesse à nossa irmã o repouso eterno na Salmoura.

O capuz da capa da outra pessoa caiu para trás, revelando um monte de cachinhos loiros. Era Morella. Ela deu tapinhas no espaço vago ao seu lado, e papai se sentou. Depois de um instante, os ombros dele começaram a se sacudir. Ele chorava.

Morella se recostou nele, passando um braço pelas costas de meu pai e o puxando para perto. Desviei o olhar quando ela acariciou a bochecha dele com a mão. Eu não precisava ouvir o que ela dizia para saber que suas palavras consolavam o papai como um bálsamo calmante. Ela podia até não entender os costumes da ilha, mas de repente fiquei grata por ela estar em Highmoor. Ninguém deveria ter que passar por tamanho sofrimento sozinho.

Saí de perto da janela, me enfiei na cama e me aninhei junto a Verity, deixando que a respiração tranquila dela embalasse meu sono.

4

A PRIMEIRA COISA QUE VI à mesa de café da manhã foi o vestido azul acetinado de Morella. Pregas de organdi branco envolviam os cotovelos dela, e uma gargantilha de pérolas adornava seu pescoço. Aquilo ofuscava tudo, como um beija-flor colorido em uma sala cheia de retratos cobertos e guirlandas de papel crepom.

De frente para a mesa lateral, ela ergueu a cabeça enquanto escolhia algo nas bandejas de comida. Pela manhã, Highmoor tinha uma programação tranquila. Todo mundo entrava e saía da sala de jantar, servindo-se por conta própria.

— Bom dia, Annaleigh. — Morella se serviu de um bolinho de gengibre e passou manteiga nele. — Dormiu bem?

Na verdade, eu tinha dormido muito mal. Verity se remexia muito, debatendo-se que nem um peixe quando se virava. Minha mente ficou voltando a Eulalie e à caminhada pelo penhasco, cheia demais para conseguir descansar. Já era bem depois da meia-noite quando consegui pegar no sono.

— Olá, meu amor — cumprimentou o papai à soleira da porta.

Nós duas nos viramos, cada uma presumindo que a frase fosse dirigida a si, mas ele seguiu para dar um beijo de bom-dia em Morella. Embora a sobrecasaca dele fosse escura, era da cor de um carvão acinzentado, não o preto absoluto com o qual eu tinha me acostumado.

— Você parece estar tão bem — elogiou ele, girando a esposa para admirar a barriga de grávida imperceptível.

— Acho que a gravidez me cai bem.

Ela estava mesmo radiante e corada de alegria. As gravidezes da mamãe foram cheias de enjoos matinais, com um período de repouso sendo recomendado bem antes do resguardo habitual. Quando eu já estava grandinha, Ava e Octavia me deixaram ajudar a cuidar dela, indicando os melhores óleos e loções para aliviar as dores da mamãe.

— E você, o que acha, Annaleigh? — questionou Morella.

Eu supunha que ela estava tentando ser gentil ao me incluir na conversa.

Observei o cetim azulado e vívido. Ela estava bonita, mas era o traje errado para se usar um dia depois de ter sepultado a enteada.

— Os vestidos de Eulalie já ficaram pequenos demais em você?

— Hã? Ah, sim, ficaram.

Ela aproveitou o momento para passar a mão pela barriga, contente.

— Na verdade — interrompeu o papai e esticou a mão para colocar uma porção generosa de arenque no prato —, temos mesmo que conversar com vocês todas sobre isso. Annaleigh, pode ir buscar suas irmãs?

— Agora?

Olhei para os ovos que tinha acabado de colocar no prato. Esfriariam antes que eu voltasse.

— Por favor?

Deixei o prato pela metade de propósito no meio da mesa e subi a escada. Eu acordava bem cedo, mas nem todas as minhas irmãs compartilhavam do hábito matinal. Era um sufoco para Mercy e Rosalie se levantarem.

Escolhi começar por Camille.

Ela tinha aberto as cortinas, deixando a luz cinzenta e fraca se derramar pela mobília, toda em um tom ameixa-escuro. Fiquei surpresa ao vê-la em frente à penteadeira, prendendo uma mecha de cabelo com um grampo. Embora a boca e as bochechas estivessem limpas, recipientes coloridos e frascos de perfume, feitos de vidro lapidado, estavam espalhados pelo tampo. Um tecido preto de crepe, idêntico ao que cobria meu próprio espelho, estava todo amontoado aos pés dela. Me questionei quando ela o teria deixado ali.

— Já terminou de tomar café? — perguntou ela.

— O papai quer todo mundo lá embaixo. Ele tem algo para contar.

Ela parou com a mão na caixa de joias, então, hesitando, pegou um brinco preto.

— Ele disse o que é?

Eu me sentei ao lado dela no banco, passando os dedos pelo meu próprio coque. Eu não via meu reflexo fazia uma semana.

— O vestido azul de Morella já disse tudo. Eulalie daria um chilique se soubesse o que está acontecendo. Lembra que, depois que Octavia morreu, Eulalie queria ir assistir a... o que era mesmo? Ah, um circo itinerante, e o papai não nos deixava sair de casa? Ele disse na época que — engrossei a voz para simular a dele — "um luto como o nosso não deveria ser exposto à opinião pública". E fazia quatro meses desde que Octavia tinha morrido!

— Eulalie ficou de bico por semanas.

— E agora nós a honramos usando preto por, o quê, cinco dias? O papai já está vestindo cinza. Isso não está certo.

Minha irmã abriu um frasco e observou o corante labial cor de vinho.

— Eu concordo.

— Concorda mesmo? — questionei, fazendo questão de olhar no espelho.

Afastei o recipiente dela, e parte do pigmento acabou caindo. Parecia sangue escorrendo por meus dedos.

Ela ajeitou uma mecha de cabelo que se soltou.

— Eu não sou lá essas coisas arrumando o cabelo sem um espelho.

— Eu teria ajudado. E se Eulalie...

Camille revirou os olhos.

— O espírito de Eulalie não vai ver uma superfície reluzente e ficar preso nela. Ela mal aguentava ficar dentro desta casa quando ainda era viva, por que acha que ela iria querer zanzar por aqui depois de morta?

Coloquei o frasco de corante labial na penteadeira, incerta sobre o que usar para limpar os dedos.

— Você está de mau humor.

Ela estendeu um lenço para mim.

— Eu dormi mal. E não conseguia tirar da cabeça o comentário ridículo de Ligeia. — Ela pegou um tom diferente de corante e passou uma camada fininha cor de cereja na boca. O rosto de minha irmã estava tomado pela culpa. — Nunca vou conseguir um marido se algo não mudar.

— Isso não é verdade — contrapus. — Seria uma honra para qualquer homem ter você ao lado. Você é tão inteligente e bonita quanto Eulalie.

Ela deu um sorrisinho.

— Não tinha ninguém como Eulalie. Mas se eu seguir me escondendo nesta casa sombria, enterrada embaixo de camadas e camadas de tecido, nunca vou encontrar ninguém. Eu não quero desrespeitar a memória de Eulalie nem de nenhuma das nossas irmãs, mas se continuarmos cumprindo todas as etapas do luto cada vez que alguém morre, nós mesmas estaremos mortas antes de o processo acabar. Então... estou pronta para seguir em frente. E não adianta ficar me olhando com essa cara de desalento, não vou mudar de ideia.

Peguei o pano que cobria o espelho, enfiando os dedos no tecido escuro. Eu não estava chateada com Camille. Ela merecia ser feliz. Todas nós merecíamos. Todas nós tínhamos grandes sonhos. Lógico que minhas irmãs preferiam andar por aí, pela sociedade, em concertos, em bailes. Queriam ser noivas, esposas, mães. Eu seria um monstro se guardasse rancor por isso.

Ainda assim, eu não soltei o tecido.

— O papai quer que a gente desça — avisou Rosalie, interrompendo o momento.

As trigêmeas se aglomeraram à soleira da porta, espiando dentro do cômodo. À luz estranha da manhã, o reflexo delas no espelho parecia um amontoado estranho de membros e tranças. Por um segundo, foi como se fossem um único corpo, não três separados.

Lenore se afastou das outras, desfazendo a imagem esquisita de minha mente.

— Pode amarrar para mim? — Ela estendia a fita preta. — Rosalie deixa apertado demais.

Ela se ajoelhou ao lado de Camille, erguendo a trança pesada e deixando a pele do pescoço à mostra. As trigêmeas usavam as fitas como gargantilhas. Quando éramos pequenas, Octavia adorava nos contar histórias sinistras e assustadoras na hora de dormir. Ela evocava contos de damas chorosas definhando por causa dos amados, fantasmas e *goblins*, Traquineiros e Arautos e as pessoas tolas que faziam barganhas com eles. Depois, convicta de que estávamos tremendo de medo debaixo das cobertas, ela e Eulalie se esgueiravam para dentro de nossos quartos e puxavam os cobertores.

Uma das histórias favoritas dela era de uma garota que sempre usava uma fita verde no pescoço. Nunca a viam sem a fita, na escola, na igreja, até no dia do casamento dela. Todos os convidados disseram que ela era uma noiva linda, mas se perguntaram por que ela escolhera usar um colar tão simples. Na lua de mel, o marido a presenteou com uma gargantilha de diamantes, que brilhava muito sob o céu estrelado. Ele queria que a noiva usasse o colar, só o colar, quando fosse para a cama naquela noite. Quando ela se recusou, ele se afastou, chateado. Quando ele voltou mais tarde, ela estava adormecida na cama grande, nua a não ser pelos diamantes e a fita verde. Aninhando-se perto dela, ele removeu a fita sorrateiramente, e então a cabeça dela rolou, afastando-se do corpo e expondo o pescoço decapitado com um corte perfeito.

As trigêmeas adoravam aquela história horrenda e pediam para ouvi-la de novo e de novo. Quando Octavia morreu, elas passaram a usar o tecido de crepe preto no pescoço em um ato de afeto mórbido.

Com o laço bem firme, Lenore o torceu para o lado em um ângulo alegre.

— As Graças já estão lá embaixo. Nós as acordamos primeiro.

Camille se levantou do banco. Quando ergui o tecido para ela, minha irmã o jogou para o lado, deixando o espelho exposto e sua superfície reluzente.

Mercy, Honor e Verity estavam sentadas na ponta mais distante da mesa na sala de jantar. As meninas mais velhas desfrutavam de ovos e arenque. Verity segurava uma tigela de morangos com creme de leite, mas mexia as frutas de um lado para o outro, sem comer. Percebi que ela estava sentada o mais distante possível de Honor e Mercy sem de fato trocar de lugar. Pelo visto, ela ainda não as tinha perdoado pela traquinice tarde da noite.

Não nos demos ao trabalho de nos servir. O papai estava sentado na ponta da mesa, evidentemente querendo anunciar sua novidade.

Ele começou sem delongas:

— Depois do café da manhã, há uma surpresa maravilhosa para vocês no Salão Dourado.

O Salão Dourado era pequeno e formal, usado somente para convidados importantes: visitantes da corte ou o Alto-Marinheiro. Muitos anos antes, o rei e a família passaram as férias de verão em nossa casa, e a rainha Adelaide usou o salão como sala de estar. Ela havia elogiado as cortinas reluzentes cor de damasco, e a mamãe jurara nunca trocá-las.

— O que é, papai? — perguntou Camille.

— Depois de pensar bastante, decidi que o período de tristeza para a nossa família acabou. Highmoor passou muitos anos na escuridão. Estou encerrando o período de luto.

— Nós sepultamos Eulalie ontem. — Lembrei a todos na mesa, cruzando os braços. — Ontem.

Alguém chutou minha perna por debaixo da mesa. Eu não tinha como provar, mas apostaria que tinha sido Rosalie.

O papai arqueou a sobrancelha, me olhando.

— Eu sei que isso pode parecer precipitado, mas...

— *Bastante* precipitado — interrompi, e levei outro chute.

Daquela vez tive certeza de que havia sido Ligeia.

Papai apertou o ossinho do nariz, como se sentisse uma enxaqueca.

— Parece que você quer dizer alguma coisa, Annaleigh.

— Como pode pensar em fazer isso agora? Não é certo.

— Já passamos muito tempo das nossas vidas em luto. É hora de novos começos, e não consigo suportar ter nosso recomeço em meio a tanto sofrimento.

— *Seu* recomeço. Seu e de Morella. Nada disso estaria acontecendo se ela não estivesse grávida.

As trigêmeas fizeram uma expressão chocada, abaladas. Vi a mágoa nos olhos de Morella, mas continuei falando. Que se danassem os sentimentos; aquilo era importante demais.

— Ela disse que é um menino, e o senhor está pronto para mover céus e terras para agradá-la. Está disposto a esquecer completamente da sua primeira família. Sua família amaldiçoada. — A palavra escapuliu, sombria e desagradável.

Verity fez um som que era meio berro, meio soluço.

— Não tem maldição nenhuma. — Lenore correu para o lado da menina, esbravejando para mim: — Diga a ela que não tem maldição nenhuma.

— Eu não quero morrer — murmurou Verity em um gemido, derrubando a tigela de creme de leite.

— Você não vai morrer — interveio o papai, apertando tanto os braços da cadeira que era de admirar a madeira não ter quebrado. — Annaleigh, você passou de todos os limites. Peça desculpas agora.

Eu me levantei e me ajoelhei ao lado de Verity, abraçando-a e acariciando seu cabelo macio.

— Desculpe, não quis deixar você chateada. Não tem nenhuma maldição.

A voz do papai ecoou, fria e sem emoção:

— Eu não estava falando de Verity.

Comprimi os lábios em um desafio silencioso. Embora meus joelhos estivessem prestes a ceder, eu me obriguei a não desviar o olhar do dele.

— Annaleigh — alertou meu pai.

Contei os segundos passando no reloginho prateado em cima da cornija. Depois de quase trinta segundos, Camille pigarreou, chamando a atenção do papai.

— O senhor disse que tinha alguma coisa no salão...

Ele esfregou a barba, de repente parecendo bem mais velho.

— Isso. Foi ideia de Morella, na verdade. Um presente para todas vocês. — Ele suspirou. — Para celebrar o fim do período de luto, chamamos modistas para fazerem roupas novas. Chapeleiros e sapateiros também.

Todas as minhas irmãs soltaram gritinhos, e Rosalie correu para o papai, então para Morella, abraçando-os pelo pescoço.

— Obrigada, obrigada, obrigada!

Dei um beijo no topo da cabeça de Verity e me levantei, com a intenção de voltar para o quarto. Eu não queria roupas novas. Eu não esqueceria dos costumes antigos, nem seria comprada com adornos e sedas reluzentes.

— Annaleigh — chamou o papai, fazendo-me parar. — Está indo para onde?

— Já que não necessito de roupas novas, vou deixá-los à vontade com elas.

Ele balançou a cabeça.

— Vamos todos sair do período de luto, inclusive você. Não vou permitir que continue usando essas roupas escuras enquanto o resto de nós segue com a vida.

Respirei fundo, mas não consegui evitar soltar as farpas ardentes:

— Eu tenho certeza de que Eulalie iria gostar de poder seguir com a vida também.

Com três passadas, meu pai atravessou a sala. Ele não era violento, mas naquele momento eu me preocupei de verdade com a possibilidade de ele me bater. Segurando meu cotovelo, ele me puxou para o corredor.

— Essa teimosia acaba agora.

Respondendo com uma impetuosidade que eu nem sabia que tinha, neguei com a cabeça, desafiando-o às claras.

— Vai, pode seguir em frente, já que está tão empenhado em ter essa nova vida. Deixe que eu lamente a morte de minhas irmãs como eu quiser.

— Ninguém conseguirá seguir a vida se você estiver zanzando pela casa toda de preto, sem deixar que se esqueçam! — Ele se virou para a janela, praguejando em frustração. Quando olhou para mim de novo, rugas profundas marcavam sua testa. — Não quero brigar, Annaleigh. Sinto tanta saudade de Eulalie quanto você. Assim como de Elizabeth, Octavia e Ava. Mais ainda de sua mãe. Acha que fico feliz tendo devolvido metade de minha família ao Sal?

Papai se sentou em um pequeno banco tipo *tête-à-tête*. Era baixo demais para ele, e seus joelhos quase encostavam no peito. Depois de um instante, ele gesticulou para que eu me sentasse também.

— Eu sei que a maioria dos homens quer ter filhos jovens e fortes como herdeiros, assumindo o patrimônio, perpetuando o legado, mas sempre tive orgulho de ter tantas filhas. Algumas das minhas melhores lembranças são junto às minhas onze meninas e à mãe de vocês, brincando com roupas, escolhendo bonecas. Eu adorava esses momentos. E quando Cecilia ficou grávida de Verity... foi uma surpresa tão incrível. Quando sua mãe faleceu, achei que nunca mais seria feliz de novo.

Uma lágrima escorreu pelo rosto dele, chegando ao nariz. Meu pai a secou, olhando para o azulejo do piso. Pequenas lascas de vidro marinho formavam um mosaico de ondas quebrando pelo corredor.

— Depois de tantos anos de tragédia e tristeza, tenho a chance de ser feliz de novo. Não é tão completa. Como poderia ser, com tantas pessoas ausentes? Só que preciso aproveitá-la enquanto posso.

A fita no meu pulso já estava desgastada, e fiquei remexendo as pontas desfiadas, sendo tomada por uma sensação de déjà-vu. Não fora aquilo que Camille havia acabado de me dizer?

— Imagino que as modistas tenham umas sedas de um cinza-claro? — argumentei, cedendo.

— Cecilia sempre achou que você ficava linda de verde — confidenciou ele, dando um empurrãozinho em meu braço com o dele. — Por isso que ela escolheu aquele tom de jade para seu quarto. Ela disse que seus olhos a faziam lembrar do mar logo antes de uma grande tempestade.

— Vou dar uma olhada no que elas têm — respondi, segurando a mão dele enquanto meu pai me ajudava a me levantar. — Mas eu garanto que não vai me ver vestindo cor-de-rosa.

— Olha este cetim! É o tom de rosa mais deslumbrante que já vi! — exclamou Rosalie, erguendo o pano no alto.

O Salão Dourado virara uma bagunça de tecidos e adereços. Caixas de laços e rendas estavam abertas como baús de tesouro, os itens escapulindo para fora. Não havia uma única superfície vazia. Eu já tinha tropeçado em três caixas de botões.

Camille levou uma amostra de tecido na cor de açafrão próximo ao rosto.

— O que acha desse tom, Annaleigh?

— Combina muito com você — interveio Morella.

Ela estava bem no meio do caos, sentada em uma espreguiçadeira feito uma abelha-rainha mimada. Ela não olhava para mim desde o incidente na sala de jantar. Eu precisava encontrar uma maneira de me desculpar.

— Um pouco de azul destacaria mais seus olhos — opinei, pegando uma amostra azul-celeste. — Viu? E realça a cor de sua pele... Você está bem corada. Não acha, Morella?

Minha madrasta concordou com a cabeça dando um pequeno aceno, mas se virou para observar um pedaço de fita cintilante que Mercy tirou de uma caixa.

— O chiffon é perfeito para a senhorita — afirmou a costureira, entrando na conversa. — Já viu esses croquis? — Ela entregou a Camille alguns esboços. — Nós podemos fazer vestidos com qualquer um desses modelos.

Camille aceitou os desenhos e se sentou em um pufe coberto com panos cor de damasco em tom pastel brilhoso. A costureira se ajoelhou ao lado de minha irmã, fazendo anotações.

Na arara de roupas atrás de mim havia metros de tecidos de cor creme e lindas sedas verdes em cabides acolchoados. Eu tinha selecionado três modelos para serem produzidos; vestidos compridos e esvoaçantes, e até um vestido de baile que usaria na festa das trigêmeas. Apesar das minhas reticências, o tule da cor da espuma do mar, adornado com lantejoulas prateadas reluzentes como estrelas, me deixou eufórica de expectativa. Seria um vestido realmente magnífico.

Lenore abriu uma caixa adornada.

— Ah! Olhem só esses aqui!

Aninhado dentro do revestimento aveludado estava um par de calçados. O couro prateado parecia macio que nem manteiga e reluzia à luz do dia. Fitas de seda foram costuradas de cada lado para ajudar a amarrá-los no tornozelo.

Eram sapatos perfeitos para dançar.

Verity pegou um e o aproximou do rosto, analisando o detalhe de contas nas pontas dos pés, maravilhada.

— São sapatos de fada!

— Que espetacular — murmurou Morella, admirando o outro pé do calçado.

— Levam duas semanas para fazer cada par. As solas são acolchoadas para ficarem mais confortáveis. Podem dançar a noite toda, e nada de pés doloridos na manhã seguinte — declarou Reynold Gerver, o sapateiro.

Rosalie pegou o sapato das mãos de Verity.

— Eu quero um par desse para o nosso baile.

— Não, eu vi primeiro! — reclamou Lenore. — Eu que quero.

— Podemos todas ter um — sugeriu Ligeia. Ela se juntou a Morella na espreguiçadeira, tocando nas fitas. — Só se faz dezesseis anos uma vez.

Camille ergueu o olhar dos croquis.

— Tem como fazer o sapato em cores diferentes? Eu adoraria um em rosé, para combinar com meu vestido.

Gerver confirmou com a cabeça.

— Eu tenho amostras de todos os tipos de couro aqui. — Ele sacou um livreto de debaixo do tecido amarelo descartado, então fez uma pausa, olhando para Morella. — Como esses calçados são únicos... podem ser bem custosos.

— "Bem custosos"? — A voz do papai ecoou da soleira da porta. — Eu deixo as minhas meninas sozinhas por uma hora, e quando volto, vocês me deixaram quase falido, é isso?

Rosalie ergueu o calçado cintilante.

— Papai, olhe isso! Esse sapato seria perfeito para o baile! Podemos comprar? Por favor?

Ele olhou para o rosto esperançoso de cada uma de minhas irmãs.

— Imagino que todas vocês queiram um?

— Nós também? — perguntou Honor, ficando na ponta dos pés para espiar por cima de uma pilha de caixas de chapéus.

Ele manteve a expressão neutra.

— Vou precisar dar uma olhada no sapato. Uma das lições mais importantes do comércio: nunca feche um negócio antes de olhar a mercadoria.

Rosalie entregou o sapato de volta a Verity e a cutucou. Ela deu um passo à frente, estendendo o calçado com os dedos gordinhos de maneira reverente.

— São sapatos de fada, papai.

Ele virou o sapato de um lado para o outro, várias vezes, demonstrando um interesse teatral.

— Sapatos de fada, é?

Os olhos redondos dela, verdes como os meus, estavam radiantes.

— Parecem delicados demais. Pouco resistentes.

O sapateiro se pronunciou:

— Na verdade, não. Eu garanto que durarão uma temporada inteira de bailes. Faço as solas usando o melhor couro em todo o reino. São flexíveis, mas fortes.

Papai não parecia convencido.

— Quanto custariam oito desses?

Da espreguiçadeira, Morella fungou.

— Nove — corrigiu o papai. — Nove sapatos, prontos até o fim do mês. Minhas filhas darão um baile. E vamos precisar dos calçados até lá.

Gerver fez um barulhinho com a boca.

— Não é muito tempo. Eu precisaria arranjar uns ajudantes...

— Quanto custariam?

Gerver começou a contar na ponta dos dedos, então ajustou os oclinhos dourados quase na ponta do nariz.

— Cada par fica cento e setenta e cinco floras de ouro. Mas para fazer nove, em apenas três semanas... eu não poderia cobrar menos de três mil.

O clima divertido na sala se esvaiu. Não havia a menor chance de o papai concordar com tamanha extravagância. Eu não conseguia nem calcular quanto os novos vestidos e as crinolinas já estavam custando.

— Com certeza nove sapatos não vão nos levar à falência, Ortun — incitou Morella com um sorriso cativante.

Verity ficou em alerta, observando a reação de papai com uma atenção extasiada. Ele se ajoelhou ao lado dela.

— Acha mesmo que esses sapatos valem tudo isso, filha?

Ela olhou para nós, então confirmou com a cabeça.

De repente, papai abriu um sorrisão.

— Então, vamos lá, cada uma escolhe um. Sapatos de fada para todo mundo!

5

Com uma última remada, atraquei o bote na marina em Selkirk, deslizando ao longo do cais iluminado pelo sol enquanto subia pelo horizonte. No funeral de Eulalie, Morella havia mencionado que ela estivera prestes a contar ao papai sobre o bebê, mas fora interrompida pelos pescadores carregando o corpo de Eulalie para casa. Talvez eles tivessem visto algo, algum detalhezinho que pudessem ter esquecido de contar ao papai porque acreditavam que a queda havia sido um acidente.

Passei a corda por entre o cunho de amarração e atei o que sobrou, depois saí da embarcação.

Eu precisava encontrar aqueles pescadores.

As cinco Ilhas Salinas se espalhavam pelo mar Kaleo como aglomerados de pedras preciosas em um colar.

Selkirk ficava na extremidade mais ao norte, servindo como lar de peixeiros, capitães e marujos. No píer movimentado eram comercializados os frutos do mar que chegavam em barcos todo dia.

Astreia era a próxima na cadeia de ilhas, e a mais populosa. Lojas, mercados e tavernas brotavam das margens rochosas, uma cidade cintilante de comércio e riqueza. As trigêmeas estiveram lá quase todo dia desde que o baile fora anunciado, vasculhando as lojas à procura de pequenos tesouros. Uma meia-calça extra, um novo tom de corante labial. De alguma maneira, Morella convencera o papai de que tudo aquilo era absolutamente necessário para jovens garotas prestes a debutar na sociedade.

Nós vivíamos bem no meio da cadeia, em Salície.

Vasa se estendia como uma enguia comprida e magricela, com portos nas pontas norte e sul. O papai supervisionava um estaleiro enorme que tomava a ilha inteira. A maior parte da frota naval do rei tinha sido construída em Vasa. Alguém na corte ouvira o rei se gabar uma vez de que os navios mais ágeis da frota dele eram os construídos em Salinas, e o papai tinha andado com o peito estufado de orgulho por meses.

A última ilha era a menor, porém, a mais importante. Héspero era um dos postos de defesa mais cruciais em toda a Arcânia. O farol da ilha, chamado carinhosamente de "Velha Maude", era mais alto que qualquer outro no país. Não só auxiliava os navios que chegavam e partiam do porto, como também era um instrumento excelente para identificar barcos inimigos.

Eu amava o farol. Era como uma segunda casa. Quando eu era pequena, me oferecia para limpar as janelas em Highmoor até ficarem brilhando, imaginando que estava polindo a galeria do farol. Eu ia até o penhasco mais alto e fingia estar no topo da Velha Maude, espionando navios estrangeiros (na verdade, pescadores na pesca diária) e anotava todos os detalhes pertinentes em um caderno enorme, como eu vira Silas fazer.

Silas tem sido o Guardião da Luz desde sempre, pelo que se lembrava. Ele cresceu no farol, aprendendo as particularidades do lugar com o pai. Quando ficou nítido que Silas não teria filhos, meu pai percebeu que era necessário arranjar um aprendiz para uma eventual substituição do cargo. Eu orara a Pontos toda noite para que a escolhida fosse eu.

Em vez de mim, o filho de Hanna, Fisher, fora escolhido. Ele trabalhava no cais, mas o papai dissera que ele estava destinado à grandeza. Quando garotas, Camille e eu o seguíamos por toda Salície, maravilhadas e encantadas com cada gesto do menino. Quando ele fora embora para assumir o posto como aprendiz, eu chorei toda noite por uma semana.

Olhando pelo embarcadouro de Selkirk, eu conseguia distinguir o brilho do farol, e me perguntei o que Fisher estaria fazendo. Talvez limpando as janelas. Silas era fanático quando o assunto era janelas.

Segui andando pelo cais e parei diante do primeiro barco que encontrei, perguntando ao capitão se ele sabia algo dos homens que encontraram o corpo perto de Salície. Ele fez um gesto com a mão, me enxotando, afirmando que mulher perto da embarcação dava azar. Dois outros tripulantes fizeram a mesma coisa, e então enfim encontrei um estivador que me respondeu.

— A filha do duque? — perguntou ele, mastigando um chumaço de tabaco. O líquido da coisa escorria pela boca do homem, manchando a barba amarelada. — Aquela de algumas semanas atrás?

Assenti, afoita, ávida por qualquer informação.

— Você vai querer falar com Billups... — Ele passou os olhos pelo embarcadouro. — Mas o barco dele já saiu.

— Sabe quando ele volta?

Com todos os preparativos para a festa, eu conseguiria ficar longe pela maior parte da tarde sem que dessem por minha falta.

— Não hoje — retrucou o homem, acabando com meu plano. — Nem amanhã. Ele quer conseguir uma última pesca das boas antes do Revolto. — Ele ergueu a mão para sentir a brisa. — Está sentindo a mudança no ar? Não vai demorar.

Tentei esconder a decepção, abrindo um sorriso de agradecimento.

— Ekher não estava com ele? — perguntou o companheiro do estivador que tinha escutado a conversa enquanto enrolava uma corda grossa.

— Estava? Eu achei que ele não saía mais do cais hoje em dia.

O outro homem grunhiu, e os dois viraram o rolo, posicionando-o na vertical.

— Ele está a algumas docas daqui. Não tem como não ver aquele redeiro velho, não.

Atravessei o labirinto dos cais conectados, de olho para ver se identificava alguém manejando redes. Três píeres depois, eu o vi.

Ekher estava sentado em um banco, com várias bobinas de cordões de cor azul-cobalto e índigo. Depois de décadas nos cais, a pele dele era escura e havia adquirido um aspecto de couro, com rugas bastante profundas. Os dedos vigorosos estavam ocupados com uma agulha curvadíssima, usada para entrelaçar as redes umas nas outras. Enquanto seus dedos passavam por uma pilha de cordões ao lado dele, procurando o pedaço correto, percebi que ele não os via.

O homem era cego.

Fiz uma pausa, ponderando o que fazer. Era óbvio que ele não conseguiria me dar nenhum detalhe sobre quando encontraram Eulalie... Devia ter sido Billups a identificá-la. Eu estava prestes a ir embora quando ele se virou devagar e focou em minha direção os olhos de aspecto esbranquiçado.

— Se vai ficar aí encarando um velho a manhã toda, menina, ao menos venha fazer companhia a ele.

O homem estendeu a mão, fazendo um sinal com os dedos curvos para que eu me aproximasse.

Me controlei para não soltar uma risadinha nervosa e cheguei perto do banco.

— Eu não percebi que conseguia me ver — expliquei em um tom de desculpa, e alisei a saia de linho.

— Óbvio que não consigo te ver. Eu sou cego — retrucou ele.

Inclinei a cabeça para o lado.

— Então como...

— Seu perfume. Ou sabonete. Ou o que quer que seja que vocês, jovenzinhas, usam. Deu pra sentir o cheiro de longe.

— Ah.

Senti o coração murchar com uma decepção surpreendente, triste com a resposta tão pragmática.

— E o que você quer com um redeiro velho e cego, afinal?

— Ouvi dizer que o senhor estava com o pescador que encontrou aquele corpo...

— Eu faço 98 anos na próxima terça, minha menina. Já trombei com muitos corpos nesta vida. Vai precisar ser mais específica.

— Eulalie Taumas. A filha do duque.

Ele abaixou a agulha.

— Ah. Ela. Que coisa horrível.

— Sabe se seu amigo, Billups, de repente viu alguma coisa estranha?

— Não é comum ver belas garotinhas caindo de um penhasco, é? É a isso que se refere?

Eu me sentei no banco ao lado dele.

— Então os senhores acham que foi um acidente?

Ekher levou dois dedos curvos ao peito, como se estivesse afugentando espíritos malignos.

— E o que mais seria? Ela não teria pulado. Nós vimos o medalhão.

— Medalhão? — repeti.

Eu nunca tinha visto Eulalie com um medalhão.

Ele confirmou com a cabeça.

— A corrente estava toda arrebentada, mas ainda dava para distinguir a gravação.

Antes que eu pudesse perguntar mais, o corpo do homem ficou rígido, e ele segurou minha mão. Os dedos dele se cravaram em minha pele, e exclamei em surpresa e dor. O aperto dele era forte demais, e eu não conseguia me soltar.

— Tem alguma coisa vindo. — A voz dele saiu falhada, rouca por causa do pânico.

Levei a outra mão aos olhos, protegendo-os da luz forte do sol. O embarcadouro estava agitado, movimentado e barulhento como sempre. Gaivotas guinchavam no alto, conspirando para roubar iscas de peixeiros distraídos. Capitães gritavam com os estivadores, dando ordens e às vezes xingando os rapazes rebeldes que pareciam relutar por causa das dores de cabeça que, sem dúvida, eram resultado de uma gandaia na taverna na noite anterior.

— Não estou vendo nada.

Ele apertou minha mão ainda mais; era evidente que estava apavorado.

— Não consegue sentir?

— Sentir o quê?

— As estrelas cadentes.

Lancei um olhar de dúvida para o céu, que tinha um tom denso de pêssego e âmbar. Não dava para ver nem o Diadema de Vérsia, que era a mais brilhante das constelações, nomeada em homenagem à Rainha da Noite.

— O que aconteceu com o medalhão? — perguntei, tentando afastar a atenção dele de estrelas invisíveis para voltar ao assunto de antes. — Vocês o trouxeram com o corpo?

Ele fixou os olhos em mim, com evidente indignação.

— Eu não sou nenhum ladrão.

Pensei no velório de Eulalie, lembrando-me daquele colar horrível que ela estivera usando. Havia sido a única vez que eu a vira com aquilo. Tinha sido aquele o medalhão?

Suspirei, frustrada. O velório havia sido duas semanas antes. O caixão sem dúvida já tinha se rompido e devolvido Eulalie ao Sal, com colar e tudo.

— Lembra-se do que estava escrito nele?

Ekher confirmou com a cabeça.

— Billups leu em voz alta. Até caiu um cisco no meu olho e no dele também. — O senhor pigarreou, como se em preparação para recitar um poema: — Sozinho vivia em um mundo de pranto, a alma feito maré em marasmo, até Eulalie, bela, meiga e acanhada, minha noiva aceitar ser.

Fiquei boquiaberta.

— "Noiva"? Eulalie não era noiva de ninguém.

Ele deu de ombros e voltou a enfiar a agulha nos cordões de novo. Ekher errou o alvo, e o metal curvado se cravou na ponta do dedão enrugado. O homem pareceu não sentir nada. O sangue escuro manchou a rede índigo de preto.

— Você se machucou.

O humor de Ekher mudou de repente enquanto o sangue se acumulava e ele esfregava um dedo no outro.

— Vá embora antes que eu perca o dedo de vez, garota tola!

Ele torceu o nariz e deu uma cuspida.

Dei um pulo para longe de Ekher e andei depressa pelo cais, mas continuei olhando para trás enquanto ele berrava e me xingava. Eu nunca tinha visto o humor de alguém mudar tão depressa. Será que aqueles anos todos debaixo do sol tinham afetado a cabeça do homem? Enquanto eu olhava para trás uma última vez na direção dele, trombei com alguém e quase caí no chão.

— Perdão, eu sinto muito — disse eu, esticando os braços para me equilibrar.

O sol estava bem atrás do desconhecido, projetando em volta dele uma coroa brilhante que ofuscou minha visão. Pontinhos azul-escuros e brancos incandescentes dançaram em minha visão.

Como as estrelas mencionadas pelo velho.

— Acho que isso é seu... — comentou o homem e se aproximou com o braço estendido.

Protegida do brilho do sol, consegui distinguir simpáticos olhos azuis que me observavam com preocupação.

Perto do desconhecido, eu me senti minúscula, mal batia nos ombros dele. Meus olhos se demoraram na largura dos ombros por um instante a mais do que era apropriado. *Ele deve ser um capitão*, pensei ao ver o contorno dos músculos por baixo da elegante casaca de lã. Não era difícil imaginá-lo içando uma vela pesada, uma grua por vez.

O cabelo do rapaz era mais longo do que o costume, os cachos escuros indo quase até a mandíbula. Uma mecha roçava o canto da boca, movida por uma brisa passageira. Tive um desejo repentino, e bastante aterrador, de afastar o cabelo, só para sentir se era macio.

O desconhecido pigarreou, e minhas bochechas coraram. Eu estava apavorada com a possibilidade de ele ter lido minha mente de alguma maneira. Ele segurava uma moeda entre os dedos enquanto eu ficava ali, olhando-o embasbacada, minha mente tomada por um turbilhão de pensamentos.

— Você deixou cair isso.

Após falar, ele segurou minha mão e colocou nela o objeto de cobre.

Um gesto tão simples, algo que os mercadores e comerciantes faziam todo dia, não deveria ter parecido tão único e íntimo, mas o toque dele me deixou extasiada. Ele acariciou o centro da minha mão com o polegar, deixando um rastro de formigamento quando me entregou o dinheiro. Prendi a respiração enquanto me perguntava, de maneira irracional, qual seria a sensação daquela carícia no meu pescoço, nas minhas bochechas, na minha boca...

— Obrigada — murmurei, quando enfim encontrei a voz. — É muita gentileza. A maioria das pessoas teria ficado com a moeda.

— Nunca me passaria pela cabeça ficar com algo que não me pertence — retrucou ele, e tive a impressão de que ele quase sorria. — Além do mais, é só uma flora de cobre. Prefiro ficar sem o dinheiro e aproveitar a oportunidade de conversar com a garota linda que é dona dele.

Abri a boca, tentando dizer algo, mas parecia estar sem palavras.

Ele chegou mais perto quando dois pescadores avançaram pelo píer, equilibrando um caixote pesado.

— Na verdade, talvez você possa me ajudar...

Entrei em alerta. O papai sempre nos avisou para ficar de olho em larápios e ladrõezinhos quando saíamos de Highmoor. Talvez devolver minha moeda fosse apenas uma artimanha para arrancar mais dinheiro.

— Eu sou novo aqui, e estou procurando o capitão.

Estreitei os olhos, ficando atenta ao movimento das mãos dele. O papai dissera que alguns eram tão habilidosos na arte do roubo que roubariam os anéis dos dedos sem que sequer notássemos.

— Estamos em um embarcadouro grande — respondi, gesticulando para as dezenas de barcos ao redor. — Tem muitos capitães.

O desconhecido abriu um sorriso singelo, as bochechas denunciando a decepção consigo mesmo, e pensei que talvez as intenções do homem fossem mesmo inocentes.

— Sim, lógico. Estou procurando o capitão Corum. Capitão Walter Corum.

Dei de ombros, desejando que a luz nos olhos dele não me deixasse tão agitada. Depois de tantos anos trancada em Highmoor, eu quase não tinha contato com homens. Até falar com o valete do papai, Roland, para além de fazer uma pergunta ou outra, me deixava toda sem graça, corada e gaguejando.

Apontei na direção do mercado mais adiante no porto.

— Alguém por lá deve saber.

Os olhos do desconhecido traíram um pouco de seu desânimo, e a decepção dele era evidente.

— Mas você não?

— Eu não sou de Selkirk.

Ele se virou para ir embora.

— Você vai embarcar com ele? — A pergunta escapou de mim alto demais. — Com o capitão Corum?

O desconhecido negou com a cabeça.

— Ele está doente, com escarlatina. Vim cuidar dele.

— Ele está muito mal, então?

O moço deu de ombros.

— Acho que vou descobrir logo, logo.

Lembrei de como todo mundo tinha se reunido ao redor do leito de Ava quando ela ficara doente. Mantinham o quarto escuro, com as cortinas bem fechadas para bloquear toda e qualquer luz. Os curandeiros disseram que devíamos usar o calor para exterminar a doença do corpo dela, e o quarto ficou abafado de um jeito insuportável, com as chamas da lareira sendo atiçadas o máximo que o papai ousava. Ainda assim, Ava batera os dentes tão alto que eu temera que se quebrassem todos, escapando por entre os lábios ensanguentados de minha irmã como uma chuva de granizo.

Mas o desconhecido não parecia um curandeiro. Ele tinha o porte de quem deveria estar em um navio, bem acima do mar lá no cesto da gávea, a meio caminho das estrelas. Eu conseguia imaginar o vento balançando aqueles cachos escuros enquanto ele observava o horizonte em busca de aventuras.

— Eu espero que ele melhore logo — comentei, entrelaçando as mãos, incerta sobre o que deveria fazer com elas. — Vou orar a Pontos hoje para que ele se recupere rápido.

— É muita gentileza sua... — Ele parou de falar em uma nítida indicação para saber meu nome.

— Annaleigh.

Ele abriu um sorriso, e prendi a respiração, e subitamente senti o nervosismo em meu âmago.

— Annaleigh — repetiu ele, e na língua do rapaz meu nome soou agradável e maravilhoso, como o verso de um poema ou um cântico.

— Taumas — adicionei, embora ele não tivesse perguntado.

Fiquei parecendo completamente tola, e quis desaparecer no meio das ondas.

Os olhos dele se iluminaram, como se reconhecesse meu sobrenome, e me perguntei se ele conhecia o papai.

— Annaleigh. Taumas. — O sorriso do rapaz se alargou. — Uma beldade. — Ele fez uma grande reverência, posicionando o braço como um nobre cortesão. — Eu espero que nossos caminhos se cruzem de novo.

Antes que eu pudesse demonstrar minha surpresa, ele já tinha se virado e estava na metade do píer movimentado, esquivando-se de outra pessoa carregando um caixote.

— Espere! — exclamei, e ele parou e se virou.

No rosto do desconhecido vi uma satisfação inesperada enquanto ele aguardava que eu continuasse.

Embora estivesse com as bochechas queimando de vergonha, eu me aproximei.

— Eu posso mostrar o caminho até o mercado... se quiser.

Ele olhou para as tendas cobertas a algumas docas de distância de onde estávamos.

— Aquele mercado ali?

O tom leve dele indicava que estava me provocando, mas meu estômago se revirou, e me dei conta da tolice. Eu me forcei a abrir um sorriso.

— Bem, sim, tenho certeza de que vai conseguir chegar lá sem problemas. — Assenti uma vez. — Tenha um bom dia... — Eu não sabia o nome dele, e a despedida pareceu ficar em aberto. — Senhor — adicionei, dois segundos tarde demais.

Enquanto eu voltava na direção do bote, meu rosto estava vermelho que nem um tomate. De repente senti sua mão segurar meu pulso de leve, girando-me para ficar de frente para o lindo desconhecido de novo. Segurei o antebraço dele para me equilibrar. Ele parecia mais alto de alguma maneira, e percebi uma cicatriz fina em forma de lua crescente na têmpora dele. Eu sabia que estava encarando e em um instante dei dois passos para trás, abrindo uma distância apropriada entre nós.

— Cassius — informou ele. — Meu nome é Cassius.

— Ah.

Ele dobrou o braço e o acenou em minha direção.

— Eu ficaria muito grato pela sua ajuda para achar o mercado. É minha primeira vez em Selkirk, e seria horrível se eu acabasse me perdendo.

— É um embarcadouro bem grande mesmo — respondi, olhando para a marina como se tivesse triplicado de tamanho.

— Então pode me ajudar, srta. Taumas?

Os olhos dele dançavam, seu rosto prestes a abrir outro sorriso.

— Acho que é meu dever.

Ele nos conduziu por outro cais, para a esquerda, então para a direita, então outra esquerda, deixando a curta caminhada mais longa.

— Então você é um curandeiro? — perguntei enquanto saltava sobre um rolo de corda. Os embarcadouros estavam ficando mais cheios, os pescadores ajeitavam tudo para começar o dia de trabalho. — Você disse que estava aqui para cuidar do seu amigo?

— Do meu pai. E não, eu não tenho nenhum treinamento como curandeiro. É mais uma devoção familiar... ou obrigação familiar, na verdade — contou Cassius, seu sorriso ficando tenso. — Essa será a primeira vez que nos encontramos. — Ele se inclinou em minha direção para desviar de uma armadilha de lagostas que um barco próximo havia içado no cais. — É que eu sou um bastardo, srta. Taumas.

Ele disse aquilo com um atrevimento impetuoso, com a intenção de me chocar.

— Isso não importa — respondi com sinceridade. — Não devia importar o que seus pais fizeram, só o que você faz como pessoa.

— Que generoso da sua parte. Quem dera se mais pessoas pensassem assim.

Fizemos uma última curva, saindo do píer e entrando no mercado. Mesas e barracas estavam cobertas por dosséis improvisados, protegendo as recentes pescarias dos impiedosos raios de sol. Uma brisa leve amenizava a maior parte do fedor, mas havia uma pungência latente de peixe eviscerado que vento nenhum conseguiria afastar.

— Bem, chegamos — gesticulei para as tendas. — Eu tenho certeza de que qualquer um dos peixeiros pode lhe mostrar onde o capitão mora. É uma comunidade pequena. Todo mundo conhece todo mundo.

Depois que falei, eu me dei conta de como aquilo era verdade. Enquanto perambulávamos pela multidão, recebemos olhares, que de imediato me reconheceram como a filha do duque. Embora a maior parte dos mercadores tivesse tido o decoro de colocar a mão na frente da boca antes de cochichar, ainda dava para ouvir os sussurros.

— Aquela é uma das Taumas.

— Que pena que...

— ... não faz nem um mês que morreu...

— ... amaldiçoadas...

Senti o cabelo da nuca se arrepiar com a menção à maldição. Era uma fofoca boba, mas os rumores davam um jeito de se transformarem em algo grande e complicado. Eu não sabia se Cassius notou que eu estava envergonhada demais para o olhar nos olhos.

— Que roupa é aquela? Não é nem um cinza...

— ... faça ela ir embora...

— ... a garota vai trazer o azar pra cá...

— Ei! Você aí! — ecoou uma voz por cima do burburinho. — Não devia estar aqui, não!

— Eu tenho que ir — disse eu, soltando o braço de Cassius. O impulso de fugir dos sussurros era maior do que qualquer vontade que eu tinha de ficar com ele. — Eu espero que você encontre seu pai e que ele melhore logo!

— Mas... Annaleigh!

Antes que ele pudesse me impedir, dei meia-volta e me apressei para retornar à segurança do bote. Eu precisava estar na água, em meio às ondas. Eu precisava que a brisa do mar afugentasse o pânico que crescia dentro de mim, precisava do balanço ritmado das ondulações do oceano firmando minha mente de novo.

Nós não éramos amaldiçoadas.

Ao entrar no barco, tentei afastar da cabeça os sussurros do grupo, mas eles permaneceram ali, ecoando e aumentando até que uns poucos peixeiros se tornassem uma multidão vaiando, então uma turba, com tochas e facas.

Fiquei na ponta dos pés, espiando por sobre as tábuas do cais para checar se alguém viera atrás de mim. Parte de mim esperava que Cassius tivesse me seguido, mas aquele lado da marina estava vazio. Ele estava no mercado, provavelmente ouvindo sobre as irmãs Taumas. Fiquei com o coração apertado quando imaginei aquele sorriso iluminado sumindo enquanto ele era informado dos falecimentos macabros em Highmoor.

Embora a única criatura a testemunhar minha tolice fosse um pequeno caranguejo chama-maré rastejando por entre as tábuas, senti o rosto ficar vermelho. Eu não conhecia Cassius, mas não conseguia suportar a ideia de que ele podia ter uma má impressão sobre mim.

— Pare de ser ridícula. — Desamarrei a corda do cais depressa e comecei a remar para longe. — Ele não passa de um sedutor experiente, e você tem mais com o que se preocupar.

Longe do porto, fiz uma pausa para jogar água no rosto ainda quente. Eu tinha *mesmo* mais com o que me preocupar.

O que significavam aqueles dizeres no medalhão? Eulalie, uma noiva acanhada?

Não fazia sentido algum. Ainda que ela tivesse muitos pretendentes, nenhum deles tinha pedido sua mão.

Ou tinha?

Franzi a testa e movi os remos contra as ondas. Havia apenas dois motivos para Eulalie não ter nos contado sobre um noivo...

Ou era alguém que o papai nunca teria aprovado.

Ou alguém que Eulalie não aprovara.

Minha imaginação ganhou asas, voltando à fatídica última noite de Eulalie. Ela devia estar indo encontrar o suposto noivo, rejeitando as investidas dele e afirmando que eles nunca ficariam juntos. Eles brigaram, as emoções ficaram à flor da pele até que chegaram ao calor do momento, e ele a jogou do penhasco. Ele havia jogado o medalhão em seguida para apagar a prova do sentimento não correspondido? Imaginei minha irmã despencando pelo ar, a expressão confusa no rosto transformando-se em horror enquanto ela percebia que não havia como escapar, não dava para voltar atrás e consertar tudo. Ela tinha gritado antes de cair nas pedras?

Uma onda acertou o bote, trazendo-me de volta ao presente com um ruído surpreso. Embora fosse tudo suposição, eu sentia que estava no caminho certo.

A morte de minha irmã não fora acidental. Não fora parte de uma maldição sombria.

Ela fora assassinada.

E eu provaria isso.

6

OUVI UM RANGIDO.

Mais alto.

E mais alto.

Com os dedos no puxador da gaveta da mesa de Eulalie, ouvi o barulho no chão do corredor e estaquei no lugar, com o coração quase saindo pela boca, convicta de que me flagrariam. Embora não houvesse uma regra explícita sobre não entrar no quarto das minhas falecidas irmãs, não parecia ser o tipo de coisa que eu gostaria que soubessem. Um monte de justificativas possíveis surgiram na minha cabeça feito uma onda enorme quebrando à margem da praia, todas elas parecendo fracas e forçadas.

Quando ninguém entrou no quarto para me acusar de estar invadindo, fui na ponta do pé até a porta e dei uma olhada no corredor.

Estava vazio.

Suspirei de alívio e fechei a porta sem fazer barulho, depois observei o quarto de Eulalie, ponderando onde procurar a seguir.

Quando voltei de Selkirk, a casa estava quase vazia. Morella tinha levado as trigêmeas a Astreia outra vez, e as Graças ainda estavam tendo aula com Berta. Uma série de notas erradas soava alto do piano da Sala Azul enquanto Camille praticava um novo solo. Com todo mundo ocupado, era o momento perfeito para entrar de fininho no quarto de Eulalie e procurar por algo que provasse minha teoria sobre um admirador rejeitado.

Sem minha irmã ali, tudo no quarto tinha sido organizado de uma maneira tão minuciosa que ela teria odiado. Os livros estavam posicionados em pilhas ordenadas na escrivaninha, não jogados na ponta da espreguiçadeira estofada. Não havia nem uma única peça de roupa no chão, e panos brancos cobriam a maior parte da mobília.

Vaguei pelo quarto, incerta sobre o que procurar até ver um suporte alto perto da janela. Uma avenca murcha e implorando desesperadamente por atenção definhava em cima do móvel, escondendo uma gaveta escondida, da qual eu lembrava de ter ouvido Ava mencionar uma vez. Eulalie guardava seus tesouros mais preciosos ali dentro.

Depois de um tempo tateando e cutucando, encontrei uma alavanca e puxei, revelando alguns objetos escondidos. Primeiro examinei três cadernos finos, torcendo para que fossem diários cheios de relatos de rotina e segredos de minha irmã. Depois de folhear as primeiras páginas, vi que eram romances que o papai a proibira de ler, se justificando dizendo que alguns trechos eram gráficos demais para os olhos de jovens moças. Deixei os livros de lado, sentindo uma estranha satisfação por ela ter lido essas histórias ainda assim.

No fundo da gaveta havia várias fitas de cabelo, joias e um reloginho de bolso bonito. Eu o abri e vi uma mecha de cabelo amarrada a um pedacinho de fio de cobre. Quando a mamãe e as nossas irmãs morreram, todas nós ganhamos pedaços do cabelo delas para guardar como memória em cadernos ou trançar em joias de luto, mas aquela mecha ali era de um loiro claro, quase branco, claro demais para ter saído da cabeça de uma das Taumas. Coloquei a mecha no bolso para olhar melhor depois.

Também tinha um frasco de perfume e um lenço com um pouco de bordado e renda, discreto e humilde demais para ter pertencido ao guarda-roupa de Eulalie. O objeto fez minhas narinas arderem; fedia a fumaça de cachimbo dos fortes.

— O que você está fazendo? — questionou uma voz, me assustando.

Eu me sobressaltei, deixando o lenço cair. O objeto foi até o chão como uma borboleta ao primeiro sinal da geada. Meu coração martelava quando virei a cabeça para a porta, onde Verity estava, com o caderno de desenhos na mão. Seus cachos castanhos e curtos estavam presos em um rabo de cavalo com um laço enorme, e o avental já estava todo sujo de giz. Suspirei, aliviada por não ter sido flagrada pelo papai.

— Nada. Você não devia estar na aula?

Ela deu de ombros.

— Honor e Mercy estão ajudando a cozinheira a fazer *petits-fours* para o baile. Berta não queria dar aula só para mim. — Ela meneou a cabeça na direção do quarto das trigêmeas do outro lado do corredor.

— Eu ia ver se Lenore queria posar para um retrato.

— Elas saíram com a Morella para fazer a última prova dos vestidos.

Mudei de posição, fechando a porta do suporte com as costas.

Ela fez um biquinho enquanto me observava.

— Eu não acho que Eulalie vai gostar de você estar no quarto dela.

— Eulalie não está mais aqui, Verity.

Ela ficou sem reação.

— Por que não vai ver se a cozinheira precisa de ajuda? — sugeri. — Aposto que ela vai deixar você lamber o glacê.

— Você veio pegar algo emprestado?

— Não exatamente.

Endireitei a postura, cobrindo o lenço no chão com a saia.

— Você veio chorar?

— Quê?

Ela deu de ombros.

— O papai faz isso, às vezes, no quarto da Ava. Ele acha que ninguém sabe, mas eu escuto quando ele está lá à noite.

O quarto de Ava era no quarto andar, bem em cima do de Verity.

Ela se inclinou para a frente, olhando o quarto com curiosidade, mas sem de fato entrar.

— Não vou contar para ninguém que você veio chorar.

— Não estou chorando.

Verity ergueu a mão, chamando-me para chegar perto dela. Deixei o lenço no chão, torcendo para que ela não o visse. Minha irmã deslizou a ponta do dedo pela minha bochecha e pareceu decepcionada quando viu que ele continuava seco.

— Eu ainda sinto saudade dela.

— Lógico que sente.

— Só que ninguém mais sente. Ninguém se lembra mais dela. Só sabem falar do baile.

Apertei os ombrinhos dela.

— Ninguém se esqueceu dela. Precisamos seguir em frente, mas isso não significa que eles não sentem falta dela ou que não a amam.

— Ela não acha isso.

Franzi a testa.

— Como assim?

— Ela acha que está todo mundo ocupado demais com a própria vida para se lembrarem dela. — Verity olhou de volta para o corredor, parecendo preocupada com a possibilidade de que alguém ouvisse a conversa. — Elizabeth também acha. Ela disse que estamos diferentes agora, mas ela não.

— Você está falando de quando se lembra dela?

A caçula negou com a cabeça.

— Não, é quando eu vejo ela.

— Nas suas lembranças — insisti.

Depois de um instante, ela estendeu o caderno de desenhos para mim.

Antes que eu o pegasse, Rosalie e Ligeia vieram depressa pelo corredor, carregando uma pilha de caixas gravadas com os nomes de várias lojas astreianas.

— Ah, que bom, vocês duas estão aqui! — exclamou Rosalie, lutando para abrir a porta do quarto delas. — Todas nós precisamos descer, agorinha!

— Por quê? — perguntou Verity, seus ombros já tensos e uma nítida preocupação estampando o rosto. — Morreu mais alguém?

Eu me encolhi. Que outra criança de 6 anos estaria se preocupando com o anúncio da morte de alguém?

— Lógico que não! — retrucou Ligeia, colocando os tesouros na beirada da cama. — Os sapatos de fada chegaram! Passamos na loja do sapateiro, e ele estava costurando as últimas fitas!

Os olhos de Verity se iluminaram, e o caderno que segurava foi esquecido no mesmo instante.

— Chegaram?

— Venha ver!

Rosalie avançou pelo corredor de novo, gritando para Camille descer depressa. Ela devia ter ido para o próprio quarto depois do treino no piano. Ligeia correu atrás de Rosalie, seus passos soando pesados na escada dos fundos.

— É melhor a gente ir — disse eu.

— Não esquece o lenço da Eulalie — comentou Verity, saltitando pelo corredor antes que eu pudesse impedi-la.

Fiquei sem reação, então voltei para buscar o lenço. Quando saí, a porta bateu atrás de mim, como se mãos invisíveis a tivessem empurrado.

Estava chovendo de novo, um aguaceiro que deixava o ar frio, não importando quantas lareiras estivessem acesas. As gotas de chuva escorriam sem parar pela janela, embaçando a vista do penhasco e das ondas. A Sala Azul cheirava a umidade e tinha um leve vestígio de mofo.

Morella estava sentada no sofá mais próximo da lareira, esfregando as próprias costas e fazendo uma careta de desconforto. Fiquei com pena dela. Planejar e ser anfitriã de um evento tão grande já era complicado mesmo sob a melhor das circunstâncias. Fazer aquilo durante a gravidez devia ser exaustivo. E era óbvio que as trigêmeas tinham dado uma canseira ainda maior nela.

— Lenore, pode ir atrás do seu pai? Tenho certeza de que ele vai querer ver os sapatos. Com essa tempestade, meus tornozelos incharam demais.

Peguei o pequeno pufe almofadado debaixo do piano.

— É melhor colocar os pés para cima, Morella. A mamãe ficava bem inchada quando estava grávida. Ela ficava com os pés para o alto o máximo que podia. — Posicionei o banco debaixo das pernas dela, tentando deixá-la confortável. — Ela também tinha um creme feito de alga e óleo de linhaça. Nós massageávamos os tornozelos dela toda manhã antes de ela se vestir.

— Alga e óleo de linhaça — repetiu minha madrasta, abrindo um sorriso em agradecimento.

Fiz uma pausa quando percebi um jeito de ajudá-la e me redimir pelo rompante depois do funeral de Eulalie.

— Eu poderia fazer o creme para você. Pode ajudar...

— Seria ótimo! Seu vestido já chegou?

Era a primeira vez que ela demonstrava qualquer interesse no que eu usaria no baile. Do jeito dela, Morella também estava se esforçando.

— Ainda não. Camille e eu temos a última prova dos vestidos na quarta. Se estiver disposta, gostaria de ir com a gente?

Ela se animou.

— Seria um prazer. Podemos almoçar na cidade, aproveitar bastante a tarde. De que cor é o vestido mesmo?

— Verde-água.

Ela fez uma pausa, pensando.

— Seu pai mencionou algo sobre um baú com as joias de Cecilia em algum lugar. Talvez haja algo lá que fique bem em você. Eu me lembro de ver um retrato dela usando turmalinas verdes.

Eu sabia a qual pintura ela se referia. Estava pendurada em um escritório no quarto andar onde a mamãe tinha encaixado uma pequena escrivaninha em um cantinho ensolarado. Nos dias de céu limpo, dava para ver até o farol. Depois da morte dela, o papai pendurara o retrato lá.

— Eu amaria usar algo dela no baile. Camille também, com certeza.

— E eu! — acrescentou Verity, afoita para ser incluída.

— Lógico — confirmou Morella, sorrindo. — Vamos todas dar uma olhada lá.

Mercy e Honor entraram na sala, ofegantes e grudentas depois de passarem a tarde devorando guloseimas.

— Rosalie disse que os sapatos de fada chegaram! — disse Mercy, logo avistando as caixas.

Tínhamos nos habituado a chamá-los de "sapatos de fada". Embora eu soubesse que eram apenas pequenos calçados de couro (tingidos com primor e bastante estilosos), nós já imaginávamos um toque de magia neles. Os sapatos seriam o começo da nossa nova fase. Quando os usássemos, seríamos diferentes de quem fôramos antes.

Morella deu um tapinha nas mãos de Mercy.

— Espere seu pai.

— E a mim — acrescentou Camille, entrando na sala com o papai. Nós nos amontoamos ao redor do sofá, quase zonzas de expectativa.

— Como vamos saber de quem é cada caixa? — perguntou ele.

— Cada uma escolheu uma cor — explicou Honor.

— Exceto nós — explicou Rosalie, falando em nome das trigêmeas. — Os nossos são prateados.

— Bem, vamos ver se esses sapatos de fada valeram aquele alarde todo?

O papai abriu o fecho, e arfamos quando o conteúdo da caixa foi revelado.

Era o de Camille, de um rosé cintilante. Partículas metálicas estampavam o couro rosa, criando um brilho reluzente. Eu nunca tinha visto nada tão sofisticado e primoroso.

Em seguida, foram os sapatos das trigêmeas. O couro cintilava como o precioso faqueiro que a mamãe ganhara de casamento. As fitas tinham diferentes tons de roxo e combinavam com os vestidos das meninas. O de Ligeia era um lilás clarinho, o de Rosalie, violeta, e o de Lenore era uma cor de berinjela tão escura que parecia quase preto.

O calçado de Honor era um azul-marinho que brilhava com contas prateadas, feito o céu à noite.

Mercy tinha escolhido um rosa-claro com um tom metálico, tal como a cor da flor favorita dela, a rosa com um tom lilás delicado. Ela tinha até pedido para as costureiras adicionarem um acabamento nas barras do vestido imitando a flor sedosa.

Morella havia escolhido um calçado dourado, que reluzia mais que o próprio sol. Ela abriu um sorrisão quando o papai entregou o calçado a ela com uma expressão de terna admiração, e não consegui resistir e sorri também.

Verity ficou colada atrás do papai enquanto ele abria a menor caixa. Ela se apoiou na perna dele, esticando o pescoço para ver o sapato assim que a caixa fosse aberta. Quando a tampa saiu, ela começou a bater palminhas, maravilhada.

— Mas que sapatos de fada mais lindos — elogiou o papai, pegando o calçado roxo.

Partículas douradas se espalhavam pelo couro, dando acabamento.

— Ah, Verity! São lindos! — exclamou Camille. — Deve ser o mais bonito de todos.

Verity descalçou as próprias botas e colocou o sapato, dando uma pirueta feliz enquanto aplaudíamos nossa pequena e maravilhosa bailarina.

— Esse deve ser de Annaleigh — comentou Lenore, pegando a última caixa.

Aninhado em uma caminha de veludo azul-marinho estava meu sapato. Eu tinha escolhido um couro da cor de jade, e o sapateiro havia adicionado um detalhe brilhante em um tom de espuma do mar e detalhes prateados, aglomerados na frente do calçado e espalhados enquanto subiam na direção do tornozelo. Combinaria perfeitamente com meu vestido.

O papai sorriu enquanto entregava o sapato para mim.

— Eu não acho que esse seja um sapato de fada. Acho que é apropriado para uma princesa do mar.

Verity franziu a testa.

— Mas sereia não usa sapato, papai.

— Ah, que cabeça a minha! — exclamou ele, dando uma batidinha no nariz dela. — Todas satisfeitas?

Murmuramos em concordância, felizes, e Morella segurou a mão dele.

— Com sapatos assim, ninguém vai conseguir tirar os olhos das nossas meninas. Vão dançar tanto que podem acabar saindo do baile direto porta afora, Ortun.

O corpo de Camille ficou rígido.

— Porta afora? Como assim?

Morella ficou sem reação.

— Só quero dizer que vocês vão se mudar quando se casarem, lógico. Vão ser as senhoras de outra residência, assim como eu.

O papai franziu a testa.

— *Esta* é a minha residência. — A voz de Camille soou mordaz.

— Até você se casar — complementou Morella. Diante da expressão dura de Camille, o sorriso de minha madrasta começou a murchar. — Não é?

Morella olhou para o papai, buscando uma explicação.

— Como a herdeira Taumas, Camille pode ficar em Highmoor, mesmo depois de se casar. Sei que é uma coisa chata de pensar, meu amor, mas quando eu morrer, ela herdará a propriedade.

Morella remexeu em um dos brincos de gota de pérola.

— Só até... — Ela parou de falar, colocando a mão na barriga enquanto o rosto corava. — Vocês não têm outra coisa para fazer, meninas?

As Graças se levantaram para sair, mas Camille segurou o braço de Mercy, impedindo-a.

— Isso também é do interesse delas. Nós todas deveríamos ficar e ouvir.

O papai parecia desconfortável. Ele se virou para Morella, tentando deixar a conversa mais íntima.

— Você pensou que quaisquer filhos que tenhamos juntos herdariam Highmoor?

Morella confirmou com a cabeça.

— É o costume.

— É o costume no continente — admitiu ele. — Mas nas ilhas, as propriedades são passadas para a prole mais velha, independentemente do gênero. Já houve muitas mulheres capazes governando as Ilhas Salinas. Minha avó herdou Highmoor quando o pai dela faleceu. Ela duplicou o tamanho do estaleiro de Vasa e triplicou os lucros.

Morella comprimiu os lábios, parecendo descontente. Então passou os olhos por todas nós, contando.

— Então nosso filho seria o nono na ordem de sucessão, mesmo sendo um menino? Você nunca mencionou nada disso.

Ele franziu as sobrancelhas.

— Eu não achei que precisava mencionar.

A voz dele tinha um tom severo de alerta, e de pronto Morella balançou a cabeça e recuou.

— Eu não estou chateada, Ortun, apenas surpresa. Achei que as Salinas seguissem as mesmas tradições do restante de Arcânia, com as terras e os títulos de família sendo passados de pai para filho. — O sorriso forçado dela oscilou um pouco. — Eu deveria ter deduzido que vocês, das ilhas, seriam diferentes.

O papai ficou de pé de repente. Ele tinha orgulho do nosso legado, e ficava magoado quando os outros nos menosprezavam por morarmos tão longe da capital.

— Agora você também é das ilhas — lembrou ele antes de marchar para fora da sala, deixando-nos ali com nossa pilha de sapatos.

7

Arquejei quando apertaram os cordões do espartilho e eles se apertaram em minha cintura.

A assistente da loja soltou um ruído como se pedisse desculpas.

— Respire fundo só mais uma vez, por favor, senhorita.

O espartilho novo pressionou os ossos do meu quadril, e fiz uma careta. A assistente fez uma menção para eu levantar os braços para que pudesse deslizar o tecido verde-claro por minha cabeça. Enquanto a saia completa se assentava ao redor da minha cintura, Camille espiou por trás do biombo de tecido e bateu palminhas.

— Ah, Annaleigh, você está linda!

— Você também — respondi, praticamente sem fôlego.

O rosé destacava as mechas cor de bronze no cabelo dela, e as bochechas da minha irmã estavam coradas.

— Mal posso esperar pela primeira dança.

— Você acha mesmo que vai conhecer alguém?

— O papai convidou todos os oficiais navais que ele conhece.

Fiquei pálida.

— E todos aqueles duques — acrescentei.

O sorriso dela se ampliou.

— E todos aqueles duques.

Papai havia prometido convidar vários possíveis pretendentes para o baile. Depois de ver o retrato em pintura de Robin Briord, o jovem duque de Forésia, Camille tinha ficado estranhamente interessada em saber tudo sobre a província florestal. Ela deu voltinhas pela loja, sem dúvida sonhando acordada com ele.

Fiquei pensando no belo desconhecido que conheci em Selkirk. Cassius com certeza se comportara como um grande lorde. O papai tinha enviado tantos convites, talvez ele tivesse recebido um. Por um breve momento imaginei nós dois dando voltas pelo salão, iluminado por centenas de velas, a mão dele segurando a minha. Ele me puxaria para mais perto e, pouco antes de a música acabar, se inclinaria e me beijaria...

— Eu nem sei o que conversar com um duque — murmurei, afastando a fantasia da mente.

— Vai dar tudo certo. É só ser você mesma, e vai ter filas de pretendentes pedindo a bênção ao papai.

Filas de pretendentes. Eu não conseguia imaginar um cenário mais assustador.

O que eu mais queria era ver alguém com a mesma cor de cabelo da mecha que encontrei guardada no relógio de bolso de Eulalie. Eu carregava os fios comigo para todo lado, analisando cada homem loiro com quem me deparava, à procura de um com a coloração certa.

Morella e a sra. Drexel, a dona da loja, entraram na sala.

A desenhista levou as mãos à boca em um fascínio teatral antes de me fazer dar uma voltinha.

— Ah, querida! Eu nunca fiz um vestido assim para uma moça como você! Está igualzinha às ondas do oceano em um dia quente de verão! Não surpreenderia ninguém se o próprio Pontos saísse da Salmoura e a tomasse como esposa.

— Esse Pontos aí é o da água, né? — questionou Morella.

Confirmamos com a cabeça, desconfortáveis. O jeito mais rápido de identificar alguém do continente era tocar no assunto religião. Em outras partes de Arcânia, as pessoas adoravam diferentes deuses: Vaipani, o senhor do céu e do sol; Seland, o soberano da terra; Vérsia, a rainha da noite; e Arina, a deusa do amor. Havia dezenas de outras divindades, Arautos e Traquineiros, que regiam outros aspectos da vida, mas para o Povo do Sal, Pontos, o rei do mar, era o único deus do qual precisávamos.

— O que acha do vestido? — questionou a sra. Drexel, mudando de assunto com um experiente traquejo social.

Olhei meu reflexo. O bordado intrincado fluía como ondas pelo corpete sedoso. Meus ombros ficavam completamente à mostra, a não ser pelas manguinhas decorativas que pareciam conchas sobre meus braços. Centímetros e centímetros de seda e tule formavam a saia. As camadas superiores eram de tons diferentes de verde-claro (menta e berilo) com lampejos de esmeralda e verdete mais escuros na parte inferior.

— Eu me sinto como uma ninfa da água. — Passei a mão pelo bordado metálico e pelas contas trabalhadas no decote generoso. — Uma ninfa bastante pelada.

As outras mulheres riram.

Puxei o tecido do decote um pouco para cima.

— Pode adicionar pano aqui? Uma faixa de seda ou uma renda, talvez? É que eu me sinto tão... exposta.

Morella afastou minha mão, expondo outra vez minha pele.

— Ah, Annaleigh, você é uma mulher adulta agora. Não pode ficar se cobrindo que nem uma menininha. Como é que esse Pontos veria seus melhores atributos desse jeito?

A sra. Drexel franziu a testa ao ouvir a menção leviana de Morella a Pontos, mas assentiu mesmo assim. Dando uma olhada rápida pela loja, a mulher abaixou a voz até virar um sussurro furtivo:

— Eu não deveria contar, mas outro dia uma cliente veio aqui, uma bem *especial*. Ela viu seu vestido pendurado no cabide e exigiu que eu fizesse um igualzinho para ela.

— Quem era?

Morella se inclinou para a frente com os olhos arregalados, faminta pela fofoca.

A sra. Drexel ficou satisfeita, bastante ciente de como todas nós estávamos ansiosas para saber.

— Ah, não posso dizer. Mas é uma cliente querida. Uma mocinha *encantadora* mesmo. O único pedido dela era que eu fizesse o vestido do rosa mais *romântico* possível. Algo que capturasse de vez o coração de qualquer homem, mortal ou... outra coisa.

— Foi a Arina! — Camille fez uma expressão surpresa. — A senhora faz vestidos para a deusa da beleza?

Minha irmã olhou ao redor da loja minúscula como se esperasse que Arina fosse saltar de trás de um biombo bordado e surpreender a todas nós.

— É verdade? — questionou Morella, de queixo caído.

Ao retorcer a boca, a sra. Drexel disse tudo, mas ela deu de ombros de um jeito dramático.

— Não posso revelar. — Ela deu uma piscadela, só para confirmar. — Mas isso é tudo para dizer que esse vestido está bem na moda. É até modesto, comparado a alguns outros.

Ela inclinou a cabeça na direção dos vestidos das trigêmeas, e disfarcei um sorrisinho.

— Eu acho que você está perfeita — afirmou Camille. — Igualzinha à mamãe.

— Eu lembro dela — contou a sra. Drexel enquanto se ajoelhava para marcar o comprimento correto da minha saia. — Uma alma tão bondosa. Ela veio aqui uma vez para comprar uma roupa para o batismo de um dos navios do seu pai.

— Era um traje vermelho, não era? Com uma faixa larga no ombro? — Camille fez um gesto para indicar o corte do vestido. — Eu vim com ela para a última prova! Ela amava aquele vestido.

— Você era a menininha? Nossa, como o tempo passa! Eu aposto que da próxima vez que vier aqui vai ser para encomendar seu vestido de noiva.

Camille ficou corada.

— Eu espero que esteja certa!

— Você tem namorado? — perguntou a sra. Drexel, equilibrando um monte de alfinetes na boca.

— Não exatamente. Mas tem uma pessoa que eu espero ver no baile.

— Ela vem praticando o idioma foresiano há semanas! — confidenciou Morella com uma risada.

A sra. Drexel abriu um sorriso.

— Eu tenho certeza de que ele vai ficar impressionado. Vou dar os últimos retoques nesses dois hoje à noite e amanhã eu levo até Highmoor para vocês.

— Ótimo! É muito gentileza, obrigada — respondeu Morella. — Parece que nossa lista de afazeres apenas cresce. Só falta um dia.

Atravessando a rua, eu o vi.

O Edgar de Eulalie.

Ele estava mais à frente na calçada, conversando com três homens, vestido de preto da cabeça aos pés. Nossos olhares se cruzaram, e acenei com a cabeça. Ele ficou pálido, então balbuciou algo para os companheiros antes de se afastar às pressas.

— Sr. Morris! — chamei.

Ele estacou no lugar, com os ombros relaxando, resignado... Foi visto e não tinha chance de escapatória.

— Sr. Morris — repeti.

Ele se virou, seus olhos estavam arregalados de pânico. Ele me analisou de cima a baixo, então focou o olhar na bainha da minha capa.

— Senhorita Taumas, bom dia. Me desculpe, eu não esperava vê-la tão... revigorada.

O julgamento dele foi duro como um tapa. Eu me acostumara à alegria frenética que no momento tomava conta de Highmoor. A luz do sol se infiltrava pelas janelas abertas e as flores recém-colhidas estavam por toda a parte. Novos vestidos chegavam todo dia e nossos armários transbordavam com cores.

Todos os vestígios do luto tinham desaparecido. Os véus pretos que cobriam cada espelho e placa de vidro foram deixados em um grande monte no gramado ao norte do palácio. Tacaram fogo nas guirlandas e fitas de bombazina, nas cortinas de crepe e em todas as nossas roupas escuras, alimentando uma fogueira que ficou queimando por três noites.

Incomodada, olhei para o tecido de gabardine azul, passando o polegar na ponta dos outros dedos.

— Aconteceram várias... mudanças em Highmoor.

Ele observou as cores vivas e meu rosto exposto.

— Foi o que ouvi dizer. Desculpe, eu preciso ir, eu...

— Como... como tem passado? — questionei, sem conseguir evitar que as palavras saíssem da minha boca. Os olhos escuros e atentos dele fizeram com que eu me atrapalhasse ao falar. — Não vemos o senhor desde... — Não consegui completar a frase, em vez disso me agarrei ao único assunto que me veio à mente. — Ouvimos dizer que vem sendo uma boa safra. De pesca. Na... bem, na água, lógico. Uma boa safra de pesca.

Edgar ficou sem reação por um instante, o rosto confuso.

— Na verdade, eu não pesco. Sou um aprendiz na loja do relojoeiro.

Senti as bochechas ficarem quentes.

— Ah, é verdade. Eulalie nos contou...

— E como está o sr. Averson? — interveio Camille, agindo rápido para me salvar.

Os olhos dele ficaram soturnos e desdenhosos, encarando a organza rosa do vestido de minha irmã antes de responder:

— Ele está bem, obrigado.

O homem agitava o joelho para a frente e para trás por debaixo do fraque escuro, em uma evidente demonstração de que estava ansioso para pôr fim à conversa.

Camille pareceu não reparar no desconforto dele.

— Temos um relógio de pêndulo que ele consertou na primavera passada. Será que o senhor se lembra?

Edgar ajeitou os oclinhos, a consternação estampada no rosto.

— Lembro. Com o polvo Taumas como pêndulo e os tentáculos gravados nos pesos?

Minha irmã confirmou com a cabeça.

— Esse mesmo. Conforme as horas vão passando, os tentáculos vão abaixando e cercando a presa.

O homem retorceu as mãos, e os nós dos dedos ficaram proeminentes e sem cor.

Ela sorriu, parecendo não estar mais disposta a ficar de conversa fiada.

— Eu só vim atrás de minha irmã. Morella está nos esperando.

— Está bem, está bem.

Ele inclinou a cabeça, afastando-se antes mesmo de retirar o chapéu para se despedir. Quando o fez, a luz do sol cintilou em sua cabeça.

A cabeça cheia de um cabelo loiro bem claro e brilhoso.

— Espere! — exclamei, mas Edgar já tinha se misturado à multidão, basicamente fugindo de nós.

Camille entrelaçou o braço ao meu e me puxou na direção do salão de chá.

— Que homenzinho mais estranho.

Meu coração se encheu de esperança.

— Você também achou?

— Era como se ele estivesse desesperado para fugir de nós. — A risada dela ecoou pelo mercado. — Mas, também, é óbvio que nem todo mundo tem tanto interesse em falar sobre pesca que nem você, Annaleigh.

8

Subi as escadas me arrastando, exausta depois de passar uma longa tarde em Astreia. Depois do almoço, eu quisera correr para casa e perguntar ao papai se Edgar tinha demonstrado alguma vez interesse em Eulalie, mas Morella tinha outros planos. Ela nos fez entrar em uma loja após a outra, avaliando as mercadorias como um gavião em busca de uma presa.

Tinha a intenção de deixar as compras no quarto e ir atrás do papai, mas quando entrei no corredor, vi uma nuvem de vapor emanando do banheiro. Senti cheiro de lavanda e madressilva, um aroma tão específico que congelei; as lembranças de Elizabeth tomaram minha mente. Ela usava uma mistura de sabonete especial feita em Astreia exclusivamente para ela. Eu não sentia aquele cheiro desde que o cadáver dela fora encontrado. Uma das Graças devia ter encontrado um frasco e decidido experimentar a essência.

Decerto, havia pegadas molhadas seguindo pelo corredor na direção do quarto delas, deixando marcas no tapete comprido.

Suspirei e segui as pegadas. Elas passavam direto pelos quartos de Honor e Mercy, e paravam diante do de Verity. Ela estava deitada no chão, esparramada com o caderno de desenhos e rodeada por giz colorido.

— Você tem sorte por ter sido eu a flagrar você, e não o papai.

Verity sentou, deixando cair um giz azul.

— Como assim?

— Você não se secou direito e deixou o corredor encharcado. Você sabe que ele ama aquele tapete.

Ele e a mamãe tinham comprado o objeto felpudo em um bazar durante a lua de mel. O papai contava que dera as costas por um momento e um mercador tinha avançado, mostrando as mercadorias feitas à mão. A mamãe quisera comprar um tapete pequeno para a sala de estar dela, mas o arpegiano dela era tão ruim que, quando o tapete chegara a Highmoor, tinha quinze metros de comprimento. Ela amara descrever a expressão no rosto do papai quando a peça foi desenrolada, se estendendo cada vez mais à frente.

— Eu tomo banho à noite. Passei a tarde toda aqui no quarto. Está vendo?

Verity ergueu as mãos, secas e manchadas de giz colorido.

— Então quem foi? Mercy ou Honor? Ainda está saindo vapor de lá.

A caçula deu de ombros.

— Elas estão no jardim, colocando fitinhas nos arbustos floridos.

Olhei de volta para o corredor. As pegadas ainda estavam ali, bem discretas. Analisando melhor, eram grandes demais para terem sido deixadas por Verity.

— As trigêmeas subiram aqui?

— Não.

— Bem, alguém deixou aquelas pegadas, e elas vêm direto para cá, para o seu quarto.

Verity fechou o caderno.

— Meu quarto, não.

Ela gesticulou para o corredor, para a porta bem diante da dela. O quarto de Elizabeth.

— Eu sei que você pegou o sabonete dela. O banheiro está com cheiro de madressilva.

— Não fui eu.

— Então quem foi?

Mais uma vez, ela lançou um olhar significativo para o quarto de Elizabeth.

— Não tem ninguém ali.

— Não tem como você saber.

Eu me agachei de frente para ela.

— Como assim? Quem estaria no quarto de Elizabeth?

Verity ficou me olhando por um tempo. Eu conseguia imaginar as engrenagens girando na cabecinha dela. Por fim, ela abriu o caderno de desenhos e folheou as páginas até achar a imagem que estava procurando.

Era um retrato de Elizabeth. Percebi a data rabiscada no cantinho escuro. Verity havia feito aquele desenho recentemente.

— Você está tendo pesadelos de novo? Tem sonhado com Elizabeth?

Era comum Verity ter pesadelos. Ela gritava tão alto que até o papai saía correndo do escritório. Quando perguntávamos, ela nunca se lembrava de com o que tinha sonhado.

— Não é um sonho — sussurrou ela.

Ignorei o arrepio que percorreu meu corpo.

— Não tem ninguém lá. Venha ver.

Verity negou com a cabeça, e os cachos castanhos se moveram feito cobras.

Eu me levantei, balançando a saia em frustração.

— Eu vou lá, então.

As pegadas tinham quase desaparecido completamente do tapete. Se eu tivesse subido apenas um minuto depois, nem as teria percebido. Coloquei a mão na maçaneta em formato de um cavalo-marinho lustrado saindo da madeira escura e ouvi um farfalhar atrás de mim. Verity estava à soleira da porta do próprio quarto, com os olhos arregalados e suplicantes.

— Não entra aí.

O jeito como a mão minúscula de minha irmã apertava o batente da porta me fez ter calafrios. O cabelo de minha nuca se arrepiou, erguendo-se contra um terror invisível. Era ridículo, mas eu não conseguia não me deixar afetar pelo olhar apavorado de Verity.

Abri a porta, determinada, mas não entrei.

O ar no quarto de Elizabeth estava parado e empoeirado. Depois de seu funeral, as criadas haviam removido a roupa de cama e cobriram a mobília com tecidos leves, quase transparentes. Desde então, nunca mais voltaram para limpar o cômodo.

Depois de dar uma olhada superficial no quarto, eu me virei para Verity.

— Não tem ninguém aqui.

A caçula voltou os olhos verde-escuros para o teto.

— Às vezes ela visita a Octavia.

O quarto de Octavia, outro santuário coberto e intocado, ficava no quarto andar, entre a suíte do papai e a sala de estar de Morella.

Um arrepio involuntário me arrancou do transe sinistro provocado por Verity.

— Quem, Verity? Eu quero que você diga em voz alta e ouça como isso é absurdo.

Ela franziu as sobrancelhas, magoada, e respondeu:

— A Elizabeth.

— A Elizabeth está morta. Octavia está morta. Elas não podem visitar uma à outra, porque elas estão mortas, e os mortos não visitam ninguém.

— Você está errada!

A caçula correu para o próprio quarto, pegou o caderno de desenhos e o estendeu para a frente, recusando-se a dar outro passo para o corredor.

Folheei as páginas, à procura da suposta prova que ela achava que os desenhos revelariam.

— E o que é que eu preciso encontrar aqui?

Ela folheou até chegar a um desenho feito com giz preto e cinza. Nele, Verity estava toda encolhida nos travesseiros enquanto uma Eulalie turva arrancava as cobertas de cima dela. A cabeça de minha falecida irmã estava inclinada para trás de um jeito nada natural. Eu não sabia dizer se ela estaria rindo de maneira desvairada ou se o ângulo esquisito era o resultado da queda do penhasco.

Prendi a respiração, horrorizada.

— Você desenhou isso?

A caçula confirmou com a cabeça.

Fiquei olhando para minha irmãzinha.

— Quando os pescadores trouxeram Eulalie para cá, você a viu?

— Não.

Ela voltou a folhear até parar em um desenho de Elizabeth feito a giz branco flutuando em um traço de vermelho, surpreendendo Verity, trajando um robe, pronta para o banho noturno.

Ela virou outra página. Octavia estava aninhada em uma cadeira da biblioteca, parecendo não notar que metade do rosto estava desfigurado e que o braço estava quebrado demais para segurar um livro direito. Verity também estava lá, espiando por trás da porta, uma silhueta pequena e assustada.

Outra página.

Peguei o caderno da mão dela, observando um desenho de Ava. Só tínhamos um retrato dela em Highmoor. Ela havia sido pequenininha... apenas nove anos, com cabelo curto e cacheado e sardas. Aquilo... aquilo não parecia nem um pouco com o retrato.

— Você não tem idade para se lembrar da Ava — murmurei, sem conseguir desviar o olhar dos caroços purulentos ou das manchas escuras da pele infeccionada no pescoço dela.

O mais perturbador era o sorriso, suave e satisfeito, exatamente como fora antes de minha irmãzinha ser acometida pela peste. Verity tinha só dois anos quando Ava ficara doente. Ela não tinha como saber sua aparência.

Virei a página e vi um desenho das quatro, observando Verity enquanto ela dormia, todas penduradas em forcas. Com o estômago contorcido, deixei o caderno cair, e folhas soltas, com dezenas de desenhos das minhas irmãs, escapuliram. Eles se espalharam pelo corredor como confetes macabros. Nas imagens, elas faziam coisas comuns, coisas que eu as tinha visto fazer a vida toda, mas em cada desenho elas estavam mortas, de um jeito inegável e terrível.

— Quando você desenhou tudo isso?

Verity deu de ombros.

— Sempre que eu via elas.

— Por quê? — Ousei olhar de novo para dentro do quarto vazio. — Elizabeth está aqui agora?

Verity analisou o quarto antes de olhar para mim outra vez.

— Você está vendo ela?

Os pelos dos meus braços se arrepiaram.

— Nunca vejo nenhuma delas.

Verity pegou o caderno e voltou para dentro do próprio quarto.

— Bem... agora você sabe que dá para ver.

9

— Eu juraria pelo tridente de Pontos que era Ava.

Hanna apoiou um cesto cheio de ranúnculos violeta em uma mesinha de canto. Suas bochechas grandes estavam coradas feito maçãs. Até mesmo ela havia sido alistada para ajudar naquele dia.

— Está me dizendo que Verity vê os fantasmas das suas irmãs?

Eu seguia Hanna pela sala de jantar, contando os horrores que eu vira no caderno de Verity. O dia do baile das trigêmeas tinha amanhecido cinzento e nublado. Uma névoa densa e úmida cobria a ilha. Embora fosse bem depois do meio-dia, as lamparinas a gás queimavam sem parar, iluminando o exército de trabalhadores que finalizavam os últimos preparativos antes da chegada dos convidados.

— Isso mesmo.

Eu não queria acreditar que era possível, mas a riqueza de detalhes com a qual Verity desenhara Ava me deixava trêmula.

— Essas aí ficam no caramanchão no saguão — orientou Hanna a dois homens em uma escada.

Eles estavam colocando pedaços de vidro lapidado roxo no lustre enquanto ajudantes trabalhavam ao redor, dando os últimos retoques na mesa posta. Junto aos pratos de borda prateada, dezenas de candelabros de vidro de mercúrio cobriam a mesa de banquetes; enquanto o jantar fosse servido, as velas fininhas gotejariam a cera roxa no vidro, e deixariam os convidados maravilhados. Deixei o cesto das velas mórbidas numa cadeira, como Roland tinha indicado que eu fizesse.

— Fantasmas não existem. Suas irmãs estão descansando eternamente, bem no fundo da Salmoura. Elas não estariam aqui. Verity tem uma imaginação muito fértil. Você sabe disso.

Eu desanimei. Camille tivera uma reação parecida quando eu contara a ela, na noite anterior, sobre os desenhos. Então ela havia me chutado para fora do quarto, afirmando que precisava descansar bastante antes da festa. Ela tinha fechado a porta sem sequer me oferecer uma vela, me fazendo correr pelo corredor escuro, certa de que Elizabeth sairia do quarto para me agarrar.

Hanna foi na direção do solário nos fundos da casa.

— As meninas disseram que querem ao menos cem velas votivas aqui dentro — instruiu ela aos criados escondidos sob as palmeiras imponentes e orquídeas raras. — Tenham o cuidado de espalhá-las bem, e pelo amor de Pontos, não as coloquem tão perto das plantas! A última coisa de que precisamos hoje é de um incêndio. — Ela virou de volta para o corredor, trombando comigo, e disse com exasperação:

— A senhorita não tem mais nada para fazer, não?

— Eu sei que está ocupada, mas, por favor, escute. Verity não sabia como Ava era porque ainda era muito pequena quando a irmã morreu.

Hanna me segurou pelos ombros, puxando-me para perto, cara a cara.

— Vocês todas se parecem, amor. Poderiam confundir uma pintura em preto e branco de qualquer uma das suas irmãs com uma sua. Eu acho que você está vendo o que quer ver.

Fiquei boquiaberta e magoada.

— Por que eu iria *querer* ver isso? Os desenhos eram horríveis. — Meu corpo estremeceu em repulsa ao se lembrar dos ângulos terríveis dos corpos ilustrados. — E ela não sabia que Eulalie tinha quebrado o pescoço.

— A menina caiu mais de trinta metros do penhasco. De que outra maneira ficaria o pescoço dela?

Ouvimos um barulho de algo quebrando na cozinha, e Hanna aproveitou o ensejo para me empurrar para o lado.

— Annaleigh, meu bem, você vai acabar me deixando birutinha. Eu não lembro se deveria estar polindo as roupas de cama ou dobrando a prataria. E Fisher vai chegar a qualquer momento. A senhorita precisa ir se arrumar lá em cima também. Vamos conversar sobre Verity depois, prometo. Mas, por favor, me deixe trabalhar.

Minha mente, que estivera girando por causa dos desenhos horrendos e fantasmas, se aquietou com as palavras dela.

— Fisher vem?

Abri o primeiro sorriso do dia.

Ela confirmou com a cabeça, seu rosto se animando.

— Seu pai o convidou para o baile. Quer apresentá-lo aos capitães e lordes. Ele está tão orgulhoso. — Ela me deu um tapinha. — Agora, vá! Já, já subo para arrumar seu cabelo.

Subi a escada dos fundos, estreita e curvada como uma concha de náutilo, para evitar o frenesi no saguão. Chegando ao segundo andar, ouvi as trigêmeas brigando pelos melhores espelhos e discutindo sobre quem roubara o corante labial de quem. Enquanto Rosalie chamava uma criada aos gritos para que a ajudasse na busca por uma escova perdida, eu me afastei depressa.

Em meu quarto, abri a cômoda para retirar roupas de baixo. Um envelope gasto no fundo da gaveta chamou minha atenção.

Era uma se carta de Fisher, escrita anos antes, depois que ele havia começado o processo de aprendiz em Héspero. Passei os dedos pela caligrafia familiar.

Eu nem deveria estar escrevendo isto, considerando que você fez tanto alvoroço quando o lorde Taumas me escolheu como o próximo Guardião da Luz, mas a mamãe disse que tenho que ser a pessoa madura nessa situação. O que é bem bobo, na minha opinião. Eu e você ainda estamos amadurecendo, na fase de crescimento. Ninguém é maduro ainda.

Aqui é bem calmo, e Silas me acorda a altas horas da noite para esfregar as janelas da Velha Maude. Eu odeio limpar janelas. Isso deve deixar você feliz, pelo menos. Se não deixar, não importa. Eu escrevi a carta, como a mamãe disse para eu fazer. Então, aí está, pronto.

Mas mande uma carta também, peixinha. Eu sinto mais saudade de casa do que pensei que sentiria. Principalmente de você.

Cordialmente,
O terrível traidor antes conhecido como Fisher

— Você vai tomar banho ou não? — murmurou Camille enquanto invadia meu quarto e me pegava de surpresa. Enfiei a carta debaixo de uma meia-calça de lã. — Estou esperando a tarde toda.

Rapidamente agarrei uma meia e passei a mão pela seda, como se procurasse por um rasgadinho.

— Pode ir, então.

— Você tomou banho?

Deixei as meias de lado.

— Não. Nem sei se vou.

Ela fez uma careta.

— Isso aí é por causa dos desenhos da Verity? Elizabeth não vai afogar você na banheira, mas talvez eu afogue se você me atrasar. Vá logo, antes que eu mesma jogue você lá dentro.

— Vá lá tomar seu banho, Camille.

— Eu não vou admitir que você não esteja perfeita hoje. Nós duas vamos conseguir pretendentes.

Ela pegou meu robe pendurado no gancho e o jogou em cima de mim.

— Eu achei que você tinha dito que eu só precisava ser eu mesma — murmurei com impertinência, avançando pelo corredor.

Camille seguiu atrás, talvez para garantir que eu entrasse mesmo no banheiro.

— Você mesma, mas limpinha e nos trinques — retrucou minha irmã.

Fechei a porta na cara dela e a tranquei com um tanto de satisfação, antes que ela conseguisse entrar à força para esbravejar mais ordens. Olhei para a banheira, apreensiva. Que bobeira... Eu tinha tomado banho ali muitas vezes desde que Elizabeth morrera.

Quando eu abri as torneiras de bronze à espera da água, os canos rangeram e se agitaram, parecendo ecos dos gritos de Eulalie quando ela encontrara o cadáver de Elizabeth.

Depois de adicionar um pouco de sabão à água, despi o vestido e me analisei no espelho de corpo inteiro. Havia manchas escuras nas bordas chanfradas, deixando o reflexo turvo. Será que gotas do sangue de Elizabeth tinham se infiltrado no vidro, marcando-o para sempre?

Tentei deixar a água quente relaxar meus músculos tensos, mas não adiantou. Minha imaginação estava a mil. Barulhos na casa viravam minhas irmãs falecidas se aproximando de fininho, prontas para que eu me juntasse a elas. Quando um pedaço de sabão esbarrou em minha coxa, quase gritei.

— Deixe de ser ridícula — censurei a mim mesma antes de esfregar o cabelo.

O sabonete tinha cheiro de jacinto, e enquanto eu inalava a fragrância, senti o corpo relaxar e livrar-se das preocupações.

Fisher viria ao baile.

Fazia anos que eu não o via, desde o funeral de Ava. Não tínhamos permissão de sair da propriedade no período de luto, e Silas o mantinha ocupado demais para que conseguisse visitar com frequência. Contudo, ele fora uma presença constante em minha infância, sempre de prontidão para brincar de versões elaboradas de pique-esconde ou ir pescar no pequeno esquife que o papai nos deixava usar quando o tempo estava bom.

Ele já estava com 21 anos. Ainda que tentasse, eu não conseguia imaginá-lo como um homem adulto. Fisher sempre tivera corpo esguio e desengonçado, cabelo castanho desgrenhado e olhos alegres, sempre pronto para alguma travessura. Eu mal podia esperar para vê-lo de novo.

— Ainda não acabou? Anda logo!

— Só preciso enxaguar o cabelo! — berrei para Camille.

Ela grunhiu e se afastou, irritada.

Afundei na água e minha cabeça bateu na banheira. Perdi o fôlego. Levantei soltando um gemido de dor, e quando os pontinhos de luz sumiram da minha vista, dei um gritinho.

A água ficou de um tom roxo-escuro, quase preto. Uma salmoura turva queimava minhas narinas, forte e amarga. Senti dificuldade para sair da banheira. O fundo estava escorregadio, com uma viscosidade aveludada. Tentei ficar de pé, mas não consegui me firmar, e caí com um baque abafado, espalhando água preta pelo chão. Esfreguei o quadril, para ver se ficaria com um hematoma.

Tentei gritar por Camille, mas de repente uma força invisível me puxou para baixo. A água escura invadiu minha boca, preenchendo-a com o líquido salgado enquanto eu cuspia um pedido de ajuda. Dei impulso para cima, mas me engasguei com o sabor da água salgada.

Era um gosto surpreendentemente familiar. Um dos pratos que a cozinheira mais gostava de fazer no verão era o risoto preto, cheio de mariscos, chalotas e camarão. O arroz tinha uma cor peculiar de obsidiana, tingido com tinta de lula.

Tinta! Por algum motivo absurdo, a banheira estava cheia de tinta.

De repente, um tentáculo emergiu da água e enrolou-se no meu tórax, apertando com força. Era sarapintado de vermelho e roxo, com fileiras de ventosas laranja que se agarravam a mim. Outro tentáculo atacou minha perna e a enlaçou de um jeito feroz e possessivo. Eu rebatia e chutava, mas nada era suficiente para desvencilhar a criatura de mim.

A cabeça bulbosa de um polvo saiu da água, os olhos cor de âmbar e inteligentes me observavam através de pupilas em fenda. Com o pé livre, golpeei-os, torcendo para que me libertasse.

A criatura recuou, e vi a parte inferior musculosa do animal. Dezenas de ventosas apontavam direto para sua boca preta e perversamente pontuda. A coisa abriu a boca uma vez, duas, como se ponderasse qual parte do meu corpo ela atacaria primeiro.

O animal grudou em mim, e pouco antes de ele cravar sua boca em minha perna, eu acordei. Minha cabeça martelava, reproduzindo os ritmos acelerados que ecoavam em meu peito e em minha garganta enquanto eu arfava.

Eu tinha pegado no sono.

Fora um pesadelo.

Um pesadelo terrível.

Voltando a submergir na água que já esfriava, soltei um suspiro de alívio, mas logo me sobressaltei quando esmurraram a porta.

— Annaleigh, juro que se eu me atrasar por sua causa, mato você!

— Já estou acabando!

Saí da água, me perguntando por quanto tempo eu tinha apagado. Olhei para a porcelana branca enquanto me secava e não consegui me lembrar do motivo de estar tão assustada, afinal. Era só uma banheira. Elizabeth ter morrido ali não mudava esse fato.

Diante do espelho, torci o cabelo com a toalha e notei algo em minhas costas. Um monte de marcas vermelhas descendo por minha coluna, quase como se tivessem me arranhado.

— Camille.

Destranquei a porta.

— Até que enfim!

Minha irmã entrou, cheia de toalhas, sabões e óleos nos braços.

— Dá uma olhada nisso aqui. — Eu me virei, mostrando a ela as costas desnudas. — O que você acha que é? Eu não consigo ver direito no espelho.

Ela traçou minha pele com as pontas dos dedos geladas, cutucando a região sensível.

— Você se arranhou em algum lugar.

— Não me arranhei, não.

Ela se virou para mim de novo, com o rosto seríssimo.

— Então deve ter sido Elizabeth.

— Camille!

— Ué, quer que eu diga o quê? É um arranhão. Eu me arranho o tempo todo. Talvez tenha se arranhado quando estava se esfregando. — Ela despiu o vestido reto pela cabeça e fez uma pausa. — Você se esfregou, não foi?

Soltei um ruído indignado. Eu não era como a Verity.

— Óbvio!

Camille percebeu a banheira cheia.

— Você ainda não tirou a água!

Quando ela se inclinou para encontrar a válvula, a mão de alguém emergiu da água, segurando o pescoço dela e a puxando para baixo. Elizabeth surgiu das águas agitadas, seus olhos da cor de um verde doentio.

— Camille! — berrei, desfazendo a imagem horrível.

Ela se afastou da banheira e soltou um suspiro exasperado.

— O que foi agora?

Fiquei sem reação, piscando algumas vezes. Isso não era como o monstro dos tentáculos. Eu não tinha adormecido. Eu vi um fantasma, assim como Verity dissera que eu veria, já que eu sabia que podiam ser vistos.

— Eu...

Camille tinha deixado bem explícito na noite anterior que não queria saber nada das visões de nossa irmã mais nova.

Ela bateu o pé, impaciente.

— Então cai fora. Eu preciso tomar banho. E você precisa ir encontrar Hanna logo antes que ela comece a arrumar o cabelo das trigêmeas. Você sabe que Rosalie vai mudar o penteado pelo menos três vezes.

Eu mal tinha vestido o robe quando Camille me empurrou porta afora. Mais adiante no corredor tinha vários espelhos de prata. Quando éramos pequenas, Camille e eu ficávamos ali no meio, olhando para os nossos múltiplos reflexos até ficarmos tontas de tanto rir.

Usando o reflexo duplo agora, abaixei as costas do robe. Camille estava errada: as marcas vermelhas não eram linhas; eram hematomas, perfeitamente arredondados. Como se alguém tivesse pressionado a ponta dos dedos ali, querendo chamar minha atenção.

Cobri minha pele com o robe, corri para o quarto e bati a porta.

10

POR DEBAIXO DAS LONGAS SAIAS DE tule, flexionei os pés, grata pelas solas planas e acolchoadas dos sapatos de fada. Estávamos de pé na recepção da festa pelo que pareciam ser horas. Se eu estivesse de salto, teria problemas para andar até a sala de jantar. Camille me acotovelou com força nas costelas.

— Preste atenção — alertou ela, movendo os lábios sem emitir som.

— Esta é minha esposa, Morella, e minhas filhas mais velhas, Camille e Annaleigh — apresentou o papai, cumprimentando um casal. Ele apertou a mão do homem e beijou a ponta dos dedos da mulher. — E minhas filhas aniversariantes: Rosalie, Ligeia e Lenore.

Passamos por mais uma rodada de sorrisos, murmurando um "olá" e um "obrigada por virem".

Rosalie abriu o leque com um gesto impaciente e, atrás do papai, espiou a fila de quem ainda faltava receber.

— Não vai nem dar tempo de dançar — murmurou ela, sibilando.

Olhei o salão de baile, torcendo para que alguns dos convidados tivessem perambulado por outras partes da mansão. Tínhamos cumprimentado mais pessoas do que só aquelas ali, não tínhamos? O salão comportava trezentas pessoas com facilidade, mas parecia que apenas metade dos convidados ocupava o cômodo. Uma orquestra de cordas tocava sob o burburinho da multidão, fazendo o local parecer mais animado do que de fato estava.

Será que a névoa havia atrasado alguns convidados do continente?

Ao menos o salão de baile não deixava a desejar. Cortinas de veludo azul-marinho com detalhes prateados decoravam lindamente o cômodo, criando cantinhos particulares perfeitos para interações românticas discretas. Flores roxas exuberantes se derramavam por pilares canelados. O lustre cintilava e reluzia, e as gotas de cristal se retorciam, penduradas de um jeito que formava os braços do polvo Taumas. O centro do lustre formava o corpo, refletindo a luz de mil velas acesas. A criatura enorme cobria metade do teto.

Mas a parte mais espetacular era a parede de vitral. Ficara coberta por anos com cortinas pretas, como se sua mera presença fosse alegria demais em uma casa mergulhada no luto. Quadrados de vidro azul e verde davam lugar ao verde-azulado e ao ciano mais para cima, com um toque de branco no topo, e transformavam uma das paredes do salão de baile em um tsunami. A luz de dezenas de braseiros no pátio iluminava a parede como uma pedra preciosa brilhante, projetando realces de azul-celeste e berilo nos convidados.

Vi as Graças correndo por entre as pessoas, no encalço do minúsculo poodle da tia Lysbette, gargalhando completamente felizes.

Camille se inclinou para perto, sussurrando baixinho:

— Esses foram os últimos convidados, graças a Pontos. Estou morrendo de fome.

— Você se lembra do nome de alguém? — perguntei enquanto entrávamos.

— Além dos parentes? Só daquele ali.

Minha irmã acenou discretamente com a cabeça para Robin Briord. Ele estava junto a um grupo de rapazes que admiravam o lustre. Camille enrubesceu quando o rosto do rapaz foi tomado por uma expressão voraz, que não tinha nada a ver com o jantar prestes a ser servido.

— Quando eu devo ir falar com ele?

Alguém nos cutucou no ombro.

— Então eu não mereço os cumprimentos cheios de pompa, hein?

Virando-me, não consegui conter o grito de alegria.

— Fisher! É você mesmo?

Os anos trabalhando em Héspero o tinham deixado diferente. Ficou mais alto e encorpado, tornou-se um homem, com linhas de expressão nos olhos castanhos, gentis e familiares. Quando ele me envolveu em um abraço fraternal, senti a força contida nos novos músculos dele.

— Eu nem sabia que você vinha! — exclamou Camille. — Você sabia, Annaleigh?

— Hanna comentou de manhã, mas me esqueci de contar.

Ela ergueu a sobrancelha para mim, zombeteira. Quando crianças, nós duas éramos apaixonadas por Fisher, correndo atrás dele com toda a ânsia desesperada de um amor não correspondido. Havia sido a única coisa pela qual de fato já brigamos.

— Parece uma coisa bem importante para esquecer de contar. Tenho certeza de que não fez de propósito. — O tom dela era de provocação, mas senti algo mais sério por trás das palavras. Ela voltou a atenção a Fisher. — Vai ficar até quando? Faz tanto tempo que não vemos você. Hanna deve estar nas nuvens por você estar em casa.

Ele confirmou com a cabeça.

— Seu pai me pediu para ficar até o Revolto. Ele queria garantir que eu estivesse no jantar da Primeira Noite.

A Primeira Noite, que aconteceria em apenas algumas semanas, era um evento que marcava o começo do Festival do Revolto e celebrava a mudança das estações, quando Pontos agitava os oceanos com seu tridente. A água fria das profundezas se misturava ao ar frio da superfície. Os peixes nadavam mais fundo para passarem o inverno em um estado de semi-hibernação, e as pessoas aproveitavam a época para consertar os barcos, remendar as redes e passar um tempo com a família. O festival durava dez dias e ficava cada vez mais movimentado conforme o tempo passava. As famílias dos melhores capitães do papai eram convidadas a darem as boas-vindas à mudança do mar com um banquete em Highmoor. Mesmo em meio ao nosso luto mais profundo, era a única celebração da qual sempre fazíamos questão.

O rosto de Camille se iluminou.

— Maravilha! Mal posso esperar para ouvir tudo sobre suas aventuras na Velha Maude, mas primeiro tenho uma missão.

Ela se afastou, dando uma volta na direção de Briord, seus olhos atentos a cada movimento dele.

Fisher segurou minha mão, fazendo-me dar uma voltinha.

— Você está um arraso de bonita hoje, pequena peixinha. Toda crescida. Pode guardar um espacinho para mim no seu cartão de dança? Ou já está cheio? A mamãe sempre disse que eu demorava demais para agir.

Abri meu bonito leque de papel e o entreguei a ele. O leque também servia como um cartão de dança, embora estivesse surpreendentemente em branco. O tio Wilhelm, depois de muita insistência da tia Lysbette, tinha pedido para dançar o *two-step* comigo, e um primo distante tinha pedido para me conduzir em um foxtrote. Imaginei que quando o jantar acabasse, o cartão estaria cheio. Afinal, eu era irmã das aniversariantes.

— Sorte a minha — respondeu Fisher, observando os espaços em branco. — Posso ser ousado e pedir uma valsa?

Ele escreveu o próprio nome em uma caligrafia cheia de floreios.

— Pode ficar com todas as danças — retruquei, meio de brincadeira.

Minhas irmãs e eu aprendemos a arte da dança. Berta havia nos feito dançar valsa na sala de visitas, e Camille sempre me obrigava a conduzir, mas, ainda assim, eu não tinha aptidão para hábeis galanteios ou flertes delicados. A ideia de precisar ficar de conversinha fiada a noite toda já fazia com que eu começasse a suar.

Meu antigo amigo continuou olhando meu cartão antes de selecionar um espaço.

— Acho que só posso oferecer isso, peixinha. Já prometi dançar com Honor e as trigêmeas.

— Bem, é o aniversário delas — comentei com um sorriso complacente. — Ninguém me chama de peixinha há anos.

— Eu aposto que hoje em dia você é uma dama formidável demais para ficar só de ceroulas e ir nadar nas piscinas naturais. — Depois de um momento, o olhar dele ficou sério. — Fiquei muito triste quando soube de Eulalie... Eu queria vir ao funeral, mas teve aquela tempestade. Silas não queria acabar ficando lá sozinho.

Concordei com a cabeça. Seria bom ter alguém com quem conversar sobre Eulalie, mas não naquela noite.

— Onde vai se sentar no jantar? — perguntei, redirecionando a conversa a algo alegre e bobo.

— Ainda não chequei os cartões de mesa.

Segurando-o pelo cotovelo, fui andando com Fisher pelo corredor.

— Vamos dar uma olhada?

Mercy deixou o próprio corpo desabar na cadeira ao lado da minha, respirando fundo. Os cachos dela, presos nas laterais da cabeça com rosas prateadas, tinham murchado. Embora ela tentasse esconder, eu a flagrei colocando a mão na frente da boca para esconder um bocejo.

— Por que não vai se deitar? — sugeri. — É quase meia-noite. Estou surpresa por ainda não terem mandado vocês três para a cama.

— O papai disse que hoje não precisamos ser menininhas. Além do mais, não posso perder este evento! Você ou Camille podem acabar mortas, e aí nunca mais vamos ter outra festa.

— Mercy!

Ela fez careta.

— Que foi? Pode acontecer.

Suspirei, frustrada com a insensibilidade dela.

— Com quem você estava dançando?

— Com Hansel, o filho do lorde Asterby. Ele tem *doze anos* — revelou ela, dando ênfase à idade.

— Parecia que você estava se divertindo.

Ela franziu as sobrancelhas.

— Ele só queria falar dos cavalos, e das linhagens deles, falando de cinco gerações anteriores. Ele disse que não queria dançar, mas os pais o obrigaram.

— Pelo visto, Hansel Asterby precisa aprender a ser mais educado. Sinto muito que você não tenha se dado bem com ele.

— Todos os garotos são assim tão sem graça?

Dei de ombros. Embora não fosse uma total surpresa, Cassius não estivera entre os convidados. Consequentemente, todos os outros homens pareciam um tanto sem graça em comparação.

— Você não dançou muito — comentou ela. — E Camille parece irritada.

Segui seu olhar até Camille, perto de um grupinho que cercava o lorde Briord. Ela estava com o rosto contraído, suas risadas soando altas demais.

— Ele ainda não se apresentou a ela.

Mercy apoiou o queixo na mão; se a orquestra estivesse tocando uma melodia mais suave, ela teria apagado ali mesmo.

— Deveríamos perguntar a ele por que está demorando tanto. Eu acho que ele não conversou com nenhuma de nós, só com o papai. Isso é tão grosseiro. Mesmo que não tenha gostado de Camille, é o aniversário das trigêmeas. Ele devia ao menos desejar a elas muitos anos de vida.

Eu havia reparado naquilo também. Ademais, eu estava bem ciente de que meu cartão de dança não tinha sido todo preenchido. Sem a bondade de Fisher, eu teria parecido uma solteirona rabugenta.

— Alguém deveria fazer com que ele nos cumprimentasse.

Mercy lançava olhares feios por cima da borda da taça.

Lenore se juntou a nós, a saia volumosa se amontoando sobre os braços da cadeira como uma cachoeira cor de ameixa. Ela virou uma taça de champanhe em um gole só.

— O velório de Octavia foi mais alegre que esta festa.

— Você também não dançou muito? — perguntei.

— Só dancei com o Fisher. É meu aniversário. Não dá para encher o saco de alguém até que me tire para dançar.

Mercy me lançou um olhar compreensivo.

— Eu não entendo — confessou Lenore. — Estamos lindas.

— Estamos mesmo — concordei.

— Somos muito educadas e temos várias qualidades boas e admiráveis — prosseguiu a aniversariante, com a voz assumindo o sotaque de um continental arcaniano.

— Hmm.

— Somos ricas — esbravejou ela, e comecei a suspeitar de que ela já tinha tomado algumas taças de champanhe antes.

— Somos mesmo.

— Então por que estamos sentadas no canto sem ninguém com quem dançar?

Ela colocou com força a taça na mesa. O objeto caiu, mas não quebrou.

— Eu mesma vou perguntar isso ao lorde Briord!

Indignada, Mercy disparou pela pista de dança, esquivando-se dos casais, antes que pudéssemos impedi-la.

— A gente devia ir atrás dela. — Lenore não fez esforço algum para se levantar. — Ela vai acabar passando vergonha.

— Mercy vai é deixar a Camille constrangida — rebati.

— Isso vai ser divertido, não vai?

Lenore parou um garçom que carregava uma bandeja com *coupettes* de champanhe. Ela pegou duas, entregando a segunda a mim. Neguei com a mão.

— Eu até invocaria um Traquineiro aqui agora, só para ter alguém com quem dançar! — exclamou ela com um grunhido e virou a bebida.

— Você não devia falar essas coisas — avisei. — Já tem rumores o suficiente sobre nossa família. Além do mais, se o papai flagrar você, vai te esganar.

Como se tivesse ouvido a deixa, ele e Morella passaram valseando, com sorrisos largos e radiantes um para o outro. Era difícil acreditar que apenas algumas semanas antes estiveram no funeral de Eulalie.

Deixando de lado a taça vazia, Lenore pegou a que deveria ter sido minha.

— Que foi? — perguntou ela, quando lhe lancei um olhar de julgamento. — É meu aniversário. Se eu não vou dançar, ao menos vou ficar amiga do champanhe. Olhe lá — disse minha irmã, apontando. — Até Camille está comigo nessa.

Olhei para o outro lado da pista de dança a tempo de ver Camille virando uma *coupette* cheia de champagne para criar coragem. Ela respirou fundo e beliscou as bochechas, deixando o rosto corado. Ela moveu os lábios, evidentemente praticando o discurso para abordar o lorde Briord.

Quando Camille finalmente caminhou na direção dele, ela estava mais bonita que nunca.

Próxima do grupinho de amigos dele, minha irmã fez uma pausa, inclinando a cabeça para ouvir a conversa. Um momento se passou, então outro, e ela empalideceu. Camille levou a mão à boca, e temi que ela fosse vomitar.

Ela se afastou do grupo, cambaleando para trás e esbarrando em um casal que dançava.

— O que houve com ela? — perguntou Lenore.

— Me desculpe, me desculpe — repetia Camille para os dançarinos antes de se aproximar de nós. Ela me levantou e me arrastou para longe como um peixe preso ao rastro de um navio. — Temos que sair daqui!

— O que aconteceu?

— Agora, Annaleigh, *por favor*!

Camille não parou até que chegamos ao jardim. Milhares de velas minúsculas salpicavam as saliências escondidas pelas topiarias. Teria sido uma imagem mágica se não fosse pela névoa. As luzinhas dançavam de maneira esquisita por causa da neblina, criando fantasmas indistintos, ali em um momento, e no outro, não mais.

— Camille, fique calma.

Eu me sentei na beirada do chafariz.

Ela apontou para a casa com o punho fechado.

— Isso não passou de uma farsa ridícula!

— Não estou entendendo nada. Me diga o que aconteceu!

Passei meus braços em volta do corpo, sentindo a pele exposta se arrepiar. Estava frio demais para ficar ali fora, mas o ar gélido só parecia aguçar os sentidos de Camille. Ao menos ela tinha parado de andar de um lado para o outro.

Ela fitava Highmoor em silêncio. O salão de baile, que lá dentro reluzia intensamente, mal podia ser visto do lado de fora. A música da orquestra ecoava de maneira sinistra em meio à névoa.

— Quantos homens dançaram com você hoje?

Suspirei.

— Por que todo mundo está obcecado com isso?

— Quantos?

Ela virou em um giro e me segurou pelos ombros. Um brilho esquisito reluzia nos olhos dela. À luz nebulosa das velas, Camille não parecia muito sã. Eu me soltei do aperto dela, esfregando a pele no ponto em que ela tinha cravado os dedos.

— Três.

— Três. A noite toda?

— Bem, sim, mas...

Ela concordou com a cabeça, como se já soubesse daquilo.

— Todos eram parentes, não eram? E mesmo assim nem tantos.

— Acho que não. — Comecei a bater os dentes. — Eu vi você tentando falar com Briord. Só me conte o que ele falou. A gente vai acabar morrendo de frio aqui.

Ela fez um som de escárnio.

— A maldição ataca novamente.

Eu levantei.

— Não tem maldição nenhuma. Vou voltar para dentro.

— Espere! — Ela me segurou, as unhas se cravando na pele delicada do meu braço. — Fiquei esperando a noite toda para que ele se apresentasse, mas não aconteceu. Então... eu resolvi ir lá e pedir uma dança eu mesma.

— Ah, Camille...

Ela franziu a testa.

— Eu o ouvi conversando com um dos irmãos mais novos dele. O irmão o estava provocando, desafiando-o a chamar Ligeia para dançar. Ele disse que não. O irmão perguntou o motivo, já que ela é tão bonita.

— E o que ele respondeu?

Minha irmã soltou um suspiro trêmulo.

— Ele disse que sim, que Ligeia é linda. Tão linda quanto um buquê de beladona.

Eu não conhecia a palavra, então tentei separá-la em partes que eu reconhecia.

— Belas donas?

— Solanáceas. Veneno. Ele acha que somos amaldiçoadas, que vamos amaldiçoar qualquer um que chegue perto demais. É por isso que ninguém nos chamou para dançar!

— Isso não é...

— Ah, Annaleigh, óbvio que é. Pense só. Existindo maldição ou não, as pessoas acreditam de toda maneira. Fomos julgadas e condenadas pelo tribunal da opinião pública. Nada vai fazê-los mudar de ideia, não importa quantas festas lindas o papai dê em nossa homenagem. Somos amaldiçoadas, e ninguém nunca vai acreditar no contrário.

Voltei a me sentar, lembrando-me dos sussurros no mercado de Selkirk. As especulações que logo viraram zombarias.

— É tão injusto.

Ela concordou com a cabeça.

— E vou lhe contar outra coisa: a árvore genealógica da família Briord está longe de ser perfeita. Quando eu estava lendo sobre ele, vi vários primos que pareciam bastante chegados um ao outro... Não me admira que ele tenha aquelas orelhas enormes.

Sorri, lembrando que, uma hora antes, Camille sentira uma profunda admiração pelas tais orelhas enormes.

— Isso não quer dizer que estamos condenadas. Existem outros homens. Outros duques, em outras províncias. Províncias que nunca ouviram falar nas Doze Taumas. Arcânia é bem grande.

Camille fez um sonzinho de desgosto, então sentou ao meu lado no chafariz. Com a lateral do corpo pressionada ao meu, era quase como se estivéssemos ao piano. Eu sentia falta daquela época.

— Mesmo se encontrarmos esses outros duques de tão, tão distante, assim que eles pusessem os pés aqui, descobririam. Todos contariam a eles, ansiosos para receberem os créditos por terem salvado Sua Graça de uma união agourenta.

— Então talvez nós possamos ir até eles.

— O papai nunca permitiria. — Ela segurou minha mão, apertando meus dedos congelados até que esquentassem. — Ao menos sempre teremos uma à outra. Irmãs e amigas até o fim. Promete?

— Eu prometo.

Uma figura se aproximou de nós, com uma silhueta muito grande projetada na parede de névoa, usando uma capa esvoaçante. Os sapatos faziam barulho no chão do jardim, se aproximando de nós. Por um momento, pensei que fosse papai à nossa procura, mas então a silhueta se transformou. Era uma mulher com saias volumosas. Uma cortina de névoa ondulou ao nosso redor, ficando grossa demais para a enxergarmos com clareza, mas ouvi a risada dela, despreocupada e descontraída.

Eu apostaria a própria vida que era Eulalie.

Fiquei com a boca seca ao imaginar o fantasma dela, fadado a caminhar para sempre pelo penhasco onde havia perdido a vida. Quando o nevoeiro se dispersou, Camille e eu estávamos sozinhas no jardim.

Meus dedos ficaram pálidos de tanto que apertei minha irmã. Ela teria que levar os desenhos de Verity a sério a partir dali.

— Você viu aquilo, não viu?

— Vi o quê?

— A silhueta. A risada... Foi igualzinha à de Eulalie, não foi?

Camille ergueu uma sobrancelha para mim, desconfiada.

— Você bebeu champanhe demais.

Ela se virou com um farfalhar das saias, voltando para dentro e me deixando em meio à névoa.

Escutei o barulho do sapato atrás de mim mais uma vez, embora o jardim estivesse vazio, e saí correndo atrás de Camille.

11

ABRI OS OLHOS E PISQUEI PARA afastar o sono. Parecia cedo demais. A festa tinha acabado depois das três da manhã, combinando perfeitamente com as marés para mandar os convidados de volta a Astreia. Boias feitas de vidro colorido cheias de algas luminescentes iluminaram o cais, oferecendo aos convidados uma última imagem encantadora enquanto eles se afastavam de Highmoor o mais depressa que os saltinhos dos sapatos de bico quadrado permitiam.

Depois da conversa com Camille no jardim, ficara difícil ignorar suas palavras. Observei minhas irmãs se aproximarem de um grupinho e receberem sorrisos amarelos e olhares inexpressivos. O papai e Morella não pareceram notar nada.

Eu me virei na cama com um grunhido, querendo me esconder debaixo das cobertas. Então um lampejo de luz na penteadeira chamou minha atenção.

Era o relógio de bolso de Eulalie.

Eu queria ter mostrado ao papai antes, mas havia esquecido depois de ver o caderno de desenhos de Verity. Só de lembrar as imagens escabrosas, um arrepio inquietante percorreu minhas costas.

Retirando a mecha de cabelo de dentro do relógio, enrolei-a no dedo, analisando as madeixas douradas. A princípio, estranhei o pedaço de fio, pois eu sempre havia visto mechas de cabelo sendo presas com fitas ou renda, mas enquanto eu observava o interior do relógio de bolso, de repente fazia sentido.

Edgar era aprendiz de relojoeiro.

Ele trabalhava com rolos de fio e molas.

Ele havia cortado um pouco do cabelo como um presente romântico para Eulalie?

Franzi a testa. O assassino de Eulalie sem dúvida era um pretendente rejeitado, alguém magoado porque o próprio afeto não fora correspondido. Se Eulalie tinha mantido o relógio e a mecha de cabelo escondidos, era natural concluir que ela retribuía ao sentimento. Por que mais ela teria guardado?

Mas ele havia ficado tão ansioso e inquieto no mercado. Edgar parecera ansioso para fugir de nós.

Ele sabia de algo. Devia saber.

Fiquei fuçando o relógio, ponderando o que fazer. Era óbvio que eu precisava falar com ele, mas o que eu diria? Era um problema grande demais para eu tentar resolver sozinha. Fechei o relógio com um clique determinado e desci para procurar o papai.

Entrei na sala de jantar, mas ficou evidente que eu tinha chegado na hora errada.

Com os dedos pálidos de tanto apertar o garfo, Camille cortava o arenque em pedacinhos até a comida parecer mais com um massacre do que com café da manhã. Emburrada, Rosalie segurava uma xícara de chá, e Ligeia, toda ansiosa, roía as unhas pintadas de prata. Era provável que Lenore ainda estivesse deitada, talvez se recuperando de uma dor de cabeça depois de se esbaldar em champanhe.

O papai estava sentado na ponta da mesa, com a mandíbula retesada e um cansaço tenso marcando a pele ao redor de seus olhos.

— Foi o primeiro evento social de todo mundo. Talvez ter vocês todas aparecendo ao mesmo tempo tenha deixado as pessoas incomodadas.

Camille franziu a testa, seus lábios estavam pálidos e tensos.

— Eu concordo, papai. As irmãs Taumas amaldiçoadas deixaram as pessoas incomodadas mesmo.

O garfo dela arranhou o prato de porcelana e fez barulho antes de ela soltá-lo.

Camille devia ter contado a ele tudo o que ouvira na noite anterior.

O papai suspirou, acenando com a mão para desconsiderar a acusação da filha.

— Só aqueles plebeus ridículos do vilarejo acreditam em maldições, mais ninguém.

Em um acesso de raiva, Camille deu um tapa na mesa.

— Robin Briord não é nenhum pescador, e eu ouvi da boca dele! Nunca vamos arranjar um pretendente, nenhuma de nós! Nós fomos afetadas pelas mortes das nossas irmãs.

Rosalie tinha lágrimas nos olhos.

— Ele disse isso mesmo?

Camille confirmou com a cabeça.

— Acho que devemos considerar nossa sorte. Sempre teremos Highmoor. Quando o papai mor... Quando eu for duquesa, aqui continuará sendo o lar de vocês para sempre. — Ela fez um som de escárnio, com os olhos sombrios e mal-humorados. — A Casa das Solteironas Amaldiçoadas.

Ouvi um barulho atrás de mim. Morella tinha chegado, ainda de camisola. Eu não sabia o quanto da conversa ela tinha ouvido, mas fora ao suficiente para o rosto de minha madrasta ficar branco que nem cera. Abri um pequeno sorriso, mas ela se afastou, com as mãos protegendo a barriga.

— Meu filho vai ser amaldiçoado também? — questionou ela com um tom de desespero, suas palavras esganiçadas pairavam sobre a mesa de café da manhã.

O papai logo ficou de pé.

— Meu amor, você ainda deveria estar deitada. Depois de uma noite tão agitada, precisa descansar.

— Papai, eu preciso conversar com o senhor — anunciei, encontrando minha voz quando ele se aproximou de nós.

— Agora não, Annaleigh.

— Mas é importante. É sobre...

— Eu disse agora não! Já ouvi novidades importantes para uma manhã inteira.

Então ele lançou um olhar de alerta para Camille antes de conduzir Morella para fora da sala de jantar.

Soltei o ar pela boca quando eles saíram e enfiei o relógio no bolso. Arranjos florais roxos ainda adornavam a mesa, e o cheiro de lírios murchando revirou meu estômago. Eu me servi de uma xícara de café puro e me sentei, suspirando.

— Quanto drama — murmurou Camille.

Deslizei o dedo pela alça da xícara.

— Ninguém gosta da nossa situação de agora, mas não precisamos atormentar a Morella com isso.

Camille se virou para mim.

— Desde quando você virou defensora dela? Você também a odiava.

Rosalie e Ligeia olharam para a porta, avaliando se conseguiriam sair ilesas da sala.

— Eu nunca a odiei. Ela está carregando nosso novo irmão ou irmã na barriga e está tendo dificuldades. Não deveríamos tratá-la com um pouco de gentileza?

— E com quanta gentileza ela nos trataria se o pequeno deus do sol que ela carrega herdasse Highmoor? Você acha mesmo que ela daria casa, comida e roupa lavada a oito solteironas? Ela nos jogaria na rua mais rápido do que Zéfiro lança suas flechas.

Verity apareceu, saltando o último degrau.

— Quem é mais rápido que Zéfiro? Ninguém consegue ganhar do Deus do vento!

Lancei um olhar de alerta a Camille. As Graças não precisavam saber de nenhuma desavença entre Morella e nós.

— Você com certeza ganharia com esses sapatos — rebati, vendo os sapatos de fada por baixo do robe da caçula.

Ela não tirou os sapatos desde que haviam chegado. Eu não me surpreenderia se ela estivesse dormindo com eles.

Verity sorriu, dando uma voltinha para exibi-los, então foi para o bufê, ficando na ponta dos pés para dar uma olhada nas opções. Camille a ajudou a se servir, e colocou uma porção generosa de arenque no prato e então adicionou a torta de frutos silvestres que Verity pediu.

— Acho que vou voltar para a cama — comentou Rosalie, esticando os braços sobre a mesa e abaixando a cabeça. — Passar a noite toda sem dançar foi muito cansativo.

— Não é justo! Eu ainda tenho aula! — exclamou Verity.

Ela se sentou na cadeira e esperou que Camille trouxesse seu prato.

— Primeiro o peixe.

Verity fez cara feia para a irmã.

— Ainda tem comida no seu prato.

— Eu sou a mais velha — rebateu Camille.

Verity deu língua, mas logo começou a comer.

— O que vai fazer hoje, Annaleigh?

Era como se o relógio queimasse em meu bolso, mas eu não poderia mencioná-lo. Não com uma briga se criando por baixo dos panos.

— Eu vou andar na praia para pegar mais alga. O creme de Morella está quase acabando.

— Vai à praia?

Nós nos viramos e vimos Fisher parado à arcada da entrada.

— Quer companhia? Eu posso levar você de bote até a ilhota com as piscinas naturais. Lá deve ter o que você precisa.

Senti os olhos de Camille em mim, mas assenti, sorrindo para Fisher.

— Depois do café da manhã, então?

Ele sorriu.

O papai entrou na sala de novo e disse:

— Temos que conversar. — Deu uma olhada na sala e avistou Verity. — Querida, por que não toma café lá em cima hoje? Como um mimo especial.

O rosto dela se animou.

— Elas vão levar bronca? Camille não comeu o peixe.

— Ah, não comeu? Talvez eu dê uma bronca nela, então.

Satisfeita, Verity saiu da sala, levando a torta. O peixe ficou para trás.

— Fisher, pode nos dar licença? Preciso conversar com minhas filhas em particular.

Fisher seguiu pelo corredor até sumir.

O papai esperou um momento antes de começar a falar:

— Morella está muito chateada. Inconsolável.

Camille ficou tensa em uma evidente demonstração de que não cederia.

— Imagine como nós nos sentimos. Nós que corremos o perigo de cair mortas, muito antes de aquele bebê nascer.

Ele suspirou.

— Ninguém vai cair morta.

— Então ela não tem com o que se preocupar, tem? — Ela se recostou na cadeira de novo. — Imagino que você queira que eu me desculpe por ter uma conversa que não era sobre ela e que ela escolheu bisbilhotar?

O papai passou os dedos pelo cabelo.

— Só não fale nisso de novo. Não perto dela, nem entre vocês. Estou determinando a suspensão da maldição. Que, aliás, nem existe. Escutem, preciso viajar para a capital hoje à tarde. Vou ficar fora por uma semana pelo menos, talvez mais. Uma situação ficou complicada e o rei Alderon quer que o Conselho Real delibere sobre a questão. — O papai suspirou. — Morella está mais cansada do que quer admitir, e seria importante receber algum cuidado enquanto eu estivesse fora. Até uns mimos. Entenderam?

Rosalie, Ligeia e eu concordamos com a cabeça. Depois de uma pausa significativamente longa, Camille fez o mesmo.

— Ótimo — disse ele, saindo da sala sem olhar para trás.

Tive muita vontade de correr atrás do papai e mostrar o relógio, mas ele não estava de bom humor para ouvir minha teoria. Ralharia comigo, e eu perderia a chance de ser levada a sério. Fiquei olhando para o fundo da xícara cheia de café, me perguntando o que fazer.

Fisher enfiou a cabeça na sala outra vez.

— Annaleigh, está pronta?

Afastei a xícara e respondi:

— Vamos!

12

O CÉU ERA UM ESPAÇO AZUL e vasto quando navegamos até a ilhota na extremidade mais distante de Salície. O sol estivera sumido por mais de uma semana, mas no momento iluminava tudo com um esplendor radiante, como se pedisse desculpas por ficar tanto tempo sem aparecer.

Enquanto Fisher manejava a pequena embarcação, eu observava a grande expansão de mar aberto, contando as tartarugas marinhas. As criaturas enormes eram as minhas favoritas. Na primavera, as fêmeas se prostravam em nossas praias e botavam ovos. Eu adorava vê-los eclodir. Com as nadadeiras no peitoral e astutos olhos gigantes, as tartaruguinhas eram miniaturas perfeitas dos pais. Elas saíam dos ovos e se movimentavam pela areia, já atraídas para o mar, assim como o Povo do Sal.

— Olhe ali! — Apontei para uma corcunda couraçada enorme emergindo a alguns metros. — Já vi doze!

Fisher aproveitou o momento para fazer uma pausa, abaixando os remos.

— É a maior até agora. Olha o tamanho do casco!

Observamos o animal tomar ar, então mergulhar de novo. O vento bagunçava o cabelo de Fisher, destacando as mechas queimadas de sol, e fui dominada mais uma vez pela noção de como ele havia mudado desde que deixara Highmoor. Seu olhar encontrou o meu, e ele abriu um sorriso de lado.

— É tão linda, né?

Ele acenou com a cabeça, gesticulando para a ilha atrás de mim.

Me virei e olhei para a mansão. Os quatro andares se erguiam do penhasco rochoso de maneira abrupta. A fachada de pedra era de um cinza suave, coberta de hera. Uma padronagem bonita de telhas de ardósia azuis e verdes pontilhavam o telhado, brilhando como uma pedra preciosa na coroa de uma sereia.

Voltei o olhar para o caminho ao longo do penhasco.

— Parece que nada de ruim poderia acontecer ali, não é?

Ele franziu as sobrancelhas, concordando com a cabeça.

— Acho que acabei presenciando algo que não deveria hoje mais cedo.

— Então somos dois.

O silêncio de Fisher pareceu incentivar para que eu continuasse.

— Eu tinha algo para falar para o papai, mas ele e Camille estavam brigando sobre aquela bobagem de maldição, e não consegui falar. E agora ele vai para a capital, e sabe-se lá quando volta.

— É tão urgente assim?

— De manhã parecia que sim.

— E agora?

Dei de ombros.

— Imagino que o assunto vá ter que esperar, sendo urgente ou não.

Fisher passou os dedos pelos remos, mas não fez menção de continuar remando.

— Você pode conversar comigo, seja o que for. Quem sabe eu não consiga ajudar...

Passei a mão pelo relógio de bolso, mas não o peguei.

— Eu... eu acho que talvez Eulalie tenha sido assassinada.

Ele estreitou os olhos, o âmbar das íris escurecendo.

— A mamãe disse que ela caiu do penhasco.

Colocando as mechas de cabelo esvoaçantes atrás da orelha, assenti.

— Ela caiu, sim.

— E você acha que não foi um acidente — concluiu ele.

Ousei levantar a cabeça e o encarei.

— Não foi.

Uma onda forte golpeou a lateral do barco, assustando a nós dois.

— Por que você não disse isso a Ortun? Você sempre ia até ele quando tinha um problema.

— Eu queria dizer, mas... as coisas são diferentes agora. Ele está diferente. Está muito dividido, tendo que considerar diferentes pontos de vista — expliquei, falando mais para mim do que para Fisher. — Ele não é mais um viúvo com uma mansão cheia de filhas. Ele é marido de alguém novamente. Eu só queria...

— Continue — incentivou ele, quando ficou evidente que eu não concluiria a frase.

Abri um sorriso, embora eu não sentisse vontade de sorrir.

— Eu só queria deixar tudo nas mãos dele. Parece algo grande demais para eu resolver sozinha.

Meu antigo amigo sorriu.

— Que pena que não podemos perguntar a Eulalie o que aconteceu com ela, né? Sabemos bem que quando dávamos corda...

— Ela não parava de falar — completei, concordando.

Nossos olhares se encontraram de novo, e senti um quentinho por dentro pela intimidade compartilhada. Era bom falar sobre Eulalie de novo com alguém que de fato a conhecia. Com todos os preparativos para o baile, parecia que, de alguma maneira, ela havia sido esquecida.

— Você se lembra de quando ela... — Parei de falar, tomada abruptamente pela vontade de chorar.

— Ah, Annaleigh — murmurou Fisher e me abraçou sem hesitar.

Apoiei o rosto no peito dele, permitindo que eu e minha dor fôssemos envolvidas por ele. Fisher acariciou minha nuca, fazendo círculos reconfortantes, e algo que com certeza não era luto brotou dentro de mim. Contra meu ouvido, o coração dele começou a bater mais depressa, em harmonia com o meu. Eu me demorei no abraço, contando as batidas do coração do meu velho amigo, perguntando-me o que aconteceria se eu o deixasse dar o próximo passo. Contudo, o muxoxo de censura de Hanna soou em minha mente, e me afastei.

Ele ficou me olhando por um bom tempo, calado, antes de voltar a pegar os remos. Então conduziu o barco pelas ondas, conduzindo-nos à ilhota.

Mordi o lábio, desejando dissipar o clima que se formara entre nós. De repente era pesado demais, carregado demais com um significado velado.

— Fisher, você acredita em fantasmas?

As palavras escaparam antes que eu sequer pudesse pensar duas vezes, e ainda que ele pudesse me considerar uma desequilibrada, a pele ao redor dos olhos dele se enrugou, e ele achou graça.

— Fantasmas tipo...

Ele balançou os dedos em minha direção, tentando parecer assustador.

— Não, fantasmas de verdade. Espíritos.

— Ah, esse tipo.

As ondas ficaram mais escuras enquanto passávamos pelo ponto que marcava a rebentação. Gaivotas se empoleiravam nos recantos e nas fendas da ilhota, e voavam à procura de comida para os filhotes.

— Eu acreditava quando era criança. Achava bem divertido inventar histórias e assustar as crianças menores na cozinha. Uma vez contei uma história tão terrível para a filha da cozinheira que a menina teve pesadelos por uma semana e enfim me entregou. Minha mãe não ficou nada contente.

— E agora?

— Não sei. Eu acho que chegamos a um certo ponto na vida em que espíritos não são mais divertidos. Quando as pessoas que você ama morrem... como meu pai, sua mãe e suas irmãs... a ideia de que eles podem estar presos aqui... é insuportável, não é? Eu não consigo imaginar um destino pior. Sem conseguirem ser vistos, ouvidos. Cercados por pessoas que se lembram deles cada vez menos com o passar do tempo. Eu perderia a sanidade, e você? — Ele parou de remar. — Eu estive longe por um tempo, mas ainda reconheço essa expressão no seu rosto. Tem alguma coisa te incomodando. Não é só esse assunto da Eulalie. Algo mais. — Ele esticou a mão e deu um apertãozinho em meu joelho. — Você sabe que pode me contar qualquer coisa.

— Verity está vendo espíritos. — A frase saiu de uma só vez, como uma cachoeira despencando pela borda de um penhasco. — Ava e Elizabeth, Octavia, e agora Eulalie.

Fisher inspirou com força.

— É sério?

Acenei com a mão, querendo mudar de assunto.

— Parece absurdo, eu sei.

— Não parece, não... Elas surgem como?

Contei sobre o caderno de desenhos, sobre as pústulas da peste e pescoços quebrados, os membros do corpo torcidos e pulsos ensanguentados.

— Tadinha da Verity. — Ele suspirou. — Que coisa horrível.

Franzi a testa.

— E a questão é que... agora que ela me contou isso, tenho certeza de que vou entrar no banheiro e ver Elizabeth flutuando na banheira cheia de sangue, ou ver o corpo desfigurado de Octavia na biblioteca. Não consigo tirar as imagens da cabeça. Estou vendo minhas irmãs em todo canto.

Ele fez círculos gentis pelo meu joelho com o polegar.

— Parece horrível. Mas, quer dizer... — Ele fez uma pausa. — Não é como se você estivesse vendo mesmo.

— Você não acredita em mim.

Cruzei os braços, de repente sentindo frio, apesar da luz do sol brilhante.

— Eu acredito que as imagens desestabilizaram você... e é muito natural, não precisa ficar constrangida. Mas você não acredita mesmo que Verity esteja vendo espíritos, acredita?

— Eu não sei o que pensar. Se não são de verdade, por que ela desenharia essas coisas tão horríveis?

Ele deu de ombros.

— Talvez para ela não sejam tão horríveis. Pense só. Ela está de luto desde o dia em que nasceu. Quando ela não esteve cercada pelo sofrimento? — Fisher afastou dos olhos o cabelo bagunçado pelo vento. — Isso deve afetar a pessoa, não acha?

— Imagino que sim.

Ele apertou minha perna uma vez mais.

— Eu não ficaria tão preocupado com isso. Talvez seja só uma fase. Todos nós tivemos as nossas.

— Eu lembro da sua — comentei, abrindo um sorriso espontâneo.

Ele soltou um grunhido, ainda remando.

— Nem me lembre, nem me lembre.

— Nunca vou esquecer como você gritou.

Ele abriu um sorriso, mas, por um instante, tive uma sensação estranha de que ele não sabia do que eu estava falando.

— A serpente marinha — expliquei, arqueando as sobrancelhas.

Os olhos de Fisher se iluminaram.

— Ah, isso. Não tem nada de errado em gritar quando se vê uma cobra daquele tamanho. É simplesmente autopreservação.

— Mas era só uma corda! — exclamei, rindo com a lembrança.

Na época, estávamos procurando conchas na areia da praia quando a maré puxara um pedaço de rede para a beira da água. Fisher tinha segurado minha mão e corrido, berrando sobre cobras venenosas e nosso fim iminente. Eu e as meninas havíamos deixado pedaços de corda por todo canto para assustar Fisher o restante do verão.

— Corda, cobra, dá na mesma — retrucou ele, rindo também.

O barco atracou nas areias pretas da ilhota com um baque, encerrando nossa conversa. Saí do bote e ajudei Fisher a puxar a embarcação para terra firme. Mais adiante na praia, perto das rochas, havia várias piscinas naturais. Com a maré alta, a pequena ilha ficava completamente submersa, mas quando a água abaixava, deixava para trás vários tesouros confinados ao basalto. Dava para encontrar estrelas-do-mar e anêmonas de todas as cores, às vezes até cavalos-marinhos, presos nas poças até a maré retornar. Com frequência, aglomerados compridos de alga ficavam enrolados nas arestas pontiagudas. As piscinas naturais eram o lugar perfeito para encontrar os materiais necessários.

— Você gostou do baile ontem? — perguntei enquanto procurávamos.

— Foi com certeza a noite mais glamorosa da minha vida. E você?

— Fico muito grata por você ter estado lá. Se não estivesse, nenhuma de nós teria dançado.

Ele pareceu compreender a situação.

— Você disse que seu pai e Camille estavam brigando por causa da maldição. As pessoas acreditam mesmo nisso?

— Parece que sim.

— Sua família vem tendo uma maré de azar terrível, mas não significa que... — Ele deu um peteleco em um caranguejo, disputando um pedaço de alga com o bicho. — Sinto muito.

— Para mim não importa tanto, mas Camille é a herdeira agora. É esperado que ela arranje um bom partido, e ela está preocupada, achando que nunca vai conseguir um marido se continuar sendo ignorada em todos os bailes.

Fisher inclinou a cabeça, considerando.

— Se tivesse um jeito de tirar todo mundo da ilha... levar vocês para longe o bastante das Salinas, para onde ninguém conhece a maldição Taumas...

— Foi o que falei ontem! Mas ela acha impossível.

Ele afastou os olhos da ilha e observou a costa de Salície como se tentasse recuperar uma lembrança antiga.

— Eu me pergunto se... — Ele deu de ombros, rindo para si mesmo. — Provavelmente é só rumor também. Esquece.

— O quê? — questionei, aproximando-me para largar próximo dele o que tinha coletado.

— As crianças que são criadas na cozinha ouvem muitas histórias. E provavelmente é só isto: uma história.

— Fisher — insisti.

Ele suspirou.

— Parece um pouco absurdo, está bem? Mas lembro de ouvir algo sobre uma passagem, uma porta secreta. Para os Deuses.

— Os Deuses?

O que os Deuses estariam fazendo em Highmoor?

— Muito, muito tempo atrás, eles estavam mais envolvidos com os assuntos dos mortais. Faziam questão de serem consultados a respeito de tudo, de arte até política. Alguns deles ainda fazem. Você sabe que, vira e mexe, Arina aparece na ópera e nos teatros da capital. Ela diz que é uma musa importante.

Confirmei com a cabeça.

Ele esfregou a própria nuca.

— Bem, não é como se pudessem usar uma carruagem para sair do Sanctum, sabe? Eles precisavam de uma maneira para acessar nosso mundo. Então tem essas portas. Eu me lembro de um dos lacaios dizendo que tem uma em algum lugar de Salície... para Pontos usar quando viaja. A pessoa diz umas palavras mágicas e as portas a levam a lugares, lugares bem distantes, assim, ó. — Ele estalou os dedos. — Mas é só uma história.

Uma porta assim devia estar marcada como algo especial, e eu nunca tinha visto nada do tipo em Salície. Era provável que fosse bobagem, mas...

— Ele disse onde fica a porta de Pontos? — perguntei, fazendo uma careta ao notar o tom de esperança em minha voz.

Fisher negou com a cabeça.

— Esqueça disso, Annaleigh. — Ele pegou a cesta e remexeu o conteúdo dela. — Será que é suficiente?

— É, sim, obrigada. Tenho certeza de que Morella vai ficar grata.

Levamos o bote pela praia até chegar à água outra vez. O sol queimava forte, aquecendo tudo com seu brilho dourado. Voltei o olhar para Fisher. Analisando a forma como os antebraços dele se flexionavam enquanto ele remava pela baía, ousei me lembrar da sensação de estar em seus braços.

Um som de esguicho soou à frente, tirando-me do devaneio. Uma nadadeira verde chamou minha atenção.

Uma tartaruga marinha!

Fisher estremeceu, encarando as águas adiante.

— Annaleigh, não olhe.

Um tentáculo vermelho se debateu para fora da água, agitando-se com agressividade. Meu sorriso sumiu. Aquele tipo de cor prenunciava uma lula, e essa parecia enorme.

Enquanto o bote passava, senti vontade de chorar. A tartaruga marinha lutava pela própria vida. Os braços da lula envolveram o animal menor, apertando, contorcendo e tentando arrancar o casco. A lula, mesmo uma grande daquele jeito, não comia tartarugas.

A criatura atacou a tartaruga só por maldade.

13

Rocei os dedos nas teclas do piano, fazendo soar várias notas. Era um arranjo complexo, cheio de glissandos descendentes e ágeis e *legatos*, o que requeria total concentração. Infelizmente, eu não estava com cabeça para tocar, e o som resultante soou tenebroso até para mim.

Fazia uma semana que o papai estava fora. Ele não avisara de imediato que chegara bem, e Morella ficara em pânico e apreensiva, convicta de que a maldição fizera uma nova vítima. Quando enfim recebemos uma carta, ela arrancou o papel da bandeja de prata e correu para subir a escada a fim de ler sozinha o que ele tinha escrito.

A barriga dela já estava aparente. O que começara como um pequeno inchaço já escalonara para uma barriga arredondada. O bebê estava crescendo rápido demais. Chamamos uma parteira de Astreia, e quando ela saiu do quarto de Morella, o rosto dela era o retrato da preocupação.

— São gêmeos — revelou ela. — E daqueles bem agitados.

A parteira me deu uma pomada para esfregar na barriga de Morella duas vezes ao dia e informou que minha madrasta precisava descansar o máximo possível e manter os pés para cima e as emoções sob controle.

Depois de mais uma sessão de erros musicais, continuei tocando até o arranjo acabar e dei um tapinha na partitura, em seguida estudei as notas para saber onde errei.

Uma criada enfiou a cabeça na Sala Azul.

— Senhorita Annaleigh? — chamou ela, fazendo uma breve reverência. — O senhor Edgar Morris está aqui.

Prendi a respiração. Edgar em Highmoor?

— Para me ver?

— E a senhorita Camille também.

— A última vez que a vi foi no café da manhã, mas acho que ela está no quarto.

Desde o baile, ela vinha se enclausurando, berrando com qualquer um que ousasse incomodá-la.

Pressionei os dedos trêmulos na saia do vestido. Depois da travessia de barco com Fisher, eu tinha escrito uma dúzia de cartas ao papai, para tentar explicar minhas suspeitas e implorando que ele voltasse para casa depressa para ajudar. Joguei todas elas na lareira, porque pareciam os devaneios de uma mulher fora de si. Uma carta não era o ideal. Como eu poderia transmitir em palavras o sentimento sombrio que crescia dentro de mim?

— Olá, srta. Taumas — cumprimentou Edgar, entrando na sala.

Ele estava outra vez todo de preto, ainda demonstrando luto profundo.

Eu me virei no banco e o vi analisar a decoração da sala após o encerramento do luto. As arandelas faziam os espelhos reluzirem, e mesmo com a manhã nublada, o cômodo parecia bem mais alegre do que da última vez que ele estivera ali.

— Sr. Morris.

Embora fosse o auge do desrespeito, continuei sentada no banco do piano, surpresa demais para conseguir me mexer. Era como se eu o visse pela primeira vez, absorvendo detalhes que nunca notara antes. Uma pequena cicatriz logo acima do lábio superior, os mesmos lábios que Eulalie devia ter beijado. E aquelas eram as mãos que Eulalie sem dúvida havia segurado quando ele a pedira em casamento. Será que ela tinha passado os dedos pelo cabelo loiro claro? Será que tinha removido aqueles óculos de aro de tartaruga para olhar nos olhos cor de avelã semicerrados?

Quais segredos da minha falecida irmã aquele homem guardava?

— Sr. Morris, que surpresa inesperada. — Ouvimos a voz de Camille antes de ela aparecer. Edgar ainda estava perto da soleira, incerto sobre o que fazer em seguida. — Annaleigh, já pediu para servir o chá?

Neguei com a cabeça.

— Não tem problema, srta. Taumas. Eu não pretendo demorar — gaguejou ele, estendendo a mão como se para detê-la.

— Martha? — chamou Camille, ignorando a resposta dele. — Peça à cozinheira para preparar chá e talvez uma travessa daqueles biscoitinhos de limão que ela fez ontem.

— Sim, senhorita.

— Sente-se, por favor, sr. Morris. Annaleigh?

— Quê? — retruquei, ainda teimosamente sentada no banco.

— Vai se juntar a nós, não vai?

Depois de uma longa pausa, eu me levantei.

— Lógico.

Martha entrou na sala empurrando um carrinho de chá. Como Camille era a mais velha, ela se pôs a preparar xícaras de chá para todos. Uma vez servidos, ela endireitou a postura e voltou a olhar para a visita.

— Com o que podemos lhe ajudar, sr. Morris?

Ele deu um gole no chá, tomando coragem para a conversa que se seguiria.

— Queria me desculpar pelo meu comportamento no mercado. Eu não estava bem naquele dia. Foi uma surpresa tão grande ver as senhoritas em público e tão... — Ele retesou a mandíbula. — Bem... Ver o rosto de vocês me fez lembrar de Eulalie. Isso me pegou desprevenido. Eu também... esperava conversar com as senhoritas. Sobre... aquela noite.

Se Camille ficou surpresa, ela sabia esconder bem melhor do que eu.

— Conversar o que sobre aquela noite? — indagou ela, mexendo o chá com tanta delicadeza que a colher não esbarrou na louça uma única vez.

Ele se remexeu, desconfortável.

— Acho que posso admitir isso agora, mas eu estava aqui... na noite em que aconteceu.

— Eu sei — murmurei, tão baixinho que nem eu tinha certeza de que tinha falado.

Edgar ergueu as sobrancelhas, surpreso.

— Eulalie lhe contou sobre mim?

Neguei com a cabeça.

— A gravação no medalhão...

Ele secou a testa com um lenço. Até o lenço era preto.

— Eu fiquei surpreso de vê-la usando o medalhão no funeral. Ela nunca o usava. Era nosso segredo.

— Ela devia estar usando quando caiu, mas não acho que alguém tenha notado... Os pescadores que a encontraram leram os dizeres. Se não tivessem lido, eu nunca descobriria que Eulalie estava noiva.

— Noiva! — Camille fez um som de desdém. — Mas que absurdo. Eulalie não estava noiva.

Edgar escorregou para a beirada do assento, focando toda a atenção em mim com uma intensidade inquietante.

— Como você soube que era eu? Nós tomávamos muito cuidado.

— Encontrei o relógio de bolso que ela tinha escondido, com uma mecha de cabelo. Mas quando você tirou o chapéu no mercado percebi que o cabelo era igualzinho.

— Você encontrou o relógio?

— Que relógio? Annaleigh, o que está acontecendo?

Pela primeira vez desde que chegara, Edgar abriu um sorriso de verdade.

— Eu tinha certeza de que ele tinha se perdido no Sal. Eu dei o relógio a ela em vez de um anel.

Camille ficou boquiaberta.

— Um anel?

Esfreguei a testa e disse:

— Na noite em que Eulalie... Ela estava fugindo de Highmoor para se casar com Edgar.

Camille caiu na gargalhada.

— Isso é alguma brincadeira?

Edgar negou com a cabeça.

— Eu não acredito em você. Eulalie era herdeira de Highmoor. Ela não iria embora. Tinha uma responsabilidade — retrucou minha irmã.

— Ela não queria a herança. Nunca quis — revelou o rapaz.

Ele não estava mentindo. O papai tivera que praticamente arrastá-la para os estaleiros em Vasa e coagi-la a estudar a contabilidade e a prestação de contas. Quantas vezes eu estivera sentada ao piano e a vira pegar no sono durante as aulas do papai sobre a história da família?

— Mesmo se isso for verdade, ela nunca teria se casado com um aprendiz de relojoeiro qualquer. Ela queria algo melhor da vida.

— Camille!

Ela me calou com um olhar tão letal quanto uma adaga.

Edgar ignorou a ofensa.

— Nós estávamos apaixonados.

Camille deu uma risada.

— Então ela não teria fugido com o senhor, teria se casado em uma cerimônia apropriada.

— Ela estava com medo.

— De quê? — retrucou Camille, ríspida.

Ele deu de ombros.

— É isso o que eu esperava que as senhoritas soubessem. Devíamos ter nos encontrado no caminho do penhasco à meia-noite. Esperei por horas, mas ela não apareceu. Resolvi ir embora, mas voltaria pela manhã. Quando saí com o barco de debaixo dos penhascos... — Ele estremeceu, contendo um soluço de choro. — Enquanto eu viver nunca vou esquecer aquele som... como o barulho que a carne faz ao bater na tábua do açougueiro. — Ele voltou a secar a testa, suas lágrimas escorriam pelo rosto. — Eu ouço de novo e de novo e de novo. Fica ecoando nos meus ouvidos sem parar. Tenho medo de acabar perdendo a sanidade.

— O senhor a viu cair? — questionei, horrorizada.

Eu estava de olhos arregalados, e um arrepio de pavor percorreu minha coluna.

Ele confirmou com a cabeça, cheio de tristeza.

— Eu estava passando pelas pedras quando ela caiu. — Ele assoou o nariz, fazendo um barulhão. — Primeiro achei que ela tivesse escorregado. Estava escuro, era lua nova. Talvez ela não tenha conseguido ver direito onde pisava. Mas quando levantei a cabeça... vi uma sombra lá em cima no penhasco. E quando viu meu barco, se afastou e foi se esconder nos arbustos.

— Uma sombra! — exclamei.

Camille deu um bom gole no chá, não parecendo nada afetada pela história trágica.

— E depois?

Edgar desviou o olhar, sua voz se tornando um sussurro.

— Eu fui embora.

— Você deixou o corpo da nossa irmã nas pedras — concluiu Camille.

O rosto dela era uma aterrorizante máscara de placidez.

— Eu não sabia o que fazer. Não podia fazer nada para salvá-la. Ela morreu na hora, só pode.

A calma de Camille se estilhaçou, e os olhos dela brilharam com fúria.

— O senhor não checou?

Ergui a mão para acalmá-la.

— Camille, ninguém teria sobrevivido a uma queda daquelas. Você sabe disso. — Eu me virei para Edgar. — Acha que alguém a empurrou? Talvez essa sombra?

— Acho.

— Era um homem? Uma mulher? Viu as feições?

— Não sei dizer. Eu estava muito perto do penhasco, e as ondas balançavam o barco. Estava difícil enxergar. Mas não posso esquecer do olhar de Eulalie no último dia em que a vi viva. Ela estava com tanto medo. Disse que tinha descoberto algo que não deveria e precisava escapar. Na época, eu achei que era apenas uma desculpa dramática para acelerar nossa fuga... Ela sempre estava com o nariz enfiado naqueles livros de romance caindo aos pedaços, sabe... Mas agora eu fico me perguntando...

Ele tirou os óculos e os limpou uma, duas, três vezes.

Camille comprimiu os lábios até formar uma linha fina, e eu mal reconheci o olhar dela.

— Como você ousa vir à nossa casa e sugerir que nossa irmã, pela qual ainda estamos de luto, foi assassinada?

— De luto? — Ele se eriçou, gesticulando em desdém para a sala. — É, estou vendo as provas disso. Flores frescas e biscoitos de limão. Espelhos polidos e bailes. Esse vestido colorido deve ser a única coisa animando-a diante de tamanha tristeza!

— Saia!

Ela se levantou tão depressa que a xícara que segurava foi ao chão. O material felpudo do tapete absorveu o chá, formando uma mancha vermelho-sangue.

— Annaleigh? — Ele se voltou a mim, suplicante. — A senhorita deve saber de alguma coisa!

Ousei encará-lo no fundo de seus olhos aflitos, mas Camille se enfiou em minha frente, bloqueando o contato visual.

— Roland! — berrou minha irmã.

Edgar arregalou os olhos.

— Ele, não... Não! Ele, não!

Fisher irrompeu no cômodo, por certo tendo ouvido a comoção.

— Camille? Você está bem?

— Ah, Fisher, graças a Pontos! — Ela correu até ele. — Por favor, conduza o sr. Morris para fora de Highmoor. Infelizmente ele nos deixou extremamente aborrecidas.

Edgar segurou minhas mãos, seus dedos estavam suados e nervosos. Fiquei rígida com aquele toque inesperado.

Roland apareceu, entrando em ação no mesmo instante.

— Venha conosco, senhor.

Ele segurou a cintura de Edgar.

— Calminha — disse Fisher, tentando puxar Edgar para longe.

— Me soltem! — bradou Edgar. — Annaleigh!

Balancei a cabeça e me afundei ainda mais na poltrona para evitar ser acertada pelos movimentos relutantes de Edgar. Os lamentos dele viraram xingamentos enquanto o arrastavam para fora da sala. Depois de um momento de pandemônio no saguão, a porta da frente foi fechada com um baque.

Fisher voltou, com a camisa para fora da calça e uma das mangas rasgada.

— Mas o que aconteceu aqui, caramba? Quem era aquele homem?

— O noivo de Eulalie, se quiser acreditar na palavra dele. Eu não acredito — explicou Camille, pegando a xícara do chão.

Fisher ocupou o assento em que Edgar estivera e aceitou o chá que Camille ofereceu.

— Devemos alertar as autoridades? Ele machucou alguma de vocês?

— Eu não acho que será necessário — respondeu ela. — É provável que ele faça algo tolo e acabe falando com as autoridades por si próprio.

Minha irmã se voltou para mim.

— Você está bem, Annaleigh? Ficou toda pálida.

Eu sentia como se estivesse presa à poltrona, sem conseguir me mexer. Nunca tinha visto alguém em meio a uma crise de tanto sofrimento e tanta fúria.

— Vou ficar bem, eu só... Quem você acha que era a sombra?

Ela bufou.

— Não tinha sombra nenhuma. Ninguém empurrou Eulalie do penhasco. — Ela suspirou, brincando com a xícara entre os dedos. — Eu não acredito na audácia daquele homem. Mentindo na nossa cara.

Fisher franziu a testa, ainda ligando os pontos.

— Ele mentiu? Sobre uma sombra?

— Sobre se casar com Eulalie. Ela nunca teria fugido, muito menos para ficar com ele. Ela tinha tantos outros pretendentes, muito melhores.

Fisher deu um longo gole no chá enquanto escolhia dois biscoitos da bandeja. Camille seguiu os movimentos dele com os olhos. Sem dizer nada, ela pegou um prato de sobremesa e o estendeu para ele.

Aparecerem ruguinhas nos cantos dos olhos de Fisher quando ele sorriu.

— Acho que meus modos de Héspero não são adequados à presença de senhoritas tão sofisticadas agora, não é?

— Eu não disse nada.

Ele deu um empurrãozinho no ombro dela que indicava familiaridade fraternal.

— E nem precisou, Camille. Você nunca precisa dizer nada.

Meu cérebro parecia ter derretido. Eu queria me juntar à zombaria com eles, mas só conseguia pensar na teoria de Edgar. Não conseguia deixar aquilo de lado.

— Ela já havia mencionado ver algo que não deveria ter visto? Ou ouvir algo?

Camille franziu a testa, o brilho sumindo dos olhos.

— Não. E você sabe que ela nos contava basicamente tudo. Aquele relojoeiro percebeu que perdeu o melhor casamento que poderia ter na vida e está tentando se infiltrar aqui para ver se consegue outra.

— Isso é algo horrível de se dizer. É óbvio que ele a amava.

Ela soltou uma risada tensa, como um casco seco.

— Ninguém nunca vai só "nos amar". Aquele baile deixou isso bem nítido. Se alguém demonstrar interesse, é por causa do nosso dinheiro. Da nossa posição social. Por causa do que podem conseguir extrair de nós.

— Não é possível que acredite nisso.

— Não é possível que você não acredite. Edgar só foi ambicioso o suficiente para fazer vista grossa para a maldição.

Fisher parou com o biscoito entre os dentes, revezando o olhar entre nós duas, incerto sobre o que fazer. Acenei a mão na direção dele, dispensando sua presença na sala. Não era preciso que ele testemunhasse a briga que estava prestes a estourar. Com um sorriso de agradecimento, ele colocou o prato de volta no carrinho e escapuliu.

— Que foi? — prosseguiu ela, exigente, quando estávamos sozinhas. — Acha que estou errada?

Fui ao piano e recolhi as partituras.

— Com certeza espero que esteja.

Atrás de mim, ouvi minha irmã fungando. Eu me virei, e sua expressão estava desarmada; ela estava contendo lágrimas quentes e furiosas.

— Ao menos ela tinha alguém, eu acho. Mesmo que ele seja um homenzinho lamentável, ainda é um homem.

Depois de um momento, coloquei as partituras ali de volta e me juntei a ela, sem energia para brigar.

— Ah, Camille. Você vai encontrar alguém. Vai sim, eu sei que vai.

— Como? Não há esperança. Vou morrer como uma solteirona, sem amor, sem ser tocada. Ninguém nunca nem me beijou.

Ela foi tomada pelo pranto.

Acariciei o cabelo de minha irmã e fiquei ouvindo suas reclamações. No fundo, eu sabia que ela estava certa. Será que um dia haveria um homem corajoso o suficiente para arriscar ser alvo das fofocas sussurradas? Eu queria poder dizer algumas palavras mágicas para fazer com que tudo ficasse bem de novo, mas eu nem sabia por onde começar.

Fiquei imóvel.

As palavras mágicas.

As palavras mágicas para uma porta mágica. A porta que Fisher mencionara. Mesmo se fosse apenas uma fábula boba, isso afastaria a mente de Camille dos problemas. Ao menos por uma tarde.

— Já ouviu falar na porta de Pontos?

Com o nariz vermelho e o rosto inchado, ela enxugou os cantos dos olhos.

— Do que está falando?

— Fisher me contou que, segundo rumores, em alguma parte de Salície tem uma porta para os Deuses. Eles as usam para se deslocar com agilidade pelo reino. Por terras bem, bem distantes pelo reino... — Deixei a frase incompleta de propósito.

Ela franziu a testa.

— Parece ridículo.

— Bem, óbvio. Mas não seria divertido se fosse verdade? Poderíamos ir para qualquer lugar que quiséssemos. Fazer qualquer coisa que quiséssemos e voltar antes do jantar.

Camille afastou uma mecha de cabelo do rosto.

— Fisher acha que existe mesmo?

— Foi ele quem me contou.

Eu não precisava mencionar que ele tinha descartado a ideia, dizendo que era uma bobagem.

— E onde fica essa porta?

Dei de ombros.

— Ele não sabia dizer.

Camille olhou para o relógio de pêndulo, e um sorriso suave apareceu em seu rosto. Era a expressão mais feliz que eu via no rosto dela havia dias.

— As aulas das Graças vão acabar já, já. Eu acho que poderíamos ver se elas querem embarcar em uma caça ao tesouro.

Abri um sorrisão.

— Eu vou atrás das trigêmeas.

Quando saí para o corredor, ouvi Camille bufando para si mesma no sofá e murmurando:

— Eu, aqui, com dezenove anos na cara e indo brincar de caça ao tesouro atrás de uma porta mágica. — Ela virou a cabeça em minha direção. — Ao menos as Graças vão ficar animadas.

14

— UMA PORTA MÁGICA? — REPETIU HONOR, DUVIDANDO da história.

Ela voltou os olhos para Camille.

Nós oito estávamos no solário, desfrutando de uma reunião do chá espontânea que Fisher providenciara. Tínhamos encontrado as trigêmeas ali, deitadas nas espreguiçadeiras de vime, lendo poemas e morrendo de rir. Ouvi os dois últimos versos, e parecia que tinham encontrado mais alguns dos exemplares clandestinos de Eulalie. Rosalie, ao ver as Graças, enfiou o livro por entre as saias.

Mercy mordiscava um biscoito e imitava o ceticismo da irmã. O cabelo escuro, preso para trás com um laço, escapava de um lado, caindo como seda.

— Que nem nos contos de fadas?

— Isso, mas para o uso dos Deuses — elucidou Camille. — E pode estar em qualquer lugar, então temos que procurar bastante.

— Como que é a porta? — indagou Verity.

Até ela parecia estar duvidando.

Eu tivera certeza de que as trigêmeas seriam as mais difíceis de convencer, e que teríamos que controlar o entusiasmo das Graças.

— Vai ser divertido! — prometeu Fisher. — Ou preferem ficar aqui com a Berta? Com certeza ela consegue arranjar mais textos para vocês copiarem enquanto estivermos fora.

As três logo mudaram de ideia e tomaram o chá alegremente.

— Por onde começamos? — questionou Rosalie, ajudando Lenore e Ligeia a se levantarem. — Onde um Deus colocaria a porta?

— Você disse que Pontos a usava para ir a reuniões sobre assuntos importantes. Talvez o escritório do papai? — argumentou Mercy.

Lenore torceu o nariz.

— Ele sempre o deixa trancado. Não vamos conseguir entrar.

— E aquela gruta lá na ponta da ilha? — sugeriu Ligeia. — Talvez ele saia direto do mar.

Honor revirou os olhos.

— Está muito frio para entrarmos na água. Além disso, se fosse o caso, quando a porta se abrisse, o oceano ia se derramar todo por ela.

Fisher concordou com a cabeça.

— Bem pensado, Honor.

Camille passou os dedos pela borda da xícara.

— Deve ficar escondida de alguma forma... do contrário já a teríamos visto.

Rosalie ficou animada.

— Eu acho que sei onde fica!

Em um instante, ela saiu correndo pelo caminho do solário, afastando frondes e videiras penduradas.

Nós a seguimos num ritmo mais devagar. O solário era úmido demais para aquelas correrias.

— Vamos logo. — Ela nos apressou do topo da escada. — E precisaremos das capas!

— Está um gelo! — exclamou Verity com um gritinho, segurando com firmeza as pontas da capa ao redor do corpo.

Um vento forte atravessou Salície, levantando a maresia. Os gramados extensos estavam amarelos e secos, e uma camada de gelo estalava pelo chafariz. O Revolto não tardaria a chegar.

— Aonde estamos indo, Rosalie? — questionou Camille, lutando para fazer a voz se sobressair ao vendaval.

— Venham comigo!

Seguimos atrás dela em fila única, na direção das rajadas. Era mais fácil manter a cabeça baixa e seguir a trilha formada pelos pés à minha frente. A grama tinha morrido, e pisávamos em pedras escuras. Partículas de terra e sal levadas pelo vento faziam meus olhos arderem.

Quando ousei olhar para cima, vi que estávamos indo na direção da Furna. Um caminho estreito desviava do trajeto do penhasco, guiando-nos para baixo até uma pequena caverna escavada do rochedo. Lá dentro estava o sacrário de nossa família em homenagem a Pontos. Quatro vezes ao ano, na mudança das estações, levávamos oferendas de peixe e pérolas e as deixávamos no altar prateado.

Eu odiava aquelas visitas.

A trilha era instável. Um passo em falso levaria direto para a rebentação lá embaixo.

Nossa brincadeirinha de repente pareceu um erro terrível.

Foquei no bloco de pedras que se projetavam do mar como um punho raivoso. Fora ali que encontraram o corpo de Eulalie. Se fôssemos acreditar em Edgar, alguém a tinha empurrado do penhasco não muito longe de onde estávamos, e a pessoa que a matara continuava à solta por aí.

Dentro da caverna, suspirei, aliviada. Só precisávamos chegar ao sacrário e voltar. Ainda haveria luz do sol o suficiente para enxergarmos o trajeto. Poderíamos continuar a busca em Highmoor com segurança, até que todos se cansassem da brincadeira.

— Por onde começamos? — perguntou Rosalie.

Ela tinha nos guiado até ali toda confiante, mas, uma vez ali no lugar abarrotado, sua expressão era de dúvida.

Não tinha porta nenhuma.

— Você disse que provavelmente estava escondida, certo? — repetiu Fisher, sentindo o ânimo coletivo murchar. — Vamos dar uma olhada. Talvez tenha uma pedra estranha ou um símbolo ou... alguma coisa.

A parede mais distante da caverna atrás do altar estava coberta de lascas de vidro marinho, formando uma onda que se projetava sobre a estátua de Pontos. Esculpido em ouro e mais alto até que Fisher, o Deus do mar erguia o tridente bem acima da cabeça, como se estivesse prestes a atacar. Ele parecia com um homem, em maior parte. Seu peito era largo e musculoso, mas a parte inferior do corpo era repleto de tentáculos.

Os membros sinuosos me fizeram lembrar do pesadelo horrível na banheira no dia do baile das trigêmeas. Mesmo naquele momento eu sentia as fileiras de ventosas sugando minhas pernas, apertando e imprensando. Estremecendo, dei as costas para a estátua de ouro.

— Alguém viu alguma coisa? — perguntei, voltando a atenção às minhas irmãs.

Verity e Mercy se agacharam perto das laterais dos bancos de pedra. Honor se ajoelhou ao lado delas, roçando os dedos pelas conchas que decoravam a base.

— Ainda não.

Rosalie negou com a cabeça. Ela e Camille passavam as mãos pelas paredes de pedra, em busca de protuberâncias ou mecanismos escondidos. Ligeia estava na entrada da caverna, olhando para os penhascos que cercavam a entrada. Fisher ficou por perto, pronto para segurá-la caso perdesse o equilíbrio.

Eu me juntei a Lenore no altar, passando a mão sobre a superfície prateada.

— Onde mais poderia estar? — perguntei-me em voz alta. — Talvez na galeria? Lá tem um quadro da Salmoura. Ou no banheiro do quarto andar? A banheira é a concha grandona de uma ostra... Talvez Pontos tenha colocado a porta lá?

— Eu tinha certeza de que encontraríamos alguma coisa aqui — confessou Rosalie. Ela estreitou os olhos enquanto inclinava a cabeça, vasculhando a pequena caverna com o olhar. — Alguém tentou a estátua? — Ela circundou o objeto, avaliando todos os ângulos. — É coisa da minha cabeça ou parece que o tridente sai do lugar? Estão vendo a abertura entre os dedos?

Fisher era o único com altura o bastante para inspecionar o ponto que Rosalie indicara de perto.

— Eu acho que sai do lugar, sim...

Ele ficou na ponta dos pés e segurou a haste de metal. Com um guincho enferrujado, o tridente girou, de modo que a frente incrustada passou a encarar a parte traseira do altar.

E então a parede começou a se mexer.

De início pareceu um truque, as lascas do vidro marinho cintilando e reluzindo na luz fraca da tarde. Mas estavam se movimentando de verdade, girando sobre cavilhas invisíveis. Contorceram-se até se soltarem da parede, derramando-se no piso de pedra com uma chuva de faíscas e revelando a entrada escancarada de um túnel.

Observamos a transformação em um silêncio abismado até Verity correr à frente e se agachar, encostando a mão no chão.

— Está molhado! — exclamou a caçula. — O vidro marinho virou água!

— É impossível — contrapôs Fisher, seguindo-a. Ele apalpou a região ao redor de Verity. Quando levantou a cabeça, seus olhos castanhos estavam arregalados e maravilhados. — Como isso está acontecendo?

— Tinha uma porta mesmo — sussurrou Camille antes de abrir um sorriso. — Nós encontramos a porta!

— Nós encontramos *uma* porta — corrigi, observando a bocarra aberta do túnel à frente. — Mas aonde vai dar?

Honor se aproximou, analisando a extensão do lugar.

— Tem umas tochas... — A voz dela soou inexpressiva, como se estivesse em um transe.

Quando ela se aproximou da entrada, Fisher a segurou.

— Não tão depressa, pequenininha. — Ele a carregou até o abraço seguro das trigêmeas. — Eu acho que eu devo entrar primeiro. Só por precaução.

Ele deu um passo à frente, formando punhos com as mãos. A respiração dele pareceu entrecortada, e, por um momento, achei ter visto as baforadas no ar, como se no túnel estivesse bem mais frio do que ali no sacrário. Ele virou a cabeça para nos olhar.

— Eu só preciso pensar em algum lugar enquanto entro?

Embora Camille tivesse confirmado com a cabeça, ela parecia horrorizada, agoniada com o que o desejo dela havia provocado.

— Acho que sim.

Com um último olhar para nós, Fisher entrou no túnel, abaixando-se para passar pelo teto baixo.

— Ah! — Ouvimos o murmúrio dele, carregado de surpresa.

Então ele desapareceu.

Verity observou a passagem, o mais perto possível, mas sem entrar de fato.

— Ele sumiu!

Todas nós nos aproximamos para ver com nossos próprios olhos, mas ela estava certa. O túnel parecia se estender por quilômetros por entre os penhascos. Havia tochas penduradas nas laterais, suas chamas bruxuleantes e exuberantes, mas não havia sinal de Fisher.

— O que fizemos? — murmurou Lenore, a mão no peito. O rosto dela ficou sem cor, e os olhos, arregalados. Ela cambaleou para trás na direção de um dos bancos no sacrário. — Cadê ele?

— Fisher vai voltar logo, tenho certeza — assegurou Camille.

— Você não sabe disso! E se ele nunca mais voltar? — Verity começou a chorar, encostando-se em minha saia e tremendo. — E se tivermos matado ele?

Estiquei o braço para dentro do túnel o máximo que meus dedos trêmulos permitiram. Um grito de susto ficou entalado em minha garganta quando minha mão desapareceu diante de meus olhos. Ali estava meu braço, meu cotovelo, mas na altura do pulso, eu sumia. Mexi os dedos, convicta de que se moviam, mas eu não vi nada.

Percebendo que minha mão sumiu, Honor soltou um gritinho e correu para os braços de Ligeia. Puxei o braço de volta, de repente apavorada com a possibilidade de algo do outro lado me puxar. Por um momento terrível, meus dedos flexionados pareciam pertencer a algum desconhecido.

— Você está bem, Annaleigh?

Ligeia virou Honor para mostrar que minha mão ainda estava ali.

— Acho que sim...

Eu estava inteira, mas me sentia estranha, como se estivesse toda dormente.

— Cadê o Fisher? Por que ele não voltou? — indagou Rosalie, andando de um lado para o outro na entrada do túnel enquanto os minutos passavam. — Alguém devia entrar atrás dele. — Ela olhou ao redor, com o olhar focando em cada uma de nós. — Não devia?

Um momento desconfortável de silêncio se seguiu. Acariciei os cachos de Verity, envergonhada por não ter coragem o suficiente para me voluntariar a ir.

— Está bem, eu vou — vociferou Rosalie e entrou no túnel antes que qualquer uma de nós pudesse impedi-la.

Assim como Fisher, ela estava ali em um momento e, no próximo, não estava mais.

— Rosalie! — gritou Ligeia enquanto se jogava para dentro do túnel.

Ela sumiu em um piscar de olhos, e Lenore urrou em desespero. Camille a segurou antes que ela também se jogasse no desconhecido. O pranto dela ecoou pelo sacrário.

— Está tão frio, tão frio — murmurou Lenore com um gemido, batendo os dentes.

Com frequência as trigêmeas alegavam serem capazes de sentir exatamente o que as outras sentiam, não importando o quanto estivessem longe uma da outra. A maior parte da família descartava aquilo como uma brincadeira infantil, mas lembrei que uma vez, quando eu estivera ensinando escalas musicais a ela na Sala Azul, Ligeia segurara a própria mão, apertando um dedo, surpresa. Rosalie tinha ido pescar com o papai, e na hora de estripar o primeiro peixe que capturara, acabara cortando o mindinho.

Camille checou a temperatura da testa de Lenore com a mão.

— Ela não está quente.

— Cadê eles? — Lenore continuou a se lamentar. — Eles precisam voltar agora mesmo. Tem alguma coisa errada. Eu sinto! Tem alguma coisa muito...

— O que está havendo? — interrompeu Rosalie, de repente saltando do túnel, com um sorriso gigante no rosto. — Estão agindo como se nunca tivessem visto uma porta mágica!

Então Ligeia apareceu, com Fisher logo atrás. Pareciam atordoados e felizes.

— Onde vocês estavam? — perguntou Lenore, exigente, puxando as irmãs para um abraço cheio de pânico. — Eu não conseguia sentir vocês. Estava tão frio... que nem gelo!

— Estava frio de início — admitiu Ligeia. — Mas também foi... magnífico.

— Para onde foram? — questionou Camille, chegando perto da entrada.

Ela estava com cara de quem queria ver com os próprios olhos.

— Vamos mostrar a vocês. Hoje à noite! — revelou Rosalie, toda animada.

— Hoje à noite? — repeti.

Ela enfiou a mão no bolso e sacou de lá um maço de envelopes prateados, distribuindo-os para nós.

— Isso! No baile. Fomos todas convidadas.

— Baile? — Camille virou o envelope e passou os dedos pela abertura. Analisou o papel grosso cor de creme ali dentro. As bordas reluziam com os detalhes metálicos. Ela ergueu as sobrancelhas. — Isso é de verdade?

— Tão de verdade quanto a minha presença aqui, diante de você — respondeu Fisher, com um sorriso aberto. — Funcionou mesmo! Você disse que queria encontrar um pretendente, então quando passei pela porta, tentei pensar em um baile elegante... imaginei a música, os vestidos, a dança. Quando abri os olhos, eu estava no pátio de um palácio, o maior que já vi, e eles estavam se preparando para uma festa.

— E *eu* consegui convites para todas nós! — vangloriou-se Rosalie, rindo das nossas expressões chocadas. — Bem, vamos andando! Temos que nos arrumar! Eu não quero perder a primeira dança!

15

Quando o relógio no corredor anunciou onze horas, calcei o sapato de fada. O couro ainda brilhava como novo.

— Não combina muito, né? — perguntou Camille, inclinando a cabeça para analisar o efeito de meu traje completo.

— Eu não tenho mais o que calçar. Todos os outros sapatos são botas — contrapus, movendo a bainha azul-marinho para o lado e expondo o sapato. — Ninguém vai reparar, vai?

Camille comprimiu os lábios.

— Você tem razão, com certeza. E o vestido fica perfeito em você. Não pode mudar a roupa.

Eu me virei, olhando no espelho do quarto dela. Não queríamos que Hanna soubesse que estávamos saindo escondidas, então uma estava ajudando a outra a se vestir. As trigêmeas já estavam no fim do corredor, abotoando os vestidos das Graças e fixando as asas feitas de papelão colorido.

De volta a Highmoor, tínhamos corrido direto para o sótão, vasculhando as caixas que guardavam os antigos vestidos da mamãe. Havia dezenas deles. As Graças encontraram vestidos de quando Ava e Octavia eram pequenas e saquearam as peças em busca das próprias cores favoritas.

Quando eu desenterrara a cascata cintilante de cetim do baú, havia soltado um gritinho ao ver tanta elegância. Embora ostentasse um decote alto e modesto na frente, as costas do vestido formavam um decote em V profundo, deixando a pele exposta e assegurando que naquela noite eu não usaria um espartilho. Uma galáxia esquecida de estrelas douradas e prateadas, bordada com contas e fios metálicos, pontilhava o corpete e se derramava pela saia que arrastava no chão, fazendo-me pensar nas primeiras palavras do convite.

Peguei o cartão de cima da penteadeira e passei o olho pelo texto em alto-relevo de novo:

Sob as estrelas brilham e sob o luar padecem,
Ao confinamento do castelo os sonhadores cedem.
O soar da meia-noite traz a espontaneidade,
Expondo fantasias de gentileza ou de maldade.
Dê a luz a devassos pesadelos ou cândidos devaneios.
Chegando não como quem é, mas à imagem que desejar.

— É um baile temático — anunciara Camille enquanto líamos e relíamos os convites, escrutinando as rimas para entender o sentido. — Pesadelos e devaneios.

Verity tinha franzido a testa na hora.

— Nós temos que usar algo assustador?

Lembrei-me do caderno de desenhos dela e respondi, logo dissipando tais receios.

— Não! Algumas pessoas vão usar, sim, mas olhe: "cândidos devaneios". Podemos vestir algo feliz também.

— Como fadas? Como nossos sapatos?

Confirmei com a cabeça, e Mercy e Honor de imediato entraram na conversa, alegando que também queriam ser fadas.

— Você vai de quê? — perguntou Verity, olhando para o vestido em minhas mãos, incerta.

Ergui a peça aos ombros, deixando o cetim azul dançar por meu corpo.

— De noite de verão, quando o céu está cheio de estrelas brilhantes e vaga-lumes.

Parecera uma ideia excelente no sótão, mas naquele momento, trajando o vestido, hesitei. Ao passar as mãos pelo material reluzente, fiquei chocada ao sentir cada curva e côncavo de minha cintura. Eu já tinha usado vestidos de tarde com espartilhos mais frouxos, próprios para treinar a cintura, mas eram feitos de rendas pesadas e sedas plissadas, nada como aquele cetim de corte enviesado. Envolvia todo o meu corpo como a carícia de um amante.

— Acha que as pessoas vão entender? — questionou Camille, dando uma última voltinha e abrindo o leque com um grande floreio.

Ela tinha encontrado o vestido que a sra. Drexel mencionara em nossa última prova dos vestidos de baile. Embora o modelo estivesse um pouco ultrapassado, o cetim vermelho-sangue era tão impressionante que ninguém nem notaria. Uma faixa larga formava uma cascata que descia pelo ombro de Camille, unindo-se ao monte de rosetas e fitinhas. Ela colocou uma gargantilha rubi no pescoço e ficou torcendo a peça de um lado para o outro, admirando o modo como a luz das velas refletia-se na joia.

Camille morria de medo de fogo desde que éramos pequenas. Todo outono, as Ilhas Salinas eram assoladas por tempestades violentas, e embora houvesse vários para-raios espalhados por Highmoor (cada um gravado com o polvo Taumas), o local não era completamente seguro. Anos antes, durante um aguaceiro dos mais terríveis, houvera um incêndio no quarto das crianças. Éramos jovens demais para recordar dos detalhes, mas Camille jurava lembrar do cheiro de ozônio e da madeira carbonizada.

— E se você adicionasse um efeito de fogo na maquiagem?

O rosto dela se animou.

— Que ideia genial!

Enquanto ela seguia para a penteadeira, as trigêmeas passaram aceleradas pelo corredor, um escarcéu de vestidos em georgete de corte reto de uma cor lavanda translúcida. Elas alegavam ser ninfas do mar, e de repente fiquei muito grata pelo papai não estar em casa. Se ele nos flagrasse, nunca mais teríamos permissão para sair de Highmoor.

Espiei as costas do vestido no espelho outra vez.

— Talvez seja melhor eu usar o vestido verde.

— O quê? Não, você está linda. — Camille espalhou um pouco de glitter laranja nos olhos. — E eu não vou deixar que você nos atrase.

— É que é tão...

Passei os dedos pelo tecido de novo.

Os dentes de Camille cintilaram quando ela abriu um sorriso malicioso.

— Lascivo.

— Exato.

Ouvimos uma batida suave à porta.

— Camille? Annaleigh?

Camille correu até lá.

— Você não devia estar aqui em cima — ralhou ela, sibilando para Fisher.

Ele deu um passo para trás, sem ousar passar pela soleira.

— Eu sei, eu sei, mas eu queria trazer algo para vocês.

Ele ergueu as mãos, expondo coisinhas brilhantes.

— Máscaras? — indagou Camille, pegando uma.

— Tinha uns comerciantes vendendo lá em frente ao palácio. É um baile de máscaras. Vamos precisar delas para entrar.

— Ah! Obrigada, Fisher.

Ela escolheu uma máscara preta. Lantejoulas prateadas adornavam as beiradas, com um tufo de penas de pavão de um lado.

Ela se olhou no espelho.

— Ficou perfeito!

Fisher usava o mesmo terno que usara no baile das trigêmeas, mas Rosalie tinha enrolado um pedaço de tecido verde metálico nas mangas do paletó. A cara de uma serpente fora pintada no rosto dele, o que reconheci como obra de Verity.

— Então você escolheu ir de pesadelo — falei, identificando o medo dele de infância.

Fisher se virou com um sorriso, então parou, surpreso.

— Nossa, Annaleigh...

De imediato fiquei corada, sentindo os olhos dele me observando.

— Você está... — Ele engoliu em seco e estendeu a máscara. — Pode ser esta aqui?

Era uma pequena tira de tule, coberta com glitter... no tamanho exato para cobrir só meus olhos e o alto das bochechas. Camille se aproximou e ajeitou a ponta da máscara no meu cabelo, fixando-a. O material roçou em minha pele como uma promessa sussurrada às sombras.

— Eu acho que estamos todas prontas — declarou minha irmã.

Fisher espiou o corredor, atento à aparição de algum criado.

— Só falta uma coisa. — Ele avançou porta afora e voltou com três taças de vinho. — Surrupiei da cozinha... Achei que precisaríamos de um pouco de coragem. — Ele ergueu a própria taça. — Um brinde a bailes à meia-noite.

— E a vestidos de cetim — adicionou Camille, levantando a taça no ar.

Os dois se viraram para mim em expectativa. Então eu disse:

— E a dançar. Sempre um brinde a dançar!

A lua era um enorme crescente azul, iluminando o caminho pelo terreno e penhasco. Estava tão baixa no céu que eu conseguia sentir a atração persistente que repuxava a água, as ondas, até nós. Cem mil estrelas brilhavam, como se estivessem vibrando, entusiasmadas com a festa iminente.

Os goles de vinho tinham me encorajado, firmando meus passos e afugentando quaisquer preocupações.

Ao chegarmos à Furna, Fisher girou o tridente de Pontos, e observamos a parede de ondas se contorcer e se dissolver na entrada do túnel.

— Lembrem-se: é preciso focar em um pensamento ao entrar no túnel — alertou Fisher. — Pensem no baile, no convite. Assim serão levadas até lá. Se alguma outra coisa surgir na mente de vocês, sabe-se lá onde vão parar.

— Talvez devêssemos entrar todos juntos — sugeri, espiando a entrada da passagem como se fosse uma fera prestes a nos devorar. — De mãos dadas. Só por precaução.

As Graças concordaram com a cabeça, seus olhos arregalados tais quais floras de prata por debaixo das máscaras de renda e réplicas de pedras preciosas.

— Você devia entrar primeiro, Fisher — argumentou Camille. — Para garantir que estamos indo ao lugar certo.

Fisher deu a mão a Rosalie, e ela pegou a mão de Ligeia. Lenore foi a próxima, então Honor e Camille. A última segurou a mão de Mercy, que fez o mesmo com Verity. A caçula olhou para mim antes de unir nossas mãos.

— Estamos prontas! — anunciou ela.

Ele se abaixou para entrar no túnel e logo desapareceu. Fiquei observando enquanto, uma por uma, minhas irmãs entravam na passagem e sumiam diante de meus olhos. Quando Verity sumiu, soltando um gritinho maravilhado, estaquei no lugar. Depois de um momento, ela puxou minha mão, me arrastando para dentro do invisível.

Foi como se houvesse milhares de dedos dançando por minha pele, cutucando e fazendo cócegas, alisando e tremulando. Fechei os olhos, tentando ignorar aquela invasão, e segui em frente. Quando a sensação parou, eu estava em uma floresta de árvores belíssimas. Elas se prostravam como sentinelas silenciosas, imponentes, com galhos se alongando a perder de vista. O casco, uma porção de dourado e prata, convergia em espirais de papiro, feito bétulas; debaixo das copas havia corações de ouro rosé. Folhas metálicas farfalharam, semelhantes a sinos tocando ao vento.

— Não funcionou? — perguntei.

Era uma linda floresta, com certeza, mas não o baile que esperávamos.

Fisher se virou, vasculhando a floresta banhada pelo luar. Tapetes felpudos de musgo verde-esmeralda levavam a um caminho de cascalho.

— Vamos por ali.

As Graças correram pela rota, saltitando, rodopiando e rindo, entusiasmadas, sob o céu estrelado. Sua alegria foi contagiante, e seguimos atrás delas, com as saias sedosas ondulando. Eu não fazia ideia do quão longe estávamos de casa ou de como retornaríamos, mas naquele momento inebriante, eu não ligava. A euforia era tangível: dava para sentir o gosto no ar, a doçura preenchendo minha boca e indo direto para a cabeça, como se fosse champanhe. Lenore e eu entrelaçamos nossos braços e começamos a rodopiar, as risadas ficando mais altas e mais ansiosas à medida que ficávamos tontas.

As árvores por fim se dissiparam quando chegamos às margens de um lago banhado pelo luar. As ondas que quebravam na costa tinham o odor denso de algas verdejantes, não o cheiro pungente de nosso mar. Do outro lado do lago, bem alto em uma colina, jazia um castelo com uma arquitetura tão perfeita que parecia ter saído de um conto de fadas. Galhardetes vermelhos sopravam à brisa enquanto fogos de artifício brilhantes explodiam. Na margem oposta, ouvimos murmúrios de admiração e uma orquestra afinando instrumentos.

— É ali! — exclamou Rosalie. — Foi ali que estivemos à tarde.

— Temos que ir andando até lá? — questionou Camille, estreitando os olhos para a distância. — Quando chegarmos, o baile já vai ter acabado.

Lenore arfou.

— Não, olhe ali!

Ela apontou para um ponto brilhante que se aproximava no lago. Eram vários barquinhos, cada um grande o suficiente para comportar apenas um passageiro. Pareciam cisnes enormes, conduzidos por um encanto, sem tripulantes. As trigêmeas de pronto embarcaram, as risadas virando gritinhos quando as aves enormes oscilaram perigosamente de um lado ao outro.

Fisher ajudou Camille e as Graças a entrarem nos próximos quatro barcos.

— Ei, vocês dois, vamos logo! — incitou Ligeia.

Elas já tinham avançado metade do caminho pelo lago.

Fisher se virou, talvez rindo da mera improbabilidade daquela noite.

— Eu não acredito que estamos mesmo fazendo isso! Será que podemos? — indagou ele, estendendo a mão.

O polegar dele roçou pela palma de minha mão, o que fez uma sensação de inquietação me tomar. Embora o sorriso dele indicasse pura diversão, os olhos de Fisher estavam fervorosos demais. Em uma noite gloriosa como aquela, eu queria dança, estrelas e champanhe, não o que quer que fosse aquela promessa implícita no olhar dele.

— Vamos ver quem chega primeiro! — desafiei, acomodando-me entre as asas gigantes.

A ave pareceu me ouvir e deu partida a toda. Não havia remos, leme nem nada que eu pudesse usar para conduzir o barco, mas o transporte parecia saber exatamente para onde estava indo. Em Salície, aquilo teria sido aterrorizante, mas cercada por um bosque de árvores prateadas, trajando uma máscara cintilante, eu achava a coisa toda empolgante.

Chegamos ao outro lado do lago bem depressa. O castelo se projetava, imponente, sobre nós no cume da encosta. Uma escadaria bem diante do cais subia a colina em zigue-zague até os portões do palácio. Fizemos uma pausa para observar a subida adiante antes de nos apressarmos pelos degraus de mármore.

— 219, 220... — murmurou Mercy, contando cada degrau para passar o tempo. Ao chegar a 300, as trigêmeas imploraram que ela parasse. — 348, 349... — Ela alongou a última palavra, então pulou para o último degrau, soltando uma lufada de ar. — 350!

Paramos lado a lado no largo em frente aos portões principais, balançando os leques para produzir algum vento enquanto recuperávamos o fôlego. O palácio, feito de blocos de obsidiana, estendia-se por sete andares, com torres pontiagudas em cada canto. Braseiros compridos iluminavam o tapete vermelho que levava à entrada principal.

A fachada refletia as chamas tremulantes, piscando como se também estivesse pegando fogo.

Montanhas se erguiam ao redor do lago, e seus topos estavam cobertos de neve e dominadas por florestas densas. Uma neblina se projetava sobre a água, conferindo ao cenário uma suavidade misteriosa.

— Caramba, onde viemos parar? — perguntou Fisher, perto da balaustrada de pedra, inspirando o ar frio da noite.

Ele era o único que não parecia afetado pela subida. Me perguntei quantas vezes por dia ele tinha que subir a escadaria em espiral da Velha Maude.

— Eu nunca me senti tão longe de casa — admitiu Camille, juntando-se a ele.

— É porque nunca saímos de Astreia — acrescentou Ligeia.

— Nunca? — Ele se virou e sorriu para nós. — Então a primeira viagem que fizerem ao continente vai ser uma grande aventura.

Um sino pesado ecoou, com um estrondo tão alto que senti no fundo da alma.

— É quase meia-noite! — exclamou Rosalie. — Precisamos entrar agora ou vamos perder tudo!

Sacando os convites de dentro do bolso das capas, nos juntamos à fila dos atrasados na entrada. Todo mundo trajava roupas na cor de pedras preciosas ou tons escuros cintilantes. Havia máscaras de todos os tipos, das pretas simples até aquelas com penugens elaboradas e obras-primas cheias de adornos. Alguns tinham pintado os rostos, o que conferia a eles uma aparência maliciosa ou um biquinho. Havia chifres e escamas, chamas e glitter. Todos competindo para se destacar em meio ao esplendor do palácio.

Lá dentro, os corredores estavam decorados com estandartes escarlates, cada um bordado com um lobo uivante. Não era um emblema com o qual eu estava familiarizada, e o guardei na mente para procurar seu significado quando voltasse a Highmoor. Eu me sentia deslocada ao extremo ali enquanto transitava pelos corredores proibidos da cor de ônix. Até o ar tinha um cheiro mais sombrio, com um forte aroma de resina escurecida, almíscar e incenso. Era um lugar bem mais grandioso do que qualquer um em que nós, as garotas Taumas, já tínhamos estado.

— Você é filha de um duque — sussurrei para mim mesma. — Estar aqui é direito seu.

Lenore me ouviu e deu tapinhas reconfortantes em minha mão.

— Eu também estou com medo — confessou ela, abrindo um pequeno sorriso.

Seguimos a multidão pelos corredores ladeados por armaduras completas. Penugens vermelhas e espadas letais ornavam os cavaleiros congelados, e me questionei quão alto seria meu grito caso um deles se mexesse. Mercy estendeu a mão e tocou em uma das botas da armadura antes de se retirar, com um deleite macabro.

A música ressoava em algum lugar à esquerda. A orquestra estava se preparando para a primeira apresentação. Virando a esquina, uma grande câmara surgiu à vista, com uma série de arcadas bem pontiagudas de um lado, emoldurando o salão de baile.

Muitas pessoas perambulavam por ali, conversando e rindo. Todo mundo parecia se conhecer, e ninguém nos notou. Nós nos entreolhamos, prendendo o fôlego. O momento com o qual estivéramos sonhando estava ali, e ainda assim nenhuma de nós tomou a iniciativa de abraçá-lo.

— Senhorita Camille Taumas. — Fisher foi à frente, fazendo uma reverência galante. — Eu ficaria muito honrado caso me concedesse essa primeira dança.

Depois de hesitar um momento, ela assentiu com a cabeça, relaxando de maneira visível. Eles entraram, e todas nós seguimos, caminhando para ficar perto das paredes a fim de observar a dança que começava.

16

— A SENHORITA ME CONCEDE ESTA DANÇA?

Um homem vestido de azul-marinho estendeu a mão para Rosalie. Com um sorriso afoito, ela foi conduzida para a pista de dança lotada. Lenore e Ligeia logo foram as próximas. Os vestidos esvoaçavam enquanto elas rodopiavam debaixo do afresco mais inquietante que eu já tinha visto.

Era a pintura de uma floresta, escura e profunda. Uma alcateia corria pelas árvores pretas, caçando um corço enorme. Os olhos do cervo brilhavam em horror enquanto a criatura se apoiava nas patas traseiras, tentando se soltar de um monte de sarças. Havia videiras de ferro forjado de verdade se retorcendo ao longo do teto pintado. Algumas estavam penduradas, curvando-se acima das cabeças dos convidados. Outras enrolavam-se em si mesmas, portando pequenas esferas de uma luz vermelha vívida.

— Tadinho do cervo — murmurou Verity, acompanhando meu olhar.

— Por que a garota mais linda do recinto não está dançando? — interrompeu Fisher, parando ao nosso lado.

Camille estava rodopiando nos braços de um homem com uma máscara feita de couro vermelho, como uma fênix ressurgindo das chamas. Combinava perfeitamente com o vestido dela. Minha irmã estava com a cabeça inclinada na direção dele enquanto ouvia com atenção cada palavra que o parceiro de dança dizia. Eles pareciam radiantes juntos, um rei e uma rainha presidindo uma corte flamejante.

Fisher pegou Verity e a conduziu para a pista de dança, girando-a de novo e de novo até ela chorar de rir. Ele deu uma piscadela para mim, como uma promessa de que eu seria a próxima.

Eu me movimentava pela lateral da pista de dança, maravilhada com o espetáculo absoluto. Na outra extremidade do salão, uma lareira ocupava quase toda a extensão da parede. Uma chama colossal rugia na câmara de obsidiana, e um porco inteiro assava em um espeto. Mais videiras de metal se esgueiravam por pilares e arcadas. Flores de cor cereja intensa, cada uma com uma velinha votiva no centro, espalhavam-se por suas extensões. Com esmero, as pétalas haviam sido montadas com pedaços de vitrais.

— Um grande feito de engenharia, não acha? — Ouvi alguém dizendo atrás de mim. — E eu não vi uma única vela se apagando. Os criados devem estar desesperados para lá e para cá alimentando as chamas.

Eu me virei, e meu coração martelou forte no peito.

— Cassius! — Eu queria ter exclamado, expressando bem alto a surpresa de encontrá-lo ali, mas as palavras saíram com um sussurro ofegante.

Ele estava trajando um terno sofisticado de uma lã pretíssima, feito sob medida de modo impecável, e a máscara escura encobria seu rosto da testa ao nariz. Pequenos azeviches brilhavam nas bordas da peça.

Ele abriu um sorriso rápido.

— Tem certeza mesmo? Olha que eu estou de *máscara*...

Embora ele estivesse me provocando, eu reconheceria aqueles olhos azuis em qualquer lugar. Escuros como o mar, com partículas de prata, vinham assombrando meus sonhos todas as noites desde o nosso encontro em Selkirk.

— O que está fazendo aqui?

— O mesmo que você, imagino. O mesmo que todo mundo.

Ele acenou com o braço para o salão.

— Todos eles estão dançando — destaquei.

Eu não sabia se era o anonimato da máscara ou o ímpeto intenso e sedutor causado pelo castelo, mas eu nunca tinha me sentido tão ousada na vida. Estava praticamente desafiando-o a me chamar para dançar.

— E nós não estamos? — retrucou ele, olhando para os nossos pés, como se estivesse surpreso por notar que estavam parados. — Precisamos corrigir isso.

Como o movimento suave de água escorrendo por uma pedra, meus dedos deslizaram para a mão que ele estendia. Ele me guiou para o centro do salão enquanto uma nova música começava. Levei o braço livre ao ombro dele e prendi a respiração quando ele colocou a outra mão em minha cintura. Uma onda de desejo se agitou dentro de mim, e ousei pensar em qual seria a sensação daqueles dedos em minha pele.

Logo descobri.

A música era uma giga animada, cheia de rodopios e torções complicadas. Habilidoso, Cassius me conduziu pelos passos que eu não conhecia, com um sorriso aberto. Enquanto a canção se encerrava, ele me puxou para tão perto que senti o calor de seu peito chamuscando o cetim fino do vestido, antes de movimentar meu corpo em um *cambré*, apoiando a mão em minhas costas e sustentando meu peso com uma graciosidade ágil. Por trás da máscara, o olhar dele estava ardente, focado em mim.

O grupo começou a aplaudir a orquestra, e senti um cutucão em meu ombro.

— Está pronta para a dança agora, peixinha? — questionou Fisher. — A menos que já tenha feito planos com...

Inspirei fundo, recuperando o fôlego.

— Fisher, esse é Cassius. O pai dele é um capitão em Selkirk. — Eu me voltei para Cassius. — Fisher é...

— Um amigo da família — interveio ele, segurando meu cotovelo e, com gentileza, puxando-me para perto. — Um amigo íntimo da família.

Eles ficaram ali, um analisando o outro, com os olhares imponentes, sem dúvida como um atestado de masculinidade. Era uma sensação estranha, estar ali entre os dois. Embora fosse lisonjeiro, não tinha como não me sentir como uma nadadora cercada por dois tubarões, perguntando-se qual deles atacaria primeiro.

Depois de uma pausa, Cassius voltou o olhar a mim, relaxando o rosto.

— Pode reservar a próxima valsa para mim?

— Eu adoraria... — comecei a responder, mas Fisher me girou para longe com o início da nova música, e eu não tive certeza se Cassius havia ouvido.

A mão de Fisher em minha cintura era cálida e determinada, e ele nos conduziu pelos passos com muito mais confiança do que tinha demonstrado no baile das trigêmeas. Embora estivéssemos um de frente para o outro pela maior parte da dança, o olhar dele não focava no meu, sempre direcionado para um ponto logo acima de meus ombros, como se quisesse se assegurar de que Cassius estava observando de algum lugar no salão.

— Fisher?

Ele abriu um sorriso convencido, e quando nos viramos, percebi que Cassius se afastava do salão de baile.

— Que foi?

Ele riu, vendo-me arquear a sobrancelha.

— O que foi aquilo, hein?

Ele deu de ombros, então tornou a me girar enquanto a música se desenrolava em um rápido crescendo.

— Fisher!

— Eu não sei. Vi você no salão, dançando com ele, e eu só... eu sabia que precisava me meter.

Fiz uma pausa.

— Por quê?

A pontinha de suas orelhas ficou vermelha, e ele desviou o olhar.

— É algo difícil de se admitir, Annaleigh.

— Nós sempre contamos tudo um ao outro — respondi, fazendo-o me olhar de novo. — Não é?

— Bem, sim, mas... É que... — Ele suspirou, frustrado. — Eu realmente não gostei de ver você nos braços de outro homem.

Errei o passo, e Fisher esfregou o pescoço, parecendo o menino de 12 anos que tanto me encantara.

— É estranho para você ouvir isso? Eu me sinto estranho falando. A vida toda pensei em você como uma irmã... às vezes uma que me azucrinava, mas sempre uma irmã mais nova querida. Mas quando voltei para Salície e a vi tão crescida e linda... Eu não quis mais passar a impressão de que eu via você como irmã.

— Ah.

Eu deveria ter dito algo a mais; sentia-o me olhando e implorando, em silêncio, para dizer algo a mais, mas as palavras não saíam. Fisher ficou estático em meio a uma multidão de casais rodopiando. Ele me analisou, o âmbar preocupado e fervoroso de seus olhos em busca de algo em meu olhar. Só que não encontrou o que queria, e de repente ele saiu da pista de dança.

Fui atrás dele, sentindo o estômago revirando com o nervosismo. Quando garota, eu havia sonhado com aquele momento, desejado e rezado para que acontecesse; mas, uma vez que acontecera, parecia desprovido de algo. Mesmo depois da confissão de Fisher, eu desejava ir atrás de Cassius, preocupada com a possibilidade de ele ter ouvido tudo aquilo.

— Fisher, espere! — exclamei, seguindo-o para os arredores do salão.

— Esqueça, Annaleigh. Só finja que não falei nada.

Peguei a mão dele, forçando-o a parar.

— Aonde está indo?

Ele sacudiu o braço, afastando minha mão.

— Para qualquer lugar que não seja aqui. Não me siga.

— Você... me pegou de surpresa. — Minhas palavras escaparam, frágeis e baixas.

Ele passou os dedos pelo cabelo.

— Eu não devia ter dito nada... principalmente depois de tudo o que Camille falou sobre aquele relojoeiro.

— O que Edgar tem a ver com isso?

Fisher inclinou a cabeça, parecendo não acreditar que eu havia perguntado aquilo.

— Você não vai ficar com um Guardião da Luz. Eu sei disso. Sabia disso. Mas quando vi você com esse vestido hoje... — Ele esticou a mão e colocou um cacho solto atrás de minha orelha, então acariciou minha bochecha com o polegar. — Eu só ousei sonhar que seria diferente. — Então balançou a cabeça. — Me perdoe. Eu acabei com a sua noite. Eu só... eu tenho que...

Ele se virou e se afastou depressa.

— Fisher! — chamei, mas ele já tinha sumido.

— É briga de casal?

Um homem desconhecido, imponente, aproximou-se, muito alto e magro. Seu fraque havia sido feito com seda verde-esmeralda, robusta e bonita. Nas lapelas havia um bordado de dragão de três cabeças, erguendo as garras como se estivesse prestes a atacar. Os olhos da criatura pareciam dar uma piscadela à luz das estranhas velas florais, mas foi a máscara do homem que me deixou completamente desconcertada. Feita de resina límpida, cobria o rosto inteiro, escondendo o homem. Olhos enormes haviam sido pintados sobre os dele, deixando apenas pontinhos minúsculos nas falsas íris para possibilitar a visão. As pinceladas da pintura denotavam um ciúme exacerbado, um desejo desenfreado.

— Não exatamente.

— Excelente. Então, se não tiver outros planos... — Ele estendeu o dedo incomum de tão comprido. — Uma dança?

Olhei para a porta pela qual Fisher havia passado, mas não vi sinal dele. Ainda triste, aceitei o convite do homem.

— A noite está agradável, não acha? — perguntou o homem-dragão depois de passarmos um tempo dançando em silêncio.

— Já tive melhores — admiti.

Ele riu.

— Ora, ora. Anime-se! É uma festa, não é?

— Suponho que você esteja certo — respondi, deixando-me ser conduzida por alguns passos. — Com quem eu tenho o privilégio de dançar?

Ele ergueu o dedo comprido outra vez e fez um sinal negativo com um sorriso sombrio.

— Ah, nada disso. A delícia desta noite é justamente sermos nós mesmos diante de um total desconhecido, não acha? Revelar nossos pensamentos mais íntimos... aqueles que são sombrios ou profundos demais para serem mencionados à luz do dia, confessar os pecados de paixão e prazer, talvez até aprontar alguma, e nada vai importar, porque se não sabe com quem está brincando, então que mal pode fazer? — Ele envolveu minhas costas, desnudas e expostas, com o braço, puxando-me contra o próprio corpo. — Me diga, bela dama, quais são seus segredos mais obscuros?

Embora eu não conseguisse ver os olhos dele, senti-os deslizando por todo o meu corpo.

Enquanto a música se encaminhava para o final, a corda de um dos violinos se rompeu, fazendo a nota final soar esquisita. Usei o momento para me libertar dos braços do homem-dragão.

— Desculpe, eu preciso ir atrás do meu amigo — gaguejei.

Depois de um momento tenso, ele riu como se eu tivesse dito algo engraçado.

— Eu volto para encontrar a senhorita depois. — Ele deu uma batidinha em meu pulso com o dedo comprido. — Pode apostar.

Eu queria olhar em que direção ele estava indo, para ficar ciente de onde estaria, mas havia muitos tons de verde por ali, e o homem se mesclou à multidão, desaparecendo de imediato. A orquestra vasculhou as partituras até encontrar um foxtrote animado.

— Aí está você! — exclamou Cassius, de repente ao meu lado.

Ele ofereceu a mão, convidando-me para a próxima dança.

— Podemos deixar para a próxima?

Abanei o leque, agoniada. Minha mente estava fervilhando, tomada por pensamentos, cheia demais para eu me concentrar na dança.

— Gostaria de uma caminhada? Lembro-me de ter visto um pátio quando entrei.

Concordei com a cabeça, grata.

— Por aqui.

Cassius me conduziu pelas arcadas enormes enfileiradas na lateral do salão de baile e pelo corredor, fazendo mais curvas do que eu poderia me lembrar. Enfim, chegamos a um pátio silencioso, cercado por claustros imponentes de três lados.

O vento soprava forte, jogando fios de cabelo em meu rosto. Ali ainda tinha cheiro de outono. Agulhas de pinheiro e ar frio e fresco, fogueiras e folhas podres, o mundo morrendo enquanto se preparava para renascer. Inspirei fundo, apreciando a sensação pungente.

Um brado sinistro soou no ar. Seguido de outro, e outro, e de repente uivos oscilantes ganharam vida na noite.

— Os lobos de Pelage — explicou Cassius quando fiquei tensa. — Eles perambulam pelas florestas à noite, sempre caçando.

Pelage. Estávamos em Pelage. Tentei me lembrar do mapa pendurado no escritório do papai, expondo todas as regiões de Arcânia. Pelage ficava na região nordeste do reino, o mais longe de Salinas possível.

— O som quase parece as baleias da região em que moro. Dá para ouvi-las cantando nas noites de verão quando o mar está calmo. — Pensar em Salinas me fez retomar a pergunta que vinha sendo deixada de lado desde que eu encontrara Cassius. Mas eu precisava saber. — Da última vez que o vi, você estava em Selkirk...

Os olhos dele cintilaram por trás da máscara.

— Eu lembro. Você era a garota mais bonita em todo o cais.

Fiz uma pausa, pega de surpresa pelo flerte direto.

— O que, em nome de Pontos, você veio fazer aqui?

Ele olhou para o céu enquanto outra série de uivos ressoava.

— Eu poderia ressaltar que você está tão longe de casa quanto eu.

— E você está certo, mas...

— Vim pelo mesmo motivo que você — continuou Cassius, acenando com a cabeça para o castelo. — Pela dança.

— Pela dança? — repeti. — Você veio de tão longe até Pelage pela dança?

— E você, não?

Nossos olhos se encontraram, e tive a distinta impressão de que, de algum modo, ele enxergava mais do que devia ao olhar para mim.

— Você está com vergonha — murmurou ele, tocando minha bochecha corada logo abaixo da máscara de tule. — Isso eu não esperava. — Ele acariciou uma das estrelas na manga do meu vestido, curioso. — Você veio de quê, mesmo?

Passei as mãos pelo vestido, sentindo o calor passar das minhas bochechas para o resto do corpo.

— Eu... eu só gostei das estrelas. Achei que pareciam o céu de uma noite de verão.

O olhar dele era ardente ao correr por minha pele.

— Combinam com você.

— E você? — questionei, gesticulando para o traje todo preto. — Tem medo do escuro?

— Eu? — Ele olhou para si mesmo. — Eu sou o pesadelo mais assustador de todos. — Ergui as sobrancelhas, esperando que ele elaborasse melhor. Até que ele acrescentou: — O arrependimento.

Sorri, embora não fosse engraçado.

— E esse é mesmo o pior pesadelo?

— Você consegue pensar em algo mais assustador?

Outro uivo agudo cortou a noite, seguido por vários rosnados. Os lobos deviam ter farejado alguma coisa. Estavam caçando.

Olhamos para a floresta, tentando ver a alcateia, mas estava tomada pelo breu.

Os dedos dele roçaram nas costas da minha mão, não passando de uma pergunta sussurrada, mas me provocando vários arrepios. Quando levantei a cabeça, vi Cassius me observando, mas estava escuro demais para identificar a intenção nos olhos dele. Por um momento, o mundo pareceu nos incitar a nos aproximar mais e mais. Senti o hálito dele em minha bochecha e soube que se eu desse mais um passinho à frente, ele me beijaria.

— Sabe qual vai ser meu maior arrependimento hoje, bela Annaleigh? — murmurou ele, com os lábios roçando minha têmpora.

Cada célula em meu corpo estava estática em expectativa, corroendo-se para que ele cruzasse aquele último espaço entre nós. Minha língua parecia estar toda enrolada, incapaz de responder, e quando a mão dele tocou a minha, achei que meu coração se despedaçaria de felicidade.

— Vai ser se eu não passar o resto da noite dançando com você no salão.

Com gentileza, ele me conduziu de volta para dentro do castelo, na direção da pista de dança. Quando a nova valsa começou, de repente lembrei que Cassius nunca tinha respondido quando eu perguntara o que ele estava fazendo ali.

17

Acordei gritando e lutando para me livrar dos lençóis emaranhados.

Piscando para me adaptar à luz do início de tarde se infiltrando pelas brechas das cortinas, fiz um esforço para me sentar, sentindo o enjoo e prestes a vomitar. Meu estômago revirou. Os lençóis estavam suados, e minha camisola grudava em mim como um sudário pegajoso. Um cheiro ácido permeava o quarto, invadindo minha boca e me fazendo engasgar. Cambaleei até as janelas e encostei as bochechas coradas nas placas de vidro geladas, absorvendo a brisa salgada e, aos poucos, voltando ao normal.

Era a terceira noite seguida em que eu tinha aquele pesadelo.

Depois de voltar da noite em Pelage, entrando escondidos em Highmoor pouco antes que os criados que trabalhavam na cozinha acordassem, eu conseguira ficar acordada até o café da manhã, e então desabara, totalmente esgotada. Enquanto eu dormia, Camille e as trigêmeas tinham retornado à Furna, em busca de convites para o próximo baile. E o próximo baile. E o seguinte a esse.

Tínhamos ido dançar em todas as noites daquela semana.

Não todas nós, porém. As Graças não podiam ficar acordadas até tão tarde. Elas tinham aula com Berta, e ela tinha feito um alarde por causa das olheiras das meninas, o que deixou Hanna e Morella preocupadas. Elas ficaram na mansão, fazendo bico, enquanto nós nos arrumávamos, trajando algum vestido da mamãe, de acordo com o que fosse o tema da noite. A garantia do sapateiro Gerver de que os sapatos de fada durariam por toda a temporada social foi bem exagerada. Depois de uma semana dançando, a costura estava se desfazendo e as solas, completamente gastas. Fomos forçadas a enfiar os pés grandes nos calçados e sandálias douradas da mamãe. O couro antigo se deteriorava ainda mais rápido, e as pilhas de calçados desgastados cresciam debaixo de nossas camas.

De início achei os bailes divertidíssimos, com a possibilidade de ver novos lugares e conhecer novas pessoas. O arrepio de empolgação corria por minha coluna quando eu entrava em um salão de baile novo, torcendo para que Cassius estivesse lá. Mas ele nunca estava, e as noites insones começavam a pesar. Eu estava acordando cada vez mais tarde, mas o descanso era interrompido por sonhos esquisitos, reproduções dos próprios bailes.

Começavam normais, com belos vestidos em corredores deslumbrantes. Um homem bonito surgia em meio à multidão e estendia a mão.

— Dança comigo? — perguntava, e lá íamos nós, rodopiando e executando os passos.

Mas conforme o sonho prosseguia, a música assumia um novo tom, as notas musicais se tornando frias e amargas. Continuávamos rodopiando sem parar, e uma luz estranha aparecia, projetando uma luminosidade verde doentia sobre o salão. Ninguém além de mim parecia perceber aquilo. Todos continuavam dançando. Ninguém nunca parava.

Eu tentava parar, esforçando-me para diminuir o ritmo, implorando a meu parceiro de dança para que fizéssemos uma pausa, mas meus pés nunca respeitavam. Continuavam seguindo os passos dele, não importando o que eu fizesse.

— Dança comigo — implorava meu parceiro de dança, mas a voz nunca combinava com o corpo.

Era rouca e ríspida, como se fossem múltiplas vozes falando as palavras, querendo se mesclar em uma, mas não conseguindo entrar em completa sintonia.

Eu negava com a cabeça, afastando-me. Não era certo. Algo estava muito errado. Eu queria sair da pista de dança naquele momento, naquele exato momento, e então era quando ela me agarrava.

Sua pele era clara e manchada, como um cogumelo que cresceu demais e ficou muito mole. O cabelo preto esvoaçava ao redor dela, emaranhando-se nas camadas de chiffon cinza de seu traje, flutuando e contorcendo-se. O pior de tudo eram os olhos, escuros como a noite, hostis, derramando lágrimas pretas como o breu. Elas escorriam pelo rosto, deixando o rastro de marcas oleosas que pingavam nos pés cinzentos descalços. Os dentes afiados e pontiagudos ornavam reluzentes o sorriso matreiro enquanto ela me puxava para perto.

— Dança comigo — sussurrava a Mulher Melancólica, e eu acordava, ofegante.

— Não me diga que ainda está de camisola — ralhou Hanna, entrando no quarto.

Ela trazia consigo um cesto de corte e costura e o abaixou, suspirando.

— Não dormi bem.

— Nem a senhorita, nem ninguém, ao que parece. Camille ainda está dormindo. Além da opção de invadir o quarto dela batendo uns címbalos de bronze, eu não sei mais como acordá-la.

Hanna foi até meu gabinete, escolhendo meias de dentro do cesto.

Comecei a flexionar os pés doloridos de um lado para o outro. Eu tinha acabado com os últimos sapatos da mamãe e sentia bolhas dolorosas nas laterais dos mindinhos. Precisávamos de sapatos novos.

— Seu pai volta hoje — informou Hanna.

— Hoje?

Fiquei animada. Talvez ele voltasse da corte de bom humor e eu conseguisse enfim contar a ele o que tinha descoberto sobre a última noite de vida de Eulalie.

— A senhora Morella recebeu uma carta ontem depois do jantar. Ela está acordada há horas, dançando pela casa e contando as boas-novas a qualquer um que se disponha a ouvir. — Ela suspirou. — E se eu tiver que ouvir sobre aqueles bebês mais uma vez... Acha mesmo que são meninos?

Esfreguei os olhos para acordar de vez.

— Não sei. A mamãe disse que também pensou que todas nós seríamos meninos.

Hanna seguiu para meu armário e retirou um vestido azul.

— A barriga dela está tão alta que eu acho que devem ser meninas. Mas ela tem tanta certeza... — Hanna balançou a cabeça. — Eu temo que ela possa acabar decepcionada. — Então percebeu o que dizia e sorriu para mim. — Não que alguma de vocês tenha sido uma decepção.

Despi a camisola ensopada pela cabeça e coloquei o vestido que ela estendia em minha direção.

— Falando em filhos... — Um toque de tristeza apagou o sorriso do rosto dela. — Você passou um tempinho com Fisher desde que ele voltou, não passou?

— Um pouco — murmurei, incomodada.

Na verdade eu não falava com ele desde aquela noite em Pelage. Quando nossos caminhos se cruzavam, ele desviava para outro corredor de repente, ignorando meus chamados. Eu tinha tentado entrar escondida na ala dos criados para encurralá-lo no próprio quarto, mas ele parecia sempre ouvir minha aproximação. Eu sempre dava de cara com o quarto escuro e vazio.

Ele até tinha parado de ir aos bailes, apesar dos pedidos fervorosos das trigêmeas.

Pelo espelho da penteadeira, observei a expressão de Hanna enquanto abotoava meu vestido. A testa dela parecia estar com ainda mais rugas de preocupação.

— Está tudo bem, Hanna?

— Ah, tudo, tudo. É de esperar, imagino. É a primeira vez que ele está tendo tempo livre em muito tempo. Foi tolice minha achar que ele iria querer passar cada segundo comigo.

Franzi a testa. Se ele não estava nos bailes e não estava com Hanna, onde ele passava tanto tempo?

Hanna deslizou a mão por minhas costas, alisando as dobras do corpete.

— Mas eu esqueço que ele não é mais um menininho. — Ela afagou minha bochecha uma vez. — Sua mãe teve sorte de ter tantas meninas. Morella devia rezar a Pontos para que lhe dê meninas em vez disso.

— O papai chegou! O papai chegou!

Verity, Mercy e Rosalie desceram a escada correndo direto para os braços do papai, uma caindo por cima da outra.

— Podemos usar o veleirinho hoje? — perguntou Rosalie no mesmo instante.

— Não nesse dilúvio. Não viu como está lá fora? — Ele fez uma pausa, olhando Rosalie de cima a baixo. — Você ainda está de camisola. — Ele se virou para mim. — Ela está doente?

Abri a boca, mas congelei. Eu era uma péssima mentirosa.

— Só estou mais devagar hoje de manhã — respondeu Rosalie.

— Manhã? Já passa das três da tarde. Ao menos vocês duas estão vestidas — respondeu ele, pegando as pequenininhas no colo pelas faixas na cintura enquanto elas davam gritinhos e riam. — Para que precisa do veleirinho?

Rosalie ficou pálida.

— Nós precisamos ir à cidade para comprar... uns itens.

— Itens?

— Sapatos! — revelou Mercy, arfando, e deu um gritinho quando ele a girou.

Então o papai as colocou no chão, tão ofegante quanto elas.

— Sapatos? Para quem?

— Todas nós! — respondeu Verity, rodopiando pelo corredor, com um entusiasmo grande demais para caber em um corpo tão pequeno.

Mercy e Rosalie foram logo atrás dela, suas risadas ecoando pelo caminho.

Olhei para o rosto do papai, satisfeita por enfim estarmos sozinhos.

— Papai, eu preciso falar uma coisa para o senhor.

Ele pareceu surpreso por ainda me ver ali.

— Você não precisa de sapatos também, precisa?

Contorci os dedos dos pés descalços nos azulejos de mosaico.

— Preciso, mas não é disso que... É sobre Eulalie...

O rosto do papai ficou sério. Eu teria que ter cuidado. Não era algo sobre o qual ele iria querer ouvir.

— O que tem ela?

Enfiei as unhas nas palmas das mãos com força. Eu precisava desembuchar logo.

— É sobre os pretendentes dela.

— Bem-vindo de volta, papai! — cumprimentou Camille, vindo da Sala Azul como se ela tivesse aperfeiçoado a prática do piano por horas, e não acabado de sair da cama.

— Só um minuto, Camille. O papai e eu estávamos falando sobre...

— Eu só queria dar um oi. — Ela ficou na ponta dos pés e deu um abraço nele. — Como foi a viagem? Como o rei está? O senhor...

— Camille! — interrompi.

O papai ergueu as mãos, reprimindo a discussão antes que começasse.

— A viagem correu bem. O rei Alderon espera que você se junte a nós na próxima reunião do conselho, Camille. Vou lhe passar os detalhes depois que eu me acomodar.

Ela abriu um sorrisão, contente por ter conseguido o que queria.

Papai se virou para mim.

— E o que dizia sobre esses pretendentes, Annaleigh?

O sorriso de Camille sumiu.

— Pretendentes? De quem?

— De Eulalie — contou o papai, seu tom ficando sombrio.

O peso do olhar dos dois recaiu sobre mim.

— Você vai falar do relojoeiro? Já lhe disse que era só uma fantasia estúpida que ele inventou para...

— Relojoeiro? — interrompeu o papai.

— Não é sobre Edgar, e, por favor, Camille, pode nos deixar a sós? — pedi, levantando a voz para me sobrepor às dos dois.

Embora a irmã tivesse acatado e voltado para a Sala Azul, havia uma pontinha da saia dela à mostra no canto da arcada. Era óbvio que ela estava ouvindo escondida.

— Eu fico me perguntando sobre o que aconteceu com Eulalie — revelei, virando-me para o papai. — Eu acho que tinha alguém com ela naquela noite no penhasco.

O papai suspirou.

— Quando alguém morre de maneira inesperada, é normal tentar encontrar um culpado.

— Não é isso... Não é o luto, papai. Eu realmente acho que alguém machucou Eulalie. De propósito. — Criei coragem, e a história fluiu de uma só vez: — Eulalie estava fugindo de casa naquela noite. Ia fugir para se casar com Edgar, o aprendiz do relojoeiro, mas tinha outra pessoa esperando por ela.

O papai segurou uma risada, e fiquei desolada.

— Edgar Morris? Aquele homenzinho dos óculos? — Ele estava torcendo a boca, achando graça. — Ele não teria tido a iniciativa de sequer pegar uma flora de cobre caída na rua, que dirá fugir para se casar com minha filha mais velha.

Ele entrou na Sala Azul, juntando-se às minhas irmãs.

— Papai, por favor, me ouça! — clamei, correndo atrás dele. — Edgar a pediu em casamento... Ele deu a Eulalie um medalhão, o que ela estava usando no funeral, aquele que tem uma âncora e o poema dentro. Ele disse que quando chegou para buscá-la, viu uma sombra no penhasco, logo depois que ela caiu. Alguém deve ter empurrado a Eulalie.

— Que bobagem.

Ele gesticulou com a mão, descartando minha teoria com facilidade.

— Não é! Tinha alguém lá. Alguém que não queria que Eulalie se casasse com Edgar.

— Pode ter sido qualquer pessoa — interveio Camille. — Eu não consigo pensar em um matrimônio mais improvável.

O papai se acomodou na poltrona, rindo.

— Isso é bem verdade. Se eu cogitasse a mera possibilidade de Edgar conquistar Eulalie, *eu* o teria empurrado do penhasco. Com prazer. — Então esfregou os olhos. — Já chega desse assunto, Annaleigh.

— Mas como o senhor tem certeza...

— Eu disse chega. — Seu tom foi duro e definitivo, uma guilhotina decapitando o assunto. — Agora, que história é essa sobre os sapatos?

Todas se entreolharam, tensas. Por fim, Honor tomou a dianteira e levantou as saias para mostrar os calçados bem surrados. As solas estavam arranhadas, e a tinta azul-marinho tinha ficado toda desgastada em alguns pontos. A maior parte das contas prateadas tinha se soltado, e as fitinhas estavam todas esfarrapadas.

O papai pegou um dos sapatos, intrigado.

— Estão todos assim?

As trigêmeas se entreolharam antes de levantarem as saias.

— O sapateiro prometeu que durariam a temporada toda. Parece que esses calçados já passearam por uns cem bailes.

Lenore retorceu a boca, em visível desconforto.

— Talvez tenha alguma coisa errada com o couro?

— E vocês não têm mais nenhum sapato? — perguntou o papai, o retrato do mais absoluto ceticismo. — Acabei de pagar três mil floras de ouro por um conjunto de sapatos que não durou um mês.

— Você queimou os outros — recordou Camille. — Na fogueira junto com as roupas de luto, lembra?

O papai suspirou, pressionando a ponta dos dedos na testa.

— Imagino que precisemos ir à cidade, mas vão ter que esperar. Estou indo para Vasa depois de amanhã, ao raiar do dia. Tem um problema lá com o casco de um veleiro mercante. Eu não vou ficar pagando por um trabalho fajuto. — Ele olhou para o calçado de Honor. — Nem quando se trata de navio, nem de sapato. Eu consigo ir no começo da próxima semana.

— Não podemos ficar descalças até lá — contrapôs Rosalie. — Não podemos ir no veleirinho? Podíamos ir amanhã. Todas nós sabemos remar.

— Mas não vão caber todas vocês. — Ele olhou para atrás de nós. — Ah, Fisher.

— Bem-vindo de volta, senhor — cumprimentou Fisher, parando à soleira.

Ele estava com manchas de sujeira no rosto e o cabelo molhado de suor. Usava um suéter azul-marinho grosso e carregava um balde cheio de lâminas leves usadas para limpar barcos. Os olhos cor de âmbar dele focaram em mim antes de desviar o olhar.

— Aproveitando a estadia? Deve ser bom dar um tempo da comida de Silas, imagino eu — comentou o papai, voltando a se acomodar na poltrona.

— É, sim, com certeza. E é ótimo passar um tempo com a mamãe.

Fiquei sem reação, relembrando a mágoa de Hanna.

— Hoje ela me colocou para trabalhar — continuou ele, levantando o balde.

O papai estremeceu, então deu risada.

— Raspando craca de barco que nem um garotinho. Sinto muito. — Ele fez uma pausa. — Na verdade, eu acho que posso ajudar com isso. As meninas precisam ir a Astreia amanhã, se o tempo ajudar. Você poderia levá-las lá de barco?

Fisher confirmou com a cabeça.

— Seria um prazer.

— Ah, obrigada, papai! Obrigada, Fisher! — exclamou Ligeia, abraçando o papai pelo pescoço.

Ele ergueu o dedo para dar um aviso a nós.

— Isso de comprar sapato toda semana não vai virar hábito, não. Escolham algo resistente que dure ao menos o inverno todo. Chega de sapatos de fada.

18

— Anda, escolhe logo alguma coisa, Rosalie.

Honor pulava de um pé para o outro, um tom queixoso e petulante tomando sua voz. O papai tinha nos dado botas de marujo para calçar, peças encontradas em um dos armazéns perto do cais, e ficaram grandes demais até para nós, as mais velhas. Nas Graças, ficaram absurdamente cômicas.

Já estávamos na loja do sapateiro havia mais de uma hora. Fisher havia carregado caixas dos calçados usados e jogado as peças na mesa de Reynold Gerver, exigindo saber por que os sapatos tinham ficado gastos tão depressa.

O pobre sapateiro tinha murmurado "hums" e "ahs" enquanto avaliava as próprias criações, balbuciando que não deveriam ter se desgastado tão depressa. Ele oferecera sapatos novos para todas nós, por uma fração do preço normal.

— Esse aqui é belíssimo.

Rosalie pegou um sapato de cetim com um salto baixo moderno.

— E nada prático — acrescentou Fisher, retirando o sapato da mão dela. — Seu pai deixou ordens expressas para que eu não deixasse vocês comprarem algo delicado e bonito. Encontre algo parecido com o que suas irmãs escolheram.

Nossos olhares se cruzaram, e algo ficou entalado em minha garganta. Eu tinha desejado ter a oportunidade de puxá-lo para um canto e reverter a confusão que tinha acontecido em Pelage, mas uma tempestade começara logo depois de sairmos de Highmoor. Fisher havia me enxotado, ressaltando que precisava se concentrar enquanto a chuva nos ensopava, o que fizera a breve jornada até Astreia ser péssima.

Honor se jogou em uma cadeira, em um ato digno de uma performance teatral, e Verity flertava com o perigo, chegando perto demais de algumas caixas empilhadas na janela.

— Que tal eu levar as Graças para tomarem chá enquanto Rosalie se decide? — sugeri.

— Ou uma sidra? — complementou Verity, apalpando os bolsos de Fisher com um sorriso esperançoso.

Ele me entregou as moedas.

— Lembrem-se de erguer os capuzes — instruí antes de abrir a porta da loja.

Corremos pelos paralelepípedos, desviando das poças até chegarmos ao santuário que era a marquise ampla da taverna.

— Aqui, fique com isso — falei, colocando as moedas na mão de Honor. — Eu preciso fazer uma coisinha, uma tarefa, e volto assim que possível.

— Você vai aonde? — perguntou Verity, em uma demonstração evidente de que queria ir junto.

— A um lugar em que não tem sidra — respondi, incitando-a na direção da porta grande de carvalho. — Está frio e chuvoso. Entrem logo, senão vão acabar congelando!

Elas entraram, e voltei para a tempestade, seguindo para a relojoaria do sr. Averson.

Senti meu estômago revirar com culpa ao me lembrar da descortesia com a qual Edgar fora retirado de Highmoor. Eu deveria ter impedido a ação de Camille, deveria ter me esforçado mais para entrar em contato com ele. Estava envergonhada por ter me distraído com tanta facilidade.

Os bailes não ocupavam só as noites. Eu passava as manhãs dormindo. Com frequência só acordava quando era hora de me arrumar para a outra festa. Depois de tantos anos de tons pretos sérios e comportamentos restritivos, os bailes eram revigorantes. Inebriantes. As máscaras e réplicas de pedras preciosas, o toque suave da seda e do tule, a promessa de belos parceiros de dança... Tudo aquilo tinha me deslumbrado até eu perder meu real propósito de vista.

Eu tinha esquecido Eulalie.

E, sendo sincera, isso não tinha me incomodado até aquele momento, até eu estar na rotina da casa de novo, nas Salinas, no Sal.

Eu precisava encontrar Edgar e pedir desculpas. Eu não ligava para o que Camille pensava. Acreditava na história dele sobre a sombra no penhasco, e, juntos, descobriríamos quem fora a pessoa responsável.

Um sino prateado soou no alto quando entrei na loja, saindo da chuva.

— Já vou, já vou — anunciou uma voz alegre vinda do ateliê.

Ou talvez viesse de trás da pilha de ponteiros de metal perto do canto. Eram mais altos que eu, sendo usados para as torres de relógio nas praças da cidade.

Peças e engrenagens ocupavam todas as superfícies da loja, e havia relógios enfileirados nas paredes. O tique-taque dos segundos se passando se sobrepunha, formando uma sintonia de batidas. Era um som suave e sutil, mas depois de perceber os tiques, ficava impossível ignorá-los.

— Como posso ajudá-la...?

Edgar surgiu, saindo do ateliê. Quando me viu, parou de pronto, quase esbarrando em um gabinete com relógios de bolso e correntes em exibição.

— Está fazendo o que aqui? — indagou ele, exigente, com o tom austero. — Veio me expulsar do meu local de trabalho? Vai descobrir que a influência dos Taumas não se estende tão longe. Passar bem.

— Edgar... espere! Eu sinto muito pelo que houve. Eu deveria ter defendido você, e deveria ter detido Camille. Vim me desculpar... e conversar.

— Conversar?

Ele me encarou através dos oclinhos minúsculos.

— Sobre Eulalie, sobre a sombra.

— Já falei tudo o que sei.

Ele levantou a mão na direção da porta vaivém.

— Não tudo — contrapus, tentando impedi-lo de se afastar. — Eu vi como reagiu quando Camille chamou Roland. — O corpo dele ficou rígido quando mencionei o nome do valete. — Por quê?

Edgar se virou para mim, com uma expressão hesitante. Tirou os óculos e os poliu na ponta do avental de lona, ganhando tempo.

— Será que é ele a sombra? — palpitei.

Ele estreitou os olhos através das lentes como se o vidro ainda estivesse sujo.

— Eu não sei quem era a sombra... mas preciso admitir que meu primeiro palpite seria ele. — Os dedos do rapaz tremiam como se lutassem contra o ímpeto de limpar os óculos de novo. — Toda vez que eu estava em Highmoor, ajudando o sr. Averson com o relógio de pêndulo, entregando um relógio de bolso ou a peça da lareira que consertamos, ele estava sempre por ali, à espreita, ouvindo. Eulalie disse que fazia parte do trabalho dele, ficar por ali caso precisassem dele, mas parecia mais do que isso... parecia...

— Sim? — sussurrei, me inclinando para perto dele.

— Uma obsessão.

Observei a chuva cair no mercado ensopado lá fora, pensando sobre o dia a dia em Highmoor. Era verdade, Roland sempre estava por perto, pronto para ajudar, mas ele era um dos criados em quem papai mais confiava, então aquilo parecera natural para mim. Eu não sabia muito a respeito de Edgar, mas arriscaria dizer que ele não tinha crescido em uma casa como a nossa, com mais criados do que membros da família.

— Eulalie tinha um diário? — questionou Edgar, tentando uma nova abordagem. — Ela descobriu algo que não devia. Talvez tenha escrito em algum lugar?

Eulalie não tinha costume de abrir o coração por meio da escrita, como faziam Lenore e Camille. Ela tinha odiado as aulas de caligrafia quando éramos mais novas e tivera que ser persuadida a mandar cartas para tias e primos.

— Eu nunca a vi com um diário.

Ele franziu as sobrancelhas claras.

— Quanto mais penso, mais tenho certeza de que a sombra era Roland — afirmou ele, voltando ao assunto. — Ele nunca gostou de mim. Se ele de algum modo descobriu que estávamos fugindo para nos casar...

— Ele não teria tentado deter *você* em vez de Eulalie?

A acusação de Edgar não parecia fazer sentido. Havia muitas lacunas. Mesmo se Roland houvesse se apaixonado por Eulalie, ele deveria ter adivinhado que nunca daria em nada. Ela era a herdeira de Highmoor. O papai nunca a teria deixado se relacionar com um dos criados da casa.

Além do mais... ele era muito velho.

Uma por uma, as engrenagens dos relógios giraram, ecoando o quarto de hora. A cacofonia me fez ranger os dentes, fazendo-me lembrar que eu já estava longe havia muito tempo. Eu fui até a porta.

— Senhorita Taumas, espere! Eu... eu preciso saber... Acredita em mim, não acredita? Sobre a sombra? Eulalie não tropeçou, e nunca teria feito mal a si mesma. A senhorita sabe disso.

Depois de um momento, confirmei com a cabeça.

— Eu quero descobrir quem fez isso com ela. Quem... a matou. — Ele disse a palavra com uma precisão intensa, como se tentasse não gaguejar ao proferi-la. — Vai me ajudar? Por favor?

Os olhos dele, de repente vívidos com um fervor virtuoso, fizeram com que eu ficasse estática no lugar, como uma borboleta presa em uma daquelas caixas transparentes.

— Vou — sussurrei.

Ele voltou a brincar com os óculos.

— Eu sei que não acha que Roland está envolvido, mas promete que vai checar? Sondar por aí? Mesmo que ele não tenha feito, deve ter visto algo. Ele vê tudo.

O último relógio soou, suas notas um tanto estridentes, como se conferindo uma importância estranha à teoria de Edgar.

— Ele vê mesmo — concordei.

— Ótimo. Obrigado. Sua família vai participar dos eventos do Revolto?

O festival seria dali a uma semana. Logo Highmoor estaria de pernas para o ar, em preparação para a festividade.

— Sempre vamos assistir à encenação teatral depois da Primeira Noite.

Uma tábua de assoalho rangeu acima de nós, e ambos olhamos para o teto. Eu tinha presumido que estávamos sozinhos. Alguém estava ouvindo a conversa?

— O que tem lá em cima?

— Só depósito... Sr. Averson? — chamou Edgar.

— Sim, Edgar? Só estou tirando a capa — respondeu uma voz do ateliê atrás de nós. — Essa chuva não vai parar tão cedo.

— Encontre comigo aqui antes da peça — sussurrou ele.

Prometi que o faria.

— Eu tenho que ir encontrar as minhas irmãs agora.

Edgar passou a mão pelo cabelo, abrindo um sorriso carinhoso.

— Ótimo. Fico feliz que... Obrigado por acreditar em mim, srta. Taumas.

— Annaleigh — disse eu, oferecendo um pequeno símbolo de amizade.

— Annaleigh.

Andei apressada pela rua, escolhendo o trajeto mais rápido de volta à taverna. Que se danassem as poças!

Respirei, aliviada, quando abri a porta e vi as Graças sentadas a uma mesa, então estaquei no lugar.

Elas não estavam sozinhas.

— Annaleigh! — exclamou Honor.

Um jovem se levantou da mesa e se virou ao ouvir o cumprimento de Honor. Era Cassius. Ele abriu um sorriso ao me ver.

— Nós nos encontramos de novo.

Ele estava com as bochechas coradas por causa do frio, e os cachos escuros escapavam por debaixo de um gorro de tricô.

— O que faz aqui? — De imediato, me arrependi da pergunta. Soou muito acusatória, muito brusca. — Como seu pai está? — Tentei de novo, com mais suavidade.

Eu havia esquecido de perguntar no baile.

— Infelizmente continua na mesma. Na verdade, vim a Astreia para buscar uns ingredientes. Raízes e ervas. Há um curandeiro aqui na rua que diz poder ajudar.

— É verdade que quem contrai escarlatina sangra pelos olhos? E por isso se chama escarlatina? — perguntou Honor, inclinando-se na mesa em um deleite macabro.

— Honor! — exclamei, horrorizada.

Cassius não pareceu afetado. Ele se inclinou na direção dela.

— É ainda pior! — Ele endireitou a postura, percebendo que eu franzia a testa enquanto elas riam. — Almocei aqui e estava de saída quando percebi que essas belas damas estavam tendo dificuldade para encontrarem um lugar para se sentar. Então pensei em intervir e oferecer ajuda.

— Eles não conseguiam nos ver por cima do balcão — explicou Mercy.

— É muita gentileza sua.

— O prazer foi todo meu. Eu não fazia ideia da maravilha que é... O que é isto que estou bebendo?

— Sidra de caramelo! — respondeu Verity.

— Da maravilha que é esta sidra de caramelo. Você parece estar precisando de uma — comentou ele, sacando uma moeda.

— Ah, posso pedir? — indagou Mercy, fisgando o dinheiro antes que ele concordasse. — Por favor?

— Eu também! — interveio Honor. — Eles deixam os clientes ficarem sentados nas banquetas altas enquanto esperam.

— E eu! — clamou Verity, sem querer ficar para trás.

Elas se afastaram, cheias de alegria por terem autorização de fazer uma tarefa tão adulta.

— Como você está? — perguntou ele quando as meninas estavam longe. — Tem uma marquinha de cansaço bem aqui — apontou, gesticulando para a região dos meus olhos.

Dispensei a preocupação dele.

— Nada que uma boa noite de sono não cure. E você? Sério, como seu pai está?

— Nada bem. — Cassius abriu um meio-sorriso. — Quando acabar vai ser uma bênção. — Mordeu o lábio. — Eu me expressei mal.

Lembrei-me das últimas horas de Ava, de minha irmã lutando para respirar, dela implorando por alívio.

— Não, eu entendo o que quer dizer. Minha irmã...

Ele concordou com a cabeça quando não completei a frase.

— Suas irmãs mais novas são muito encantadoras. A pequenininha... Verity? Ela parece muito com você.

— Elas não ficaram incomodando você, tagarelando sem parar, ficaram?

— Nem um pouco. Gostei da companhia. Nas últimas semanas tenho vivido sem presenças amigáveis.

Murmurei algo sobre saber como era, então parei. Não era como se ele tivesse ficado preso em Selkirk por todo o tempo. Ele tinha ido a Pelage. Ao baile.

— Eu espero que nem *todas* as semanas tenham sido desprovidas de alegria.

Quando ele sorriu, seus olhos se acenderam, os tons de azul-escuro cintilando.

— Lógico que não.

— Eu não tinha certeza se veria você depois... Eu torcia para que nos esbarrássemos de novo.

— É mesmo?

Cassius conteve um sorriso satisfeito.

Sem a máscara brilhante atrás da qual me esconder, minhas palavras soaram muito ousadas, muito descaradas, mas lembrei-me do que ele tinha dito no baile. O arrependimento era o pesadelo mais sombrio de todos.

— É, sim.

O sorriso dele ficou ainda mais largo.

— Fico feliz em saber disso.

Minhas bochechas ficaram coradas com minha alegria, e desviei o olhar, tímida demais para manter o contato visual.

Na parede atrás dele havia uma tapeçaria enorme mostrando Arcânia. Cada região era tecida com um fio de cor diferente.

Apontei para a peça.

— Onde fica sua casa?

Ele se virou para analisar o mapa.

— Um pouco aqui, um pouco ali. Já morei em todo lugar, basicamente.

— Vida de marujo? — palpitei.

— Algo assim.

— Qual foi seu lugar favorito?

Ele puxou a cadeira para mais perto da minha, o que nos fez ter uma melhor vista da tapeçaria.

— Gostei de todos, eu acho. — Ele gesticulou para uma área amarela chamativa no meio do reino. — Ali fica Lumini. Morei lá por um tempo quando criança. Conhece?

Neguei com a cabeça. Ele continuou:

— É um deserto extenso e quente, com dunas de areia a perder de vista. O sol castiga a região, resseca tudo.

— Como as pessoas conseguem viver assim, sem acesso à água?

— Há alguns oásis com nascentes aqui e ali. E tem umas criaturas enormes chamadas camelos, com corcovas grandes e pernas desengonçadas. Eles andam bem assim. — Ele usou os dedos para imitar uma criatura de quatro patas andando pela mesa. — Servem de transporte para o Povo da Luz, devotos de Vaipani. — Ele apontou para uma cordilheira, costurada com pontos irregulares vermelho-sangue. — Quando eu tinha oito anos, moramos por um tempo nas Montanhas Cardãs.

Prendi a respiração.

— É onde ficam os Traquineiros, não?

Cassius confirmou com a cabeça.

— E o Deus das barganhas profanas, Viscardi.

Eu me encolhi. Até ouvir o nome em voz alta me causava dor de cabeça. Será que o Traquineiro entenderia aquilo como um convite para se juntar a nós?

— E como foi lá?

— É uma comunidade pobre. As pessoas lá ganham a vida colhendo a planta nixmista. Dá flores bem vermelhas, como sardinheiras. Só crescem lá, e bem alto, perto do começo da neve. O óleo é muito usado por curandeiros, e dizem que cura quase qualquer doença. Dá para perceber de cara quem cultiva a flor no vilarejo. As mãos das pessoas estão sempre manchadas de vermelho por causa do pigmento que a planta expele.

— Que horror — murmurei, imaginando uma cidadezinha cheia de pessoas com sangue nas mãos. — E o título deles é esse mesmo? Povo das Flores?

— Povo dos Ossos — corrigiu ele.

Torci o nariz.

— Eu não acho que teria interesse em visitar esse lugar. Por que você foi?

Cassius gargalhou.

— Eu não fui atrás de barganhar, se é o que está pensando! — Ele abaixou a voz. — Minha mãe tinha uns negócios a tratar lá.

Eu não conseguia imaginar minha mãe nos conduzindo pelo reino, indo atrás do próprio sustento, e logo fiquei intrigada.

— O que é que ela f...

— Aquele foi meu favorito — interrompeu ele, levantando-se para dar leves toques no extremo norte do mapa. — Fica sob o domínio de Zéfiro. Grupinhos de postulantes fazem suas moradas nas pedras. Eles decoram os vilarejos com serpentinas, estandartes e bandeiras. Dezenas de moinhos de vento giram o dia todo, os aros criando toda uma sinfonia barulhenta.

Ele havia cortado minha pergunta em meio ao entusiasmo, ou a tinha evitado de propósito?

— O Povo do Vendaval — concluí, observando Cassius.

— Isso, exatamente!

Um relógio acima do bar soou, anunciando a hora.

— Nossa, já deu três horas? — Ele estreitou os olhos. — Desculpe, eu preciso ir. Vim no barco de um vizinho. Ele jurou que me deixaria para trás se eu me atrasasse.

— Cassius, eu...

Quando ele focou os olhos luminosos em mim, perdi a linha de raciocínio. Eu queria saber mais dele, muito mais, mas enquanto ele vestia a gabardina, meu cérebro deu um branco e meu vocabulário evaporou.

— Você gosta de strudel?

Os olhos dele brilharam, achando graça, e quis me encolher até sumir. O que tinha acontecido comigo? Parecia que eu estava enfeitiçada, como se houvesse outra pessoa controlando meu corpo. Alguém que não queria nada além de acariciar o cabelo escuro de Cassius com os dedos. Alguém que queria puxar aquela cabeça cheia de cachos para si e enfim receber aquele beijo. Alguém que queria... Minhas bochechas ficaram vermelhas enquanto várias indecências tomavam conta da minha mente.

— Bem, depende — respondeu ele, com a voz leve e provocativa. — Está me convidando para ir comer um strudel, Annaleigh?

— Não! — De repente, senti o colarinho de meu vestido extremamente apertado, e eu tinha certeza de que minhas bochechas estavam da cor de uma maçã. — Eu só... Tem uma padaria mais à frente que é famosa pelo strudel... se você gosta disso.

— Eu adoro strudel. Meu favorito é o de cereja, e acho que fica ainda mais gostoso quando desfrutado junto a uma boa companhia. Mas hoje eu tenho que ir mesmo. Podemos nos encontrar lá amanhã?

Abri a boca, afoita para aceitar, mas um grito me interrompeu. Veio do lado de fora, seguido por gritos de socorro.

Cassius se inclinou sobre mim, espiando pela janela. Por um breve segundo, senti o perfume dele, cálido, âmbar. Quando ele se afastou, desejei sentir o aroma de novo.

Ele e vários fregueses saíram correndo da taverna. Ouvi outro grito, e senti calafrios. Parecia Camille. Será que havia acontecido algo com uma das trigêmeas? As Graças pularam das banquetas do bar, parecendo prestes a correr para a rua também.

— Fiquem aqui. Na mesa — ordenei para elas, jogando a capa por cima dos ombros. — Já volto.

Uma multidão tinha se formado mais à frente na rua, diante da relojoaria. Suspirei, aliviada, ao ver Camille e as trigêmeas atrás no grupo. Elas estavam abraçadas, com lágrimas nos olhos.

— O que está acontecendo? O que houve? — perguntei, apertando os braços delas no ímpeto, certificando-me de que estavam bem.

— Ele morreu — contou Camille, aos soluços, me abraçando com as mãos trêmulas. — Ele morreu mesmo.

Meu coração palpitou enquanto eu olhava ao redor, procurando Fisher.

— Cadê ele?

Ela balançou a cabeça e voltou a abraçar Rosalie, secando as lágrimas.

— Fisher — chamei, abrindo caminho pela multidão aglomerada. — Fisher. — Minha voz falhou, e soltei um gritinho quando alcancei o centro do círculo.

— Annaleigh, não! — exclamou Cassius, de repente ao meu lado, puxando-me para trás, para longe da poça d'água.

Olhando para baixo, gritei.

Não era água.

Era Edgar, no meio de uma poça crescente de sangue, o corpo destroçado e estatelado nos paralelepípedos. Seus óculos estavam a alguns centímetros de distância, com uma das lentes quebrada. Fisher estava ajoelhado ao lado dele, pressionando o ouvido no peito de Edgar, buscando sinais vitais. Depois de um longo instante, ele olhou para o grupo que o cercava e, com tristeza, balançou a cabeça.

Uma mulher desmaiou, despencando em um grande floreio e causando uma comoção agitada ao redor quando os presentes tentaram segurá-la.

— O que aconteceu?

— Ele estava na janela do segundo andar e só... caiu — revelou um homem perto de nós, apontando para a fachada da loja.

Cassius tentou me poupar do caos, virando-me para o outro lado, para longe do corpo, mas me desvencilhei dele.

— Ele pulou?

O homem deu de ombros.

— Não sei.

— Ouvi dizer que a queridinha dele morreu não faz muito tempo — comentou uma mulher ali perto, ouvindo nossa conversa. — Foi demais para o pobrezinho.

Ela soltou um muxoxo triste, antes de voltar ao próprio comércio.

Aquilo não fazia sentido. Eu tinha acabado de falar com ele. Tínhamos planejado nos encontrar na semana seguinte. Ele queria descobrir o que tinha acontecido com Eulalie. Descobrir quem...

Quem a havia matado.

Olhei para o telhado bastante inclinado da loja e para a janela aberta, lembrando-me do barulho da tábua do assoalho. Houvera alguém lá em cima com ele. Edgar não estivera sozinho.

Quem quer que tivesse empurrado Eulalie do penhasco estivera com Edgar antes de ele cair. Eu tinha certeza. Afastando-me de Cassius, corri para a relojoaria, ignorando os chamados dele. Se eu não chegasse ao segundo andar naquele instante, a pessoa que o matara escaparia.

Rodeei o lugar em que Edgar estava e dei de cara com o peito de Fisher.

— Annaleigh, o que está fazendo? — questionou ele, segurando meus pulsos para me deter.

— Eu preciso entrar. Ir lá em cima. Fisher, você tem que me ajudar!

— Ajudar com o quê?

— A encontrar quem o matou! A pessoa está lá dentro!

— Quem o matou? — repetiu, esforçando-se para continuar me segurando enquanto eu lutava para me soltar. — Annaleigh, ninguém o matou. Eu vi o que aconteceu. Ele pulou.

— Alguém o empurrou!

— Não, ninguém o empurrou.

— Me solte!

Dei um gritinho, pisando nos pés dele.

Fisher me abraçou, segurando firme enquanto eu me debatia.

— Annaleigh, se acalme. Você está fazendo um escândalo.

Ele abraçou apertado, e percebi minhas irmãs me olhando, com os olhos arregalados e horrorizados. Cassius estava franzindo as sobrancelhas, preocupado. Dezenas de curiosos ao redor do corpo de Edgar observavam meu chilique. Expirei, trêmula, sentindo a agitação deixar meu corpo.

Eu me virei para o outro lado, sem conseguir lidar com os olhares. Foquei no olhar de Fisher, suplicando.

— Fisher, sei que está com raiva de mim, mas, por favor. Por favor, venha comigo dar uma olhada? Eu vim aqui hoje falar com Edgar. Ouvimos o barulho da tábua do assoalho no andar de cima. Tinha alguém lá. Tinha alguém ouvindo nossa conversa! Eu tenho que descobrir quem foi.

— Eu não estou com raiva de você, Annaleigh. Eu... eu fiquei constrangido com o que aconteceu, mas não bravo. Eu nunca ficaria com raiva de você.

— Então me ajude, por favor? Precisamos descobrir quem é antes que a pessoa fuja.

Ele passou os dedos pelo cabelo, soltando um suspiro alto.

— Eu vou checar. Mas posso garantir que não tinha ninguém na janela além de Edgar. Fique aqui.

— Tenha cuidado! — falei quando ele se virou.

Uma vez sozinha na entrada da loja, fiquei sem saber o que fazer. Uns homens cobriram o corpo de Edgar com um lençol e afastavam os curiosos para a calçada. Eu queria ficar perto de minhas irmãs e de Cassius, mas de repente senti pânico ao pensar em chegar perto demais do corpo. O lençol branco ficava vermelho bem depressa. Virei o rosto, observando a vitrine de relógios de bolso na janela enquanto meus olhos se enchiam de lágrimas.

Ele não havia pulado. Não tinha a menor chance daquilo.

Fisher voltou instantes depois, com o olhar sombrio enquanto balançava a cabeça.

— Sinto muito, Annaleigh. Não tinha ninguém lá.

19

— TINHA ALGUÉM LÁ! — REPETI HORAS DEPOIS, quase berrando de frustração, enquanto Camille estava sentada à penteadeira, testando um novo tom de ruge. Ela passou o pincel nas bochechas, conferindo à pele um tom suave de pêssego. — Não é possível que você esteja pensando em ir dançar hoje.

— Por quê? Porque Edgar se matou? Nunca pensei nele enquanto era vivo, não fique esperando que eu lamente a morte dele.

— Você estava chorando hoje à tarde. Eu vi!

— Foi assustador. Não é como se as pessoas se jogassem da janela toda vez que vou ao mercado.

Tirei o potinho de ruge das mãos dela.

— Por favor, não vá. Fique em casa comigo.

Ela arqueou a sobrancelha.

— Não vou ficar, não. E você também deveria ir. Venha conosco, para se esquecer de tudo. — Ela abriu um sorrisinho, aplicando uma camada generosa do produto colorido nos lábios. — Lógico que você não vai querer se esquecer de tudo o que aconteceu hoje. — Ela me entregou um colar brilhante. O tema da noite era "Joias da Corte", e ela usava o vestido em tom de ouro rosé que trajara no baile das trigêmeas. — Pode colocar em mim? O fecho é minúsculo.

— Como assim? Do que eu não iria querer me esquecer?

O sorriso dela foi malicioso e de quem sabe mais do que quer contar.

— Eu vi você pela janela da taverna antes do... Edgar. Sozinha com aquele rapaz.

— As Graças estavam comprando sidra no balcão.

Ajeitei as réplicas de pedras preciosas no pescoço dela.

— Você parecia bem felizinha para alguém que conversava sobre sidra. Quem é ele, afinal?

— Ainda não estão prontas? — perguntou Ligeia, entrando no quarto. — Vamos perder a primeira quadrilha!

— Estou pronta — respondeu Camille, então se levantou e deu uma voltinha.

— Eu não vou — anunciei.

O rosto de Ligeia murchou.

— Por que não?

Deixei o ruge na penteadeira.

— Nós vimos um homem morrer hoje. Como pode ter vontade de ir dançar?

— Nós não o *vimos* morrer. Ele já estava morto. Além disso, finalmente temos sapatos novos.

Fiquei cutucando a cutícula no dedo anelar. Uma gota grande de sangue se formou quando arranquei a pele.

— Vocês não amaciaram os sapatos ainda. Vão acabar cheias de bolhas.

Camille me deu um lenço.

— Então vamos ficar cheias de bolhas. Vá lá se deitar, estraga-prazeres. — Ela deu um beijo de boa-noite em minha bochecha. — De manhã você vai estar melhor.

Tentei uma última tática:

— Você também está com cara de quem precisa de uma boa noite de sono.

Apesar da cor com que ela tingira as bochechas, as olheiras seguiam visíveis, roxas e manchando a pele clara de minha irmã.

— E vou ter uma boa noite de sono. Amanhã.

Camille pegou a bolsinha e apagou as arandelas, mergulhando no corredor que era pura escuridão, salvo pela luz da vela que eu segurava. Ela e Ligeia escaparam pela escada dos fundos, indo ao encontro de Rosalie e Lenore no jardim.

Risadinhas baixas escaparam do quarto de Mercy. Sem dúvida ela, Honor e Verity estavam aprontando alguma. Fiquei ouvindo à porta por um momento, ponderando se devia intervir e estragar aquela diversão. Ouvi cantorias, risadas e Mercy contando:

— E um, dois, três. Um, dois, três. Um, dois, três, gira.

Até elas estavam dançando naquela noite.

Depois de acender os candelabros ao lado de minha cama, pendurei o vestido que usara no jantar e vesti uma camisola limpa. Era um voal macio, pontilhado no colarinho e com mangas bordadas com campânulas brancas.

À minha penteadeira, separei alguns grampos e penteei as mechas de cabelo embaraçado. A mamãe dizia que pentear o cabelo antes de se deitar não só deixava os fios brilhosos como ajudava a desembaraçar os pensamentos acumulados no dia, garantindo um sono relaxado e tranquilo. Eu não fazia ideia de quantas vezes precisaria pentear para desfazer aquele nó em específico. Eu temia nunca conseguir tirar a imagem dos óculos quebrados de Edgar da cabeça.

A escova prateada refletiu a luz das velas, hipnotizando-me através do espelho enquanto deslizava pelas mechas escuras. Será que eu tinha cometido um erro ao não ir com minhas irmãs? Eu estava muito sozinha ali, com meus próprios pensamentos. Se eu tivesse ido dançar, ao menos teria estado ocupada demais para ficar remoendo ideias.

Alguém passou correndo por minha porta e me arrancou dos devaneios.

Coloquei a cabeça para o lado de fora, analisando o corredor escuro. Risadinhas ecoaram, vindas da escada dos fundos. Com um suspiro cansado, segui naquela direção. Eu interromperia qualquer que fosse a brincadeira das Graças, colocaria todo mundo para a cama e então iria dormir também. Estava muito tarde para essas bobagens.

Avancei pelo corredor, torcendo para conseguir detê-las antes que acordassem a casa inteira. Quando pisei no primeiro degrau, ouvi uma risada atrás de mim. Eu me virei, erguendo a vela, mas não havia ninguém ali. Vasculhando o breu, estreitei os olhos, mas as sombras permaneceram estáticas.

— Verity?

Era sempre ela a que se entregava primeiro.

Silêncio.

— Mercy? Honor? Não tem graça.

Ouvi baques, como pés descalços descendo a escada, vindos lá de baixo. Como minhas irmãs tinham dado a volta sem que eu as visse? Irritada, corri atrás delas.

Quando cheguei ao primeiro andar, tudo parecia estar em ordem. As samambaias em seus vasos cercavam as arcadas que levavam à cozinha. Ninguém conseguiria passar por elas sem fazer com que a profusão de folhas balançasse. As plantas estavam imóveis. As Graças deviam ter ido para a frente da casa.

Ao seguir para o saguão principal, checando a sala de jantar e espiando o solário, me veio à mente como o andar principal estava escuro. Eu não via o brilho revelador das velas das meninas. Honor morria de medo do escuro; com certeza ela não teria descido sem carregar alguma iluminação.

Fiquei prestando atenção a algum barulho que indicasse a direção em que tinham ido. Parecia que elas também tinham parado, prendendo a respiração, na ponta dos pés, tentando segurar a risada.

Virando a esquina, trombei com uma sombra escura. Soltei um grito abafado, que ecoou pelo corredor.

— Senhorita Taumas! — exclamou Roland, esticando as mãos para me manter firme em pé.

Eu me afastei do toque dele, as suspeitas de Edgar tomando minha mente.

— Eu estou bem — garanti. — Você só me pegou de surpresa.

Apesar das altas horas da noite, ele parecia impecável de tão arrumado, com o uniforme bem passado e abotoado. Até a gravata estava amarrada com precisão.

— Está bem tarde para a senhorita estar de pé — comentou ele, focando o olhar no meu, com cuidado para não descer para a minha camisola. — Precisa de algo? Um copo d'água? Leite quente? A cozinheira já foi se deitar, mas estou certo de que eu conseguiria dar conta de fazer um chá. Um chá de camomila para ajudar a dormir?

Dispensei as sugestões com um aceno de mão.

— Eu estava procurando as Graças. Você as viu?

— Elas também não estão dormindo? — questionou ele, olhando por cima de meu ombro como se quisesse flagrá-las aparecendo atrás de mim.

A chama da vela cônica se agitou com a brisa, fazendo as sombras dançarem para lá e para cá pelas feições magras e acentuadas de Roland. Em um momento ele era uma gárgula com um olhar malicioso, e no outro, um confidente de confiança da família.

— Elas estão fazendo alguma brincadeira. Eu queria mandá-las para a cama antes que o papai descobrisse.

— Devo acordar a criadagem para ajudar?

Neguei com a cabeça.

— Não... não, lógico que não. Elas devem estar em algum lugar por aqui.

Os olhos claros de Roland se voltaram aos meus. Ele aguardava minha autorização para ir embora, eu sabia disso, mas por um momento parecia que ele pressentia que eu tinha outros assuntos na cabeça além das Graças.

— Você lembra... você se lembra da noite em que Eulalie...

Ele franziu as sobrancelhas grisalhas, adivinhando de qual noite eu estava falando.

— Lembro bem, senhorita.

— Você a viu em algum momento... ou viu algo de estranho na casa?

O rosto de Roland murchou.

— Infelizmente, não. Eu... eu tirei a noite de folga porque era aniversário da minha mãe. De 80 anos, sabe. Houve uma pequena celebração em Astreia. Saí mais cedo naquela tarde para ajudar com os preparativos. Até meu irmão, Stamish, que é o valete do rei Alderon, conseguiu participar. Foi uma festa e tanto. — Roland contorceu a boca. — Eu me culpo pela morte de Eulalie. Se não tivesse ido, se eu tivesse ficado aqui, talvez tivesse conseguido detê-la.

— Como assim detê-la?

Ele flexionou os dedos longos ao lado do corpo.

— Eu não acho que ela tenha ido caminhar ao luar, como seu pai acredita... As criadas fofocam horrores, sabe, e estavam convencidas de que ela estava fugindo naquela noite. Para se casar — adicionou ele em um sussurro tão baixo que quase não ouvi. — Quando limparam o quarto da srta. Eulalie, reparei que estava faltando uma malinha, assim como roupas e itens pessoais. — Os olhos dele ficaram mais sombrios. — Ela estava fugindo, srta. Taumas. Eu sei que estava.

— E o companheiro dela... a empurrou do penhasco, então? — questionei, tendo o cuidado de evitar influenciar a teoria dele com o que eu já sabia.

Roland pigarreou, um ruído brusco repentino que ecoou pelo corredor escuro.

— Não, de jeito algum! Estava ventando muito naquela noite... ventando demais para se caminhar pelo penhasco com uma bagagem pesada. Ela não devia ter ido lá... Não é bom falar mal dos mortos, mas aquele relojoeiro de Astreia estava tramando alguma. Ele teria envergonhado esta família. Envergonhado Eulalie. Talvez seja melhor que ele tenha escolhido... — Roland não completou, balançando a cabeça. — Me perdoe, srta. Taumas. Estou falando demais. Acha que devemos reacender as arandelas?

— As arandelas?

— Para encontrar as meninas.

Ao que parecia, a conversa sobre Eulalie tinha se encerrado.

— Ah... não. Eu tenho certeza de que elas se cansaram da brincadeira e voltaram para a cama. Talvez deva fazer o mesmo? — sugeri.

— Tem certeza de que não há nada mais que posso fazer para
ajudá-la?

Neguei com a cabeça.

— Você já faz muito. Boa noite, Roland.

— Bons sonhos, srta. Taumas.

Virei em outro corredor, como se fosse voltar para a escada, mas
parei em um ponto em que não daria para ver a luz de minha vela.

Apesar da convicção de Edgar, Roland não estivera em Highmoor
na noite do assassinato de Eulalie. Senti vontade de chorar. Eu continuava no mesmo lugar em que estivera no dia do velório dela, mas
sozinha, também tendo que considerar a morte de Edgar. Para onde
eu iria agora?

Enxugando os olhos, me afastei da parede. Eu precisava ir me deitar.
Tudo pareceria melhor depois de uma boa noite de sono.

Ao passar pela galeria, um farfalhar me chamou a atenção.

Era óbvio que as Graças não tinham subido para o quarto, afinal.

Entrei no cômodo comprido. Os retratos de familiares distantes me
encaravam das molduras elaboradas e pesadas. Não importava quantos
anos se passassem, nada poderia afastar o cheiro forte de tinta a óleo
e verniz queimando minhas narinas. Estatuetas e bustos de antigos
duques em plintos de mármore estavam espalhados pelo cômodo.

Dando a volta em um busto bem grande, estaquei no lugar.

— Verity?

Ela não respondeu, e olhei ao redor, ponderando se Mercy e Honor
a tinham colocado ali para me pegar de surpresa.

Ela estava sentada sob a luz da lua, fazendo desenhos no chão com
a ponta dos dedos.

— Verity? — repeti, sentindo o corpo gelar completamente, de repente convencida de que aquela ali não era a caçula.

Quando cheguei perto dela, temi que fosse uma desconhecida no
seu lugar.

Uma desconhecida com lágrimas pretas escorrendo pelo rosto.

Mas era Verity, com os cachinhos e as bochechas redondinhas.

— Olha meu desenho, Annaleigh!

Mirei o chão. Não havia nem papel nem giz ali.

— Eu acho que você é sonâmbula, amorzinho — respondi com gentileza.

Ela negou com a cabeça, os olhos vívidos e lúcidos.

— Vem aqui.

Ela deu tapinhas no chão em frente a si.

Eu me ajoelhei, convicta de que Mercy e Honor sairiam correndo de um canto escuro a qualquer momento para me assustar. Quando isso não aconteceu, gesticulei para os azulejos quadriculados entre nós.

— Fale sobre o desenho.

— É Edgar — contou ela, apontando para um quadrado vazio enquanto meu coração saltava.

— O quê?

— Olha, foi aqui que ele caiu...

O dedo dela imitou uma poça de sangue.

Neguei com a cabeça.

— Você não viu isso.

— ... e aqui estavam os óculos dele...

— Você não viu nada disso.

Verity levantou a cabeça, surpresa.

— Eu não precisei ver. Eulalie me contou. — Ela colocou a mão em cima da minha, interpretando errado a expressão horrorizada em meu rosto. — Não fique triste por Edgar, Annaleigh. Ele está com Eulalie agora. Eles estão juntos.

— Eulalie contou isso a você? — perguntei, sentindo meu estômago revirar de modo doloroso.

Aquilo não era normal. Não era uma fase. Havia algo de muito, muito errado com minha irmã caçula.

Ela confirmou com a cabeça, despreocupada, e me ocorreu uma lembrança. Algo que Fisher tinha dito.

"Sabemos bem que quando dávamos corda..."

— Verity... Quando Eulalie vem aqui, como fala com ela? Se tivesse algo que quiséssemos perguntar a ela... teria como?

— Lógico.

— Como você a encontra? Tem que esperá-la aparecer?

— Você quer falar com Eulalie?

Fiz uma pausa. Aquilo era o cúmulo do absurdo. Eu não devia incentivar aquele tipo de comportamento.

Ignorando meu bom senso, confirmei com a cabeça.

Verity desviou o olhar do meu, focando em um ponto acima de meu ombro.

— Pode perguntar a ela agora se quiser.

Os cabelos de minha nuca se arrepiaram.

— Como assim?

— Ela está bem ali. Os dois estão.

Segui o dedo que ela apontava, vendo duas silhuetas escuras na janela antes de virar a cabeça de volta depressa, olhando para Verity. Era um truque de luz, sombras compridas que os plintos na sala projetavam. Não era Eulalie.

Então ouvi.

Um farfalhar suave, saias de seda se arrastando nos azulejos de mármore, acompanhados pelo ruído da pisada de sapatos masculinos.

Estavam vindo na minha direção.

Os passos pararam bem atrás de mim, e de repente os senti, a presença deles, como um peixe treinado para pressentir os movimentos do cardume antes que acontecessem. Senti o peito apertado, apertado demais para que eu conseguisse respirar. Verity sorriu para as visitas, mas eu não conseguia me virar e fazer o mesmo. Eu não queria ver minha irmã. Não daquele jeito. Me inclinei para a frente, decidida a manter os olhos focados no chão.

— Eulalie quer saber por que você não olha para ela — revelou Verity, com a voz suave e distante.

— Eulalie? — sussurrei com a voz fraca, sentindo como se tivesse perdido a cabeça. Tentei me imaginar na cripta, sentada diante da estátua dela. O que eu diria naquela ocasião? — Eu... eu estou com tanta saudade.

— Ela também está com saudade.

— Você pode me contar o que houve naquela noite, quando estava andando no penhasco? Edgar disse que ia encontrá-la... mas tinha outra pessoa lá em vez disso?

Pela visão periférica, vi Verity confirmar com a cabeça devagar, com os olhos arregaladíssimos.

— Quem foi? Quem matou você?

Minha pele formigou, sentindo Eulalie se aproximar ainda mais de mim. Um odor fétido preencheu minhas narinas, como o fedor do mercado de peixe no fim do dia depois que a carne ficou rançosa e podre.

Senti mãos geladas seguraram meu ombro, e mordi o lábio inferior, sendo puxada para trás. Tinham pintado as unhas dela de coral, mas as pontinhas estavam arranhadas e irregulares, e havia duas unhas faltando na pele enrugada. Fechei bem os olhos enquanto um grito estridente escapava de mim.

— Você! — urrou Eulalie, então me jogou para a frente com tanta força que bati com a cabeça no piso de mármore.

Comecei a piscar, tentando afastar as lágrimas, pronta para pegar Verity e sair correndo, mas o lugar estava vazio.

— Verity! — chamei alto, então abaixei a voz. — Eulalie?

Da extremidade do cômodo ouvi o farfalhar das saias de novo, perto das janelas. Ela devia ter pegado Verity e a escondido atrás das cortinas. Eulalie sempre adorou brincar de pique-esconde.

Engoli em seco e me aproximei das cortinas de veludo pesadas. Minha imaginação foi tomada por imagens horrendas enquanto eu me preparava para o que encontraria.

O luar banhava a sala, prateado e tão denso que quase dava para tocá-lo. Com as mãos trêmulas, puxei um dos panos, então o outro, mas minhas irmãs não estavam ali.

Um movimento chamou minha atenção. Uma borboleta, quase tão grande quanto minha mão, pousou no vidro da janela. Agitou as asas, provocando um ruído contra o vidro.

Uma segunda borboleta surgiu por entre as dobras das cortinas, movendo-se pela superfície denteada. Marcas estranhas cobriam suas asas, como pequenos crânios sinistros. Uma terceira borboleta desceu. Então uma quarta. Eu me afastei da janela, e uma delas pousou em meu ombro, e era surpreendentemente pesada. Ficou presa em meu cabelo, emaranhada, contorcendo-se. Passei os dedos pelos fios, querendo salvá-la, e minha mão tocou algo peludo.

Enojada, comecei a sacudir o cabelo. O inseto caiu no chão, fazendo um baque bem maior do que um inseto deveria fazer. Inclinando-me para ver melhor, fiquei horrorizada ao me deparar com a maior mariposa que eu já tinha visto. As asas estavam retalhadas e pulverulentas, e a criatura se debatia nos azulejos, tentando se firmar. Seis patas gordas esperneavam e se contorciam de raiva. Antenas enormes adornavam a cabeça da mariposa, logo acima dos olhos azuis esbugalhados.

— Verity? — chamei outra vez, mas não houve resposta.

Minha irmã não estava ali, e eu estava começando a achar que nunca tinha estado. Eu sentia a mente confusa e desconexa enquanto tentava desvendar o que estava acontecendo comigo.

Outra mariposa avançou, vindo de cima, e pousou ao lado da primeira. Afastando-me, pisei em uma. Ao sentir as asas esmagadas debaixo dos dedos, entrei em pânico e saí correndo de lá antes que as outras viessem para cima de mim.

Ao ousar olhar para trás, vi um enxame de mariposas, centenas delas, fortes, pousadas nas estátuas, nas pinturas, na cornija da lareira... em todo lugar. Subi correndo a escada até o quarto andar.

— Papai! Você precisa acordar! — clamei, invadindo o quarto dele.

A julgar pelos barulhos vindos da cama de dossel (que, por sorte, estava com as cortinas fechadas), ficou bastante óbvio de repente que o papai não estivera dormindo. Os gemidos de êxtase de Morella se transformaram em um uivo abafado de frustração.

— Vá embora, Annaleigh — comandou ela entre dentes.

— Mas tem... — Parei de falar.

Senti um monte de emoções conflitantes, dolorosas. O horror que senti no primeiro andar foi tomado temporariamente pelo total e absoluto constrangimento.

Eles se cobriram com o lençol, e outro suspiro soou. O papai enfiou a cabeça para fora das cortinas, e seu rosto estava vermelho por causa de um esforço sobre o qual eu gostaria de nunca ter pensado.

— O que houve, criança?

— Eu não consigo encontrar Verity, e tem mariposas. Centenas. Lá na galeria.

Fez-se um longo momento de silêncio. Tentei não imaginar o que estivera acontecendo antes de eu entrar de repente no quarto, mas não conseguia tirar os sons da cabeça. O papai empurrou a cortina para o lado e pegou o roupão pendurado na cabeceira da cama, murmurando algo que não consegui ouvir. Tive um breve vislumbre do corpo de Morella antes de ele fechar as cortinas ao redor dela.

— Me mostre — pediu ele, amarrando o roupão.

O rosto dele era um poço de austeridade quando chegamos ao primeiro andar. Parei diante das portas da galeria, sem coragem de entrar. Eu não suportaria ver os corpos peludos rastejando sobre as coisas.

— Annaleigh, explique-se.

Ousei dar uma espiada. A galeria estava vazia. O papai acendeu várias lamparinas a gás, buscando por vestígios do enxame, mas não havia nada.

— Eu não entendo. — Balancei as cortinas. Talvez algumas tivessem se escondido entre as dobras. — Estavam aqui. Pelo lugar todo. Eu pisei em uma bem ali.

Fui até a lareira. Será que tinham voado para a chaminé e se agarrado aos tijolos escurecidos como morcegos em uma caverna? Levantei a cabeça, certa de que seria atacada por asas enormes e apodrecidas.

Não tinha nada.

O papai olhou pela janela, banhada pelo luar. Ele exalava uma fúria quase palpável.

— Não teve graça, Annaleigh.

— Mas, papai, elas estavam mesmo...

— Eu sei que vocês, as mais velhas, não fazem gosto da minha relação com Morella, mas ela é minha esposa, e eu não vou admitir que você interrompa nossas noites assim de novo.

Fiquei boquiaberta. Ele achava mesmo que aquela tinha sido uma pegadinha de mau gosto?

— Não foi isso... Eu nem sabia que vocês estavam... — Parei de falar, sentindo as bochechas pegarem fogo.

Não havia nenhum nível de remorso no mundo que me fizesse completar a frase.

— Vá se deitar, Annaleigh.

— Mas a Verity...

— Verity está dormindo. Vamos falar sobre isso quando eu voltar de Vasa.

Abri a boca para contrapor, mas ele de pronto me cortou:

— Nem mais um pio.

Eu me arrastei para fora da galeria quando ficou evidente que ele não ouviria mais nada que eu dissesse. Ele atravessou o hall, fazendo o caminho mais longo para me evitar. Senti meu estômago se revirar ao observá-lo ir.

O que havia acabado de acontecer? Primeiro Verity e Eulalie, depois as mariposas. Parei na base da escada, então me virei e voltei para a galeria, convicta de que acharia os monstros voadores por toda a parte.

Estava vazia.

Fui embora, esfregando a têmpora e sentindo que não estava batendo muito bem da cabeça. Eu nunca tinha tido episódios de sonambulismo antes, mas talvez o pesadelo tivesse alcançado outro nível.

Mas parecera tão real.

Elizabeth tinha falado sobre ver coisas medonhas antes de ela tomar aquele fatídico banho. Sombras que não estavam lá. Presságios nas borras de chá. Certa vez ela passara a tarde inteira dentro do quarto, sem coragem de sair, porque tinha visto uma coruja voando em plena luz do dia e alegara ser um prenúncio de morte. Os criados tinham cochichado uns com os outros que ela tinha perdido a sanidade.

Quando cheguei ao terceiro andar, fui direto ao quarto de Verity, certa de que estaria vazio. Mas eu a encontrei lá, assim como o papai previra, na cama dormindo.

Observei o peito de minha irmã subir e descer em uma frequência estável. Ela estivera dormindo por algum tempo, não lá embaixo conversando com nossa falecida irmã. Esfreguei os olhos, afastando vários pensamentos inúteis.

Eu estava cansada. Era só isso. Uma mente cansada tendia a pregar peças... Com certeza havia histórias o suficiente de marujos sonolentos avistando navios-fantasma ou sereias enquanto faziam a vigia noturna.

Era só isso.

Eu me virei, voltando para o quarto. Depois de uma boa noite de sono, tudo ficaria melhor.

20

Ouvi os gritos antes de acordar. Mas daquela vez não era um pesadelo.

Era Morella.

No quarto andar, Roland andava de um lado ao outro no corredor, proibido de entrar com base em um conceito ridículo de onde os homens deveriam ficar em momentos de crise feminina. Minhas irmãs cercaram a cama de dossel, seus rostos impotentes diante da figura que se contorcia no colchão.

— Façam isso parar! Ah, por favor, Annaleigh, faça isso parar!

A camisola de Morella subiu pela barriga redonda, enrolando-se em volta do corpo como uma enguia enquanto ela se debatia de um lado ao outro, cheia de dor. Minha madrasta estava pingando de suor e sua pele estava muito quente. Subi na cama, tentando apaziguar sua agonia.

— Onde dói?

Ela esfregou a barriga expandida.

— Parece que vão me despedaçar!

— Shhh — murmurei, reconfortante, acariciando a testa dela. — Você precisa ficar calma. O pânico não faz bem aos bebês. Rosalie, pegue uma tigela com água e umas toalhas limpas — comandei, assumindo o controle, uma vez que ninguém o tinha feito. — Lenore, traga um creme e óleo de lavanda. Verity e Mercy, vejam se a cozinheira pode fazer um chá de camomila. Honor, pegue uma camisola limpa, sim?

Elas concordaram com a cabeça e saíram em debandada. Camille se recostou na cabeceira da cama, entrelaçando os dedos.

— O que eu faço?

Tirei a camisola de Morella e a entreguei a Camille. Minha irmã levou a peça embora, mantendo-a longe do corpo como se estivesse contaminada com a peste.

— O que houve?

— A dor me acordou. Eu senti os bebês chutando, mas virou algo pior. Quase como se estivessem brigando. E minha pele está toda tensa, como um tambor. Eles vão me rasgar no meio.

Ela começou a chorar.

Rosalie voltou, carregando uma bandeja. Enxuguei a testa de Morella com uma toalha, murmurando sons suaves para acalmá-la.

— Tem algo errado. Deve ter algo errado — bradou ela, urrando.

Vasculhei a mente, tentando pensar no que Ava e Octavia fariam se estivessem ali.

— Parece que eles estão crescendo mais rápido do que você — sugeri. — Alguém já chamou uma parteira?

Deveriam ter pensado naquilo... mas ninguém respondeu.

— Hanna! — chamei. Ela entrou correndo no quarto, cheia de lençóis limpos nos braços. — Diga a Roland para chamar uma parteira *agora*!

Demoraria metade de um dia para uma parteira de Astreia chegar.

Hanna saiu do quarto correndo, quase derrubando Lenore, que entrava. Ela me passou o frasco de óleo.

— Mantenha a toalha fria na nuca dela — orientei, entregando a água a Lenore. Esquentei o óleo esfregando-o nas mãos antes de espalhar pela barriga de Morella. — A lavanda vai ajudar a relaxar. Respire fundo. O cheiro não lembra um belo dia de primavera?

— Tinha campos de flores perto de minha casa quando eu era criança — sussurrou Morella, com uma sombra de sorriso no rosto. — Eu adorava correr por entre as pétalas.

Enquanto eu fazia massagem com o óleo, um chute forte acertou minha mão, e ela grunhiu de novo.

— Eles estão lutando até a morte? — perguntou ela.

— É provável que estejam só lutando por espaço. Deve ser bem aconchegante aí dentro, não acha?

Ela se contorceu, sibilando.

— Shh, shh, shh.

Continuei massageando. Algo comprido e fino, as costas ou talvez uma perna, ondulou por debaixo de minha mão, e afastei a ideia de que era como o rastejar de uma serpente.

Os bebês estão saudáveis, estão normais, repeti em pensamento de novo e de novo.

Despejando na mão uma quantidade generosa de creme, esfreguei a pele tensa, suavizando-a e a relaxando no meio-tempo. Verity abriu a porta, e Mercy entrou com uma bandeja de chá.

— Também trouxemos os biscoitos de gengibre de que gosta, Morella — revelou Mercy, colocando a bandeja na mesa de cabeceira. O aroma reconfortante de camomila emanou da chaleirinha. — Achamos que talvez os bebês possam estar com fome.

— É muita gentil da parte de vocês — murmurou Morella enquanto os gêmeos faziam outro movimento brusco. — Obrigada.

Depois que a barriga dela estava bem hidratada, nós a vestimos com uma camisola limpa e a conduzimos até a área de estar para que Hanna e as trigêmeas trocassem a roupa de cama. Morella mordiscou um biscoito enquanto observava seus movimentos. Honor acariciava o cabelo de nossa madrasta de um jeito lento e reconfortante.

Percebi que havia lágrimas nos cantos dos olhos dela. Eram densas e ficaram grudadas nos cílios, não eram como as lágrimas de dor que rolaram pelas bochechas dela antes, afoitas para se libertarem e espalharem sofrimento.

— Morella, o que houve?

— Vocês todas foram tão gentis. Eu não esperava.

Apertei a mão dela.

— Somos família, cuidamos umas das outras. Queremos que você se sinta o melhor possível agora. Todas nós.

Morella ficou surpresa e assentiu com a cabeça, desviando o olhar para a janela.

— Eu queria que Ortun estivesse aqui.

— Acho que amanhã ele já deve estar de volta.

Quando ele esteve prestes a ir para Vasa, nós todas tínhamos formado uma fila no hall para nos despedir dele. Ele tinha passado por mim direto, com os dentes cerrados.

Os olhos de Morella estavam tristes.

— Ele parece estar tão distante.

— Mesmo se estivesse em casa, aposto que ele estaria no corredor, se escondendo com Roland — respondi. — Ele fica todo sensível com essas coisas de gravidez. Lembro que a mamãe o provocava porque ele conseguia enfrentar uma onda de mais de 30 metros dentro de um simples bote sem pestanejar, mas um pouquinho de enjoo matinal bastava para ele sair correndo.

Ela passou a mão pelo cabelo.

— É que estou tão cansada. Será que uma de vocês pode me ajudar a voltar para a cama?

Rosalie abraçou Morella enquanto elas se arrastavam de volta à cama. Morella se enfiou debaixo dos lençóis limpos, cobrindo-se até o queixo.

— Eu só preciso descansar — murmurou ela.

— Quer que a gente fique aqui até você dormir? — questionei.

Embora seu rosto estivesse mais corado, e os olhos vívidos de novo, eu temia que estivesse com febre.

Os olhos dela se voltaram para o topo do dossel, observando o grande polvo que moldava a armação da cama. Seu queixo tremeu enquanto ela observava.

— Morella? — incentivei.

— Eu não preciso que todas vocês fiquem, mas... tem uma coisa que gostaria de pedir.

Eu me sentei ao lado da minha madrasta, com cuidado para não empurrar a barriga dela.

— Qualquer coisa.

— O Festival do Revolto é daqui a alguns dias. — Ela comprimiu os lábios. — Ainda tem muito a ser feito. Eu tinha a intenção de fazer tudo quando melhorasse, mas tenho estado tão cansada nas últimas semanas. Eu... eu sinto que vai ser um desastre. Não sei como fazer nada disso. Planejar os banquetes, o entretenimento. Ainda não designei os quartos para os convidados. — Ela segurou minha mão. — Annaleigh... Eu simplesmente não sei o que fazer.

Ouvi um muxoxo baixo vindo da porta. Camille tinha voltado e se escorava na soleira, ouvindo.

— Vamos ajudar, lógico. Você tem a lista de convidados?

Ela confirmou com a cabeça.

— Ali na escrivaninha.

Honor pegou os papéis e os levou até a cama.

— A cozinheira e eu já definimos o jantar da Primeira Noite, mas ainda há vários outros banquetes a planejar. Infelizmente, acho que isso tudo é demais para mim. Nunca planejei algo dessa magnitude. — Morella riu, mas o som pareceu ínfimo e triste. — Nunca participei de nada assim antes. Eu não sei o que é esperado. Não quero envergonhar Ortun.

— Não se preocupe com isso — respondi, com mais confiança do que sentia. — Agora descanse. Vamos descer e cuidar de tudo.

De imediato Camille deu meia-volta e sumiu. Uma a uma, todas concordaram com a cabeça e falaram palavras de incentivo antes de saírem. Verity então voltou para dar um beijo na bochecha de Morella. Juntei os papéis e as anotações dela, virando-me para sair.

Olhando por cima do ombro, sorri, vendo Morella acomodada na cama, segurando a barriga e conversando com os bebês. Como devia ser assustador sentir que poderia perder algo tão precioso...

— Annaleigh? — chamou Verity.

Morella levantou a cabeça, surpresa por ainda ter gente no quarto. Então abriu um pequeno sorriso de despedida.

Depois de pegar o roupão e escovar o cabelo depressa, desci para a Sala Azul. Havia vários nomes conhecidos nas anotações de Morella. Sterland Henricks e Regnard Forth encabeçavam a lista de convidados.

Eram dois dos amigos mais antigos do papai e capitães sob o estandarte Taumas. Os três frequentaram a academia naval juntos quando jovens. Seria bom vê-los. Eram como tios para nós.

Havia alguns outros capitães, os quais eu conhecia somente de nome, e alguns auxiliares do papai nos escritórios de Vasa. Eu me perguntei se eles ainda seriam bem-vindos depois do incidente que o papai tentava resolver no momento.

Passando os dedos pelo último nome na lista, congelei. "Capitão Walter Corum."

O pai de Cassius! Ele devia ter confirmado presença antes de cair doente. Mas talvez os extratos que Cassius comprara houvessem funcionado e na semana seguinte o capitão estivesse bem para viajar. Talvez Cassius até o acompanhasse para cuidar do pai.

Olhei pelo corredor, imaginando Cassius andando por ali. Vagando pelos terrenos de Highmoor. Ele e eu saindo às escondidas até o solário para trocarmos uns beijos sob a copa de uma árvore enorme...

Afastei os pensamentos. Havia uma pilha de papéis a analisar, e precisávamos de todo o tempo possível. Eu poderia me perder em devaneios excitantes depois, quando tudo estivesse encaminhado.

Ao me virar para entrar na Sala Azul, estaquei no lugar. Minhas irmãs estavam espalhadas pelo cômodo, como se posicionadas por um retratista que tentava capturar cada uma delas sob a melhor luz possível.

Cada uma delas.

Camille estava perto do piano, com as mãos em cima do tampo. Rosalie e Ligeia estavam na namoradeira, com os braços entrelaçados um no da outra por trás das costas. Lenore estava de pé entre elas, com os dedos no ombro de Rosalie. Honor estava à janela com um livro aberto em mãos, embora o objeto estivesse de cabeça para baixo. Mercy e Verity estavam esparramadas em um tapete grosso perto da lareira. Pareciam estar entretidas em um jogo de *jacks*, aquele com os dez valetes e uma bola de borracha, mas não havia nada entre elas.

Todas levantaram a cabeça quando entrei, movimentando-se em sincronia. Fiquei sem reação diante do movimento nada natural, e por um terrível segundo, minhas outras irmãs se materializaram no cenário. Octavia estava diante de Honor, lendo o livro do lado certo. Elizabeth surgiu sentada ao piano, tocando uma música para Camille cantar. Eulalie postava-se entre Verity e Mercy, pegando um punhado de valetes, e Ava estava ao lado de Lenore, completando o quadro vivo sinistro com os dedos no ombro de Ligeia.

— Vamos cuidar de tudo, Morella — imitou Camille, desfazendo o momento.

Tudo voltou ao normal. Apenas sete das minhas irmãs estavam na sala. Estreitei os olhos, tentando recriar a imagem monstruosa, mas a visão não mais existia.

— Que filha zelosa está sendo hoje, hein? Cuidando da pobre madrasta adoentada, assumindo a responsabilidade pela Primeira Noite. Daqui a pouco você vai se voluntariar para ser o mastro Taumas...

Ignorei as alfinetadas dela, juntando-me às trigêmeas para analisar as anotações na mesinha de centro.

— Eu não reparei em você ansiosa para ajudar.

— E nem ajudarei — ironizou minha irmã mais velha. — Ela procurou, e enfim achou.

— Morella não pode controlar o que os bebês fazem.

Camille deu de ombros.

— Tanta ambição, e tudo isso para nada. Ela sonha em administrar a propriedade, e não consegue nem planejar o Revolto. Eu não vou ajudar. Ela que se estrepe, e assim o papai vai ver que se casou com uma criatura horrível e imprestável.

— Camille! — ralhou Rosalie. — Você gostando dela ou não, isso não é jeito de falar da nossa madrasta.

— Ela não é substituta de mãe para mim.

Camille saiu porta afora. Seus passos duros ecoaram pelo corredor.

Rosalie soprou uma mecha de cabelo do rosto, olhando feio para a porta.

— O que deu nela?

— Camille não tem dormido muito — revelou Lenore.

Funguei, injuriada.

— Por causa dos bailes? Por que ela não deixa de ir uma noite?

Lenore começou a remexer na própria saia.

— Ela está desesperada atrás de um pretendente. Ontem à noite, ficou resmungando sem parar que você já encontrou alguém em Astreia e que ela vai ser uma solteirona pelo resto da vida.

— Ah, Camille...

Mordi a parte interna da bochecha. No momento havia problemas maiores. Pensei em Morella, sozinha lá naquela cama enorme, aguardando a volta do papai. Eu nunca a tinha visto tão pequena, tão perdida.

Balancei a cabeça.

— O Revolto começa na semana que vem. Só temos seis dias para garantir que tudo esteja pronto para a Primeira Noite.

Ligeia deu de ombros.

— E daí?

— Vamos fazer uma pausa nos bailes...

— O quê? Não! — contrapôs Rosalie, explodindo.

— Só nesta semana, para conseguirmos descansar bem e focar em fazer tudo isso correr da melhor maneira possível. Vocês viram como Morella está sentindo dor. Ela não vai conseguir dar conta de um projeto desse tamanho.

— Nós damos conta de fazer tudo isso e ainda ir aos bailes — garantiu Ligeia.

Arqueei a sobrancelha.

— Conseguem mesmo? Nós todas acordamos depois do meio-dia hoje. De novo.

Até Lenore parecia chateada, com os braços cruzados.

— E daí?

— Precisamos descansar. Todas nós estamos com olheiras, uma de birra com a outra. Não é o fim do mundo. É só por uma semana.

Rosalie estreitou os olhos.

— E vamos voltar aos bailes depois do Revolto?

Prometi que sim.

As trigêmeas se entreolharam.

— Tá bem — concordou Rosalie, bufando, o que não me deixou muito convencida de que ela dizia a verdade.

— O que precisa que a gente faça? — indagou Lenore.

— Se a Primeira Noite está arranjada, sobram mais nove jantares para os nossos convidados, pressupondo que eles não passem as noites em Astreia. Vamos precisar pensar em cardápios. Mercy, Honor, vocês passam tanto tempo com a cozinheira. Conseguem assumir a tarefa?

Elas concordaram com a cabeça, animadas.

— E eu? — perguntou Verity.

— Você pode me ajudar com a Ala Leste. Vamos nos certificar de que os quartos estejam prontos. Deve ter uns ramos de amor-perfeito florescendo no solário. Você podia fazer uns buquês para servirem de boas-vindas ao pessoal.

— Também posso desenhar algo para eles! — adicionou a caçula.

Lembrando dos últimos desenhos que Verity havia feito, abri um sorriso de incentivo a ela, mas não prometi nada.

O que mais havia a ser feito? Tentei lembrar dos Revoltos anteriores.

— Vamos precisar de algum tipo de entretenimento. Talvez possamos organizar uns passeios a cavalo pela floresta? Ela fica bem bonita coberta de neve. Também vamos precisar ter barcos e tripulantes à disposição para levar e trazer os convidados de Astreia até todas as atividades do festival.

Todo Revolto, havia uma peça exibindo Pontos misturando os oceanos com seu grande tridente. Os atores criavam ondas usando metros e metros de tecidos iridescentes. Em um ano uma onda chegara perto demais das ribaltas, que pegaram fogo. Havia sido o ano em que Acácia, uma das filhas de Pontos, tinha ido ao Revolto. Ela conjurara uma tromba-d'água para desabar a fúria sobre as chamas. Quando o incêndio fora extinto, o palco se tornara um caos de poças e fuligem, mas todos celebraram o raciocínio rápido da Deusa.

— Mais alguma coisa? — perguntou Lenore.

Girei o anel prateado no dedo indicador.

— Lembra de quando éramos crianças e a mamãe fez uma competição do Revolto para eleger o melhor castelo de neve?

— Castelo de neve? — repetiu Honor, que fora pequena demais para ter participado. — Como um castelo de areia?

— Foi no jardim — lembrou Lenore, rindo. — Os castelos, as conchas, as decorações, tudo tinha que ser feito de neve!

— Quase caiu minha mão quando tentei criar o fosso — recordou Rosalie. — Lembram que minha água ficava congelando?

Ligeia confirmou com a cabeça.

— E então Greigoff trombou nele e a fortaleza toda se desfez!

— Quem? — perguntou Verity.

— Greigoff era o lebréu da mamãe. Ele tinha as pernas quase tão compridas quanto as minhas, e estava sempre tropeçando nas patas gigantescas — contou Rosalie, rindo. — Eu nunca vi um cachorro tão desajeitado.

— O que aconteceu com ele?

— Morreu logo antes de Mercy nascer. Tinha quase 15 anos já, com os bigodes e a barba branca.

A sala foi tomada pela melancolia, colocando outra morte na conta. Verity foi a primeira a voltar a falar:

— Eu ia gostar de fazer castelo de neve.

— Nós também — declarou Ligeia, falando em nome das trigêmeas.

Mercy e Honor concordaram com a cabeça. Eu sorri.

— Que bom. Então vamos tomar café e depois começamos a planejar, que tal?

— Você acha que Morella vai ficar bem? — A voz de Honor soou alarmada, e ela enfiava as unhas na palma da mão em preocupação.

— Ela só precisa descansar. Carregar um bebê já é difícil, imaginem dois.

— Eu só não quero que ela morra — admitiu ela baixinho. — Eu não quero que mais nenhuma de nós morra.

— A parteira já vai chegar — tranquilizei Lenore. — Eu tenho certeza de que ela vai ter algo para ajudar Morella com a dor. E nós todas vamos ficar bem.

— Eulalie estava bem, até não estar mais.

— Foi só azar. Um azar terrível, pavoroso, horrendo.

— E as outras? — A voz de Honor soou estridente e brusca.

Lenore deu de ombros em minha direção, pedindo ajuda.

Antes que eu pudesse responder, Verity olhou para o próprio colo, contorcendo as mãos até ficar com os dedos vermelhos.

— Talvez eu devesse ir embora.

Franzi a testa.

— Por que está dizendo isso?

Quando a caçula ergueu os olhos, eles estavam cheios de lágrimas.

— Eu sou a maldição. Tudo isso começou comigo. Eu matei a mamãe.

As trigêmeas correram para perto dela, ajoelhando-se em frente a Verity.

— Você não fez isso.

— Não foi sua culpa, meu bem.

— Não tem maldição nenhuma. Não pense assim.

Ela apertou ainda mais uma das mãos na outra, seus dedos minúsculos perdendo a cor com a força.

— Mas, se não fosse por mim, ela ainda estaria aqui.

— Não temos como ter certeza disso — contrapus, acariciando o cabelo dela. — Pontos a chamou de volta ao mar. Ele teria feito isso de qualquer forma. E mesmo que tenhamos ficado muito tristes com a perda da mamãe, todo mundo ficou muito feliz em conhecer você. O papai pegava você no berço e dizia: "Olhe a minha menina feliz, olha esse sorriso lindo." Sem você, Verity, teríamos tido apenas tristeza na vida. Você nos trouxe alegria.

A boquinha dela tremeu, e a caçula pareceu desesperada para acreditar naquelas palavras.

— Eu fico feliz por ter nascido — disse ela por fim. — E fico feliz porque vocês são minhas irmãs.

Nós nos aproximamos, dando um abraço coletivo. Fechei os olhos enquanto abraçava Verity, rezando para que nada de ruim nos acontecesse de novo.

21

O Revolto chegou junto a uma enxurrada de flocos de neve.

O papai estava no hall, aguardando a chegada dos convidados. Morella descansava lá em cima, recuperando as energias para dar conta de participar do jantar. Ela desejava ser vista como a verdadeira e autêntica anfitriã, mas os gêmeos não estavam de acordo com aquele plano.

A parteira não tinha diagnosticado nada. Embora os gêmeos parecessem mesmo bem crescidos, ela dizia que era culpa da brisa fresca do mar e nossa alimentação saudável. A mulher me ensinara alongamentos que ajudariam a aliviar a tensão na lombar de Morella e me orientara a continuar usando o óleo e o creme. Verity ficara observando, fascinada e ávida para ajudar no que pudesse.

O papai deu uma olhada na fila que formávamos para oferecer os cumprimentos, contando cada uma, mas franziu a testa.

— Cadê a Camille?

— Aqui, estou aqui.

Camille passou ligeira, ocupando seu lugar na fila. Seu cabelo estava bagunçado pelo vento e, por mais que minha irmã tentasse, o sorriso não se fixava no rosto.

Levantei as sobrancelhas, encarando-a. Ela estivera na Furna até aquela hora? Minha irmã mais velha tinha sido ferrenha na ameaça de não ajudar com os preparativos para o Revolto. Em vez disso, ela tinha ido dançar todas as noites e dormido mais e mais durante o dia, acordando só pelas três da tarde. O papai estivera muito ocupado com o trabalho e com Morella para reparar, mas nós, as irmãs, sentimos bastante a ausência dela.

A porta foi aberta, e os convidados entraram acompanhados de uma lufada de neve. O capitão Morganstin, a esposa, Rebecca, e as duas filhas foram os primeiros. As Graças de pronto acolheram as meninas dentro do próprio grupinho, prometendo uma diversão com bonecas e um jogo de *jacks* ainda naquela tarde.

O capitão Bashemk surgiu em seguida. Sua esposa estava de resguardo, impossibilitada de viajar, então ele fora acompanhado do imediato, Ethan. Rosalie lançou olhares para o rapaz, jogando charme, então abaixou a cabeça com um sorriso malicioso quando o rosto do oficial ficou todo vermelho.

Sterland e Regnard entraram juntos, contando histórias e cumprimentando o papai com abraços descontraídos. A esposa de Regnard, Amelia, surgiu atrás deles, perguntando por Morella.

Dois homens jovens entraram, abrigando-se do frio, e olharam para o grande hall de Highmoor, maravilhados. Um era baixo e esbelto, com um cabelo tão loiro que parecia quase branco. Ele cutucou o amigo nas costelas quando viu a mim e minhas irmãs. O outro era o total oposto, bem mais alto, com cabelo bem preto e um nariz tão torto que devia ter sido quebrado ao menos duas vezes na vida. Ele percebeu que eu o olhava, mas, em vez de sorrir, deixou os olhos vagaram por meu corpo de cima a baixo. Foi como um besouro rastejando por minha pele. Desviei o olhar.

— Jules, Ivor! — exclamou o papai, cumprimentando os assistentes do escritório. — Já conheceram minhas filhas?

Ele olhou pelo cômodo em busca de alguma que estivesse disponível para conversar, e escapuli para a área da entrada, ocupando-me de supervisionar os criados que descarregavam os baús. Eu queria estar livre quando o capitão Corum chegasse.

Franzi a testa. Os trenós estavam vazios, ao que parecia todos os convidados já tinham entrado. Será que eu havia perdido a entrada dele? Eu me virei de volta ao hall, contando os convidados.

— O capitão Corum estava com vocês no barco? — perguntei, aproximando-me de Amelia.

A pobre Lenore conversava com o assistente mais alto. Jurei que iria ao resgate dela depois de encontrar Corum.

Amelia removeu o chapéu, passando os dedos pelo cabelo grisalho.

— Ah! Não ficou sabendo, então? Ele faleceu alguns dias atrás.

— Ah, não!

Pobre Cassius. Mesmo que não fizesse muito tempo que conhecia o pai, ainda devia sentir a perda dele.

Ela chegou mais para perto para cochichar:

— Ao que parece, foi escarlatina. Uma doença terrível. Mas o filho dele veio. Ele deve estar aqui em algum lugar. — Ela olhou para a entrada. — Ali está ele.

Eu me virei, com o coração palpitando.

— Ah.

Era Cassius. Ali em Highmoor, conversando com o papai. Quando fez contato visual comigo, o rosto dele se iluminou.

Senti meu corpo todo ficar quente. Abri a boca, pronta para proferir um cumprimento de anfitriã, mas nada saiu. O papai notou que eu estava sem palavras e o conduziu até mim para fazer as apresentações.

— Essa é minha segunda filha mais velha...

— Annaleigh — eles completaram juntos.

O papai olhou rapidamente de um para o outro, observando a situação.

— Annaleigh, esse é Cassius, filho do capitão Corum. Ele vai estar conosco esta semana no lugar do pai.

— Nós já nos conhecemos — confessei, surpreendendo tanto o papai quanto Cassius. — No mercado em Selkirk. Sinto muito pelo falecimento do seu pai.

— De fato — concordou o papai, dando tapinhas reconfortantes no ombro do rapaz. — Seu pai era um excelente homem e fará muita falta.

O papai se virou para o resto dos presentes, pigarreando.

— Senhoras e senhores, bem-vindos a Highmoor. Minha família está muito contente por recebê-los nesta ocasião. A Primeira Noite sempre foi especial aqui em casa. Nosso valete, Roland, vai conduzi-los à Ala Leste, para que se acomodem antes do banquete.

Enquanto as pessoas começavam a se mover, Cassius segurou meu cotovelo e nos guiou para longe da agitação. Distante do papai, ele parecia mais relaxado, a voz estava baixa e a cadência, fluida.

— Quando vi o brasão Taumas no envelope, soube que tinha que vir, nem que fosse só para ver você de novo. Detestei precisar deixar a senhorita daquele jeito no mercado semana passada, mas eu tinha que voltar por causa do papai. — Ele engoliu em seco. — E não adiantou de nada. Ele morreu horas depois de eu voltar.

— Ah, Cassius, sinto muito. Fico feliz por você ter estado com ele no fim.

Ele levantou a cabeça, os olhos azuis buscando algo nos meus antes de focar em um ponto do outro lado do cômodo.

— Aquele é o homem do mercado. O que encontrou o corpo do relojoeiro.

Eu me virei e vi Fisher conversando com Camille. Meu amigo ergueu a cabeça e reparou que eu o observava. Sustentando meu olhar por um longo momento, ele sussurrou algo no ouvido de Camille, e ela deu um sorrisinho.

— É o Fisher. Ele é aprendiz no farol em Héspero.

Cassius o analisou, observando Fisher deslizar a mão pelo ombro de Camille.

— Que jeito engraçado de aprender, tão longe do farol.

Não consegui disfarçar um sorriso, lembrando do embate deles no baile em Pelage.

— Parece que você está com ciúme!

— Nem um pouco. Sabe por quê?

Neguei com a cabeça.

— Porque eu que estou aqui cochichando com a garota mais bonita deste lugar.

Então Cassius se afastou, cumprimentando as trigêmeas antes de seguir o resto dos convidados escada acima. Quando ele chegou ao último degrau no topo, virou-se e me flagrou observando-o. Dando uma piscadela, ele virou a esquina e sumiu.

Nunca deixando escapar nada, Rosalie se apressou até mim.

— Quem era aquele?

Ligeia e Lenore chegaram logo atrás.

— Cassius Corum.

— E ele trabalha para o papai?

Neguei com a cabeça.

— O pai dele era capitão de um dos barcos do papai.

— Bem, ele com certeza é melhor que os assistentes que o papai convidou — murmurou Ligeia quando as visitas não estavam mais ao redor. — Aquele pequenininho bate no meu peito. Ele passou a conversa toda olhando para meu decote.

— Não que tenha muito o que se ver aí — debochou Rosalie, fazendo cócegas em Ligeia.

— Pelo menos ele era melhor do que o outro. Ivor, eu acho? — complementou Lenore. — Ele ficou me secando que nem uma gárgula enorme. — Ela imitou uma cara assustadora e garras afiadas. — Eu estava com medo de ele me devorar ali mesmo.

— Mas Cassius... — interveio Ligeia. — Cassius tem potencial.

Rosalie fez careta.

— Eu passo. Prefiro um homem com um bigode grande e cheio, como aquele marujo que o capitão Bashemk trouxe. Ah, ele, sim, é um partidão! Eu preciso de um homem que fique confortável no oceano. Um que saiba navegar nas curvas e balanços das ondas. — Ela passou a mão pela curva do próprio quadril, dando um show ao se agachar um pouco, sua voz ficando rouca. — Um que saiba atracar o navio em qualquer porto, não importando as condições da tempestade.

Uma risadinha feito um guincho escapou de Ligeia, e ela cobriu a boca.

— Um que tenha um grande, grosso e duro... mastro.

As trigêmeas tiveram uma crise de riso, e revirei os olhos.

— Se o papai ouvir você falando essas coisas, vai confiscar e queimar todos os seus livros de romance.

— Não seja tão ranzinza, Annaleigh. É época do Revolto. Temos permissão para ser um pouco desinibidas, não? — contrapôs Rosalie. — Além disso, você pode até estar repelindo um mastro só seu. Cassius pode não ser marujo, mas é um colírio para os olhos.

— Eu não acho que ele esteja...

— Não, com certeza ele está interessado em você — interveio Ligeia. — Não viu porque estava falando com Amelia, mas aquele tempo todo em que ele conversava com o papai, estava de olho em você.

— Quem está sentada ao lado dele no jantar?

— Eu — respondeu Camille, chegando sorrateira. — Eu imagino que esse alvoroço todo seja por causa do filho do capitão Corum? Vi o mapa dos assentos. Annaleigh me colocou ao lado do capitão. Você não vai querer mudar tudo agora que é o filho dele em vez disso, vai?

Então arqueou a sobrancelha, desafiando-me a dizer que mudaria, e me peguei desejando que ela estivesse de trança para que eu pudesse puxá-la com força, assim como fazia quando éramos crianças. Eu não me importava com o quanto ela estivesse cansada. Camille tinha causado aquilo a si mesma enquanto deixara o trabalho duro para nós.

— Nem sonhando — murmurei.

— Que maravilha. Agora que está tudo acertado, preciso ir me aprontar para o jantar. Sem dúvida eu quero ficar impecável.

Ela dançava enquanto subia a escada, cantarolando para si mesma.

— Não ligue para Camille — disse Lenore. — Ela está chateada por não ter feito mais para ajudar.

— Ela não fez nada.

Lenore colocou uma mecha de cabelo atrás da orelha.

— E ela sabe que, sendo a mais velha, deveria ter ajudado. E está com medo de que o papai fique chateado com ela.

Ligeia concordou com a cabeça enquanto chegávamos ao segundo andar.

— Você quer se arrumar com a gente? Para não ter que lidar com ela?

— Não. Não vou deixar que ela me afete. Além disso, preciso garantir que as Graças também fiquem prontas.

— Você deveria usar o vestido verde hoje — sugeriu Rosalie.

— O que usei no baile de vocês?

Ela confirmou com a cabeça.

— É o tom certo, e você fica parecendo uma sereia. O que seria mais perfeito para o Revolto?

Minha mente estava a toda, imaginando o rosto de Cassius quando eu entrasse deslizando pelo grande salão com o vestido. Fiquei com o peito apertado, e o calor subiu para minhas bochechas ao imaginar o olhar dele me analisando de cima a baixo.

— Não acha que vai ser demais?

— Não para a Primeira Noite — opinou Ligeia. — Cassius não vai nem notar o que Camille estiver usando.

Eu balbuciei.

— Não era isso que eu...

— Só coloque o vestido, Annaleigh — interrompeu Lenore e me empurrou na direção da escada.

22

— Nós, o Povo do Sal, nos reunimos nesta noite especial — entoou o Alto-Marinheiro — para expressar a gratidão a Pontos pela grande benevolência, abençoando-nos com uma safra abundante. As redes dos pescadores... cheias até a boca. Os ventos... fortes e seguros. E as estrelas... límpidas e leais. Ele agora agita as águas, mudando a safra para um período de remanso, reabastecendo o mar, cuidando de nós como vem fazendo há milhares de anos.

— Pontos, ao Senhor agradecemos — ecoamos juntos.

Nós estávamos sentados à mesa comprida no grande salão, aguardando o fim da cerimônia e o sétimo prato da refeição ser servido. O papai e Morella estavam na ponta da mesa, e eu e minhas irmãs estávamos espalhadas em meio aos convidados. Para minha infelicidade, Ivor estava à minha esquerda. Eu já o tinha flagrado olhando de esguelha para meu decote duas vezes.

O Alto-Marinheiro estava de pé atrás da própria mesa. Sobre ela havia uma gama de itens. Reconheci o cálice de abalone, mais uma vez cheio de água do mar. Um caramujo estava prostrado nas patinhas cruéis, exibindo o cerne rosa polido. Havia ouriços, roxos e espinhentos, e grandes estrelas-do-mar mortas havia muito tempo, mas conservadas e lustradas até os braços laranja reluzirem.

— Nós, o Povo do Sal, nos reunimos nesta noite especial para celebrar as almas daqueles entre nós levados cedo demais, que agora descansam no poderoso abraço das ondas.

Ele se referia aos marujos que morreram em meio a tempestades ou acidentes de pesca, mas quando olhei para a minha família soube que todos nós pensávamos nas irmãs que tínhamos perdido.

— Estimados, nós os celebramos — entoamos.

— Nós, o Povo do Sal, nos reunimos nesta noite especial — repetiu ele, chegando ao final da prédica — para nos lembrar de quem somos. Nós que fazemos morada nas ilhas Salinas somos um povo orgulhoso, governados por um Deus orgulhoso. Nascemos do Sal e da luz estelar. Agora bebamos a isso, para nos lembrar de onde viemos e para onde, Pontos queira, voltaremos.

Era a única parte da Primeira Noite que eu odiava.

Todos pegaram o pequeno cálice, aninhando-o nas mãos, com discrição, entre as taças de água e vinho. Cassius, do outro lado da mesa, a duas pessoas de distância, demorou a entender o convite do Alto-Marinheiro. Era nítido que não era um nativo.

Virei o golinho de água do mar e engoli rápido, tentando evitar que o gosto salobre ficasse na língua. Mas senti ainda assim, ácido e mordaz. Coloquei o cálice de volta à mesa, fazendo careta, assim como a maior parte dos presentes. Cassius enxugou a boca com o guardanapo e pareceu que estava cuspindo a água ali. Ele me pegou encarando-o e depressa levou o dedo indicador à boca, alertando-me para guardar segredo. Quase esqueci de recitar as últimas palavras:

— Nós lembramos.

— E agora, nós, o Povo do Sal, comemoramos! — exclamou o Alto-Marinheiro.

Em uma sincronia perfeita, as portas se abriram e quatro mordomos entraram, levantando uma bandeja bem acima dos ombros. Um agulhão-bandeira assado, de quase três metros de comprimento, estava na bandeja de prata, erguido pelas nadadeiras peitorais. A nadadeira dorsal azul-marinho bem ampla se espalhava, exibindo as habilidades da cozinheira. O corpo prateado cintilava, e por um momento todos conseguiam imaginar o grande predador na natureza, saltando da água com uma graciosidade musculosa.

A cozinheira saiu da cozinha para fazer uma reverência. Depois que o papai tinha feito as honras de cortar o primeiro filé, o capitão Bashemk fingiu estar desafiando o peixe a um duelo, acertando o maxilar superior comprido do animal com a faca sem serra. O vinho circulou à vontade a noite toda. As mulheres bebericavam com moderação, mas os homens caíam de bêbados, e ainda tínhamos mais seis pratos a serem servidos no banquete.

O papai colocou o filé no prato de Morella com uma expressão amorosa. Oferecer a ela o primeiro pedaço era um sinal de que ela era a pessoa que ele mais estimava na sala de jantar. Camille começou a fazer um bico, um gesto que perigava petulância. Ela se virou para Cassius e murmurou algo que o fez rir.

A cozinheira fatiou as outras iguarias enquanto todos exclamavam sobre como o peixe estava bonito. Era a maior extravagância, assar um agulhão-bandeira inteiro para uma festa de 24 pessoas. Eu sabia que o restante do peixe seria servido na celebração de Primeira Noite dos criados depois, mas ao olhar para a criatura altiva, lamentei o fato de ele ter sido capturado. O animal deveria estar lá no Sal, não reluzindo em meio a legumes e frutas.

Quando o Alto-Marinheiro se sentou para comer, a conversa ao redor da mesa recomeçou.

— Algumas das suas filhas deram um baile de aniversário recentemente, não foi, Ortun? — perguntou Regnard, girando a taça de vinho com uma ostentação desnecessária.

— As trigêmeas — confirmou o papai. — Foi uma festança. Lamentamos por você não ter conseguido vir.

— Pegamos um aguaceiro voltando de Antinopally. A maldita tempestade nos atrasou três dias. — Ele olhou para os convidados à mesa. — Vocês agora estão com o quê, 14 anos?

— Dezesseis, tio Regnard — corrigiu Rosalie, abrindo um sorriso.

— Dezesseis! E todas ainda estão em Highmoor? — A voz dele tinha um tom de provocação, mas senti um formigamento pela coluna mesmo assim.

— Nenhuma de vocês está comprometida, então? — perguntou Jules, dando uma rápida olhada para Camille.

Ivor ergueu as sobrancelhas, olhando-me de cima a baixo de novo. Sterland riu.

— Ortun, você precisa casar logo essas beldades antes que elas o levem à falência!

— Você não faz ideia, meu bom senhor. Não faz ideia. O custo que... Sabe, tenho uma história a compartilhar sobre isso. — O papai se levantou, atraindo a atenção de todos os presentes. — Um mistério, na verdade. — A voz dele estava afetada pelo vinho, e ele parecia mais relaxado do que estivera em dias. — Como sabem, eu tenho oito filhas lindas, encantadoras e talentosas. E é verdade, é bem custoso sustentar todas elas, mas nunca me incomodou. Pontos abençoou nossa família com a riqueza, e é um privilégio gastá-la para manter minhas filhas belas e felizes. Entretanto, acontecimentos recentes me impactaram. Vejam bem, tem alguma coisa errada com os pés das minhas meninas.

— Com os... pés? — repetiu o Alto-Marinheiro, olhando para cada uma de nós.

Os convidados se entreolharam, nervosos, como se lutando contra o ímpeto de espiar debaixo da mesa para ver as garras horrendas escondidas debaixo das nossas saias.

— Os sapatos delas ficam gastos com uma rapidez que nunca vi. Comprei sapatos novos para cada uma, uns bem caros, logo antes do aniversário das trigêmeas. Já estão gastos. Eu as deixei ir à cidade comprar novos... e esses já estão puídos e se desfazendo. Quase todo dia elas imploram para ir à cidade comprar sapatos novos, e agora soube pelos próprios criados que as trigêmeas vêm pedindo para pegar emprestados os sapatos extras deles.

Lancei um olhar rápido a Rosalie. Elas todas tinham prometido parar de ir aos bailes por causa do Revolto. Ela abaixou a cabeça, evitando meu olhar. Até as Graças pareciam esconder algo.

— De início, achei que fosse para acompanhar as tendências, adquirindo mais e mais para colecionar, mas não. O couro está rachado e desgastado, descosturando-se todo.

— Que estranho — comentou Amelia. — Talvez tenha algo errado com as mercadorias do sapateiro?

— Foi o que pensei, foi o que pensei! — clamou o papai, dando um longo gole no vinho.

Morella esticou a mão para puxá-lo de volta ao assento, mas ele se desvencilhou, afastando-se dela, afoito para continuar a história.

— Voltei para casa depois da ida a Vasa alguns dias atrás e tive que sair logo em seguida para ir a Astreia e me queixar com o pobre sapateiro por vender sapatos ruins para minhas filhas. Mas não foi ele. Veja bem, a questão são as meninas.

Os convidados se voltaram para nós. Cassius me encarava, provavelmente se questionando a respeito das palavras do papai. Abaixei a cabeça, sentindo as bochechas pegarem fogo. Pressionando o garfo no filé, despedacei o peixe todo até não restar nada além de um monte de lasquinhas.

Os olhos mortos e gelados do agulhão-bandeira também pareciam me encarar.

— "Nenhum outro cliente reclamou", disse o sapateiro. Nenhum. Só as meninas. Elas devem estar sabotando as peças, mas fico sem saber como ou o motivo. Talvez vocês consigam descobrir.

— Vamos ver os sapatos! — sugeriu o capitão Bashemk.

— Isso! — incentivou o imediato, estimulado pela bebida. — Mostrem os sapatos!

— Meninas? — incentivou o papai.

Nós olhamos para ele, sem reação. Não era daquele jeito que a Primeira Noite devia ser. Ele fez um movimento com o braço, indicando que deveríamos nos levantar. Depois de um momento de hesitação, empurramos as saias dos vestidos para o lado e mostramos os sapatos.

Eu usava os sapatos que havia comprado em Astreia. Não dançava desde a morte de Edgar, e o couro ainda estava forte, sem um arranhão sequer.

Regnard se inclinou, analisando os pés de Lenore.

— Ortun, você tem razão. Esses sapatos estão bem gastos. Como você consegue ainda andar com eles, criança?

Lenore ficou estática, aterrorizada por ser chamada à atenção na frente de tantas pessoas.

— O papai não compra outro — confessou ela, encolhendo-se de vergonha.

— Ortun, você só pode estar brincando — comentou Amelia. — Suas filhas não podem perambular por aí descalças na neve.

Parecia que papai achava mais divertido do que irritante.

— Se descobrirem qual travessura elas estão aprontando, vou dar um jeito nisso. Compro até um para você, Millie! O calçado mais bonito de todas as Salinas!

Todos riram.

— Não, é sério, é sério! — clamou o papai, o retrato da alegria. — Compro sapatos para a mesa toda se descobrirem o que está havendo!

— Eu não acho que ficaria bem com sapatos tão delicados quanto os da srta. Annaleigh — comentou o capitão Morganstin, rindo, enquanto se inclinava para analisar os meus. — Mas, Ortun, você está exagerando. Para mim parece estar tudo certo com os sapatos. Não tem um arranhão neles.

— Verdade, verdade. Annaleigh é a única que não apareceu pedindo sapatos novos — concordou o papai, seus olhos ficando mais e mais vidrados.

Morella colocou uma taça de água na frente dele, a qual ele ignorou com sucesso.

— Que curioso! — respondeu Amelia. — O que está fazendo de diferente, Annaleigh?

O olhar de Camille parecia perfurar minha pele, e dei de ombros, sem admitir nada.

— Viram? Não consigo fazer nenhuma delas abrir a boca! — Para o alívio de Morella, o papai voltou a se sentar, apoiando os cotovelos na mesa. — É um absurdo. Estou quase disposto a oferecer tudo o que tenho para descobrir o segredo!

— Ora, veja, tive uma ideia! — revelou o capitão Bashemk, cutucando Ethan nas costelas. — Matar dois coelhos com uma cajadada só! Quem resolver o mistério terá sua bênção para se casar com uma das meninas! E tenho certeza de que todos sabemos quem o felizardo escolheria!

Ele não precisava inclinar a cabeça para a direita indicando a escolha, mas assim o fez. Era Camille. Óbvio. Ela era a mais bonita e a mais esperta. E era a herdeira da fortuna do papai. Embora as ilhas Salinas fossem pequenas, os Taumas eram poderosos, e a fama se provava ser um chamariz potente demais para ser ignorado.

O papai virou o restante do vinho e acenou com a taça para que a enchessem de novo. Metade foi engolida depressa. Ele dava piscadas longas, esforçando-se para ligar os pontos. Enfim, ergueu a cabeça, sorrindo.

— Não é má ideia, é?

Olhei para as trigêmeas. Elas pareciam tão perplexas quanto eu. O que estava acontecendo? O papai não podia estar falando sério.

— Querido, talvez devêssemos deixar essa ideia para outro momento — sugeriu Morella com delicadeza. — Devíamos estar celebrando Pontos e a Primeira Noite, certo? Eu odiaria ofender o estimado Alto-Marinheiro...

O sacerdote fez o gesto para dispensar as preocupações dela, ansioso para ver o drama todo se desenrolar diante de si.

— Podemos mandar um recado para os outros senhores de Arcânia — continuou o papai, ainda pensando. — Eles poderiam ajudar a espalhar a notícia. Vamos aceitar qualquer um no reino que quiser vir e tentar a sorte.

— Qualquer um? — questionou Fisher, apoiando a taça de vinho na mesa com um baque pesado. Ele era o único que sabia nosso segredo.

— Mesmo se a pessoa não tiver um título de nobreza?

Ele meneou as sobrancelhas na direção de Camille.

Ligeia o acotovelou com força nas costelas.

Regnard assentiu, a cabeça movendo-se com muita cautela. Amelia lançou um olhar de desculpas a Morella. Havia algum homem à mesa que não estivesse bêbado àquela altura? Cassius estava imóvel no assento, mas acompanhava a discussão com grande interesse, olhando de um lado para o outro na mesa.

— Melhor ainda, melhor ainda! — interveio o capitão Bashemk, gritando com entusiasmo. — Há cinco ótimos jovens rapazes nesta mesa. Vamos deixar que eles deem os primeiros palpites!

— Seis — corrigiu Sterland das profundezas da própria taça de vinho.

— Ora veja, Henricks, você não acha que está muito velho para ficar correndo atrás de jovenzinhas? — contrapôs o capitão Bashemk com uma risada.

Sterland se recostou na cadeira, a boca relaxada por causa da embriaguez, e olhou para todas nós. Desviei o olhar quando ele fez contato visual comigo. Embora não fosse nosso tio de sangue, ainda parecia errado.

— Nem um pouco. Na verdade, se Highmoor estiver mesmo em jogo, nada mais justo do que eu ser o primeiro a chutar. É o mínimo que me deve, Ortun.

Regnard de repente ficou sério, olhando um amigo e depois o outro. Então alertou:

— Sterland. Hoje não.

— Eu... lhe devo? — O papai estranhou, apertando a haste da taça. — Eu não lhe devo nada.

— Lá vamos nós de novo — murmurou Regnard.

Mas Sterland não era do tipo que colocava o rabo entre as pernas.

— Se não fosse por você...

— Se não fosse por mim, o quê? — bradou o papai, com a voz aumentando à medida que o rosto ficava vermelho. — Se não fosse por mim, você não teria nada. Nem instrução, nem carreira. Minha família o criou, e é assim que retribui? Insistindo na ladainha de supostas injustiças? Vivendo em uma ilusão do passado? Para mim chega!

Ele a apertava com tanta força que seus dedos empalideceram e o vidro se espatifou, fazendo chover lascas cintilantes. Uma gotícula de sangue surgiu no rosto do papai. Uma das lascas tinha voado na bochecha dele, cortando profundamente.

— Ortun! — exclamou Morella, em seguida mergulhou o guardanapo na água e tentou limpar o corte.

— Pare de se intrometer! — urrou ele, afastando o braço dela.

Então pratos pesados caíram da mesa e se estilhaçaram no chão.

— Me... me desculpe — respondeu Morella, afundando na cadeira, parecendo minúscula e bem mais jovem do que era.

— Ortun, acalme-se — comandou Amelia. — Você está bêbado.

— E se eu estiver? Esta casa é minha! Minha! Vocês todos podem sair lá para o relento se não estiverem gostando. — Ele apontou o dedo trêmulo para Morella. — Incluindo você. — Então virou uma nova taça de vinho. — Mais!

Enquanto um lacaio se apressava para obedecer e encher a taça, Morella enxugava os cantos dos olhos, controlando as lágrimas. Embora não acontecesse sempre, o papai era dado a ataques de fúria perigosos quando bebia demais. Eram tempestades como aquelas, no mar Kaleo, que destruíam um dia ensolarado perfeito com ventanias e chuva fustigante, e então acabavam logo depois. Fiquei com o coração apertado por Morella, mas era melhor ficar quietinha e deixar a raiva dele passar.

Depois de um momento de silêncio doloroso de tão longo, Ethan se pronunciou, a voz animada e cheia de valentia:

— Se estiver falando sério, senhor, eu adoraria tentar solucionar o mistério.

Não surpreendia ninguém. Eu tinha notado sua atenção à beleza de Highmoor desde que chegara, arregalando tanto os olhos que pareciam prestes a saltar das órbitas.

— Eu também — adicionou Ivor, com a voz baixa e rouca.

Ele deu uma piscadela para mim, e virei a cabeça para o outro lado.

— Esplêndido! — Ecoou a voz bêbada do papai por cima da conversa dos convidados.

Jules bateu palmas, extasiado.

— Quando começamos?

E, simples assim, o humor festivo do papai retornou. Ele deu tapinhas nas costas de Morella, sussurrando para ela com os olhos suplicantes e lacrimejantes. Ela voltou a limpar o corte na bochecha dele. Ao que parecia, tudo tinha sido perdoado.

— Ah, filho, a fortuna que poderia ser sua — declarou o capitão Bashemk, passando o braço em volta de Ethan para oferecer um conselho cúmplice.

Rosalie bateu com a própria taça na mesa com força o bastante para mergulhar a sala no silêncio.

— E nós não temos voz em relação a isso?

O papai estreitou os olhos.

— Vocês tiveram a chance de falar e ficaram caladas.

— Eu não entendo por que você está chateada — bradou Camille. — Eu que vou ter que me casar com seja lá quem ganhar. Papai, você não pode estar falando sério! Diga a eles que é uma piada.

— Por que você tem tanta certeza de que vai ser a escolhida? — interrompeu Ligeia, com a fúria faiscando em seus olhos. — Eu acredito que alguém engenhoso o bastante para resolver o mistério pode se interessar por qualquer uma de nós.

Enquanto minhas irmãs entravam em discussões ridículas, lançando ofensas e ultrajes uma à outra, recostei-me na cadeira, desejando que o assento almofadado me engolisse. A Primeira Noite estava sendo um desastre. As esposas dos capitães observaram o circo se desenrolar em um silêncio horrorizado conforme os maridos berravam e ovacionavam. Em meio àquele grande estardalhaço, Ivor se enfiou embaixo da mesa para analisar melhor os sapatos. Quando a mão dele encostou em meu tornozelo e subiu por minha panturrilha, dei um chute forte, sem ligar se havia atingido seu peito ou seu rosto.

O papai se recostou no assento e começou a gargalhar. Sua risada ficou cada vez mais alta até a expressão dele parecer completamente transtornada. Morella colocou a mão no braço dele, mas ele a afastou, batendo na mesa.

Verity fez contato visual comigo, com uma expressão confusa, o que me fez agir. Caminhei até a extremidade da mesa, onde estavam as Graças e as filhas dos Morganstin. Elas não precisavam ficar ali testemunhando aqueles absurdos dos adultos.

— Vamos, meninas. — Tentei manter a voz neutra. — Hoje temos um mimo para vocês.

— O que é? — perguntou Verity, animando-se enquanto descia da cadeira.

— Doces lá na sala de aula — inventei, torcendo para que o papai e os convidados não quisessem passar as festividades para aquela área da casa.

— Ah! — sussurrou Honor, com os olhinhos brilhando. — Vamos, vou mostrar onde fica!

Ela pegou uma das meninas pela mão, e todas saíram correndo.

Seguindo-as, notei um mordomo andando pelo corredor com um decanter de uísque.

— Pode avisar à cozinheira que as crianças vão comer sobremesa lá na sala de aula?

Ele segurou o gargalo do decanter, parecendo estar um tanto em pânico.

— Devemos servir o uísque depois do jantar, na biblioteca.

O mordomo mordeu o lábio.

— Mas o papai pediu agora?

Ele confirmou com a cabeça, e suspirei. A última coisa de que precisávamos era de mais álcool depois de todo aquele vinho.

— Por que não deixa isso comigo? — sugeri, pegando a garrafa. — Peça à cozinheira para preparar um café e madalenas para os convidados no salão. Peça que faça um café bem forte.

Ele se apressou de volta à cozinha. Fiquei ali no corredor por um momento, tamborilando na garrafa enquanto pensava no próximo passo.

— Parece que sabe o que está fazendo — disse uma voz atrás de mim. Cassius estava sob uma janela arqueada. — Você não vai fugir com isso aí, vai?

Ele se referia ao uísque.

Dei uma risadinha, mas não soou divertida.

— Não. Eu estava pensando em como evitar que o papai notasse que o uísque não apareceu.

— As pessoas ficaram um pouco... animadinhas por lá.

Daquela vez ri de verdade. Ele prosseguiu:

— Acha que Sterland vai ficar bem?

Confirmei com a cabeça.

— Sempre acontece algo assim quando ele vem a Highmoor.

Cassius abriu um sorriso tranquilo.

— É impressionante como ele ainda aparece.

Então me vieram à mente lembranças de brigas antigas: os olhos de Sterland faiscando com fúria e indignação, o rosto do papai vermelho e trêmulo de ira.

— Ele e o papai são amigos há muito tempo, desde que eram garotos. É só... uma questão entre eles. Sterland era noivo da minha tia Evangeline.

— Eu não sabia que ele era casado...

— E não é. Evangeline morreu antes de eles se casarem. Ele nunca superou. Highmoor sempre foi uma segunda casa para ele... Sinto muito por toda essa bobagem com o desafio e os sapatos.

Ele acenou com a mão, dispensando minha preocupação.

— As pessoas precisam se entreter de alguma maneira. Não é a pior coisa que poderiam fazer durante o Revolto, ou ao menos foi o que ouvi falar.

— É sua primeira vez?

Risadas estrondosas ecoaram da sala de jantar, e Cassius me conduziu a um banco mais à frente no corredor, longe do barulho. Eu me sentei, colocando a garrafa entre nós, mas então desejei não ter feito isso. Já que não estava mais segurando o item, minhas mãos ficaram livres, e eu não sabia o que fazer com elas. Analisei as mãos dele, tão soltas e relaxadas apoiadas nos joelhos, e o imitei. Mesmo assim pareceu estranho.

— É, sim. Camille disse que as festividades de verdade começam amanhã...

— Isso. Vamos para Astreia à tarde. Tem um bazar e algumas competições. Vários comerciantes vendendo comida. O teatro começa no cair da noite. É tão lindo! Tem marionetes que parecem águas-vivas e umas baleias enormes feitas de lanterna de papel flutuando pelo teatro. Não dá para colocar em palavras.

— E depois?

— Mais celebrações. Eu não sei por quanto tempo o papai vai querer ficar... A coisa sai um pouco do controle, mas é o primeiro recesso que os pescadores e os marinheiros têm desde o Vento Oeste.

— É o começo da época de pesca?

— É quando Zéfiro acorda Pontos, trazendo os ventos quentes para derreter o gelo. Pontos usa o tridente para mandar as correntes quentes em nossa direção de novo. Os peixes voltam, e a alga fica bem verde e densa.

Cassius se aproximou, uma das mãos encostando na minha.

— Sabe, a maioria das pessoas chama isso de primavera.

— Não nas Salinas — balbuciei com esforço.

Quando ele recolheu a mão para o próprio joelho, meus dedos sentiram uma baita falta do toque.

— Reparei que fazem as coisas de um jeito diferente por aqui. — Ele olhou para a arquitetura no teto. Quando Cassius observava Highmoor, não era com a mesma ânsia descarada de Ethan. — Camille vai herdar tudo isso então, certo?

A última pessoa sobre a qual eu queria estar conversando com Cassius em um corredor escuro era Camille.

A voz do papai ficou mais alta, retumbando pelo corredor.

— Maldito café e malditas madalenas! Cadê meu uísque? Eu pedi uísque!

Reprimindo um suspiro, eu levantei. Não queria encerrar a conversa, mas também não queria que os criados fossem culpabilizados por algo que eu tinha feito.

— Parece que já enrolei por tempo demais.

Ele esticou as pernas compridas.

— Vou entrar já, já.

— Já não conversou o suficiente sobre sapatos por uma noite?

Ele sorriu, e tive vontade de correr de volta para perto dele.

— Por que os *seus* são os únicos intactos?

Arqueei a sobrancelha.

— Por quê? Você não está pensando em entrar no desafio também, está?

Ele olhou de novo para o teto.

— Talvez. É uma casa muito bonita mesmo.

— Ah.

Foi um soco no estômago. Lógico que ele iria atrás de Camille. Era tolice presumir outra coisa. Havia uma atração entre nós, eu sabia disso, mas não chegava nem perto do apelo que tinha o patrimônio de Highmoor e o título nobre nas Salinas.

— Cadê o uísque? — urrou o papai.

Ouvi um barulhão de algo caindo. Era provável que o pobre mordomo estivesse rodeado de pratinhos quebrados e encharcado de um líquido quente.

— Preciso ir.

Peguei a garrafa do banco e corri pelo corredor.

23

— As coisas não aconteceram exatamente como eu previ — admitiu Morella, retorcendo os dedos na camisola larga.

Depois do jantar, o papai e os capitães fizeram um passeio pela casa, bêbados, procurando por pistas que ajudassem os rapazes a desvendar o mistério dos sapatos. Um mordomo disse que eles tinham pegado no sono no escritório do papai, esparramados em qualquer superfície minimamente confortável.

Eu me ajoelhei ao lado da espreguiçadeira, separando o creme e o óleo para a massagem noturna.

— Não mesmo.

Ela se recostou na espreguiçadeira, posicionando a barriga em um ângulo mais confortável. Eu sentia os corpos rígidos dos gêmeos sob a pele tensa dela e tomei cuidado para não cutucá-los demais. Por ora, pareciam estar dormindo.

— Eu tenho certeza de que de manhã tudo vai estar bem.

Peguei um pouco de creme do pote e foquei nas panturrilhas dela, me perguntando como mencionar o rompante do papai sem causar mais aflição. As pernas de Morella estavam mais inchadas do que linguiças recheadas; quase não dava para ver os tornozelos.

— Eu não acho que o papai estava falando sério sobre o desafio, e você?

A princípio, tudo parecera uma piada. Era inimaginável pensar que o papai concederia todo o seu patrimônio a alguém que revelasse que estamos desgastando os sapatos com a dança. Mas ele tinha mudado tanto nos últimos meses... Suas emoções variavam, indo de altos a baixos, como uma boia sendo arremessada de um lado ao outro por ondas enormes.

— Acredito que você o conheça melhor do que eu.

A voz dela soou tão triste que levantei a cabeça para observar seu rosto.

— Está tudo bem, Morella? Entre vocês dois, quer dizer. O papai não estava falando sério sobre...

Eu não tinha certeza do que dizer para melhorar as coisas. Queria que Octavia estivesse ali. Ela sempre levara bem mais jeito com esse tipo de situação, sabendo encontrar as palavras certas.

Morella brincava com a ponta da trança, envolvendo-a nos dedos.

— Acho que sim. Tudo tem estado tão desconexo desde que Eulalie... Ortun não vem sendo ele mesmo. Tem rompantes... Diz coisas sem pensar... É o jeito dele de lidar com o luto, eu acho. Só isso.

Ela sorriu e repetiu a última frase baixinho, como se confortasse a si mesma.

— Se quiser conversar sobre isso...

Peguei a outra perna dela, começando a aplicar o creme no pé.

— Você é muito gentil, Annaleigh. Tão diferente das suas irmãs.

— Elas não são...

— Eu não quis dizer que elas não são agradáveis. Elas são... a maioria delas... mas você tem um coração mais bondoso do que elas. Sei que eu e você não somos de fato próximas, e tenho certeza de que às vezes você nem gosta de mim... mas já tomou a frente tantas vezes para me ajudar... com o creme de alga, as massagens, planejando tudo esta semana quando eu deveria ter sido a responsável.

— Você precisava descansar.

Ela colocou a mão no topo de minha cabeça e acariciou meu cabelo. Por um brevíssimo momento, lembrei que a mamãe também fazia isso, e senti o coração apertado.

— Obrigada.

— Eu sei que era importante para você. Sinto muito pelo desastre de hoje.

Morella balançou a cabeça.

— Eu imagino que, daqui a muitos anos, vamos rir dessa história.

— Daqui a muitos, muitos anos.

Ela fechou os olhos, afundando-se mais nas almofadas enquanto eu massageava seu pé.

— Eu queria que as coisas fossem diferentes — admitiu ela com delicadeza.

— Como assim?

— Eu sei que provavelmente sempre vou ser só uma madrasta para você, mas eu queria... Você é o tipo de pessoa que eu gostaria de ter como amiga.

Parei a massagem. Nunca tinha reparado na vida solitária de Morella. Ela se casara com o papai e se mudara para longe de todos os amigos e da única família que havia conhecido até então. As únicas pessoas que lhe faziam companhia no momento eram os criados ou as enteadas. Estávamos em um lugar isolado demais para conseguirmos ir à cidade com frequência e tomar chá ou jantar, mas mesmo se não estivéssemos, quem ela visitaria? Eulalie morrera logo depois da chegada de minha madrasta, então Morella não tivera tempo de fazer amigos em Astreia.

— Somos amigas — respondi, mas não éramos, não de verdade.

Não o tipo de amiga pela qual era óbvio que ela ansiava.

Morella abriu um sorriso discreto, tenso.

— Que bom.

Esfreguei umas gotinhas de óleo de lavanda nos pulsos dela, então nas têmporas e nos pés. Por fim, ergui as mãos em concha diante do nariz dela, como a parteira havia me ensinado.

— Inspire — orientei.

Ela respirou fundo três vezes, seus olhos estavam relaxados e sonolentos.

— Hoje vou descansar bastante. Talvez amanhã até vá a Astreia junto de todo mundo.

Fiquei surpresa por Morella querer fazer o passeio. Ela não saía de casa desde o baile das trigêmeas, e eu pensei que as atividades do festival seriam demais para ela.

— Quer que eu a ajude a voltar para a cama?

— Não, acho que vou ficar um pouco mais aqui. Talvez Ortun ainda suba para o quarto.

Devolvi os bálsamos à bandeja e carreguei tudo para a penteadeira. Esbarrei em um balangandã de vidro, e me apressei para pegá-lo antes que quebrasse. Era uma esfera quase perfeita, achatada de um lado para que não saísse rolando. Ali dentro, suspensa em uma perfeição atemporal, jazia uma florzinha vermelha, um tufo de pétalas franzidas minúsculas.

Virei o objeto para ela.

— Que bonito.

— Meu pai me deu no meu aniversário de cinco anos. Sempre carreguei comigo para onde quer que fosse.

Era de admirar que o ornamento estivesse intacto. Suseally, terra natal de Morella, ficava a centenas de quilômetros continente adentro. Ela tinha deixado tudo o que conhecia para trás a fim de acompanhar o papai até as Salinas, trocando os campos de flores e silvas arborizadas pelas ondas infinitas e costas rochosas. Eu não conseguia me imaginar me mudando para tão longe das minhas irmãs, não importava o quanto estivesse apaixonada.

Coloquei a esfera de volta na penteadeira e vi as alianças de casamento de Morella em um porta-anel. Os dedos dela tinham inchado muito, então não conseguia usá-las. Toquei no anel de noivado.

— Como soube que o papai era a pessoa certa para você?

Morella pareceu incomodada.

— Quando vocês... Antes de ele começar a cortejá-la. Como soube que ele estava interessado em você?

Ela sorriu.

— Um dos cavalheiros hoje chamou sua atenção?

Afastei as lembranças do sorriso de Cassius, dando de ombros.

— Talvez. Eu não sei. Pensei que... Torci para que ele estivesse interessado em mim. De forma romântica, no caso. Mas agora não tenho mais certeza.

Ela mexeu as pernas, dando um tapinha ao seu lado na espreguiçadeira para que eu me sentasse.

— Me conte mais.

Fiquei desanimada.

— Eu não sei se tem muito o que contar. Ele... ele me elogiou um pouco, mas quando o papai anunciou o desafio...

Ela balançou a cabeça, dando um sorrisinho.

— O mais estúpido dos desafios.

— Camille é bem mais bonita que eu, e ela vai herdar tudo um dia. E eu sou só... eu.

Morella esfregou minha mão entre as dela.

— Então ele é um tolo.

Senti um contentamento estranho por ela me enxergar daquela forma.

— Como o papai cortejou você?

Seu sorriso congelou no rosto por um instante, e fiquei com medo de ter sido muito intrometida e precipitada.

— Bem, o cortejo não foi tão convencional. Ele esteve em Suseally só por pouco tempo. Aconteceu bem rápido.

Concordei com a cabeça, sem saber se ela revelaria mais.

— Mas... tinha um homem, antes de tudo isso, de quem eu gostava muito. Quando fazíamos contato visual em um lugar lotado, eu sentia arrepios deliciosos pela espinha. Eu era bem mais jovem, só uma garotinha envergonhada, na verdade, mas eu sabia que o queria.

Eu me inclinei para a frente.

— E era recíproco?

Ela confirmou com a cabeça, suas bochechas corando mesmo naquele momento.

— Eu provavelmente não deveria entrar em detalhes com a filha do meu marido.

Mordi a parte interna da bochecha e resolvi ser corajosa.

— Mas e se não fosse a filha do seu marido... se estivesse só conversando com uma amiga?

Os olhos dela se iluminaram, e ela pareceu feliz de um jeito que eu não via tinha semanas.

— Se eu estivesse conversando com uma amiga, eu diria que, se ela quiser algo, deve ir fundo e correr atrás disso.

Concordei com a cabeça, meu sorriso refletindo o dela.

— Ótimo. Vou dizer isso a ela. À sua amiga.

— Ah, Annaleigh — chamou ela quando eu estava saindo. — Tem um livro ali na mesa de cabeceira.

Peguei o exemplar e o levei até Morella, mas ela o empurrou de volta para mim.

— Já acabei de ler. Foi tão maravilhoso que lia madrugada adentro. Você vai gostar. Talvez quando acabar, o que acha de falarmos sobre isso? Eu... gostei muito de conversar com minha amiga hoje.

Eu não sabia bem como responder. Depois de todos os preparativos para o Revolto, e então o infeliz jantar da Primeira Noite, eu estava exausta, e não queria nada além de me enfiar na cama e dormir.

Mas os olhos dela estavam tão esperançosos. Ela queria uma amiga. Precisava de uma, muito mesmo. E o livro era sua maneira de fazer uma oferta de paz. Com certeza, ao menos um capítulo eu conseguiria ler.

— Acho que eu adoraria — respondi. — Tenha uma boa noite, Morella.

Ao passar pela soleira, eu me virei, certa de que ela tinha dito algo, mas Morella estava de olhos fechados.

24

Primeiro eles soltaram as baleias no começo da encenação do Revolto.

As lanternas de seda flutuantes, em formato de orcas e belugas, iluminaram o palco com um brilho dourado lustroso. Em algum ponto das coxias, um chifre decepado entoou suas notas, soando incrivelmente parecido com os chamados de uma jubarte. Os atores amarraram as cordas das lanternas a partes do cenário que imitavam um recife de coral.

Em seguida surgiram as marionetes de tubarões e agulhões-bandeira, então lulas e estrelas-do-mar pintadas de vermelho e laranja, articuladas com precisão. Cardumes de peixes, cada um atrelado a uma linha individual, nadavam. Os marionetistas eram de fato artistas, fazendo os peixes se virarem ao mesmo tempo, tal qual um cardume de verdade. As barbatanas prateadas cintilantes refletiam a luz dos balões de seda no alto.

Uma batida de tambor soou, retumbando tão alto que achei que meu tímpano explodiria. Soou outra vez e mais outra, em um crescente que se desenvolvia para um clímax estrondoso. Senti o público desviar a atenção para o camarote ducal, nos espiando rapidamente para vislumbrar a reação de nossa família quando a última criatura marinha apareceu no palco.

Tentáculos roxos emergiram de uma pedrinha, cada um manuseado por crianças vestidas de preto. A cabeça surgiu, flutuando cheia de ar quente e vapor. O polvo Taumas se espalhou pelo palco, executando uma dança elaborada em harmonia com a música. Ao fim, na última batida, os olhos da criatura se iluminaram, penetrantes e vívidos.

O público irrompeu em aplausos. Enquanto os marionetistas seguiam para a próxima cena, olhei para as Graças. Elas estavam fascinadas, apoiando-se no guarda-corpo para não perderem nada.

— Impressionante — sussurrou Morella ao meu lado.

Nossos convidados murmuraram em concordância, e fiquei contente ao ver o papai colocar a mão no joelho dela e dar um afago carinhoso.

Fora um dia maravilhoso. Tínhamos partido para Astreia depois do café da manhã e passáramos a tarde participando dos muitos passatempos do festival. Assistimos a pescadores locais levarem anzóis prateados ao altar de Pontos como agradecimento por uma safra abundante. No decorrer da semana, os artistas transformariam os anzóis em esculturas náuticas e as exibiriam nas ruas ao longo de Revoltos do próximo ano. À noite, brilhavam no escuro, pinceladas pelas algas brilhantes pescadas na baía.

Nós nos empanturramos com iguarias dos comerciantes de rua. Vidro marinho feito de açúcar cristalizado, biscoitos de amêndoas com glacê em forma de bolacha-do-mar, milho assado e tigelas de sopa de amêijoas eram ofertados a cada esquina, junto a quitutes mais peculiares: caranguejos importados e búzios, charque de água-viva e ouriços-do-mar. As crianças corriam para lá e para cá na praia com pipas pintadas de arraias e cavalos-marinhos. Orbes de vidro haviam sido pendurados pela praça da cidadezinha imitando as redes de bolhas das jubartes.

Ao fim da encenação, o ator que interpretava Pontos foi à frente do palco e anunciou que haveria uma grande exibição de fogos de artifício à meia-noite, dali a duas horas.

— Podemos ficar, papai? — perguntou Mercy, remexendo-se no assento. — Ah, por favor?

O restante das meninas começou a pedir também, suplicante e cativante. As vozes delas ficaram mais altas até virarem um clamor, então papai ergueu as mãos e olhou para os outros adultos, a fim de saber suas opiniões. Vendo que as pessoas assentiam, ele sorriu para o grupo.

— Então que venham os fogos de artifício!

— Está ficando um pouco frio, não acha, Ortun? — perguntou Regnard, dando um tapa nas costas do papai. — E se a gente matar um tempo na taverna que vi ali na frente? Uma rodada de Laço da Sirena para todo mundo!

Laço da Sirena era uma bebida especial, servida somente durante o Revolto. Uma mistura de destilados e bebidas alcoólicas com extratos de ervas, o drinque ostentava o sabor azedo da alga salgada.

— Eu nunca tive estômago para isso. Vão vocês, homens, e aproveitem — sugeriu Amelia. — Vamos, moças. Não tem uma padaria aqui perto?

As pequenininhas grunhiram, querendo participar o máximo possível do espetáculo do Revolto.

Percebi o olhar de Morella. Havia sido um longo dia para minha madrasta, e, embora não tivesse reclamado, os pés dela deviam estar doendo.

— Eu vi um comerciante vendendo geladinhos com sabor perto das esculturas no parque. Quem quer bolinhos sem graça quando se pode comer raspadinha de gelo e creme? Eu pago!

Com um gritinho, as garotas saíram correndo por uma rua lateral. Lenore e Ligeia foram atrás, tentando manter as cinco na linha. Camille seguiu vários passos atrás, mais interessada nas janelas bem iluminadas das lojas do que na celebração ao redor. Rosalie deu uma piscadela para Ethan antes de caminhar para longe, na intenção evidente de que ele a seguisse.

— Encontraremos vocês depois — prometi às mulheres mais velhas.

— Pouco antes de começarem os fogos de artifício.

Morella entrelaçou o braço no de Rebecca enquanto se afastavam. Lembrei como ela estivera solitária na noite anterior, e meu coração se alegrou por ela. Talvez minha madrasta acabasse fazendo amizade ao longo da semana.

O papai me deu algumas moedas.

— Para os geladinhos.

Fiquei boquiaberta.

— Com isso aqui eu compro anos de raspadinhas de gelo.

Tentei devolver as floras de ouro, mas ele acenou com a mão. O olhar dele parecia agitado sob o luar.

— Então gaste com outra coisa, meu bem. É uma celebração. Hoje é dia de extravagância.

Os capitães e os assistentes soltaram um brado obsceno atrás dele. O papai jogou o braço sobre os ombros de Sterland de modo fraternal, entrando no estabelecimento. Cassius foi o último a ficar ali fora. À soleira da porta, olhou por cima do ombro.

— No que estou me enfiando?

Os olhos dele faiscaram, e eu podia jurar que ele me deu uma piscadela. Queria acreditar que era mais do que um efeito de luz, mas o comentário sobre o desafio na noite anterior ainda me incomodava.

— Não se deixe seduzir muito pelas Sirenas. Ouvi dizer que são fortes.

Eu me virei e corri atrás das minhas irmãs. Os gritos dos homens ecoaram pelas ruas. Não eram os únicos a fazer festa naquela noite, mas com certeza eram os mais barulhentos.

O parque tinha sido transformado em um palco para a competição de esculturas de gelo. Figuras reluzentes se erguiam em meio à noite, iluminadas por candeeiros de foco concentrado. A maioria emitia um brilho branco suave, mas outras continham géis coloridos, projetando tons brilhosos nas estátuas de cristal.

Encontrei as meninas rodeando um palácio de gelo no centro do parque, apontando os detalhes impressionantes. Bandeiras foscas se movimentavam à brisa, com pequenas dobradiças de metal. As extremidades de alvenaria tinham bordas levemente arredondadas, fazendo a arquitetura fluir em um espiral sonhador.

— Olhem só os tridentes na ponte! — exclamou uma das filhas dos Morganstin. — Iguaizinhos à peça!

— É o castelo de Pontos — explicou Mercy. — Ele leva o tridente junto para onde quer que vá.

— Eu achei que ele morasse no oceano. Não tem castelo no oceano.

— Ele mora na Salmoura — falei, intervindo. — É parte do Sanctum, onde os Deuses moram, que está dividido entre vários reinos. Pontos fica com a Salmoura, Vaipani com a Coroa, Arina com o Ardor... Seus pais não ensinaram isso a vocês?

Elas negaram com a cabeça.

— Ah, olhem! — chamou Verity, apontando para atrás de nós e pondo fim à conversa.

Faixas de linho azul estavam penduradas em um semicírculo de árvores. No meio do arvoredo, uma mulher idosa tinha disposto várias caixas de metal interessantes. Havia buracos minúsculos nas laterais dos objetos, e quando ela inseria candeeiros nas caixas, imagens estonteantes eram projetadas nos tecidos. Com um toque do dedo dela, as caixas começaram a girar. Golfinhos saltavam as ondas, gaivotas alçavam voo, e baleias soltavam lufadas de ar em meio ao salto.

Um grande grupo rodeou a senhora com as caixas, aplaudindo, enquanto a mulher criava as ilusões. Mais à frente na rua, na varanda de outra taverna, um grupo de pescadores irrompeu em uma alta cantiga de marujos.

— Eu adoro o Revolto — sussurrou Rosalie, trombando o ombro no meu enquanto vivenciávamos aquele momento especial.

Algo chamou sua atenção em meio à multidão. Segui seu olhar. Não era algo. Era alguém. Ethan acenava para ela de um canto, e vi Jules e o capitão Morganstin em meio às pessoas. Eles deviam ter ido ver o motivo da comoção.

— Eu acho que vou só... — Ela parou de falar, sem conseguir encontrar uma desculpa plausível para escapar.

— É... eu acho que é melhor você só... — provoquei, dando um empurrãozinho nela com um sorriso malicioso.

Ela abriu caminho por entre a multidão e atravessou a rua antes que eu notasse.

Ouvi risadinhas à esquerda e me virei, vendo Camille jogar a cabeça para trás, rindo de algo que Fisher tinha dito. Ele devia ter ido para lá direto do bar também.

Logo atrás deles, vi um homem, seu porte magro projetado como uma silhueta escura em contraste com as luzes coloridas. Embora eu não tivesse como ter certeza, senti os olhos dele focarem em mim, seu olhar como uma pressão tangível. Enquanto eu o encarava, uma lembrança surgiu.

— Eu o conheço — sussurrei.

— Hã? — perguntou Ligeia, desviando a atenção do espetáculo das caixas de luzes.

— Aquele homem ali. Eu o reconheço, não sei bem de onde.

Como se pressentisse que eu falava dele, o homem levantou a cabeça, convidando-me a me aproximar.

— Qual? Tem homens por todo canto — comentou Ligeia, analisando a multidão. — Ah, olhem ali as ondas! — exclamou ela, voltando à prestar atenção ao espetáculo.

— Está cheio demais aqui para mim — revelei, colocando as moedas na mão dela. — Pode ficar de olho nas meninas? Preciso de um pouco de ar fresco.

Ela concordou com a cabeça, e entrei na multidão, relutando contra os espectadores que se aglomeravam para assistir ao show. Quando cheguei ao lugar no parque em que o homem sinistro havia estado, ele não estava mais lá.

Girei em círculo, tentando identificar alguém com aquele porte alto tão incomum. Uma sombra se moveu perto das árvores na extremidade do parque, o cabelo prateado do homem reluzindo sob o luar. Ele olhou para trás como se para ter certeza de que eu o seguia.

Quando se virou, as lamparinas a gás iluminaram o paletó por um breve momento, refletindo os fios dourados bordados no ombro direito.

Com a figura de um dragão de três cabeças.

Era o homem que estivera no primeiro baile, em Pelage.

O que ele estava fazendo em Astreia?

Curiosa, percorri um beco estreito, depois outro, sem saber ao certo para onde ia. Toda vez que achava que estava me aproximando dele, vislumbrava o casaco do homem-dragão desaparecendo por outra rua. No escuro, com as decorações do Revolto, fiquei perdida. Atravessei fios compridos de contas de vidro marinho e cordas com pérolas falsas que formavam uma cortina na saída do beco.

A rua com a qual me deparei parecia diferente do ancoradouro ou da praça da cidadezinha.

Era mais escura, mais suja.

Mais úmida e fria também.

A primeira vitrine que vi estava iluminada por uma luz rosa, e senti um embrulho no estômago enquanto considerava que tipo de mercadoria era comercializado por trás de fachadas tão escabrosas. Vi várias outras casas com vitrines cor-de-rosa na rua. De algumas janelas, garotas acenavam e posavam. Outras estavam cobertas de enfeites e réplicas de pedras preciosas espalhafatosas.

O homem-dragão tinha sumido, evaporado, e enquanto eu olhava ao redor, tentando me situar, me perguntei por que eu sequer o tinha seguido.

Quando me virei para voltar, um grupo de jovens cambaleava para fora das casas rosadas, parando logo em frente ao beco. Estavam vestidas de Sirenas. Seus cachos longos formavam cascatas pelas costas nuas, a pele arrepiada de frio estava pintada de bronze e coberta de glitter prateado. Bolachas-do-mar e estrelas-do-mar cobriam uma pequena parte dos seios, e umas finas fitinhas verdes espalhafatosas serviam de saia. Algumas usavam saltos com plataformas altíssimas. Outras usavam sobre os ombros sombrinhas em forma de águas-vivas luminosas.

— Você aí! — chamou uma, e de imediato senti o rosto ficar verme-lho, horrorizada por ela estar falando comigo. — Veio lançar a âncora, marujo?

Risadas soaram atrás de mim, e as três mulheres se separaram para fisgar potenciais clientes. Voltei para o beco, com o coração quase saindo pela boca.

— Você está bem longe do parque, hein? — murmurou uma voz em meu ouvido.

Soltei um gritinho, convicta de que o homem-dragão tinha voltado para me pegar de surpresa, mas em vez disso era Cassius ali no beco, seus olhos azuis encobertos pelas sombras.

— Eu podia lhe dizer o mesmo. Achei que estivesse com o papai.

Ele afastou uma mecha de cabelo dos olhos, seu nariz se enrugando enquanto sorria.

— Não gosto muito do Laço da Sirena. Ivor e Jules começaram com a história do mistério dos sapatos de novo, e escapei assim que pude. Vi você saindo do parque às pressas e achei que talvez precisasse de ajuda.

Dei uma olhada no beco, mas o homem-dragão tinha sumido mesmo.

— Sabe como voltar ao parque? Acho que estou perdida.

O sorriso dele ficou mais terno.

— Vamos encontrar o caminho de volta juntos.

Seguimos pelos becos, escapando da rua das casas rosadas. Chegan-do à próxima via, Cassius escorregou em uma camada de gelo preto. Por instinto, ele me segurou, e senti dificuldade para equilibrá-lo, mas acabamos tombando e caindo no chão em um emaranhado de capas e corpos.

— Você está bem? — A voz dele estava preocupada de verdade, mas descartei sua preocupação com uma risada.

Nós tínhamos sido bem mais graciosos na pista de dança.

— Estou bem. Você se machucou?

— Eu não, só meu orgulho.

Ele me ajudou a me levantar, e, com um sorriso de provocação, ofereci o braço a ele como um cavalheiro faria com uma dama. Ele esfregou o quadril dolorido, então entrelaçou o braço no meu, rindo.

— Teve um bom dia? — perguntei enquanto seguíamos, tentando encontrar a rota mais rápida de volta à praça da cidadezinha.

Eu tinha passado a maior parte do tempo com minhas irmãs. Sempre que eu dei uma olhada na direção de Cassius, ele estava concentrado em uma conversa com Regnard ou com o papai.

— Foi excelente. É bem diferente dos festivais com os quais estou acostumado.

— Eu nunca perguntei o que você é... Quem você...

— O Povo das Estrelas — revelou ele, parecendo achar graça da minha dificuldade em formular a pergunta. — Vérsia.

— A Rainha da Noite. — Olhei para o céu escuro, vendo as estrelas resplandecentes. — Parece que ela também está gostando das festividades.

— Eu acho que sim.

— Para onde vai depois que o Revolto acabar?

— Eu ainda tenho algumas questões a tratar em Selkirk, finalizar a papelada do papai, organizar alguns negócios pendentes dele, mas não pensei muito no que fazer depois. Walter me deixou a casa e algum dinheiro. Talvez eu fique lá, aprenda a velejar, a pescar, ou...

— Parece maravilhoso — interrompi, imaginando uma casinha e um cais, manhãs tranquilas acordando antes do sol, preparando as redes para um dia de trabalho.

Trabalho de verdade.

Cassius arqueou a sobrancelha.

— Redes de peixe fedidas e iscas?

— Você tem um mundo inteiro de possibilidades. É maravilhoso.

Ele ficou me observando.

— Quais são seus grandes sonhos, Annaleigh? Se pudesse ir para qualquer lugar, fazer qualquer coisa que quisesse, o que faria?

— Tem um farol a oeste daqui. Chamamos de Velha Maude. Desde que eu era criança, queria viver lá, mantê-la limpa e tomar conta do farol. Quando surgiu o posto de aprendiz, ah, eu torci e rezei muito para conseguir. Mas em vez disso o papai mandou Fisher.

— Um mundo inteiro de possibilidades e você só quer ir a algumas ilhas de distância? — Ainda que a pergunta tivesse a nítida intenção de me provocar, os olhos dele brilhavam com uma curiosidade verdadeira.

— Eu jamais iria querer deixar o mar. É minha casa.

Viramos em outra rua e ouvimos os barulhos da multidão. Uma barraquinha no fim da via vendia chocolate quente e chá. O vapor emanava da barraquinha de ripa, muito agradável em meio ao crescente esfriar da noite.

— Quer um? — perguntou Cassius, procurando moedas no bolso.

— Por favor.

— Não tem alga nem nada disso aí dentro, tem? — brincou ele com o comerciante, apontando para os tachos de latão. — Só chocolate?

— O melhor em todas as ilhas — gabou-se o vendedor, sorrindo.

— Ótimo. Vamos querer dois.

— Obrigada — falei, aceitando a canequinha de estanho.

Cassius deu um gole e fez careta.

— Ainda sinto gosto de sal. É assim com tudo aqui?

O vendedor riu, e então Cassius tentou beber de novo.

— Com o caramelo, não é tão ruim, mas sério! Em toda bebida é isso!

Entramos de novo no parque, avançando por entre as esculturas de gelo até chegarmos a uma parte tranquila com um banco. Ficava bem ao lado de uma flotilha de tartarugas-marinhas, o gelo pintado de verde e iluminado pela luz azul.

— Essas são minhas favoritas.

— Eu sei — respondeu ele, dando outro gole no chocolate.

Fiquei observando-o.

— Sabe?

Puxei na memória cada conversa que já havíamos tido, mas não consegui lembrar de ter mencionado tartarugas-marinhas antes.

O rosto dele ficou surpreso por menos de um segundo, então ele abriu um sorriso.

— Verity me contou. Hoje à tarde... na competição de pipa. Ela é bem apaixonada pela irmã mais velha, sabe.

Tracei a borda da canequinha com o dedo, pensativa. Ele estivera conversando com Verity sobre mim! Aquilo me agradou mais do que eu admitiria.

— Eu também gosto muito dela.

— Eu entendo o motivo. Ela é encantadora. Todas as suas irmãs são. Mas preciso lhe dizer... — Ele esticou a mão e tocou em meu dedo. Era um gesto estranhamente íntimo, fazendo-me me aproximar dele. — Você é a de que mais gosto.

Não pude conter o sorriso entusiasmado enquanto as palavras me penetravam, tomando conta de mim e acertando meu coração em cheio.

— Verdade? Eu achava que... — Parei de falar, sem querer admitir a preocupação da noite anterior.

Ele concordou com a cabeça, bem sério.

— Ah, sim. A de que mais gosto. — Ele tocou meu polegar de novo, demorando-se ali por um momento. — Nem casa, nem título nem terras poderiam me convencer do contrário.

Envergonhada por ter sido tão transparente, senti as bochechas ficarem vermelhas.

— Mas ontem você disse...

— Eu me senti péssimo! Vi como os outros estavam salivando por causa de Highmoor e quis fazer uma piada, uma não muito boa, mas você saiu correndo antes que pudéssemos rir juntos.

Abaixei a cabeça, me remexendo.

— É que já tem tanta gente atrás disso. Foi fácil acreditar que você era um deles.

— Ah, Annaleigh, por favor, me perdoe. Odeio pensar que deixei você chateada. — Ele colocou a mão em minha bochecha, seus dedos acariciando minha mandíbula e causando arrepios deliciosos em meu corpo. — Principalmente quando isso está tão longe da verdade. Eu estava falando sério... você é de quem eu mais gosto.

Minha boca estava seca demais para que eu conseguisse falar qualquer coisa, então acenei com a cabeça, aceitando o pedido de desculpas.

Cassius se voltou à estátua, sorrindo e parecendo bastante confortável.

— Agora, me conte mais dessa preferência por tartarugas.

Revirei minhas próprias lembranças, tentando escolher uma bem vívida com todas as minhas irmãs juntas, felizes e completas.

— Foi no verão antes de a mamãe falecer. Ela estava grávida de Verity. Gostávamos de ir à praia para ver os filhotes de tartaruga-marinha eclodirem os ovos e seguirem para o mar. Naquele ano, um ninho não rebentou junto do resto. Foi uma geada que chegou mais cedo. Normalmente os filhotes vão direto para a água, mas talvez o frio os tenha desorientado. Eles foram na direção errada, fazendo esforço para escalar a duna de areia. Não importava quantas vezes virássemos os filhotinhos, eles davam a volta e tentavam ir subindo pela areia. Em um certo momento, minhas irmãs quiseram voltar para casa. O vento frio atravessava o tecido dos nossos vestidos. Parecia mais novembro do que agosto.

"Tinham nove de nós brincando na praia naquele dia... Mercy e Honor eram muito pequenas. Elas todas voltaram para casa sem nem olhar para trás, cansadas de tentarem ajudar as criaturas que não pareciam querer ser salvas. Eu juntei os filhotinhos na minha saia, como uma cesta, e os levei para casa. Eram tantos, e eles ficavam tentando fugir. Enchi a banheira com água do mar e coloquei todos ali."

Minha voz estava distante, perdida em lembranças.

— As criadas ficaram furiosas por eu ter entrado com as tartarugas, mas a mamãe disse para elas me deixarem em paz. Ela descia e ficava observando os filhotes ganhando força na água.

Cassius se mexeu no banco, virando o corpo mais na minha direção.

— Por quanto tempo ficou com as tartarugas lá?

— Quase uma semana. Eu os alimentava com alga e ovinhas de peixe. Quando o tempo voltou a esquentar, levei todos de volta à praia.

— E eles correram para a água?

Eu soubera que não podia ficar com os filhotes, eles não eram animais domésticos, o lugar deles era no mar, mas de alguma forma tinha esperado que um ou dois ficassem para trás, ainda precisando de mim.

— Todos eles. Eram tão fortes. — Sorri, lembrando-me de como suas pequenas nadadeiras eram ágeis, afoitas para mergulharem no oceano. — Eu tinha ficado com eles na banheira, chutando e agitando a água por horas a fio.

Enquanto ria, Cassius colocou a mão sobre a minha. Aconteceu com tanta naturalidade, como se fosse muito normal que as nossas mãos tivessem aquele contato íntimo.

— Por quê?

Dei tudo de mim para conseguir desviar os olhos do contato entre nossas mãos.

— Eles precisavam aprender a nadar nas ondas.

Uma centelha de esperança se acendeu dentro de mim, causada pela fricção do polegar dele na palma da minha mão, como uma faísca contra um monte de lenha.

— Annaleigh Taumas, heroína corajosa tanto das tartarugas-marinhas grandes quanto das pequenas — murmurou ele, então levantou meu queixo e me beijou.

Ainda que eu nunca tivesse beijado ninguém antes, havia sonhado acordada com como seria, com o encontro dos lábios. Sentiria fogos de artifício ou borboletas na barriga? Eu tivera certeza de que os romances de Eulalie inventavam tais descrições para incentivar a leitura. Com certeza não devia passar de um toque de pele com pele, como um tapinha nas costas ou um aperto de mãos.

Aquilo era tão melhor.

A boca dele era quente e mais macia do que eu havia imaginado que a de um homem poderia ser. Senti minha pele formigar quando ele segurou minhas bochechas e deu um beijo em minha testa antes de voltar para a minha boca. Ousei erguer os dedos para tocar a mandíbula dele. A barba por fazer estava áspera, e a sensação era tão diferente da minha própria pele que rocei as pontas dos dedos ali, memorizando os traços.

Por fim, eu me afastei, sentindo-me zonza e ofegante.

— Você fica linda quando cora.

Ele sorriu e beijou minha bochecha, passando os dedos pela região avermelhada.

— Você também — murmurei, então balancei a cabeça, ficando ainda mais vermelha. — Não foi isso que eu quis dizer. Desculpe, eu...

Ele pareceu satisfeito.

— Deixei você sem palavras?

— Um pouco — confessei.

Eu me remexi no banco, deixando que o espaço frio entre nós desanuviasse minha mente.

— Ah, olhe ali os fogos de artifício — anunciou ele, encostando o joelho no meu enquanto olhava para o céu.

Segui seu olhar, fitando o céu, que continuava escuro.

— Onde? Não estou vend...

E então ele me beijou de novo.

25

Eu me sentei de repente, acordando com um sobressalto. Piscando, sonolenta, afastei o cabelo do rosto e as roupas de cama, esfregando os olhos. Lembrei da noite anterior em meio à névoa de sono: o Festival do Revolto... a peça e as esculturas... Cassius me beijando...

Na travessia de volta, no barco, a neve tinha começado a cair, mais e mais forte. Cassius e eu usamos o frio como desculpa para nos sentarmos pertinho um do outro, com os joelhos a um triz de se encostarem. Quando chegamos a Salície, o céu tinha começado a se agitar em uma fúria gelada, lançando mistrais uivantes pela ilha. Antes de ir me deitar, tinha ficado observando as ondas colidirem nos penhascos como aríetes.

Um gritinho me arrancou dos pensamentos agitados. Mais gritos se seguiram, então um lamento estridente, como um animal atormentado. O que, em nome de Pontos, estava acontecendo? Apertando o roupão cinza junto ao corpo, saí para o corredor. Os sons vinham lá de baixo. Comecei a correr, reconhecendo os lamentos de Lenore.

— Eu perdi as duas! — exclamou ela em prantos quando entrei no quarto. — Eu perdi as duas, Annaleigh!

Camille e Hanna já estavam lá, falando uma por sobre a outra tão freneticamente que eu não conseguia entender. Lenore se jogou nos meus braços, e sua bochecha úmida e gelada encostou na minha. O corpo dela era uma confusão caótica de cabelo esvoaçante e camadas de camisola rasgada.

— O que aconteceu? Cadê a Ligeia e a Rosalie?

Passei as mãos pelo cabelo dela, tentando acalmá-la. Senti algo preso nas mechas de cabelo, então, desemaranhando os fios, vi que era um graveto. Brotos de baga vermelha salpicavam o galhinho marrom.

— Você estava lá fora? — perguntei, mostrando o graveto.

— Eu não sei, eu não sei! — respondeu ela, berrando enquanto Hanna corria para chamar o papai. — Mas eu perdi as duas!

Por pouco os braços agitados dela não me acertaram.

— Camille, o que aconteceu?

Ela me ajudou a guiar Lenore até a cama.

— Pelo que consegui entender, ela acordou, e Rosalie e Ligeia não estavam na cama. Desde então ela está nessa gritaria.

— É a maldição!

Lenore soluçava, abafando o choro nos travesseiros.

Acariciei as costas dela.

— Será que elas não estão lá embaixo tomando café da manhã? Ou talvez tenham ido dar uma caminhada? Alguém checou?

Camille negou com a cabeça.

— Eu não sei. Não consigo extrair nada de coerente dela.

— Lenore, você precisa se acalmar. — Mantive a voz firme, mas suave, afastando o tremor de medo provocado pela menção da maldição. Eu não aguentaria sepultar mais irmãs.

— Elas estão mortas. Eu sei que estão!

— Conte o que aconteceu. Você viu alguma coisa?

Ela negou com a cabeça, o retrato da infelicidade, e jogou para longe a coberta que coloquei em volta dela, seus olhos estavam fervorosos e ardentes.

— Eu sou elas. Elas são eu. E eu as perdi. Eu sinto que sim!

Levantei as mãos, indicando que só queria o bem dela.

— Está tudo bem, vamos achá-las. Sabe aonde elas poderiam ter ido?

Lenore endireitou a postura, fazendo contato visual com Camille.

— Ela sabe. — A voz da mais nova estava perigosamente carregada com um tom de acusação.

Camille revirou os olhos, fazendo uma expressão de raiva.

— Ela está mesmo fora de si.

Afastei uma mecha de cabelo do rosto de Lenore, acariciando a bochecha dela.

— Como assim? Fale, Lenore.

Ela caiu para trás, soluçando, e de repente entendi o significado por trás de suas palavras. Eu me virei para Camille.

— Vocês foram a algum baile ontem?

— Quê? Não! Voltamos de Astreia muito tarde, e ainda teve a tempestade. Ninguém iria querer sair com um tempo daqueles.

A boca de Lenore tremia.

— Elas saíram!

Olhei de uma para a outra enquanto trocavam acusações.

— Eu não tive nada a ver com isso.

— Você disse a elas onde era o baile!

Camille ficou boquiaberta, em surpresa.

— Não disse, não.

— Eu vi você!

Ela se virou para mim.

— Annaleigh, eu juro que não sei do que ela está falando. Eu fui direto me deitar ontem.

O papai entrou no quarto, acabando com o assunto de baile.

— A casa está um caos total. Os criados correndo para lá e para cá aos prantos, lamentando-se por causa das trigêmeas. O que está acontecendo? — Ele notou Lenore. — Cadê suas irmãs?

— Rosalie e Ligeia não estavam na cama quando Lenore acordou — expliquei, intervindo para evitar que Lenore voltasse a entrar em crise.

Puxei papai para o canto, tentando não me afastar de súbito depois de... sentir o cheiro da taverna que ainda emanava dele.

— Ela acha que elas estão desaparecidas.

O papai grunhiu, passando a mão na testa.

— Elas têm que estar em algum lugar. Vou começar a busca. Talvez possa vir nos ajudar... depois de tomar um café? — sugeri. — Elas vão aparecer logo, logo.

Eu faria de tudo para que aparecessem.

Horas se passaram desde o início das buscas pela casa toda sem encontrar nem rastro das minhas irmãs.

— Procuramos no labirinto de sebes todo, senhora — informou Jules, abrigando-se da nevasca dentro de casa. Sterland e Fisher estavam com ele. — Não encontramos nada.

Quando a notícia do desaparecimento das minhas irmãs se espalhou por Highmoor, os convidados se ofereceram para ajudar a procurar.

— Onde elas poderiam estar? — perguntou Morella.

Ela tinha se enfurnado na Sala Azul, entretendo as meninas mais novas e se mantendo aquecida perto do fogo crepitante. Minha madrasta parecia pálida e cansada. Eu estava preocupada com o que o estresse do dia poderia causar a ela e aos bebês.

Risquei o labirinto da lista de locais a serem procurados.

— Alguém tentou a cripta?

— Tem ao menos um palmo de neve lá fora agora — informou Sterland. — Teríamos visto as pegadas das meninas.

— O vento pode ter coberto os vestígios. Acho que devemos procurar. Diga ao papai aonde fui.

Cassius entrou no cômodo, com a neve salpicando seus ombros. Ele estivera do lado de fora procurando nos estábulos. Suas bochechas estavam bem vermelhas, queimadas pelo frio e pelo vento. Meu fio de esperança morreu quando ele negou com a cabeça.

— Você disse que está saindo?

Confirmei com a cabeça.

— Vou à cripta da família.

— Vou junto. A tempestade está ficando mais forte. Eu não posso deixar que vá sozinha. Não seria seguro.

Pela manhã toda eu o havia evitado, tentando não pensar na noite anterior, no beijo. Eu precisava manter o foco. Mas ele estava certo. Se eu saísse na tempestade sozinha, haveria outro grupo saindo à minha busca em breve.

— Eu preciso pegar a capa — avisei, subindo a escada depressa. — Já volto.

Os passos dele ecoaram atrás de mim. Quando fizemos contato visual, senti vontade de chorar.

— Como você está? — A voz dele estava baixa e atenciosa, ameaçando desmontar a fachada rígida que eu vinha tentando manter a manhã toda.

Afastei uma lágrima dos olhos, como se não passasse de uma poeirinha.

— Hoje definitivamente não é dia de focar em mim.

Ele subiu mais até estar no mesmo nível da escada que eu.

— Você está exausta. Deixe que eu vou procurar na cripta.

Continuei subindo.

— Você nem sabe como chegar lá.

— Mande um criado comigo. Vamos rapidinho. — Ele tocou minha lombar. — Annaleigh...

Parei no topo da escada.

— Eu preciso ir, Cassius. Não posso ficar aqui procurando pelos mesmos cômodos de novo e de novo enquanto todo mundo está lá fora atrás delas. Sinto que estou perdendo a cabeça. Por favor, me deixe.

— Vamos encontrá-las — prometeu ele, apertando minha mão. — Deve haver um cômodo em que não procuramos ainda... ou talvez seja uma pegadinha delas.

Neguei com a cabeça.

— Elas não fariam isso. Sabem o que pensaríamos.

Cassius parou em frente ao retrato bem diante de meu quarto e o observou. Fora pintado antes do nascimento das trigêmeas, quando éramos apenas seis irmãs.

— São minhas irmãs mais velhas.

— Ava, Octavia, Elizabeth e Eulalie.

Fiz uma pausa.

— Como sabia os nomes delas?

Ele congelou, seus olhos azuis ficando sombrios. Por um momento, pareceu preocupado, como se tivesse sido flagrado.

— Está na placa.

Estreitei os olhos para o bronze sob a moldura da imagem. Eu não conseguia enxergar os nomes à luz fraca.

— Éramos doze filhas originalmente. Mas, uma a uma, acabamos falecendo. Os aldeães acham que é uma maldição da família. Então, olha só, Rosalie e Ligeia nunca fingiriam ter desaparecido. Seria cruel demais.

— Quanta perda — murmurou ele, com os olhos focados na pintura.

Desviei o olhar dos olhos de minhas irmãs.

— Ah.

— O que foi?

Fitei a maçaneta da porta.

— Eu tinha certeza de que tinha fechado a porta.

Mas no momento estava bem aberta. Empurrei a porta, pensando que encontraria Ligeia e Rosalie ali dentro. Quando vi a figura com roupa escura perto da minha escrivaninha, deixei escapar um grito assustado.

Ivor levantou a cabeça, surpreso, com o rosto fechado, mas em pânico.

— O que está fazendo aqui? — exigi, e senti Cassius atrás de mim, espiando.

Devagar, Ivor fechou a gaveta. Uma das minhas meias de seda ficou presa no fecho.

— Procurando as gêmeas.

— Na cômoda de Annaleigh? — A voz de Cassius estava sombria, alerta. — E são trigêmeas.

Ele deu de ombros.

— Pensei que, com todo mundo ocupado, eu poderia buscar pistas.

— Pistas?

— Sobre os sapatos.

— Minhas irmãs estão desaparecidas e você está preocupado com nossos sapatos? — Avancei nele, segurando seu braço e o empurrando na direção da porta com toda a força que tinha. Era como tentar mover uma montanha. — Este é meu quarto. Saia daqui!

Ivor se afastou de mim.

— Eu estava só tentando ajudar.

— Ajudar a si mesmo, no caso.

— A senhorita pediu para você sair do quarto dela — lembrou Cassius, se empertigando.

Ivor olhou de um para o outro, arqueando a sobrancelha.

— E o que você está fazendo no quarto da senhorita?

Cassius estreitou os olhos. Encarou o assistente de cima, calado e estático, até Ivor se afastar.

— Tem uma coisinha no seu bolso que tenho certeza de que pertence à srta. Taumas — disse Cassius às costas do outro. — Devolva.

Sem olhar para trás, Ivor largou uma das minhas fitas de cabelo no chão, pisando na peça enquanto ia embora. Cassius o seguiu como se para garantir que ele não entrasse em nenhum outro quarto.

Quando peguei a fita, uma lembrança me ocorreu.

Cabelo...

Eu tinha tirado um graveto do cabelo de Lenore naquela manhã. Um graveto de baga. Sabia onde ficavam aqueles arbustos. Cresciam em uma moita na floresta não muito longe de Highmoor. Lenore devia ter estado lá. E as trigêmeas nunca faziam nada uma sem a outra...

— Eu acho que sei onde elas podem estar — anunciei quando Cassius voltou.

— Onde?

Corri pela escadaria, jogando um lenço ao redor do pescoço.

— Venha comigo.

26

Escolhi a rota mais rápida pelos jardins, mas ainda assim estávamos meio congelados quando chegamos à margem da floresta. Ao longo do caminho, fiquei de olho em qualquer sinal de que minhas irmãs tinham passado por ali, mas os ventos uivantes cobriam quaisquer vestígios que pudessem ter deixado. Tentei ignorar o medo crescente em minha barriga, um medo que distorcia minhas esperanças com pragmatismo.

Estava frio demais.

Elas estavam fora havia muito tempo.

Não tinha como encontrá-las vivas.

Não!

Imaginei Rosalie e Ligeia aninhadas numa moita, desorientadas e com frio, mas as cobriríamos com as capas e as levaríamos para casa. Elas se aqueceriam diante da lareira, animando-se com canecas de sidra quente e uma boa refeição, e um dia riríamos daquilo tudo.

Avançamos pela mata o mais rápido que a neve permitia. Em alguns pontos, mal havia neve no chão, mas nossos tornozelos se prendiam a raízes e vinhas congeladas. Em outros, os montes chegavam aos nossos joelhos. Dentro da proteção das árvores, o vento não estava tão forte, e assim a visibilidade ficou dez vezes melhor.

Cassius se equilibrou antes de cair em um buraco de raposa.

— O que elas estariam fazendo aqui?

Empurrei um galho, mas a coisa ricocheteou, me acertando no rosto. Minhas bochechas estavam dormentes demais para que eu sentisse dor. Meus pés doíam, congelados e formigando, enquanto se arrastavam em meio à neve pesada.

Lá na frente notei um vislumbre de vermelho, a primeira cor de verdade que víamos desde que chegamos à floresta. Os arbustos de bagas!

Estavam aglomerados, formando uma sebe densa e circular. Havia um espaço mais à frente dos arbustos, desembocando em uma pequena clareira no centro. Nos meses de verão, com frequência fazíamos piqueniques ali e passávamos a tarde toda escondidas debaixo da moita verdejante.

Vi pegadas na neve.

Meu coração se encheu de tanta esperança que achei que fosse explodir. Elas passaram por ali!

— Rosalie! Ligeia!

Cassius estava à minha frente àquela altura, seguindo as pegadas e dando a volta na sebe. Eu queria empurrá-lo para fora do caminho e correr mais rápido, mas bancos de neve insistiam em prender minhas pernas, fazendo com que eu ficasse vários passos para trás.

Contei três pares de pegadas.

— Olhe! Está vendo? Elas passaram por aqui!

Ele parou de súbito no espaço em que a moita se abria, bloqueando minha passagem. Cassius tentou me segurar quando o contornei. Seus dedos roçaram nos meus de leve, mas não foi o suficiente para me deter.

— Annaleigh, não!

Estaquei no lugar. Tudo ao redor ficou parado, a não ser as batidas de meu coração. Martelavam mais e mais, mais e mais rápido, até eu sentir a pulsação no pescoço, deixando-me ofegante.

Acho que gritei, mas não ouvi nada, só o lamento agudo de um silêncio que se estendeu demais.

Queria ir até elas, mas o único sentido em que consegui me mover foi para baixo quando meus joelhos cederam e caí na neve.

Não me lembrava de como cheguei até elas, talvez tenha rastejado, mas de repente estava lá, com minhas irmãs, checando a pulsação nos seus pescoços congelados, seus pulsos de um azul pálido. Encostei o ouvido em seus peitos silenciosos, desesperada em busca de batimentos, mas não havia nada.

— Rosalie? — Minha voz soou em um soluço quando toquei na bochecha dela. As lágrimas escorreram pelo meu rosto. Ela estava gelada. Tão gelada. Elas tinham ficado tempo demais ali fora. — Ligeia? Ligeia, Rosalie, por favor, acordem — implorei para os corpos gelados de minhas irmãs antes de jogar os braços por cima delas e urrar.

Elas estavam deitadas de costas no meio da moita, seus olhos congelados focavam o céu. Se desconsiderasse os sincelos nos cílios, o gelo sob as narinas e o azul dos lábios, era como se estivessem observando o movimento das nuvens, apontando para os formatos curiosos que passavam.

Cassius chegou por trás de mim, tentando me afastar dos corpos. Não. Não corpos. Rosalie. Ligeia. Minhas belas irmãs atrevidas. Não eram corpos. Elas não podiam estar mortas. Não podiam estar...

Deixei que ele me envolvesse, tentando absorver meu sofrimento. Soluços escaparam do meu peito e achei que fossem me partir ao meio, mas ele me segurou apertado, dando beijos em meu cabelo, acariciando minhas costas, mantendo-me ali, firme, inteira.

Quando me voltei para minhas irmãs, notei que estavam de mãos dadas, e lembrei-me da história que a mamãe adorava contar sobre o dia do nascimento das trigêmeas. Depois de passarem tantos meses apertadas e amassadas bem juntinhas, nenhuma delas conseguira suportar o ato de se aventurar para o grande mundo desconhecido sozinha, então formaram uma corrente, uma segurando a mão da outra, o vínculo se rompendo somente quando a parteira as separara. Primeiro Rosalie, depois Ligeia, e então Lenore.

A mão de Ligeia estava estendida pela neve, em busca do contato com a irmã, procurando por Lenore, no desespero de deixar o mundo como haviam entrado: juntas.

Com as lágrimas nos olhos embaçando minha visão, de repente não vi mais nada.

27

— Nós, o Povo do Sal, devolvemos esses corpos ao mar. — A voz do Alto-Marinheiro era marcada por um traço de tristeza que eu não havia percebido nos sepultamentos de minhas outras irmãs.

Ele acenou com a cabeça para Sterland, Regnard, Fisher e Cassius, nossos carregadores de caixão de última hora.

A tempestade ainda rugia do lado de fora, impossibilitando o acesso ao continente e a chegada de quaisquer parentes corajosos o suficiente que quisessem ver a confirmação da maldição Taumas. A maior parte dos convidados quisera ir embora de Highmoor depois de termos encontrado minhas irmãs. Todos, com exceção dos amigos mais antigos do papai e de Cassius, tinham voltado para Astreia, com a intenção de esperarem a tempestade estiar o mais longe possível do nosso luto.

Os homens deslizaram o caixão para dentro do túmulo, tentando não grunhir com o esforço que faziam.

Caixão. No singular.

A cripta só tinha lugar para uma caixa por vez. Os Taumas aparentemente nunca tinham morrido em par antes. Eu não queria saber o que tinham feito com Rosalie e Ligeia para conseguir fazê-las caberem em um só caixão, mas eu me sentia um pouco melhor sabendo que estavam ali juntas.

— Do Sal nascemos, pelo Sal vivemos e ao Sal retornamos — entoou o Alto-Marinheiro.

— Ao Sal — repetimos de maneira apática.

Ele derramou a taça de água salgada no caixão, encharcou as velas, e estava acabado.

Daquela vez o papai não fez um discurso. Não haveria vigília. Não era o momento de celebrar as vidas delas. O luto recaiu sobre nós outra vez, como uma segunda pele.

Foram necessárias três charretes para levar todos de volta a Highmoor. O papai, Sterland, Regnard e o Alto-Marinheiro foram primeiro. Segui atrás em uma com Verity, Mercy e Fisher. Camille, Honor e Cassius foram em seguida. Morella tinha ficado em casa, sem conseguir sair com um frio feito aquele, e Lenore...

Lenore.

Ela tinha ficado de cama desde que Cassius e eu voltáramos com a triste notícia. Eu não conseguia lembrar muito do caminho de volta. Nunca tinha desmaiado antes. Não era como se lia naqueles livros de romance bobos que as trigêmeas revezavam entre si.

Tinham revezado.

Quando Lenore ouvira a notícia, assentira com a cabeça uma vez, nossas palavras confirmando o que ela já sabia, e saíra do cômodo com uma graciosidade lúgubre. Hanna fora atrás dela, convicta de que Lenore machucaria a si mesma.

Mas não houvera agressividade. Nem lágrimas, gritos, gemidos ou lamentos. Era como se a centelha de vida que existia em Lenore tivesse ido embora com as irmãs, deixando para trás uma casca vazia. Ela acordava, dormia, comia e tomava banho, mas não estava ali de verdade. Mesmo quando eu me deitava junto a ela à noite (eu não conseguia suportar deixá-la sozinha, sabendo que minha própria dor era dez vezes pior para ela), minha irmã nada dizia. Quase desejei que voltasse para aquele estado desesperado e feroz de antes. O sofrimento silencioso e distante era terrível demais de testemunhar.

— Você viu elas, não viu? — perguntou Verity, sua voz me trazendo de volta à viagem sacolejante na charrete.

Mesmo com as janelas fechadas e cobertas, nossa respiração formava vapor no ar, e estávamos todas aninhadas uma na outra debaixo de cobertores grossos e casacos de pele.

Confirmei com a cabeça.

— Como elas morreram? O papai não diz. Roland me disse que foi um urso.

— Não tem ursos na ilha — lembrou Fisher.

— Não foi um urso — contrapus.

Minha voz parecia enferrujada, corroída pelas lágrimas.

— Então o que foi? Roland disse que elas estavam estraçalhadas. Que tinha sangue por todo lado.

— Roland vai acabar é desempregado. Ele nunca devia ter dito isso a você. Nem é verdade. Quando nós... as encontramos... elas estavam ali na moita, deitadas de costas.

— Alguém as envenenou? — perguntou Mercy.

— Óbvio que não!

— Então como?

Dei de ombros.

— Pareceu que elas tinham saído na tempestade e então ficaram com muito frio. Foi bem tranquilo. E elas estavam juntas. Não acho que ficaram com medo ou tristes.

— Então por que não voltaram?

Eu havia me feito a mesma pergunta. Lenore havia escapado da tempestade. Quando eu a pressionara para saber dos detalhes, tentando descobrir o que tinha acontecido naquela noite, ela se virara para mim com o olhar estranho e vazio, e então saíra andando.

— Eu não sei — admiti. — Tem muitas coisas de que não sei.

— A maldição — afirmou Verity com a voz baixinha, suave.

— Não tem maldição. Só azar.

— O azar não pode ser uma maldição? — indagou Mercy.

— Não. É só uma coincidência.

— A maldição podia fazer parecer coincidência.

— Não tem nenhuma maldição! — berrei, bem mais alto do que pretendia.

As garotas se sobressaltaram. Não foi legal assustá-las, mas a charrete se manteve misericordiosamente silenciosa pelo resto do trajeto.

Quando chegamos a Highmoor, Mercy e Verity pularam do veículo, ansiosas para se afastarem de mim, mas Fisher continuou ali dentro, franzindo as sobrancelhas.

— O que foi? — perguntei, quando ficou nítido que ele tinha algo na ponta da língua. Ele negou com a cabeça, seguindo para a porta. Segurei a mão dele, detendo-o. — Fisher, o que foi?

— Cassius estava com você quando encontrou Rosalie e Ligeia?

— Estava.

Ele focou os olhos castanhos em mim por um instante antes de voltar a olhar para a janela.

— Não é nada.

— É óbvio que é alguma coisa.

A respiração dele formava uma névoa no ar frio da carruagem.

— É só que... eu mesmo passei por aqueles bosques. Durante a busca... Sei que minha memória daquele dia não é das melhores, mas acho que teria visto as meninas quando passei pelos arbustos de bagas.

— O que está dizendo?

Ele esfregou a testa como se os dedos pudessem arrancar os pensamentos sombrios que se formavam. Quando fez contato visual comigo, seus olhos estavam aguçados.

— Estou dizendo que elas não estavam lá. Estou dizendo que alguém as colocou lá depois.

— Alguém as colocou lá? — repeti. Uma sensação gélida subiu por meu peito, correndo por minhas veias que nem água fria, me congelando no lugar. — Como assim? Você acha... você acha que elas foram assassinadas?

— Você não acha? Você me disse que alguém matou Eulalie. Gritou para mim e toda a Astreia que alguém empurrou Edgar. Não desconfia de um crime neste caso?

Franzi a testa, horrorizada.

— Não... Eulalie... Foi outra pessoa. Alguém que estava com ciúme de Edgar e... Mas Rosalie e Ligeia... elas tinham ido ao baile. Só ficaram presas ali por causa da tempestade.

— Ficaram mesmo? — contrapôs Fisher com a voz firme, mas não indelicada. — Você disse que viu um terceiro par de pegadas na neve.

— Foi Lenore — respondi antes de perceber como a teoria parecia frágil.

— Por que Lenore teria conseguido voltar? — Fisher chegou mais perto. — Você sabe que ela não teria deixado as irmãs.

— Mas o galho de baga no cabelo dela...

— Poderia ter sido colocado ali depois.

Imaginei uma sombra enorme e corpulenta entrando de fininho no quarto de minha irmã enquanto ela dormia, deixando um gravetinho ali, e estremeci.

— Você acha que o terceiro par de pegadas era de quem matou? Da pessoa que matou Eulalie?

Ele confirmou com a cabeça.

Minha mente ficou acelerada, tentando lembrar os motivos pelos quais eu pensei que a razão do assassinato de Eulalie fora um amor não correspondido. Se não houvesse sido, se minha teoria estivesse errada...

— Se Rosalie e Ligeia foram mesmo assassinadas... isso significa que nenhuma de nós está segura — sussurrei.

Olhando pela janela, vi Verity e Mercy ouvindo com paciência enquanto o papai conversava com o Alto-Marinheiro, e senti um formigamento pelo corpo. Alguém poderia ir atrás delas. Alguém que...

A última charrete chegou ao pátio. Cassius saiu, dando a mão para ajudar Camille e Honor. Ele deu uma olhada longa para o veículo em que eu estava antes de conduzi-las para dentro.

— O que sabemos sobre ele de verdade? — perguntou Fisher, num tom triste. — Quer dizer, seu pai nem sabia que Corum tinha um filho até ele aparecer. Isso não parece estranho?

Eu estava com um pouco de dor de cabeça, uma súbita enxaqueca causada pelo frio e pelas acusações no ar.

— É um pouco suspeito, de fato. Mas não significa que ele seja um assassino.

— Verdade, mas...

Levantei a mão, detendo-o.

— Eu preciso perguntar, Fisher... Você não está dizendo isso porque... porque o escolhi em vez de você?

Ele ficou boquiaberto.

— Óbvio que não! Como você pode sequer pensar que eu...

Ele colocou a mão na porta da charrete, pronto para abri-la e sair.

— Espere! Eu só estou dizendo... — Suspirei, balançando a cabeça. — Eu não sei o que estou dizendo. Desculpe. Eu não venho dormindo bem, e eu... vou pensar nisso, está bem?

Os olhos de Fisher focaram intensamente os meus.

— Como assim? Agora?

Ele deu de ombros.

— Você tem alguma coisa mais urgente para fazer?

Suspirando, tentei me lembrar do dia.

— Você e Sterland estavam no labirinto com Regnard e Ethan, não estavam?

— Pela maior parte da manhã.

Contei nos dedos, descartando as pessoas mencionadas. Ivor estivera no andar de cima, buscando pistas sobre nossos calçados desgastados. Um suspeito a menos.

— Jules estava nos estábulos com Cassius, eu acho — comentei.

Mesmo ao falar, lembrei-me de Cassius chegando sozinho. Ele estivera com as bochechas vermelhas, como se tivesse estado do lado de fora por bastante tempo.

Por quê?

Os estábulos não ficavam muito longe da casa, e eram aquecidos com carvão por causa dos cavalos.

— Você tem certeza de que passou pelos arbustos de baga?

Senti um nó na garganta. Parecia que eu estava na beira de um penhasco, com pedrinhas e cascalho sob os pés. Parecia que eu estava prestes a cair, mas não conseguia salvar a mim mesma.

Fisher confirmou com a cabeça.

— Não tinha nada na moita. Não tinha ninguém lá.

Olhei pela janela, mas não consegui ver nada além das bochechas vermelhas de Cassius.

As janelas de vidro ficaram embaçadas por causa da condensação de nossa respiração enquanto Fisher esperava em silêncio, deixando que suas palavras se assentassem.

— Anda, vamos entrar — chamou ele por fim, abrindo a porta e me ajudando a sair.

Fiquei ali no pátio, atordoada e confusa. Nem me assustei quando o motorista agitou o chicote, incitando os cavalos a se mexerem. Embora eu esfregasse os braços para cima e para baixo a fim de me aquecer, não ajudou. Não conseguia sentir nada. Eu tinha ficado completamente dormente.

— Alguém nesta ilha matou minhas irmãs.

O rosto de Fisher era pura tristeza enquanto ele segurava meu cotovelo, conduzindo-me para dentro.

Logo antes de passar por baixo do pórtico, olhei para cima e avistei uma figura perfeitamente alinhada em uma das janelas da Sala Azul. Cassius estava olhando para nós dois, com uma expressão preocupada no rosto.

28

O QUARTO ESTAVA QUENTE.

Fiquei deitada ao lado de Lenore, sem conseguir dormir. Os lençóis grudavam em minhas pernas, contorcidos e repuxando. Tentei ajeitar os tecidos com o pé, mas ficaram ainda mais emaranhados.

"O que sabemos sobre ele de verdade?"

A voz de Fisher ficou mais nítida em minha mente, repetindo a pergunta de novo e de novo até cada palavra deixar de fazer sentido, virando um eco bagunçado de consonâncias.

Não fazia sentido.

Não poderia fazer.

Mas ele estivera com as bochechas tão vermelhas...

Dobrei o travesseiro debaixo do corpo, querendo ficar mais confortável, mas só serviu para me deixar mais agitada. Tentei ajeitar com mais força a maciez felpuda, querendo conseguir domar meus próprios sentimentos para que ficassem assim, obedientes.

— Ele nem estava nas Salinas quando Eulalie caiu — lembrei a mim mesma.

Quer dizer que você só o conheceu depois que ela já tinha morrido...

Balancei a cabeça, desejando calar aquela vozinha. Cassius não tinha motivo para matar nem Rosalie nem Ligeia, e estivera comigo quando Edgar morrera. Não poderia ser ele.

Mas Eulalie...

Inspirei depressa, me lembrando da pintura a óleo no corredor na manhã antes de irmos aos arbustos de bagas.

Ele soubera o nome de Eulalie.

Soubera o nome de todas as minhas irmãs.

Ele não poderia ter lido a plaquinha pequena e suja debaixo da pintura. Então como soubera?

Sibilando de frustração, me virei de lado. O luar banhava o quarto com feixes de luz e sombras amedrontadoras. Vislumbrando as duas camas vazias, desviei o olhar, ficando cara a cara com Lenore.

Ela estava com os olhos abertos, me encarando. Era a primeira vez que tínhamos feito contato visual desde que eu voltara da floresta.

— Você está acordada — murmurei sem necessidade. — Desculpe, não conseguia dormir. Acordei você?

Ela não respondeu, o que eu já esperava. Então prossegui:

— Fica sempre tão quente assim aqui? — Silêncio. — Talvez o fogo da lareira tenha ficado muito forte. — Eu me sentei, lutando para me desvencilhar da roupa de cama. — Quer alguma coisa? Você não foi jantar. Que tal um chá? Quer?

Eu estava acostumada a fazer monólogo no mausoléu com a mamãe, mas achava bem enervante ter um desses com uma pessoa de carne e osso diante de mim, porque ela nunca respondia.

Minha irmã se virou e ficou analisando o dossel da cama. Minutos se passaram.

Por fim, comecei a sair da cama. A camisola estava grudada em mim, pegajosa e sufocante.

— Eu vou tomar um banho para me refrescar. Depois vou trazer um chá, se você ainda estiver acordada...

Não esperei pela resposta.

Teria sido mais fácil usar a banheira do terceiro andar que era minha, mas os canos faziam muito barulho e eu não queria acordar as Graças. Lenore era a única que me ouviria ali embaixo.

Enquanto a banheira enchia, despi a camisola encharcada e a deixei em uma pilha perto das pias. Já era bem depois da meia-noite (era tarde demais para lavar o cabelo e ter alguma esperança de que secasse antes do nascer do sol), então amarrei a trança no alto da cabeça para deixar os ombros livres.

Em contraste com o quarto de Lenore, o banheiro de azulejos de mármore e porcelana estava frio. Entrei na banheira, grata pelo calor morno da água. A banheira era muito maior do que a minha, dava para boiar de costas sem tocar as laterais.

Fechei os olhos, ouvindo os pingos da água caindo do bocal e ecoando na arcada.

Ploc. Plic.

Ploc. Ploc. Plic.

Caía com um compasso hipnótico, atraindo-me para a tranquilidade. Pela primeira vez no dia, parecia que eu poderia relaxar os músculos, esvaziar minha mente e ter paz.

"O que sabemos sobre ele de verdade?"

Abri os olhos e sobressaltei-me para trás, soltando um xingamento pelo susto: Lenore estava ao lado da banheira, me observando naquele silêncio, de olhos vidrados.

A água vazou da banheira, atingindo-a, mas ela nem reagiu, apenas continuou me encarando com a expressão inexpressiva, mas curiosa. Seu rosto comprido e retraído estava encoberto pelas sombras e o cabelo caía em mechas escuras, tendo se desfeito da trança que eu havia feito naquela noite.

— Você mudou de camisola? — perguntei, observando a guarnição de renda desconhecida. — O que houve? Quer o chá? Vou levar para você assim que terminar aqui — prometi, mergulhando na água, tentando encontrar um ângulo que cobrisse o máximo do meu corpo.

Eu nunca havia sentido a necessidade de ter vergonha diante de minhas irmãs até porque passamos grande parte da vida nos trocando umas na frente das outras, mas algo nos olhos dela me fez desejar ter uma toalha bem comprida cobrindo meu corpo.

Ela piscou uma vez, então devagar se virou e cambaleou para a soleira da porta, movendo-se como se estivesse com as pernas dormentes.

— Lenore!

Quando ela não estava mais olhando, saí da água quente e me sequei. Enrolando o roupão no corpo, fui depressa atrás dela.

Lenore já estava no topo da escada da frente.

— O que está fazendo? Eu levo o chá. Você deveria estar na cama.

Ela se virou para mim, mas então começou a descer, ainda com aquele andar esquisito. Suspirando, amarrei o roupão com mais firmeza ao redor do corpo e a segui.

Ao chegar ao primeiro andar, não me restava outra opção a não ser tentar adivinhar para onde ela tinha ido. Tentei a cozinha, mas estava vazia, a despensa também.

— Lenore?

Voltando ao corredor principal, tive um vislumbre de cabelos vermelhos e vestido branco entrando na biblioteca. Eu me apressei para alcançá-la, mas a porta do outro lado do cômodo já se fechava quando entrei.

— Lenore, me espere!

Adiante no corredor, outra porta se fechou. Pareceu ser a porta de vidro do solário. O que ela estaria indo fazer lá a uma hora daquelas?

Saí para o ar denso e úmido. Quando éramos crianças, adorávamos passar o tempo ali no solário nas tardes de inverno. Ficar sentadas em meio à selva com a neve se agitando do outro lado das janelas de vidro escurecido parecia mágico.

— Lenore? — chamei de novo, dando um passo à frente. — Cadê você?

Não houve resposta, mas uma fronde de samambaia se agitou para a frente e para trás. Fechei os olhos e ouvi com atenção. O gotejar do lago do solário não conseguia mascarar o farfalhar das saias compridas no pavimento de pedra.

Eu me virei e segui o som. Os jardineiros não trabalhavam no primeiro mês de inverno, e as palmeiras cresciam sem controle sem a presença deles, espalhando-se pelos caminhos sem consideração por quem tinha que passar por ali. Tirei uma folha bem grande do caminho, mas quase tropecei em algo no meio da passagem.

Era o caderno de desenhos de Verity.

Eu não o via desde aquele dia no quarto de Elizabeth. O que estava fazendo ali no solário? Será que Lenore o tinha levado consigo de alguma forma?

A capa se abriu como se por efeito de uma brisa, revelando o desenho de Eulalie arrancando as cobertas de Verity enquanto a caçula dormia.

Enquanto me agachava para pegar o caderno mórbido, as páginas mudaram de novo, mas eu não sentia nenhuma corrente de ar. Imagens de minhas irmãs, um horror de figuras retorcidas e em decomposição, foram exibidas em uma rápida sequência. Desenhos de Eulalie, Ava, Octavia, Elizabeth e até Rosalie e Ligeia se viraram, as páginas movidas por mãos invisíveis. O movimento das folhas parou de repente no desenho final.

Era eu.

Meu desenho estava no meio de um grandioso salão de baile, com a multidão de convidados espiando por trás de máscaras. Minhas saias acetinadas se espalhavam ao meu redor como uma poça, revelando os ângulos anormais dos meus tornozelos. Cada membro do meu corpo estava virado em uma direção errada, feito uma marionete cujas cordas foram cortadas.

Minha cabeça estava inclinada para trás, e meu olhar fitava algo fora da página, morto. Minha boca estava escancarada, frouxa. Uma das mãos se esticava à frente, curvada como se convidasse o espectador a entrar nas páginas.

Reprimindo um grito aterrorizado, fechei o caderno horrendo e o chutei para longe.

Por que Verity desenharia algo assim?

Ou será que não tinha sido ela?

— Lenore? — chamei, a voz falhando enquanto minha garganta se fechava de medo.

Meu desenho parecia diferente dos das outras, com um estilo mais sutil e refinado. Será que Lenore o havia feito? Ela ficara calada desde a descoberta dos corpos de nossas irmãs. Todo mundo havia presumido que fosse a forma como ela expressava luto, mas e se estivéssemos erradas? E se ela tivesse perdido a sanidade?

Olhei para as palmeiras ao redor. Distraída pelo caderno, eu já não fazia ideia de onde ela estava. Poderia estar em qualquer parte do solário, observando-me, à espreita com aqueles olhos assombrados.

Senti um arrepio na nuca e me apressei pela trilha, fazendo um zigue-zague entre as plantas para evitar ser um alvo fácil. Na última curva, estaquei no lugar, vendo a silhueta de Lenore banhada pelo luar que atravessava a janela. Ela encostava a mão no vidro, como se tentasse pegar algo fora de alcance. Minha irmã me olhou, então seguiu para a esquerda.

Dei uma olhada para o lado de fora, querendo entender o que ela estivera fitando. A Ala Leste ficava bem visível daquele ângulo, assomando do outro lado do gramado da frente. Estava escuro, com exceção da luz emanando de uma janela no segundo andar.

O quarto de Lenore.

Fiquei sem fôlego, quase me engasgando, quando vi a forma escura olhando pela janela.

Era Lenore.

Paralisei, e meus braços ficaram arrepiados. As palmeiras se mexeram de novo, e o farfalhar de uma saia que não era a de Lenore se aproximou. Com a boca seca de tanto pavor, eu me virei e vi não Lenore, mas Rosalie e Ligeia, uma ao lado da outra, de mãos dadas, com os lábios azuis idênticos e gelo no cabelo. Os olhos delas eram como mármores leitosos.

— Rosalie? — ousei perguntar. Ela se agitou de um lado para o outro, sem parecer ter me ouvido. — Ligeia?

Rosalie esticou o braço livre, apontando para mim. Não, não para mim. Para algo atrás de mim, sobre meu ombro. Devagar, como se puxadas por uma corda invisível, elas viraram a cabeça para a direita.

Os corpos fizeram o mesmo, seguindo pela trilha, atraídas por algo que eu não conseguia ver nem ouvir.

Virei-me para ver se Lenore tinha visto as irmãs, mas a janela estava vazia e escura. Será que ela estava indo para o solário? Meu coração deu um salto quando compreendi.

Elas estavam indo até *ela*.

Saí correndo, afastando as frondas das palmeiras, meus pés descalços escorregando nas pedras lisas. Caí uma vez, batendo o joelho em uma estátua. O sangue escorreu da minha perna, chegando aos dedos, mas não liguei. A única coisa que importava era conseguir alcançar Lenore antes de minhas irmãs.

Toda vez que eu parecia estar alcançando as duas, elas aceleravam, seus movimentos eram um borrão irregular, uma bruma vibrante dolorosa de ver. O ar zumbiu quando elas tremeram, e parecia que meus tímpanos estourariam.

Minhas irmãs chegaram à porta. Em um momento estavam no solário comigo, e no outro, do outro lado do vidro. Balancei a cabeça, certa de que fora um truque de luz, mas Rosalie colocou a mão no vidro, fechando a porta. Ela travou com um clique alto.

Tentei a maçaneta, mas elas tinham me trancado. Bati nas janelas com os punhos. Quando comecei a sentir dor, usei as palmas das mãos, então os pés, tentando quebrar o vidro.

Minhas irmãs me observavam com uma curiosidade inexpressiva. Ligeia inclinou a cabeça para analisar o rastro de sangue no vidro depois que meus dedos ficaram feridos. Ela encostou na marca escarlate.

— Por favor, me deixem sair — implorei. — Não podem me largar aqui!

Ela tocou a mancha de leve, então segurou a mão de Rosalie de novo. A mão livre se esticou na direção de Lenore, mas não encontrou o que buscava. Então ela abaixou a cabeça a fim de olhar para o espaço ao seu lado, perturbada ao ver que não segurava nada. Rosalie acenou com a cabeça, elas sumiram, zumbindo pelo corredor de novo com o movimento vibratório horroroso. Foi um alívio ver a visão aterrorizante ir embora, mas então me lembrei de Lenore e voltei a bater nas portas, gritando por socorro. Eu não me importava se acordasse a mansão inteira e se todos achassem que eu tinha perdido a cabeça. Eu tinha que deter os espíritos das minhas irmãs.

Alguns ruídos metálicos do outro lado da porta me acordaram.

Eu estava deitada, toda amassada, colada às placas de vidro, completamente exausta. Minhas mãos estavam doloridas e ensanguentadas, e eu tinha ficado rouca de tanto gritar. Depois que minhas irmãs desapareceram, parecia que minha vista não funcionava direito, não focava nada. Eu tinha fechado os olhos, com a intenção de descansá-los só um pouquinho.

De repente a porta se abriu e eu caí, minha cabeça batendo no chão de madeira do corredor com um baque doloroso. Olhando para cima, quase vesga, vi a forma de Cassius, trajando roupas escuras, me olhando enquanto segurava uma vela, o rosto preocupado.

— Annaleigh, o que está fazendo aqui? Está toda machucada — comentou ele, segurando minhas mãos.

— Saia de perto de mim!

Eu me afastei do toque, cambaleando pelos degraus do solário. Minha cabeça rodou enquanto o cômodo parecia despencar para a direita, virando um borrão enuviado antes de voltar a ficar nítido demais, com muitas cores. Meu estômago se revirou, lutando contra o desequilíbrio. Segurei um vaso de palmeira para evitar sair girando.

Ele endireitou a postura.

— Eu não quis assustar você. Está tudo bem? Ouvi gritos.

— Só fique longe!

Tirei um pouco de terra e folhas de cima de mim, reprimindo um lamento. Cada movimento de minhas mãos era agoniante, e eu não podia deixá-lo perceber que estava com dor.

Ver os espíritos das minhas irmãs havia me convencido de que a teoria de Fisher era real. Elas haviam sido assassinadas e tinham retornado, assombrando-nos até que se encontrasse quem as havia matado. E, embora pensar naquilo partisse meu coração, Cassius era o suspeito mais provável.

Tudo nele já me parecia muito calculado. Uma rigidez dissimulada brilhando nos olhos, avaliando a situação com cautela, absorvendo todos os detalhes possíveis.

Minha visão entrou e saiu de foco de novo, e considerei que talvez estivesse com uma concussão antes de perceber que Cassius usava meu momento de distração para entrar no solário devagar.

— Annaleigh, o que aconteceu? Suas mãos estão horríveis.

— Falei para ficar longe!

Ele parou no último degrau, e tropecei na bainha do meu roupão, cambaleando para cima da folhagem. Se Cassius tivesse mesmo matado minhas irmãs, eu só podia presumir que tivesse ido ali para acabar comigo também.

Visões horrendas passaram pela minha mente. Verity encontrando meu corpo boiando de bruços no lago. Camille tropeçando em meu tornozelo mal escondido enquanto vasculhavam a casa. Lenore acordando e vendo meu cadáver ao seu lado na cama. Outro velório.

O que fariam com meu corpo? Eu não caberia na cripta com Rosalie e Ligeia ainda lá. Eles me jogariam direto no mar? Eu ainda chegaria à Salmoura com o resto da família, ou estaria fadada a ficar sendo arremessada de um lado ao outro pelas ondas por toda a eternidade, como um navio-fantasma, nunca atracando no porto?

O lugar girou de novo, e relutei para manter os olhos em Cassius.

— Você me envenenou — acusei, quando vi pontinhos pretos na vista.

Não podia ser uma concussão. Tinham me drogado.

O rosto dele era o retrato da descrença.

— Envenenei? Do que está falando? Annaleigh, me conte o que aconteceu!

Ele se adiantou depressa em minha direção, e dei a volta e corri pela trilha. Derrubei vasos de plantas e estatuetas, qualquer coisa que pudesse servir de obstáculo para ele, mas seus passos chegavam mais e mais perto.

Passando por entre as samambaias até chegar à área de azulejos do lago, segurei uma mesinha de metal e a agitei entre nós.

— Fique longe de mim! Eu sei o que você fez.

Mesmo enquanto eu o acusava, sabia que não fazia sentido. Envenenada? Como? Quando? Mas o que mais explicaria meu estado desorientado?

Os olhos de Cassius estavam nitidamente confusos, e ele ergueu as mãos, como se para demonstrar que era indefeso.

— O que eu fiz? Annaleigh... Eu não fiz nada!

— Então por que minhas irmãs estão mortas?

Uma vez que as palavras tinham saído da minha boca, não era possível voltar atrás. Elas cortaram o ar, mais afiadas que uma lâmina de serra, penetrando mais fundo.

Eu nunca me esqueceria da expressão horrorizada no rosto de Cassius.

— Você acha que matei suas irmãs?

Ele soltou uma risada curta e seca.

— Alguém matou. Alguém que está aqui, na ilha.

Ele cerrou os dentes.

— Então você presumiu que fosse eu, o forasteiro.

Cassius se virou para ir embora, e uma sensação fria de consternação me assolou. Por que ele estava indo embora? Um assassino não daria as costas a uma testemunha. Um assassino garantiria que a pessoa fosse silenciada. Enquanto ia embora, o som de seus passos provocou uma centelha de dúvida em meu coração.

Eu estava errada de novo?

— Você sabia os nomes das minhas irmãs! — acusei, aos gritos.

Cassius se virou, com o ultraje e a mágoa tomando seu rosto.

— O que está acontecendo, Annaleigh? É sua cabeça? Por causa da queda?

— Ava e Eulalie. Octavia e Elizabeth. Nunca lhe contei os nomes delas. Você as reconheceu na pintura.

— E isso faz de mim um assassino?

— Não é um bom indício. E tem outras coisas... Verity nunca lhe contou sobre as tartarugas-marinhas — chutei, em desespero.

— Ela não contou, mas... — Ele ficou pálido, perdendo a compostura por um mísero momento, mas não passou despercebido.

— Há quanto tempo você está vigiando minha família?

A mesinha caiu de minhas mãos quando um novo terror me dominou, espalhando-se por minha mente como uma maré vermelha, envenenando tudo o que tocava.

— Eulalie não foi a primeira, foi? — Minha boca tremia. — Elizabeth não se matou. E Octavia não caiu. — Um soluço me escapou. — Você foi o responsável pelas mortes de todas elas.

Caí de joelhos, sentindo o cômodo se estreitar ao meu redor. Minha cabeça estava um turbilhão, caótica, martelando de horror. Um zumbido baixo, parecido com o barulho que os espíritos de Ligeia e Rosalie tinham feito, soou nos cantos do solário. Eu me encolhi ao ouvi-lo, tapando os ouvidos com as mãos, mas nada conseguia abafar o ruído. Ficou mais e mais alto, e gritei em meio ao caos. Estava certa de que daquela vez meus tímpanos realmente estourariam.

E então de repente desapareceu, e a única coisa que eu ouvia eram os passos de Cassius se aproximando.

— Levante-se.

Continuei como estava, desejando que um buraco se abrisse no chão abaixo de mim.

— Annaleigh — alertou ele.

Convicta de que eu estava prestes a dar meu último suspiro, fiquei de joelhos, tremendo diante dele.

— Você acredita de verdade que matei suas irmãs?

Ele me analisava detidamente, sua decepção era tangível.

A pressão em minha cabeça aumentou, como se mãos apertassem meu cérebro, com tanta força a ponto de os dedos perderem a cor. Virei para o lado, colocando tudo para fora. Cassius logo estava ao meu lado, me apoiando e segurando meu cabelo. Ele murmurou ruídos reconfortantes e insignificantes, acariciando minhas costas enquanto eu vomitava. Quando ousei focar o olhar no dele, foi como se eu estivesse perdida na água em meio a uma névoa viscosa, sem saber para onde estava indo, antes que um vento intenso ficasse mais forte, revelando a costa que estivera à minha frente o tempo todo.

Quando finalmente compreendi, a confusão se tornou horror. O que eu havia feito?

— Cassius, desculpe. Eu não... não sei o que está acontecendo comigo.

Passei a mão pela boca, desejando beber água.

— Pode ser uma concussão — opinou ele, cutucando o galo em minha nuca. — Deixe eu dar uma olhada nas suas mãos.

Com muito mais gentileza do que eu merecia, ele segurou minhas mãos e analisou as laterais, que estavam inchadas e feridas, as unhas quebradas devido a minhas tentativas de arrombar o batente da porta.

— Qual foi o motivo disso?

— Eu... achei que estava trancada aqui.

Eu via nos olhos dele que não acreditava em mim.

— E não podia esperar que alguém viesse ajudar?

Estávamos perto demais um do outro. Fiquei com as bochechas e o colo vermelhos, e abaixei a cabeça, com vergonha de fitá-lo nos olhos.

— Eu vi minhas irmãs.

— Camille e Lenore trancaram você aqui?

Neguei com a cabeça.

Ele franziu a testa.

— Então as pequenininhas?

Neguei de novo.

— Ah.

Cravei as pontas irregulares das unhas na palma da mão.

— Você acredita em fantasmas?

Ele ficou calado por tanto tempo que fiquei preocupada que ele achasse que eu tinha perdido a sanidade, mas então ele confirmou com a cabeça.

— Acredito. Precisamos tratar das suas mãos.

— Minhas mãos? — repeti.

Elas eram o menor dos problemas.

Mas Cassius me conduziu para fora do solário e pelo corredor antes que eu pudesse argumentar. As arandelas estavam apagadas; o corredor, silencioso. Parecia que éramos as únicas pessoas acordadas na casa, nas Salinas, em toda a Arcânia.

— Hanna tem uma caixinha com gaze e unguento na lavanderia — comentei, mas ele passou direto pelo cômodo. — Aonde estamos indo?

Ele parou à porta que dava para o jardim. Cassius passou os dedos pela fibra da madeira, sem conseguir me encarar.

— Você precisa saber que eu ia lhe contar isso em algum momento, Annaleigh, eu ia mesmo.

Entrei em alerta, sentindo meus braços ficarem arrepiados.

— Contar o quê?

Ele abriu a porta, deixando uma rajada de ar frio entrar.

— Venha comigo.

Finquei os pés no tapete.

— Não podemos sair assim. Vamos congelar num instante.

— Não vou precisar de muito tempo. Mas preciso estar lá fora.

— Para quê?

Ele me puxou para a neve. Arfei, sentindo o ar deixar meu corpo enquanto a sensação de mil facas me atingia. Meus pés se rebelaram, ficando doloridos de tão dormentes a cada passo dado. Os ventos atravessavam a seda fina do roupão, e meu corpo tremia enquanto ele me arrastava consigo.

— Cassius, isso é absurdo! — reclamei, gritando para que minha voz se sobressaísse à ventania.

— Eu preciso estar longe das árvores. Não podemos ficar debaixo de galhos.

Quando estávamos em uma área aberta, ele puxou meu corpo para que encostasse totalmente no dele. Eu me embrenhei no abraço, em busca de calor humano, não dei a mínima para o que era apropriado. Com a cabeça sob o queixo dele, aninhada ao seu peito, não conseguia ver o que acontecia, mas pareceu que de repente estávamos em uma tromba-d'água, sentindo o vento e as gotículas de água gelada. A pressão cresceu em meus ouvidos e fez minha cabeça girar. Caí de joelhos, me sentindo tonta e enjoada.

O ar de repente ficou quente. Até aprazível, com cheiro de madressilva.

Abri os olhos e soltei um grito, sem acreditar no que via.

29

Estávamos em uma abadia. As pedras cinzentas feito carvão se estendiam por muitos andares para o alto, criando um labirinto de colunatas arqueadas e corredores. A floresta ao redor, exuberante e verdejante, se esgueirava para dentro, reivindicando as colunas como se fossem dela. Não havia telhado, o que fazia a estranha luz clara se infiltrar. As sombras pareciam mais definidas, como se houvesse duas delas, uma gravada por cima da outra. O céu parecia estar da cor que ficava instantes antes do nascer do sol, embora eu soubesse que nas Salinas era tarde da noite.

— O que é este lugar? Onde estamos? — Minha voz não passou de um sussurro.

Eu estava sem ar, com as mãos trêmulas.

Esfreguei os olhos, certa de que estava dormindo, caída perto da porta do solário. Aquilo não poderia ser real.

Cassius se afastou, olhando para o céu.

— Esta é a Casa das Sete Luas. Estamos na abadia de Vérsia.

Vérsia. Não havia Deusa mais poderosa que ela. Ela governava a noite e os céus, levando a escuridão aos reinos. As estrelas a seguiam como joias em uma cauda de veludo. O próprio Pontos a seguia, um jovem perdido de amor, suas ondas sempre atraídas pela beleza da lua dela.

— No Sanctum? Isso é impossível. Mortais não podem entrar no...

Ele negou com a cabeça depressa.

— Não, não, não estamos no Sanctum. Estamos na ilha de Lor, no extremo sudeste de Arcânia. É aqui que mora o Povo das Estrelas.

— E por que... Como nós... Como você... — Parei de falar, de repente com medo de estar fazendo as perguntas erradas. Me afastei dele até encostar em uma arcada de pedra. — O que você é?

Os olhos dele ficaram sombrios, indecifráveis.

— Eu vou responder tudo, mas primeiro, só confie em mim...

Confiar nele?

Eu não deveria confiar.

Mas queria.

Cassius penetrou ainda mais na abadia, incitando-me a segui-lo. Bem à frente, no fim de um ádito comprido, ficava o altar. Não havia uma mesa nem um sacrário para identificá-lo, mas a parede dos fundos era impressionante demais para que fosse qualquer outra coisa.

Três arcos amplos e pontiagudos se projetavam do chão, servindo de suporte para a parede. Sete círculos idênticos formavam uma única janela rosácea. Será que outrora fora composta por um vidro tingido? No momento, juntos eles formavam uma porção da lua, o círculo de cima em um equilíbrio perfeito.

Veios de água lacrimejavam pela parede de pedra como mercúrio, como se grânulos de orvalho do luar fluíssem dos próprios tijolos. Gotejavam em uma cuba grande em forma de lua crescente atrás do altar. O som fazia parecer que tínhamos sido transportados para dentro de uma tempestade de verão.

Olhei para as janelas no alto, hipnotizada pela simetria perfeita.

— Annaleigh? — chamou Cassius, fazendo-me desviar o olhar para ele, que mergulhou o cálice de cristal que segurava na água prateada. — Estenda as mãos.

A água tinha cheiro de campo de menta selvagem, o que fez meu nariz formigar e me deixou com vontade de espirrar. Ao ser derramada em meus dedos inchados, causou uma sensação de formigamento pela pele, sendo absorvida e me deixando com frio, embora não estivesse gelada. Nem o ar denso e úmido evitou que um arrepio corresse por minha espinha.

Flexionei os dedos, maravilhada. As feridas sumiram enquanto o inchaço diminuía. As unhas quebradas e rachadas foram consertadas. De repente a dor sumiu completamente.

— Incline-se para a frente — orientou ele.

Pegando mais um bocado de água prateada, ele derramou o líquido no galo em minha nuca. Enquanto era absorvido, senti os resquícios de incompreensão e pânico se esvanecendo. Ele colocou o cálice de volta no nicho entalhado e desapareceu atrás de uma das arcadas. Esfreguei o galo que sumia, abismada com como eu me sentia eu mesma de novo, como se a água tivesse afugentado a presença fantasma, deixando apenas Annaleigh. Quando ele retornou com um copo de água, logo bebi, grata.

— O que é aquilo? — questionei, apontando para a parede-cachoeira.

— Você já fez um pedido à primeira estrela do dia?

— Lógico.

— Vérsia reúne todos os pedidos, e eles caem em forma de chuva ali.

Analisei a água, à procura de algum sinal das propriedades mágicas, mas só vi meu próprio reflexo.

— Você fala como se a conhecesse.

— Mas eu conheço — revelou ele, conduzindo-me para os bancos da abadia.

Eu me sentei no assento de pedra, brincando com a saia do roupão enquanto tentava dar sentido ao que acontecia. Antes de sabermos sobre a porta no sacrário de Pontos, Fisher dissera que outrora Deuses lidavam diretamente com mortais, intervindo para solucionar conflitos, ajudar com as plantações e colheitas. Ao longo do tempo, a maioria fora se afastando mais e mais, limitando-se ao Sanctum e deixando as questões mortais para os mortais.

Mas eu sabia que alguns Deuses ainda usavam emissários para executar tarefas em nome deles. Será que Cassius era um dos mensageiros de Vérsia? Isso explicaria as respostas vagas dele sobre sua vida antes de aparecer em Selkirk naquela manhã.

— Você trabalha para ela? — perguntei, tropeçando nas palavras. — Como mensageiro?

A pele ao redor dos olhos dele ficou enrugada quando sorriu.

— Não... Eu sou filho dela.

Fiquei boquiaberta, em choque.

— Filho? Mas então você é um...

— Semideus.

Entrelacei os dedos. Era difícil de compreender e quase impossível de acreditar, mas eu estava sentada ali, na abadia da mãe dele. Sentia o calor no ar e as pedras sob os pés. A magia dela curara minhas mãos. Não poderia ser invenção.

— Por que não me contou isso antes?

Ele passou as mãos pelos cachos escuros, puxando as pontinhas.

— Lembra-se do que me disse no parque durante o Revolto? Sobre os tantos homens que estavam interessados no seu status e dinheiro?

Confirmei com a cabeça.

— Eu também queria que gostassem de mim por quem sou. Não por tudo isso.

Ele ergueu a mão, gesticulando para a parede-lua.

— Por que está me contando isso agora?

— Você disse que estava sendo assombrada. Pelas suas irmãs.

Fechei as mãos em punhos ao me lembrar de quando abri os olhos na banheira e vi não Lenore, mas Rosalie me olhando. Cassius colocou a mão sobre as minhas, com o máximo de cuidado.

— Eu sei que não é o que vem acontecendo.

Ele apertou minhas mãos, acabando de vez com a última esperança que eu nutria.

— Você está certa, sobre o que disse lá no solário. Eu não devia saber os nomes das suas irmãs. Ninguém me contou delas. Mas... eu as conheci... e posso prometer a você: elas não são fantasmas.

Eu congelei.

— Você o quê?

Ele pigarreou.

— O Sanctum está dividido em diferentes regiões, cada lugar sendo um refúgio específico para o Deus ou a Deusa que abriga. Para mostrar sua devoção à minha Mãe, Pontos construiu um palácio feito de pedra da lua para ela lá na Salmoura. Foi onde eu cresci, muito paparicado, uma criança estranha sendo metade mortal. Mas conforme fui crescendo, e ficou óbvio que eu não tinha os mesmos talentos dos meus outros meios-irmãos, o encanto por mim foi sumindo.

Ele esfregou a nuca.

— Parece solitário — comentei, tentando ter empatia, mas ao mesmo tempo desesperada para saber mais das minhas irmãs.

— E foi. A Mãe passava muito tempo longe, cuidando de tudo isto aqui. E não havia ninguém como eu por lá. As únicas companhias que eu tinha eram as almas dos falecidos. — Ele abriu um pequeno sorriso. — Eu vasculhava cada centímetro da Salmoura, conversando com quem quer que eu encontrasse, ouvindo as histórias, e um dia encontrei Ava. Ela é tão marcante, com o cabelo preto e a pele clara. Ela me contou da vida que tinha antes, das irmãs, de você. Depois, quando Octavia apareceu, trouxe novas histórias. E então Elizabeth.

Tentei assimilar o absurdo daquela conversa.

— Então... quando você me conheceu no ancoradouro, já sabia quem eu era?

Ele confirmou com a cabeça.

— Eu esperava que sim. Você era igualzinha a Ava. Então quando falou seu nome, tive certeza.

— O que mais elas lhe contaram sobre mim?

— Ava disse que você tinha a minha idade, ou talvez fosse um pouco mais nova. Disse que você adorava tocar piano e correr pelo terreno, fingindo ser uma capitã no próprio barco.

Senti minhas bochechas ficarem quentes, coradas.

— Eu devia ter uns seis anos naquela época.

— Elizabeth me contou das tartarugas-marinhas.

— Por isso você sabia.

Ele teve a decência de parecer envergonhado.

— É... Mas por isso eu também sei que você não está sendo assombrada. Suas irmãs estão na Salmoura, felizes e em paz. Não estão presas aqui, por causa de algum assunto pendente. O que quer que esteja vendo, não são os espíritos delas.

— Mas hoje vi Rosalie e Ligeia... Você não sabe se elas estão na Salmoura. E Verity também as viu. Fez uns desenhos horrendos. E são idênticos a elas. Como explica isso? Ela não tem idade para lembrar de Ava e Octavia.

Cassius se recostou na parede de pedra.

— Pode ser outra coisa.

Foquei na escolha de palavras dele: outra *coisa*.

Uma fileira de mulheres entrou na abadia, interrompendo-nos. Usavam roupões compridos azul-claros, da cor do luar, com capuzes escondendo os rostos. Havia doze delas, segurando candeeiros de vidro de mercúrio. Amuletos de estrelas prateadas e luas douradas estavam pendurados nos cintos de corda, tilintando como sinos enquanto elas passavam. Embora a maioria estivesse focada no altar, uma garota no fim da fileira, mais jovem que as outras, nos lançou um olhar curioso. Ao reconhecer Cassius, de imediato abaixou a cabeça em reverência.

— São as postulantes de Vérsia. As Irmãs da Noite. Moram na abadia, cuidando da parede de pedidos e prestando homenagem à minha mãe. Elas vão começar a primeira solenidade do dia. Venha comigo.

Cassius me conduziu para longe da cerimônia.

— Por que sete? — indaguei, olhando mais uma vez para as janelas de lua enquanto parávamos nos degraus que davam para um pátio.

— Como assim?

— Casa das Sete Luas. Sete janelas. Imagino que cada uma represente uma fase da lua?

Ele confirmou com a cabeça.

— Mas são oito fases — contrapus.

— Não tem janela para a lua cheia. Viu como estão dispostas ali? São quartos de lua — explicou, apontando — e as gibosas e crescentes. E ali no meio... é a lua nova. Na lua cheia, as postulantes de Vérsia apagam todas as velas na abadia para deixar a luz banhar tudo lá de cima.

Ele apontou para o teto aberto.

Fiquei imaginando como seria à noite, com o luar prateado recaindo sobre as pedras cinza-claro e as partículas metálicas se espalhando por ali. Deviam reluzir tanto!

— Que imagem bonita.

— Eu levo você, se quiser. Durante os dois solstícios, grupos vêm para a abadia celebrar a noite. É como o Revolto, só que para Vérsia e o Povo das Estrelas. Mais para dentro da abadia tem uma parede com centenas de velas minúsculas. Cada pessoa pega uma e faz um pedido.

— E então o que acontece?

— Depois, na mesma noite, todo mundo se reúne aqui com as velas dos pedidos. Acendem as lanternas de papel e as lançam ao céu. Elas brilham e cintilam, subindo mais e mais até chegarem aos céus. O Povo das Estrelas acredita que nos meses seguintes, se virem uma estrela cadente, é o pedido que fizeram retornando para ele.

Abri um sorriso, imaginando o céu iluminado por centenas de chamas minúsculas.

— Eu adoraria ver isso.

— O próximo solstício é daqui a um mês. É melhor começar a pensar em um desejo muito importante que quer que se realize.

Ele me conduziu por algumas arcadas, mostrando-me a vista para além da abadia. Um lugar rochoso se estendia para o mar, pontudo e irregular. A água embaixo era de um verde aconchegante, coberta por ondas cheias de espuma branca. Tão diferente do Kaleo, escuro e profundo.

— É ali que lanço minha lanterna. Assim ela fica longe do resto do grupo, e não a perco de vista. Gosto de ficar olhando para ela até não poder mais. — Ele olhou para mim, abrindo um sorriso tímido. — Se vier comigo, pode lançar sua lanterna ali também. Eu não me incomodaria de ter meu desejo entrelaçado ao seu.

Duas lanternas girando juntas na noite escura até se juntarem às estrelas. Formavam uma imagem tão linda que eu queria lançá-las naquele exato momento. Eu pediria... O que eu pediria?

Queria que a pessoa responsável pelos assassinatos fosse descoberta e que minhas irmãs parassem de morrer. Queria que Morella tivesse um parto seguro e que os gêmeos fossem saudáveis. Queria que Camille se casasse com alguém e começasse uma família. Se eu não fosse mais a segunda na ordem de sucessão, poderia descobrir qual era meu propósito na vida. Observei o rosto de Cassius e admirei a forma como a luz estranha se projetava nas maçãs de seu rosto.

Naquele momento, mais do que tudo, eu queria que ele me beijasse de novo.

— Algum pedido seu já voltou?

O sorriso dele de repente ficou acanhado, e as pontinhas das orelhas dele coraram.

— Conheci a garota que ensinou tartarugas a nadar com as ondas, não foi?

Cassius segurou meu rosto entre as mãos e deu um beijo terno em minha testa. Levantei o queixo, e sua boca encostou na minha, suave e muito, muito doce. Subi os dedos pelo peito dele, demorando-me em sua nuca, e então enfiei os dedos por entre seus cachos escuros.

— Passei anos imaginando você — murmurou ele, dando beijos por todo o meu rosto — e você é muito mais do que eu poderia ter sonhado... Você tem cheiro de luz do sol — sussurrou com a boca na minha.

— Luz do sol tem cheiro? — perguntei, suspirando quando ele deu um beijo no meu pescoço.

— Ah, tem, sim. Minha vida toda tem sido cheia de luar e estrelas. Eu consigo sentir o cheiro da luz do sol correndo por suas veias mesmo estando do outro lado do cômodo. Luz do sol, calor e sal. Sempre o sal.

Coloquei as mãos nas bochechas de Cassius, trazendo seus lábios para os meus e o calando. Mordisquei seu lábio inferior, surpresa com minha própria ousadia. O beijo se intensificou, e abri a boca, deixando a língua encontrar a dele. Ele tinha um gosto revigorante e fresco, como o orvalho da noite pelo jardim ou a primeira mordida de uma maçã verde lustrosa.

Uma onda de desejo passou por mim, queimando meu corpo como um relâmpago. Ele deslizou as mãos por minha cintura, puxando-me junto de si, como fizera para nos levar até ali.

Lutando contra todos os impulsos correndo pelo meu corpo, eu me afastei, interrompendo o beijo, completamente sem ar.

— Como chegamos aqui? — perguntei, tentando ao máximo acalmar meus batimentos cardíacos. Meu coração martelava, cantando tão alto o nome de Cassius por minhas veias que eu tinha certeza de que ele conseguiria ouvir. — Nós... nós voamos?

Cassius soltou uma risada alta e se virou, mostrando as costas.

— Está vendo asas aí?

— Eu não sei do que chamar. Você nem usou uma porta.

Ele franziu as sobrancelhas.

— Uma porta?

— Nós usamos uma na Furna. Para ir aos bailes.

Ele inclinou a cabeça.

— Eu não... eu não entendo.

— Tem uma porta que descobrimos em Salície. Pontos a usa para se deslocar com rapidez pelo nosso mundo. Nós a temos usado para sair da ilha.

Uma revoada irrompeu da fachada acima de nós, uma agitação de asas e chilros, rompendo a intensidade no olhar de Cassius.

— Como é essa porta?

Seguimos para o pátio, sentindo que tinha dito algo errado.

— É no sacrário de Pontos. Você gira o tridente e a porta simplesmente... aparece.

— Aonde ela vai dar?

Dei de ombros.

— Em qualquer lugar. Basta pensar bastante no lugar ao qual quer ir quando entra na passagem. Foi como cheguei a Pelage naquela noite. — Inspirei de repente, ligando os pontos. — E foi assim que *você* chegou lá tão rápido e estava em Astreia de novo alguns dias depois. Você... voou — finalizei, sem saber direito como chamar.

— Eu estive nas Salinas desde que cheguei para cuidar do meu pai. Não sei do que você está falando.

Fiquei sem reação.

— Você estava lá. No castelo com os lobos e o Povo da Caça.

Ele confirmou com a cabeça.

— Eu sei onde fica Pelage, mas estou dizendo: nunca fui lá. Não era eu.

Franzi a testa, relembrando aquela noite, o primeiro baile. Um sorriso brotou em meus lábios ao lembrar as mãos dele em minha cintura.

— Eu tenho certeza de que era, sim. Você estava de máscara, mas...

Ele estreitou os olhos.

— Não era eu. — Cassius virou o rosto e caminhou por cima de um mosaico do céu noturno. As estrelas cintilavam sob os pés dele. De repente se virou para mim. — Seus sapatos!

— Meus sapatos?

— Acabei de me dar conta... Vocês estão usando a porta para ir a festas... e gastando os sapatos de tanto dançar!

Confirmei com a cabeça.

— Todas nós íamos de início, mas parei de ir no dia da morte Edgar em Astreia... Eu não tive mais vontade de dançar depois disso.

— É por isso que seu sapato era o único que não estava gasto na Primeira Noite.

— É, mas... os sapatos não têm nada a ver com as mortes das minhas irmãs.

— Não têm? — contrapôs ele, me observando. — Acha mesmo que a pessoa que matou suas irmãs é de Salície?

— Tem que ser alguém em Highmoor — murmurei, infeliz. — Teve aquela tempestade horrível na noite em que Ligeia e Rosalie desapareceram. Ninguém conseguiria ter saído da ilha naquele momento.

— Não de barco, com certeza. Mas e se vocês não forem as únicas usando a porta?

Fui pega de surpresa pelo argumento dele e perdi o fôlego, horrorizada. Nunca havia me passado pela cabeça que a porta que vínhamos usando para visitar castelos e terrenos distantes pudesse ser usada por outros para chegarem até nós. Se qualquer um em Arcânia poderia ter acesso a Salície, como eu conseguiria limitar o número de suspeitos?

As postulantes saíram da abadia, atravessando o pátio e interrompendo nossa conversa. Daquela vez todas estavam cientes da presença de Cassius, fazendo reverências solenes ao passarem. Ele abaixou a cabeça em um cumprimento breve em resposta.

Tensa demais para continuar parada, atravessei as arcadas e cheguei ao gramado alto que dava no penhasco. Uma brisa morna soprou, agitando a saia do roupão atrás de mim.

— Eu quero ver a porta — revelou Cassius, aproximando-se atrás de mim. — E um dos bailes. Tem algo de errado nisso. Eu nunca estive em Pelage. Alguém... alguma coisa pode ter usado meu rosto para se aproximar de você.

Aquela palavra de novo: *coisa*.

— Acha que o assassino estava nos bailes?

Meu estômago se revirou de maneira dolorosa.

— Talvez. Talvez a pessoa tenha visto suas irmãs lá e... — Ele não completou, dando de ombros.

— Mas Eulalie morreu antes de começarmos a ir para os bailes... A pessoa devia conhecê-la de outro lugar.

Cassius concordou com a cabeça, refletindo.

— Eu ainda quero ir a um eu mesmo, dar uma olhada e ver o que posso descobrir. Tudo isso está conectado de alguma forma, tenho certeza. Veja se Camille vai sair amanhã à noite. — Ele envolveu minha cintura com os braços, apoiando o queixo em meu ombro. — Vamos descobrir tudo, está bem? Você e eu. Você não está sozinha, Annaleigh.

Fui tomada por uma calmaria aconchegante e tranquila. Por um momento, as nuvens cinzentas sobre nós se dissiparam, mas em vez de revelarem um céu iluminado pelo sol, um cosmo de estrelas escuro e rodopiante se abriu para nós. Uma estrela cadente dançou no alto, mas antes que eu pudesse apontá-la, a boca de Cassius tomou a minha e me esqueci completamente do céu.

30

— E ESTE AQUI? — PERGUNTEI, RETIRANDO O vestido de baile verde-
-água do armário e o erguendo para Camille opinar.

Ela torceu o nariz.

— Não! Você já o usou duas vezes, e ainda usou no Revolto. Esse
baile é em Lumini! Com o Povo da Luz! Fisher disse que todo mundo
deve usar tons claros para honrar Vaipani. Você vai destoar completamente se colocar verde.

Coloquei o vestido de volta na cremalheira e fechei a porta.

— Então não posso ir. Não tenho nada do tipo.

Ela segurou minha mão.

— Venha comigo. — Camille me conduziu até o quarto dela e se
ajoelhou ao lado da cama. Tirou duas caixas grandes de debaixo da
colcha e me entregou uma. — Surpresa!

— O que é isso? — Fiquei surpresa quando abri a tampa. — Ah, Camille! — Ali dentro, sobre papel de seda rosa-claro, estava o vestido
mais magnífico que eu já tinha visto. — Onde conseguiu isso?

— Lembra-se do baile em Florice? Com o Povo das Pétalas?

Lógico que lembrava. Fora a noite mais magnífica de nossas vidas. Não houvera um único item no castelo inteiro que não estivesse adornado com pérolas, joias ou folhas de prata.

— Pedi para a sra. Drexel fazer vestidos para nós como os que vi lá. Fui buscá-los em Astreia na noite da encenação do Revolto. — Ela engoliu em seco. — Logo antes de Rosalie e Ligeia...

Quando ela fez contato visual comigo, seus olhos estavam cheios de lágrimas.

— É lindo — elogiei, pegando o vestido e fazendo a seda de cor rosa-clara cascatear até o chão.

As camadas eram tão leves e etéreas que pareciam dançar por conta própria. Havia cordinhas de pérolas se enrolando nos ombros e nas costas, uma tilintando contra a outra.

— Experimente! Experimente! — exclamou ela, afastando o momento de sofrimento com um sorriso largo no rosto.

Quando eu contara a Camille que queria sair, ela tinha dado gritinhos de alegria, engatando em um debate sobre quais bailes estavam acontecendo. Fiquei surpresa por ela ter se mantido atualizada sobre todos os eventos sociais, sobretudo considerando a morte de nossas irmãs, mas cada um tinha seu jeito de expressar o luto.

Eu não estava com a menor vontade de ir ao baile. Queria me embrenhar na cama, que era aconchegante, segura e cercada por minhas irmãs, como quando éramos pequenas, e apenas dormir. Dormir a salvo dos pesadelos de figuras chorosas, maldições e assassinos. Apenas dormir.

Mas Cassius estava tão certo de que descobriríamos algo. Se houvesse uma chance de o assassino de minhas irmãs estar lá, queria ir para descobrir o máximo possível.

Camille abriu as costas de meu vestido, fazendo a sarja preta se desprender, e me ajudou a vestir o novo. O material se assentou no meu corpo como um pouco de espuma do mar. Senti as pérolas ainda geladas rolarem por minhas costas desnudas, o que me fez cerrar os dentes.

— Não olhe no espelho ainda! — pediu ela, bem mais entusiasmada do que eu. — Me ajude a vestir o meu. Eu quero ver como ficam um do lado do outro.

O dela também não tinha mangas, e incluía uma ilusão suave de decote. Era de uma cor champanhe frio, e pérolas prateadas formavam desenhos intrincados pela sobreposição de trama.

— Você está deslumbrante.

Ela dispensou meu elogio com um aceno de mão enquanto vasculhava uma caixa no gabinete.

— Encontrei isto aqui entre as coisas antigas da mamãe. Devíamos usar hoje. Todo mundo precisa saber que as irmãs do Sal estão lá.

Ela me entregou uma joia esquisita, e a girei, tentando compreendê--la. Era o polvo Taumas. O corpo, feito da maior pérola que eu já tinha visto, era um anel. Os tentáculos formavam uma pulseira ouro rosé, contorcendo-se e envolvendo meu pulso quando coloquei o enfeite. Camille optou por uma tiara de estrela-do-mar de pedraria e brincos pendentes de um rosa-claro.

— Dei outras peças da caixa de joias da mamãe às Graças. Nada de muito valioso, mas elas gostaram.

Desviei o olhar da pulseira Taumas, inquieta.

— As Graças vão?

Ela confirmou, brincando com o verso de um brinco.

— Lógico. Todas devíamos ir, não acha?

— Não a Lenore — elucidei, rezando para que Camille não a tivesse pressionado para fazer aquilo.

Ela negou com a cabeça, fungando.

— Está impossível falar com ela. Só fica ali sentada, olhando para o nada como se nem estivéssemos ali.

— Ela está de luto.

Camille fez um biquinho.

— Eu sei disso. É só que... — Ela soltou um suspiro pesado. — Eu não quero soar insensível, mas já não ficamos de luto o suficiente? Estou cansada do luto. Só quero viver sem o medo de perder mais uma de vocês.

Arqueei a sobrancelha, cética.

— Se eu morresse amanhã, você ficaria de luto por mim?

O rosto dela murchou, abatido.

— Nem brinca com isso. Óbvio que sim. Mas... você iria querer mesmo me ver afogada em meio ao tafetá preto e joias de azeviche, perdendo outro ano da minha vida só porque a sua acabou?

Eu não desejaria aquilo, mas parecia indelicado dizer algo do tipo quando Rosalie e Ligeia tinham acabado de morrer.

— Venha — chamou ela, segurando minha mão. — Já lamentamos e ficamos de luto para valer por muitas vidas. Hoje é dia de champanhe, caviar e dança!

A caminho da Furna, fiquei de olho para ter certeza de que Cassius nos seguia. Enquanto eu descia pelo penhasco íngreme atrás de Fisher e das Graças, uma figura sombria emergiu de um aglomerado de árvores.

Dentro da caverna, Fisher girou o tridente, e a parede de ondas se desfez devagar, virando a passagem.

— Então estamos indo para Lumini — falei bem alto, para que Cassius escutasse. Ouvi um barulho de pedrinhas no caminho por onde passamos e torci para que ele pudesse me ouvir. — Para o baile do Povo da Luz. Lembrem-se, nós todas precisamos pensar nisso ao passar pelo túnel.

Honor me lançou um olhar confuso.

— Você não precisa gritar. Todo mundo sabe como funciona.

— Sabemos disso — respondeu Fisher, girando-a pela entrada e rindo enquanto desapareciam. — A peixinha só quer ter certeza de que Mercy não se esqueceu!

— Eu não esqueci! — contrapôs ela, atravessando a bocarra do túnel e sumindo.

Camille e Verity foram em seguida, e ousei olhar para trás, para a Furna vazia.

— Lumini — repeti antes de seguir minhas irmãs.

O túnel nos levou direto para dentro do novo palácio. As paredes de pedra daquela propriedade eram mais claras, quase da cor de uma casca desbotada pelo sol, e o ar era quente e seco, com o aroma de mirra queimada e flores de lótus. Quase senti falta da pungência salgada do mar.

As arandelas gotejavam cera dourada no chão de pedra. A fumaça dos pavios bruxuleantes era pesada, preenchendo o corredor com uma névoa cinzenta. Olhei para trás, para a porta que levava a Highmoor, mas ela estava escondida pelas sombras.

Camille olhou para mim por cima do ombro enquanto girava Verity em círculos vertiginosos. A fumaça deixava o ambiente com um aspecto etéreo, desacelerando os movimentos e atribuindo uma importância estranha a todo gesto. Pisquei várias vezes, tentando manter a mente afiada, mas me sentia dopada. Era difícil me concentrar.

Um grandioso hall se estendia à frente. À direita estava o salão de baile e, a julgar pelos sons da orquestra e da conversa, as festividades já estavam a todo vapor. À esquerda havia várias arcadas abertas dando para um terraço banhado pelo luar. Identifiquei os contornos de dunas de areia ao longe, tapando parte do céu. Estávamos a uma longa distância do litoral.

Do outro lado do cômodo, uma fonte jorrava vinho. Casais em trajes formais da moda perambulavam pela base circular, esticando as taças para enchê-las do líquido escarlate que fluía de uma cena de batalha de bronze toda ornada. Nela, três homens içavam um outro que tentava escapar. Acima deles sobrevoava uma criatura alada horrenda que cortava o pescoço do fugitivo com uma foice. O vinho se derramava da ferida do pobre infeliz.

— Não olhe para aquilo — instruí, tentando desviar a atenção das Graças da cena grotesca.

A fumaça queimava meus olhos, e quando pisquei, vi que tinha me enganado. A estátua mostrava um querubim apontando sua flecha para um grupo de meninas sentadas à beira da fonte. O vinho se derramava dos jarros delas.

Esfreguei os olhos, tentando fazê-los ver a estátua horrorosa de novo. Como eu tinha interpretado tão mal a cena? Antes que eu pudesse analisar mais detidamente, Camille me puxou para o salão.

Uma parede estava dividida em uma tríade de afrescos enormes, cada um retratando um momento da criação do mundo. Vaipani pairava no centro, girando e moldando o sol. À direita estava Seland, formando a Terra a partir da lama e do barro, com as mãos marrons por causa do lodo primordial. Vérsia ficava à esquerda, flutuando por um campo de estrelas e planetas. Olhei ao redor, ponderando o que Cassius acharia daquilo.

Ondas grandes de seda dourada estavam penduradas no teto, serpenteando na direção de um lustre espetacular. Observei esferas gigantes de metal rodopiante suspensas no ar, protegendo uma bola de chamas colossal. Eu nunca tinha visto algo assim.

Fisher puxou Verity para a pista de dança, e dois rapazes mais novos chamaram Honor e Mercy para dançar. Camille e eu observamos os casais rodopiando. Estiquei o pescoço, procurando por Cassius em meio à multidão.

— Está vendo aquele homem ali todo vestido de prata perto dos pilares? — sussurrou Camille.

Estreitei os olhos, mas não consegui identificar de quem ela falava.

— Dançamos juntos ontem à noite... um minueto e três valsas. Ele é um excelente parceiro de dança.

Ela me empurrou na direção dele.

— O que está fazendo? — perguntei, tentando permanecer no lugar enquanto ela me cutucava.

— Ele não está dançando. Chame o moço para dançar.

Eu me desvencilhei para longe das mãos dela.

— Não vou chamar um homem para dançar!

Camille suspirou.

— Que antiquado.

Ela me deixou para trás, penetrando o mar de gente.

Olhei de novo para o lustre, analisando o frenesi cinético. Não conseguia pensar em nenhum meio mecânico que pudesse orquestrar um movimento tão fluido... e menos ainda que pudesse fazer parecer que a estrutura flutuava. Um alerta soou dentro de mim. Havia magia das trevas em ação ali.

— Não acho que tivemos o prazer de nos conhecer.

Eu tomei um susto e me virei. Vi o homem de prata mencionado por Camille.

De perto, reconheci-o de imediato. Outros dragões estavam costurados no veludo claro do paletó dele. Olhos profundos, de um azul tão claro que era quase branco, me avaliaram de cima a baixo, como os braços de uma água-viva se contorcendo ao redor da presa.

Ousado, ele estendeu a mão, segurando meu queixo e virando meu rosto de um lado ao outro. Os dedos dele eram compridos demais, magros demais, ossudos demais, e me encolhi, afastando-me do toque.

— Não, com certeza eu não esqueceria um rosto desses. Seria uma honra ter uma parceira de dança tão bela. Vamos?

O homem-dragão estendeu a mão, segurando a minha quando hesitei. Ele me girou na direção da pista de dança com um charme experiente.

— Na verdade, acho que já nos encontramos. Duas vezes — comentei. Eu precisava descobrir o máximo possível sobre aquele baile, sobretudo considerando que eu parecia estar sozinha naquela empreitada. Cassius não havia aparecido ainda. — O senhor estava no baile em Pelage.

— Eu estava, sim — confirmou ele, conduzindo-me por uma série de passos complicados. Os olhos dele faiscaram com a lembrança. — Lembro-me de dançar com a senhorita... É uma das Taumas! Conheço bem suas irmãs.

— Conhece?

Ele sorriu.

— Sem dúvida elas são excelentes parceiras de dança. — Ele me girou para longe, varrendo o salão com os olhos. — Mas não vi as trigêmeas aqui hoje. — Seu sorriso mostrava os dentes em um aviso predatório.

— Espero que não tenha acontecido nada com elas.

Quase tropecei enquanto um sinal de alerta soava dentro de mim.

— Por que diria uma coisa dessas?

Ele deu de ombros de um jeito elegante.

— O que gostaria que eu dissesse?

Com um movimento do pulso, ele me girou de volta para os próprios braços.

— O senhor não perguntou onde nos encontramos da segunda vez — falei com dificuldade, desviando o rosto do homem enquanto ele me conduzia em um cambré e se inclinava para a frente, inspirando meu cheiro.

Tive a sensação horrorosa de que ele lamberia meu pescoço.

— Em Astreia, lógico. Na noite da encenação do Revolto, se não me engano. Na noite em que duas das suas irmãs desapareceram.

Fiquei sem ar. Como ele sabia daquilo?

— O que o senhor estava fazendo em Astreia?

Ele piscou uma vez, as pupilas absurdamente grandes, como os olhos apáticos e inexpressivos de um tubarão.

— Diga-me, Annaleigh, por que pergunta coisas que já sabe?

Empurrei-o para longe.

— Nunca lhe falei meu nome.

O homem-dragão riu.

— Não, mas ela, sim.

Ele acenou com a cabeça para o meio do salão, onde Fisher girava de um lado para o outro com Verity, que apoiava os pés nos dele.

Saber que o desconhecido tinha falado com Verity me fez ter vontade de chorar.

— Fique longe das minhas irmãs.

Ele segurou meu cotovelo, puxando-me para perto.

— Estamos atrapalhando o fluxo na pista de dança aqui parados. Dance comigo.

O aperto era forte demais, e eu não conseguia me soltar. Antes que eu pudesse levantar a voz para reclamar, Camille e um novo parceiro passaram dançando.

— Não é incrível? — comentou ela.

Senti meu estômago embrulhar ao vê-la se afastando. Por que ela não conseguia sentir o perigo como eu? Minha irmã parecia livre como uma borboleta, flutuando de parceiro em parceiro.

— Dance, Annaleigh — incitou o homem-dragão, trazendo-me de volta ao presente. Ele passou o dedo por minha mandíbula, então por minha boca. Presa ali nos braços do homem, inclinei-me para trás, para o mais longe possível, mas ainda sentia o calor do hálito dele em minha bochecha. — Dance para mim.

Aquele homem tinha algo a ver com as mortes das minhas irmãs, com certeza. Eu tinha que encontrar Cassius. Tinha que conseguir ajuda. Tinha que escapar do salão e da névoa que deixava meus pensamentos turvos. Tinha que fugir da música. Estava desafinada, rígida demais, e me fazia ranger os dentes, impossibilitando que eu conseguisse ouvir direito, que dirá dançar.

— Afaste-se de mim! — berrei, empurrando o peito dele com toda a força.

Quando me virei para correr, esperava ouvir ruídos de surpresa e preocupação, os espectadores arfando enquanto eu fazia escândalo.

Mas não houve reação.

Estaquei no lugar, olhando para os casais no salão.

Ninguém tinha notado meu rompante. Era igual ao dia das mariposas. Eu as havia visto, mas o papai, não. Naquela noite, eu estava vendo e ouvindo coisas que as pessoas ao redor não viam nem ouviam.

Primeiro aquela estátua macabra e então aquela música... ninguém além de mim percebia algo de errado. Olhei ao redor, procurando por Cassius. Por que ele não via o quanto eu precisava dele?

Um jovem trajando um colete dourado cintilante parou na minha frente, interrompendo meus pensamentos.

— A senhorita me concede esta dança?

Neguei com a cabeça, virando-me para o outro lado.

— Já deu de dança por hoje.

— Mas a festa acabou de começar.

Ele se enfiou na minha frente com uma surpreendente agilidade.

— Estou cansada. Talvez em outra hora.

— Uma dança só.

Ele entrelaçou nossos braços, girando-nos em um círculo.

— Eu realmente prefiro...

— Venha.

Ele nos conduziu em meio à multidão por uma série de passos que tive dificuldade de acompanhar. A orquestra tocava uma mazurca animada, e os casais ao redor se movimentavam depressa demais para eu conseguir escapar.

As notas de outra canção ressoaram, atingindo o tom errado. Parecia que meus ouvidos começariam a sangrar.

— Ah, como eu amo essa música. Bela, bela dama, conseguiria convencê-la a dançar mais uma comigo? Seria uma honra.

— Lamento, mas ela já tem outro compromisso — contrapôs uma voz vinda da lateral do salão.

Virei-me, esperando ver Cassius, mas era um homem baixo e troncudo fumando um charuto. Ele exalou uma nuvem estranha de fumaça da cor lavanda em meu rosto, o que me fez lacrimejar. Depois de um último trago, ele apagou o charuto e saiu me conduzindo.

Esfreguei os olhos, tentando desembaçar a vista e recuperar o raciocínio. Havia algo que eu precisava fazer, mas não conseguia me lembrar do que era. Olhei ao redor a fim de refrescar a memória. O salão de baile era encantador. Tão brilhante, suntuoso e... *primoroso*.

O homem baixo e eu passamos dançando por Camille, e o parceiro dela disse que deveríamos trocar de pares depois da valsa. Aceitei de pronto. Dancei mais duas músicas com ele antes que um garotinho vestido todo de amarelo-açafrão, parecendo bastante com o filho do dono da casa, perguntou se poderia me conduzir em seguida.

Encantada com seu cavalheirismo impecável, acabei dançando três vezes com ele. Ele também contava piadas engraçadas, e o tempo passou voando. Então um homem loiro cutucou meu ombro e pediu com tanta gentileza que aceitei a proposta de dançar uma quadrilha.

— Sabe onde ficam as mesas com bebidas e comidas? — perguntei em meio à dança. — Não estou acostumada a esse clima tão quente.

Ele apontou para o outro lado do salão.

As mesas ostentavam fileiras de taças de cristais e três tipos diferentes de ponche. Havia um castelo em miniatura de *petits-fours* e bandejas com carnes peculiares, defumadas, assadas e em conserva.

No centro, em um lugar de honra, estava um magnífico bolo em camadas. Treze delas, altas e cercadas por flores comestíveis pintadas à mão. Era estonteante.

Antes que eu pudesse desfrutar do banquete, senti alguém atrás de mim. Era o homem-dragão de novo. Ele parecia resplandecente naquele fraque. O veludo era grosso, exuberante e feito sob medida para vesti-lo perfeitamente.

— A senhorita me concede esta dança?

Eu tinha me divertido tanto com ele antes que estava prestes a aceitar, mas senti algo inquietante brotar dentro de mim.

Eu tinha me divertido mesmo?

Fiquei sem reação, e ele pareceu perder um pouquinho do esplendor. Percebi alguns pelos no rosto que ele tinha deixado passar ao se barbear, e os olhos dele pareciam mais fundos do que estavam um momento antes.

Que estranho.

— Obrigada, mas acho que vou passar esta.

— Bobagem! É a última dança antes dos fogos de artifício. Dance comigo, Annaleigh.

Estendi a mão, pronta para aceitar, mas então notei o banquete de novo. Eu estava com sede. Tinha ido até a mesa para beber algo. Que coisa boba de esquecer.

— Vou pegar uma taça de ponche, mas obrigada.

— Não preferiria algo mais forte? — Ele afastou o paletó, exibindo um frasco fino. Deu um bom gole antes de me oferecer.

Descartei com um aceno de mão.

— Então vá lá buscar seu ponche — completou com escárnio. — Mas depois vamos dançar.

O escárnio. Aquele tom de voz, rouco, mas reprimindo uma raiva tão densa, cheia de presunção. Parecia tão familiar. De repente lembrei-me do polegar dele roçando minha boca, cheio de um desejo sombrio, e voltei a mim.

Por que eu tinha esquecido aquilo? Por que eu tinha esquecido tudo? Não estava ali para socializar e dançar até não poder mais, e sim para buscar informações sobre quem poderia querer machucar minhas irmãs.

— Eu não vou dançar com você. — Mantive a voz forte e determinada, e me virei à procura do banquete, me concentrando em executar a tarefa.

Pegar uma taça.

Enchê-la de ponche.

Contudo, mesmo enquanto eu me orientava a executar o processo simples, meus pés estavam formigando e se revoltando de forma independente, se coçando para dançarem.

— Qual ponche, Annaleigh? — murmurei, forçando-me a me manter no momento.

Enfim escolhi o rosa. Havia dezenas de morangos gelados flutuando na superfície. Nós não comíamos morangos fazia meses, desde o início da época de frio, e parecia encantador.

Não. Não encantador. Era só ponche.

Dando um longo gole, de imediato cuspi. Havia algo errado. Tinha um gosto metálico forte, como se houvesse várias moedas de cobre na bebida.

Uma semente de morango ficou presa entre meus dentes, tão enfiada que não importava quantas vezes eu passasse a língua discretamente no local, ela não saía. Consegui tirar somente com um movimento ágil e diminuto da unha.

Tinha a intenção de jogar fora sem pensar duas vezes, mas era bem maior do que uma semente de morango deveria ser. Aproximei a coisa do rosto para olhar melhor.

Era uma escama de peixe.

Esfreguei a partícula prateada entre os dedos, intrigada. Como uma escama de peixe tinha ido parar em um recipiente de ponche em uma festa? Dei meia-volta para avisar a um criado, então estaquei. Os pontinhos vermelhos boiando que eu pensara serem morangos não eram frutas. Eram pedaços retalhados de frutos do mar que incrementavam o ponche, um verdadeiro ensopado de iscas.

O ponche era feito de sangue.

Meu estômago se revirou, ameaçando colocar para fora tudo o que eu havia comido no jantar. Os bolos e as bandejas tinham sumido, sendo substituídos por carcaças de peixes esquartejados. Uma solha aqui, outra nadadeira dorsal ali. O cetim amarelo da toalha de mesa estava ensopado de vermelho ao redor das postas de carne. Tentáculos longos e viscosos debateram-se na mesa, indo parar no chão.

Meu olfato reagiu por causa do fedor. Aqueles frutos do mar não estavam frescos. Tinham sido pescados havia semanas e estavam apodrecidos. Tantas pessoas zanzavam ao redor, sem se afetarem. Como continuavam dançando diante de um massacre daqueles?

Então me dei conta: só eu via aquilo. Só eu sentia o cheiro. Só eu percebia os horrores daquela noite. Centenas de pessoas estavam ali, mas eu era a única a ver aquele mundo como era.

Como aquilo era possível? Como qualquer parte daquilo era possível?

Tem uma explicação, uma vozinha sombria sussurrou em minha mente.

Balancei a cabeça, como se espantasse um mosquito incômodo.

Nada disso é real, persistiu a voz. *Ninguém mais vê porque não está ali de verdade. Você perdeu a sanidade, garotinha.*

Não. Não era isso. Não era possível.

Eu não tinha perdido a sanidade.

Devia haver outra explicação.

Mas será que tem?

Balançando a cabeça, tornei a olhar pelo lugar, procurando por Camille e as Graças. Íamos embora. Sairíamos daquele lugar horrível e cruel, e então...

Soltei um gritinho que só eu conseguia ouvir.

No lugar em que antes eu vira o bolo estava uma bandeja grande. Uma tartaruga-marinha, a maior que eu já tinha visto, era exibida sobre enguias mortas. Seu casco havia sido cortado, fatiado e retalhado. A criatura não tivera uma morte fácil. Meus olhos se encheram de lágrimas.

Ousei me aproximar da fera altiva. Era enorme e com certeza bem velha. Havia cracas salpicando as costas do animal, e as nadadeiras estavam cheias de cicatrizes. Estiquei a mão para tocar uma das mais compridas, porém, parei quando a cabeça da tartaruga se mexeu.

Estava viva? Com certeza nada teria sobrevivido às feridas que se espalhavam pelo corpo, mas ali estava de novo, o leve espasmo da cabeça. Acariciei uma das nadadeiras, para que o animal soubesse que não estava sozinho. Mesmo que estivesse com dor e com medo, e provavelmente fosse morrer logo, queria que soubesse que tinha alguém que o amava e lamentava muito.

A cabeça se moveu na direção da minha mão, e ousei sonhar com a possibilidade de salvá-lo. Minhas irmãs e eu poderíamos surrupiar a bandeja e correr de volta para Highmoor. Eu encheria o lago do solário de água salgada. O animal poderia viver ali até se recuperar o suficiente para voltar ao mar.

A tartaruga mexeu a cabeça de novo, e me inclinei à frente. Se estava prestes a abrir os olhos, eu queria ser a primeira coisa que visse. A boca se mexeu, e meu coração palpitou em expectativa.

Os olhos do animal se abriram enquanto grandes larvas brancas caíram dos buracos. Saltaram do crânio da tartaruga-cabeçuda direto para a bandeja. O corpo estava cheio delas, prestes a explodir.

Virei-me para o outro lado, certa de que vomitaria, e esbarrei no homem-dragão, que me espiava daquele jeito desagradável. Ele segurou meus cotovelos, evitando que eu caísse.

— Está aproveitando os comes e bebes? — perguntou ele.

Havia tanta leveza na voz dele, tão destoante do que eu havia acabado de ver, que fiquei com a esperança de que aquela mesa sangrenta fosse uma ilusão, assim como a fonte. Virei-me de volta, esperando ver o bolo e as tigelas bonitas de ponche, mas o sangue continuava lá, espalhado pelas mesas como um banquete sádico.

— Eu estou muito fraca — confessei, com a cabeça girando por causa da fumaça. — Pode ir buscar minhas irmãs ou Fisher? Pode buscar Camille?

Meus joelhos cederam, e ele me abaixou até o chão, com a mão em minha nuca. O salão entrava e saía de foco, revezando entre luz e escuridão. Enquanto o homem-dragão se inclinava por cima de mim, gotas de suor escorriam por seu rosto.

Passei os dedos pela bochecha dele, e algo preto e oleoso manchou minha pele.

A Mulher Melancólica.

— Dance comigo — sussurrou ela em meu ouvido.

Senti o espasmo no estômago, prestes a colocar tudo para fora, e me afastei do espectro execrável. O chão estava grudento enquanto eu começava a rastejar para a frente. Grudento e instável.

As larvas caíram da bandeja da tartaruga na pista de dança, contorcendo-se no ritmo da melodia alegre da orquestra. O chão estava tomado pelos bichinhos repugnantes. Por milhares deles. Rastejavam por cima de mim, entravam nos meus sapatos, por debaixo da saia do vestido, e por fim abri a boca e gritei.

31

— ANNALEIGH!

De algum lugar bem distante, das profundezas do desmaio, ouvi gritos. Queria ficar ali onde eu estava, na escuridão profunda e silenciosa, mas a voz continuava berrando meu nome, mais e mais alto. Meu ombro foi para trás como se tivesse sido empurrado.

— Annaleigh, você tem que acordar! — Outro empurrão. — Agora.

Despertei arfando, tonta e confusa. Minha boca estava seca, e um gosto amargo e metálico tomava minha língua. Estreitei os olhos em meio à luz das arandelas do meu quarto.

— Que horas são? — murmurei para Hanna, sentando-me, pronta para sair da cama.

Mas eu não estava na cama.

E não fora Hanna que me acordara.

— Cassius! O que está fazendo no meu quarto? O papai vai matá-lo se vir você aqui.

Comecei a piscar bastante, usando as mãos para bloquear a luz. Por que o quarto parecia tão claro?

Ele se ajoelhou ao meu lado, segurando meus ombros, seus dedos se cravando na minha pele.

— Olhe para mim — exigiu ele, afastando minhas mãos.

Então segurou meu queixo, forçando-me a olhar nos olhos dele. O rosto de Cassius estava bastante pálido, e o suor brilhava em sua testa. Ele parecia aterrorizado.

— Me solte. Está me machucando.

Eu me desvencilhei do apertão.

No mesmo instante ele afastou as mãos.

— Você está acordada?

— Óbvio. Por que você está aqui?

Fiz força para me levantar, estremecendo. Eu tinha caído da cama enquanto dormia? Ou pegado no sono no chão depois do baile? Meu corpo doía, e enquanto seguia para a penteadeira, senti uma pontada de dor no pé.

Levantando a bainha do vestido, sem entender por que eu não tinha vestido uma camisola, fiz uma careta. Meus pés estavam cheios de feridas e bolhas. Precisávamos mesmo de uns sapatos novos antes de irmos a outro baile.

Fiquei estática enquanto as lembranças voltavam, acertando-me com a força de uma onda agitada por uma tempestade.

O baile.

O massacre sangrento nas mesas do banquete.

A Mulher Melancólica.

Afundei na cadeira enquanto um gritinho me escapava. A Mulher Melancólica estivera no baile. Não nos meus sonhos, mas lá mesmo, ao meu lado, com os dedos compridos segurando meus pulsos. Fechei os olhos, lutando para me lembrar do que acontecera depois que eu a vira.

Eu havia desmaiado. E depois?

— Você ajudou a me trazer de volta depois que desmaiei... Você me carregou de volta?

Os olhos azuis de Cassius estavam escuros, confusos.

— Você me viu desmaiar no baile?

Ele comprimiu os lábios, escolhendo as palavras com cuidado:

— Annaleigh, não teve baile.

De repente pareceu que a temperatura no quarto caíra de maneira drástica, e relutei contra os arrepios que tomavam meu corpo.

— Você não foi? Não consegui encontrar você lá. Quando chegou, a porta tinha se fechado?

Cassius se ajoelhou ao lado da cadeira, segurando minhas mãos.

— Não tinha porta. Você esteve aqui no quarto a noite toda.

Reprimi a risada que ameaçava escapar.

— Isso é absurdo. Eu estava em Lumini. Posso falar o que quiser saber do castelo. Eu estava lá, Camille e as Graças, e... eu estava dançando. Olhe os meus pés!

Ele olhou para a bainha rasgada do vestido e para os calcanhares com bolhas antes de concordar com a cabeça devagar.

O silêncio dele era estridente.

— Como explica isso se não teve baile? Se você não foi, se pegou no sono ou esqueceu ou algo assim, só diga a verdade, Cassius. Eu sei que estive lá. Todos nós estávamos. Exceto você!

Ele se levantou, cerrando os dentes, e estendeu a mão.

— Acho que você precisa vir comigo.

— Por quê?

— Annaleigh, por favor. Você precisa ver isso com os próprios olhos.

Hesitante e desconfiada, segui-o para o corredor. As arandelas estavam na mínima potência, conferindo luz suficiente só para destacar os retratos nas paredes. Eu nunca tinha notado como os olhos de minhas irmãs pareciam ganhar vida, como faziam naquele momento, acompanhando nossos passos com olhares inteligentes. Tremendo, corri atrás de Cassius.

Ele parou diante do quarto de Camille. A porta estava aberta.

— O que eu tenho que ver?

Ele acenou com a cabeça para o quarto.

— Vá em frente.

O quarto estava escuro, e eu prestes a me virar, sem querer perturbar o sono de minha irmã, quando a vi. Fiquei boquiaberta, como se tivessem jogado água gelada em cima de mim, fazendo-me recobrar os sentidos.

Camille estava dançando.

No meio do quarto.

Sem ninguém, mas também não totalmente sozinha.

Estava com os braços esticados, posicionados como se apoiados no ombro de um parceiro de dança espectral. A seda do vestido seguia como um fantasma atrás dela enquanto Camille girava pelo quarto. Seus olhos estavam bem fechados, e ela exibia um sorriso beatífico no rosto. Ela estava dormindo?

— Camille! O que está fazendo? O que...

Virei-me para Cassius para ver se ele conseguia explicar a cena. Sua boca formava uma linha séria.

— O que ela está fazendo? — sussurrei.

— Dançando.

— Mas com quem? Camille...

Ele esticou o braço, detendo-me.

— Não. Se ela estiver delirando, acordá-la no susto pode machucar vocês duas. — Ele esfregou uma marca vermelha na própria bochecha. Eu tinha batido nele? — Você sabe se ela já teve episódios de sonambulismo antes?

Neguei com a cabeça.

— Nunca.

Enquanto observávamos, Camille seguiu fazendo uma série de passos elaborados. Não era a dança de faz de conta de que brincávamos na infância, com as saias girando ao nosso redor até perdermos o fôlego de tanto rir.

Ela se jogou para trás, em um cambré auxiliado por um parceiro que não estava ali. As costas dela arquearam tanto para trás que a presilha emplumada de cabelo roçou no chão. De maneira impossível, a perna direita dela foi para cima, e ela manteve aquela contorção dolorosa equilibrada apenas na ponta do pé esquerdo. Se ela estivesse nos braços de um lindo parceiro, a pose teria sido deslumbrante. Mas sem ninguém apoiando o peso de minha irmã, ela parecia anormal.

Sobrenatural.

Possuída.

Cassius puxou minha manga, me conduzindo pelo corredor. Segui atrás dele com relutância, sem querer deixar Camille sozinha naquele estado.

Ele passou os dedos pelos cabelos.

— Onde ficam os quartos das pequenininhas?

Franzi a testa.

— Mais adiante no corredor.

— Me mostre, por favor.

— Este é o quarto de Mercy — anunciei, indicando a porta fechada à esquerda.

Fiquei olhando por cima do ombro com atenção, certa de que Camille iria deslizando atrás de nós em meio ao sinistro *pas de deux* solitário.

— Talvez seja melhor você entrar.

Coloquei a mão na maçaneta, sentindo uma preocupação doída tomar meu peito. O que eu encontraria?

As cortinas de Mercy estavam fechadas, e de início estava muito escuro para ver qualquer coisa. Então uma forma branca foi destacada pelo pequeno feixe de luz vindo do corredor. Dei um pulo para trás, esbarrando em Cassius.

Mercy estava dançando enquanto dormia, assim como Camille.

Fiquei observando minha irmã por um minuto antes de sair correndo até o quarto de Honor. Ela executava uma bela pirueta, de olhos fechados, a boca meio aberta em meio ao sono.

Entrei de fininho no quarto de Verity, meus olhos queimando por causa das lágrimas que eu segurava. Com as mãos trêmulas, abri a porta e esperei que minha visão se ajustasse.

Verity tinha medo do escuro e sempre mantinha as cortinas um tanto abertas, permitindo a entrada da luz do luar. O quarto estava silencioso, e entrei na ponta dos pés, rezando para encontrá-la confortável e segura na cama. Cassius permaneceu à soleira da porta, seu corpo formando uma silhueta em contraste com as luzes do corredor.

Abrindo as cortinas, quis chorar. A cama estava vazia; os lençóis, arrumados.

— Annaleigh — murmurou Cassius enquanto uma pequena figura deslizava por mim.

Verity estava dançando uma valsa, seus passos graciosos e bem mais seguros do que eu já tinha visto na vida real. Eu me joguei na cama para evitar que ela trombasse comigo. Quando ela passou por um feixe de luz, virou-se e sorriu para mim.

Os olhos dela estavam abertos. Bem abertos e pretos como o breu, chorando lágrimas escuras e oleosas.

— Quer se juntar a mim? — perguntou ela, mas não era a voz de Verity.

Era a coisa dos meus pesadelos, de alguma maneira habitando minha irmã.

— Verity?

Comecei a chorar. O que tinha acontecido com minha irmãzinha?

Cassius girou a alavanca de gás da lamparina até atingir o máximo. Logo antes de as arandelas ganharem vida, a coisa no corpo de Verity se virou, encarando-o, mas quando o quarto se acendeu, o rosto da Mulher Melancólica sumiu, e em seu lugar era só a caçula outra vez.

Ela caiu no chão como uma marionete com as cordas cortadas, de pé em um momento e em um emaranhado de braços, pernas e tule no outro.

— Verity! — bradei, correndo até ela.

Aninhei-a e me engasguei com as lágrimas quando ela abriu os olhos. Estavam verdes, não pretos, e abracei-a bem apertado enquanto suspirava, aliviada.

— O que está fazendo aqui, Annaleigh? — perguntou ela, com a voz rouca e fraca.

Assim como a minha estivera quando Cassius me acordara...

— Você está bem? Está tudo bem? — perguntei, acariciando os cachos dela, precisando ter certeza de que era ela mesmo.

— Eu quero voltar a dormir — murmurou ela, sonolenta, com os olhos se fechando.

— Não!

Dei tapinhas nas bochechas dela, tentando mantê-la acordada, mas ela se aninhou em meu pescoço e adormeceu de novo.

— O que está acontecendo? — perguntei, voltando-me para Cassius. — O que tem de errado com elas?

— Eu acho que pode ser... — Ele fez uma pausa, voltando para o corredor. — Ouviu isso?

Voltei a cabeça para a porta, escutando. Pareciam estar batendo à porta, mas o som era abafado, distante demais para distinguir direito.

— O hall de entrada? — adivinhei.

— Eu já volto — disse ele, afastando-se.

Fiquei sentada ali no meio do quarto de Verity, apertando-a contra mim. Estava apavorada com a ideia de soltá-la, certa de que ela se levantaria e voltaria a dançar. Eu queria mantê-la segura e grudada em mim, mas enquanto os minutos se passavam, ela foi ficando pesada, pressionada em meu quadril de maneira desconfortável e se contorcendo no sono. Cambaleei para ficar de pé, levando o corpo prostrado dela para a cama.

Cobri Verity com a colcha até o queixo e fiquei observando o peito dela subir e descer. Seus olhos tremulavam sob as pálpebras. Ela parecia tão satisfeita que era difícil imaginar que estivera dançando uma valsa pelo quarto momentos antes, com aquela coisa usando o rosto dela.

As batidas à porta viraram gritos que eu não conseguia entender, e ouvi passos descendo a escada. Alguém devia ter ido buscar o papai.

Segui na direção da porta, querendo ficar de olho em Verity e ao mesmo tempo entender o motivo da comoção. Ouvi o papai xingando baixinho junto ao som dos passos dele na escada.

— Papai? — chamei pelo longo corredor. — O que está acontecendo?

— E você acordou a casa inteira! — ralhou ele com Roland. Os dois usavam roupas de dormir. — Volte a dormir, criança. É só um mensageiro.

Um mensageiro na calada da noite?

Dei uma olhada em Verity por cima do ombro, que ainda ressonava em paz. Diminuindo a intensidade das arandelas, mas cuidando para que ela não acordasse em total escuridão, saí correndo do quarto, passando sem parar pelas portas das minhas irmãs. Se ainda estivessem se contorcendo e girando com parceiros fantasmas, eu não queria saber.

Quando cheguei ao hall, uma multidão de cozinheiros e lacaios, criadas e criados tinha se formado. Estavam cercando um marujo todo maltrapilho. Ele estava ensopado, com um cobertor de lã sobre os ombros. Ainda assim o homem tremia, quase congelando por causa da noite fria. Frenético, ficou procurando pelo cômodo até achar o papai.

— Senhor! — bradou o marujo. — Trago péssimas notícias. Houve um naufrágio perto da costa norte de Héspero. Muitos morreram. Estão tentando salvar a carga, mas o barco está afundando depressa. Precisamos de ajuda.

O papai foi à frente enquanto todos ao redor ficavam surpresos ao ouvir a tragédia.

— Por que perdeu tempo vindo aqui? Silas precisa acender o sinal de socorro. Homens de Selkirk e Astreia vão ajudá-los.

— Tentamos Héspero primeiro, senhor, mas há algo de errado lá. Foi por isso que o barco encalhou. A luz estava apagada. A Velha Maude está às escuras!

32

— Nossa prioridade é chegar ao naufrágio — afirmou o papai, andando de um lado ao outro em frente à lareira do escritório.

Sob a cornija estava pendurado o brasão de nossa família. Os olhos do polvo Taumas cintilavam à luz das velas, como se achasse graça de nosso dilema.

Cassius, Roland, o marujo e eu ocupávamos cadeiras espalhadas pelo cômodo. Mapas e gráficos oceânicos extensos, fixados com pesos de papel em forma de âncora, cobriam a mesa do papai.

— Nós precisamos salvar o máximo de vidas, e de carga, que pudermos. — O papai acenou com a cabeça para Roland. — Acorde todos os homens capazes de ajudar, e zarpem até o *Rusalka* agora mesmo. — Ele olhou pela janela atrás da mesa, analisando o cata-vento atrelado ao frontão inferior. — Ao menos os ventos estão a nosso favor. — Ele deu um tapinha no mapa no ponto em que o marujo dissera que o navio havia colidido com as pedras. — Se continuarem assim, vocês conseguirão chegar lá em duas horas.

Roland sumiu em um clique-clique de sapatos, levando o marujo junto.

— Papai, e a Velha Maude? — perguntei. — Não devíamos mandar alguém checar como Silas está? Eu não consigo me lembrar de o farol ter ficado escuro antes.

Ele afundou na cadeira, olhando para as chamas crepitantes enquanto esfregava as olheiras.

— Eu só não entendo o que está acontecendo. Primeiro Eulalie, então as meninas. Agora isso. É quase como se... — Ele balançou a cabeça, afastando pensamentos sombrios. Então me olhou, confuso, como se me visse de verdade pela primeira vez naquela noite. — Que roupa é essa, Annaleigh?

— Eu... — Parei de falar, sem conseguir responder de fato.

Ele acenou com a mão em displicência.

— Não importa. Precisamos reacender a Velha Maude. Vou acordar Fisher. Ele precisa voltar e colocar o farol para funcionar de novo.

Lembrei-me das minhas irmãs nos quartos. Fisher estivera no baile conosco. Será que o encontraríamos dançando no próprio quarto também?

— Papai... tem outra coisa que preciso contar — comecei, mas Cassius balançou a cabeça, alertando-me para parar.

— Já está lidando com muita coisa agora, senhor — respondeu Cassius. — Eu posso ir acordá-lo.

— Seria muito gentil da sua parte. Eu preciso mesmo ir ver como Morella está. Ela ficou em polvorosa quando Roland nos acordou. Agradeço a vocês dois.

Eu o observei ir na direção do hall, com os ombros cansados como se carregassem muito peso.

— Onde fica o quarto de Fisher? — perguntou Cassius, me forçando a focar na tarefa em questão.

— No segundo andar, logo em cima da cozinha na ala dos criados.

Subimos a escada depressa, chegando para o lado quando Roland desceu correndo, com um grupo de lacaios sonolentos seguindo atrás dele.

— Você disse que ele estava no baile com vocês?

Confirmei com a cabeça, conduzindo-o pelo corredor mal iluminado. As paredes eram bem brancas, e as portas, simples, com alças de bronze. Eu entrara no quarto de Fisher uma vez, quando éramos crianças. Hanna dera um tabefe na orelha dele quando descobrira.

— Ele vai estar que nem Camille e as outras?

— Eu não sei. Na verdade, eu não sei o que esperar de hoje.

— Eu estava... daquele jeito? — perguntei, parando diante do quarto de Fisher.

Eu não queria me imaginar girando e me contorcendo nas poses que vi minhas irmãs fazendo. Fiquei com vontade de chorar ao imaginar que a Mulher Melancólica pudesse, de algum jeito, ter me forçado a fazer aquilo.

— Estava — confirmou ele baixinho. — Eu achei que fosse uma pegadinha horrível, mas então um feixe de luar a iluminou e vi seu rosto...

— Meus olhos estavam pretos? — perguntei, com a voz fraca e tensa.

— Pode ter sido uma ilusão causada pelas sombras... mas foi horrível, Annaleigh. Era como se você não estivesse mais... ali. Fiquei com muito medo de ter perdido você.

Segurei a mão dele, levando-a aos lábios.

— Estou aqui. Sou sua.

Ele abriu uma sombra de sorriso.

— Minha? De verdade?

— Toda sua — prometi e beijei seus dedos de novo.

Ele me puxou para perto, dando um beijo no topo de minha cabeça. Eu queria ficar ali, envolta no calor e na segurança do seu abraço, mas não podíamos demorar. A Velha Maude precisava ser acesa de novo.

Exalando, trêmula, eu me afastei de Cassius.

— Estou com tanto medo de abrir essa porta.

— Eu abro — disse ele, girando a maçaneta e empurrando.

Depois de hesitar por um segundo, ele entrou.

— Cassius? — chamei, quando o silêncio se estendeu a ponto de ficar insuportável.

Enfiei a cabeça para dentro do quarto, estreitando os olhos no escuro. Consegui distinguir uma cama estreita e baixa com uma colcha forrada, uma escrivaninha e uma cadeira. As roupas de Fisher estavam penduradas em ganchos na parede. Mas nada de Fisher.

— Ele não está aqui.

— Talvez Roland o tenha acordado?

— Teríamos visto Fisher descendo a escada junto com os outros — contrapôs Cassius, saindo para o corredor.

— Ele pode ter ouvido a comoção e descido antes — sugeri, pensando alto.

Prendi as mechas de cabelo que tinham se soltado do meu penteado retorcido. Não fazia sentido. Quando eu tinha ido de acordada para sonhando com aqueles pesadelos tão horrendos?

— Acha que ele está na Furna? Talvez ele tenha ido por causa do baile e...

— Não teve baile — repetiu Cassius com firmeza. — Ele não está na Furna. Quando você não desceu, cheguei lá. Estava vazia. Sem pessoas, sem festas e sem porta mágica. — Suspirou. — Ele pode estar em uns cem lugares diferentes, mas não temos tempo de procurar. O farol precisa ser aceso. O mais rápido possível.

— Talvez eu consiga acendê-lo.

Cassius pareceu surpreso.

— Você?

— O papai costumava me levar para visitar a Velha Maude quando eu era pequena. Acho que me lembro de tudo que Silas me mostrou.

— Coloque umas roupas quentes e me encontre no jardim, bem distante das árvores. Depressa.

Ergui as sobrancelhas. Ele tinha dito a mesma coisa quando viajamos para a Casa das Sete Luas.

— Vamos para Héspero.

33

Ouvi as ondas quebrando antes de sequer perceber que tínhamos saído de Salície.

Desacostumada com a velocidade na qual Cassius viajava, fiquei agarrada a ele por um momento, recuperando o equilíbrio. Ao abrir os olhos, vi a Velha Maude, a alegre espiral preta e branca encoberta por uma camada de gelo e marcada por centenas de cristais de gelo pendurados nas calhas. À luz rarefeita das estrelas, eram como dentes congelados.

Ela parecia tão estranha sem o farol iluminando o céu noturno, uma carcaça silenciosa vigiando as Salinas com olhos mortos que não enxergavam. Nunca tinha visto a ilha tão escura antes. A lua estava bem baixa, mas sopros carregados de nuvens passavam depressa. Uma tempestade estava chegando.

Pousamos no lado leste da ilha, longe da Velha Maude e da casinha de Silas. Segui pelo caminho estreito, atenta a qualquer sinal dele, que nunca teria deixado a luz se apagar. Tinha algo muito errado.

Bem lá embaixo ficava a costa, a areia preta salpicada com flocos de neve brancos. Tendo passado tanto tempo ali quando criança, eu conhecia a ilha como a palma da minha mão. Apesar da ansiedade e da exaustão que me assolavam, meu coração se encheu de alegria ao ver as pedras e os rochedos familiares.

Fizemos uma curva, chegando perto do penhasco do farol.

— Caramba — murmurou Cassius, vendo o oceano vasto diante de nós.

Sorri, feliz porque a vista o impressionara. As ondas colidiam com a base do penhasco da Maude, e o ar estava vivo com o barulho das ondas e a pungência salgada. As ondas cobertas de espuma tomavam a água até perder de vista, e sobre o mar, uma parede grossa de nuvens se formava. Os relâmpagos dançavam entre elas... Prometia ser uma senhora tempestade. Salície estaria ainda mais coberta de neve antes de a manhã chegar.

Cassius girou devagar, absorvendo o cenário da ilha e olhando para cima, para a enorme estrutura diante de nós.

— O que é aquilo?

Segui o olhar dele até o topo do farol.

— Um para-raios. Atrai os raios para aquele ponto e assim protege o resto da estrutura.

— Eu tenho certeza de que vai ter muito trabalho hoje. É estranho ver tanto relâmpago com uma tempestade de neve, não é?

Ele estreitou os olhos para os ventos uivantes.

A casa de Silas ficava na base da colina. Todas as janelas, estreitas e com vidro grosso para suportar os ventos causados pelo mar Kaleo, estavam escuras.

— A chave deve estar lá dentro — comentei, sem conseguir desviar o olhar das janelas. Era como se algo nos encarasse de volta. Ajeitei o lenço para me cobrir ainda mais. — Silas deixa a chave em um gancho na cozinha.

Entramos no chalé pela porta lateral e paramos no vestíbulo. Havia perneiras penduradas de cabeça para baixo em estacas compridas sobre um tapete, e um casaco de inverno pesado, outrora preto mas já manchado de sal, no gancho superior de um cabideiro.

— Ele não teria saído de casa sem isso — murmurei, tocando na lã desgastada do casaco pesado. — Silas? — chamei, levantando a voz. — É Annaleigh Taumas. Você está aqui?

Continuamos parados, mas só ouvimos o vento do lado de fora. Ele soprava pela casa, intensificando-se até se tornar um uivo baixo.

— Acha que a chave está na cozinha? — indagou Cassius, incitando-me a seguir casa adentro.

Na mesa no centro da salinha havia um candeeiro, e tateei ali à procura de uma caixa de fósforos. Tentei imaginar Fisher e Silas nas poltronas esfarrapadas, em volta da lareira enquanto se revezavam para checar a luz do farol. Eles jogavam cartas para passar o tempo? Cantavam ou relatavam situações bizarras? O pavio se acendeu, e o brilho quente afugentou parte da atmosfera sinistra da noite.

Armados com luz, logo achamos o anel de chaves de ferro pendurado perto da porta dos fundos. Ao pegá-lo do gancho, ouvi um rangido no teto, como se alguém tivesse pisado em uma tábua irregular do assoalho.

— Silas? — chamei. — É você? — Virei-me para Cassius. — Devíamos subir e checar. E se ele estiver doente?

— Eu vou — afirmou ele, seus olhos identificando a escada instável levando ao segundo andar. — Fique aqui.

Neguei com a cabeça quando ouvi outro rangido.

— Silas me conhece. Eu devia ir também.

Cassius me entregou o candeeiro e pegou um atiçador de perto da lareira. Ele o agitou próximo ao chão, testando o peso.

— Fique atrás de mim, ao menos. Só por precaução.

— Precaução contra o quê? — questionei enquanto subíamos a escada devagar.

— Para o caso de não ser Silas — murmurou ele baixinho, sibilando.

Engoli uma onda de medo enquanto subíamos os últimos degraus.

Havia três cômodos no andar de cima. Todas as portas estavam fechadas. Cassius abriu a mais próxima de nós. Era o quarto vazio de Fisher.

O próximo era o escritório de Silas, apinhado de livros e livros de contabilidade. Um globo antigo estava embaixo de uma janela meio aberta. Uma rajada de vento soprou, e a esfera rodou, rangendo enquanto girava em torno do próprio eixo enferrujado. Rezei para aquele ter sido o barulho que ouvimos lá de baixo.

O último quarto era o de Silas. Estava praticamente vazio, exceto pelas pilhas de livros no chão. As cortinas de algodão simples estavam abertas, oferecendo uma vista espetacular da Velha Maude. Bem na frente da janela havia uma cama de latão grande.

— Ah, Silas — sussurrei, vendo a forma inerte debaixo da colcha azul-marinho e branca.

Ele estava recostado em um travesseiro, com um livro aberto sobre o peito. O rosto enrugado e cansado parecia tão em paz que se poderia pensar que ele estava dormindo. Mas ele se não se mexia, e havia um cheiro azedo no ar, fazendo-nos torcer o nariz. Era provável que ele tivesse ido se deitar um ou dois dias antes, depois de uma noite longa cuidando da chama, e nunca mais acordara.

Olhei para a Velha Maude. Parecia estar espiando, ansiosa, sem conseguir ajudar o velho amigo. Eu esperava que o amado farol tivesse sido a última coisa que o homem vira antes de fechar os olhos. Os meus ficaram marejados, lembrando-me do sorriso torto dele e de sua risada rouca.

Cassius checou o pulso de Silas, um gesto breve, antes de cobrir o rosto do homem mais velho com a colcha. Saímos do quarto na ponta dos pés e fechamos a porta com cuidado atrás de nós, como se não quiséssemos acordá-lo.

— Vamos ter que chamar o Alto-Marinheiro assim que amanhecer — falei quando chegamos lá embaixo. Minha voz tremia, profunda e triste. — E Fisher também, lógico.

— Eu sinto muito pela morte dele, Annaleigh — lamentou Cassius, apertando meu ombro com gentileza. — Mas parece que ele viveu uma vida boa e longa.

— Você não acha que ele sofreu, acha?

Ele enxugou as lágrimas de minha bochecha, puxando-me para um abraço.

— Eu tenho certeza de que não sofreu.

— Deve ter acabado o querosene na Velha Maude, e o farol se apagou. Enfiei a mão no bolso em busca das chaves.

— Sabe como reabastecê-lo?

Confirmei com a cabeça.

— Silas sempre me fazia subir com o balde de óleo pela escada. Ele dizia que os joelhos jovens conseguiam fazer isso na metade do tempo e com metade do esforço.

— Precisamos nos apressar, então. Quando a tempestade chegar, não vou conseguir nos levar de volta a Highmoor.

Voltei a colocar o lenço sobre a cabeça, prendendo as pontinhas para que não saísse voando.

— Você não consegue viajar em tempestades?

— Não com relâmpagos. É muito imprevisível.

— Então não vamos perder tempo. — Coloquei a mão na maçaneta, pronta para correr até a cabana de suprimentos. Silas mantinha tambores de óleo enormes cheios de querosene lá. — Está pronto?

Saímos para o vento. O ar estava ainda mais frio, assobiando pela ilha e atirando flocos de neve em nossos olhos. Destranquei a porta, encontrei um balde velho de estanho e o enchi quase todo. O cheiro forte de querosene queimou minhas narinas.

— Não vai precisar de mais? Eu subo com o óleo. Não se preocupe com o peso — disse Cassius.

— O tanque não comporta mais que isso — respondi, fechando a torneira do querosene. — Vai ser o suficiente para manter a chama por uns dias, ao menos até Fisher voltar. Vamos.

Seguimos na direção da Velha Maude, desviando com cuidado dos blocos de gelo pelo penhasco. Parei na soleira, tirando um pouco de areia que voou em meus olhos. Uma rajada de vento correu pelo farol e fechou a porta com um baque alto. Assustada, deixei o candeeiro cair. O vidro se espatifou, e as chamas ávidas oscilaram pelo combustível que estivera ali dentro. Houve uma explosão de luz, e então a escuridão nos envolveu.

— Desculpe! — exclamei, esticando a mão para identificar onde Cassius estava. — A porta bateu em mim e...

— Está tudo bem — respondeu ele, encontrando minha mão e apertando para me reconfortar. — Com certeza tem outro na cabana, certo?

— Não temos tempo. A tempestade está chegando. Tem um candeeiro no meio do caminho na escada. Vou subir e acender. Fique aqui para não derramarmos o óleo.

A luz tênue das estrelas se infiltrava no farol pelas janelas no alto da galeria. O corrimão da escada em espiral mal era visível. Segurei firme e usei o pé para identificar o primeiro degrau, e o próximo, então o próximo.

Mantendo uma das mãos no corrimão para me estabilizar em meio ao breu e a outra na parede de pedra, tateei em busca do candeeiro.

Eu tinha subido uns vinte degraus quando algo tocou meu cabelo, uma carícia espectral que me fez estacar.

— Dance comigo — sussurrou uma voz suave bem atrás do meu ouvido.

— Cassius? — chamei.

Ele tinha decidido subir também em vez de esperar pela luz?

— Sim? — A voz dele soou lá de baixo, na base da escada.

Apertando o corrimão, tateei o escuro, certa de que acertaria o corpo de outra pessoa... ou outra coisa... e gritaria. Mas não havia nada, apenas o ar frio e úmido.

— Dance comigo — repetiu a voz, suplicante.

— Você... está ouvindo isso? — perguntei, lutando para manter a voz neutra.

— Eu não consigo ouvir nada por causa do vento. É melhor eu subir?

Quando meus dedos roçaram no globinho de vidro, quis chorar de alívio. Fiz esforço para abrir a tampa do candeeiro e encontrar o pavio. Logo antes de riscar um fósforo na parede, tive uma premonição horrível que, ao fazê-lo, a Mulher Melancólica apareceria diante de mim.

Imaginei a mim mesma, assustada, caindo pelos degraus de metal e me transformando em um amontoado de braços e pernas quebrados.

Mas eu estava sozinha, e quando o pavio foi acesso, o brilho suave de luz aqueceu a escada. Cassius estava me olhando, com o balde na mão.

— Está tudo bem? — perguntou ele, desviando das lascas de vidro do candeeiro quebrado.

Confirmei com a cabeça.

— Minha imaginação estava me pregando peças por um momento.

Ele subiu os degraus em espiral, equilibrando o querosene.

— Não é uma surpresa depois de tudo o que aconteceu hoje. Para onde levamos isso?

Apontei para o mastro do farol, o ponto em que a escada se curvava mais e mais, estreitando-se no topo como o corpo curvilíneo de uma concha do mar.

— Até lá em cima, na sala de vigia. A base do farol fica lá.

Ele abaixou o balde pesado por um momento para enxugar o suor da testa.

— Vá guiando o caminho.

Coloquei o candeeiro na mesa da sala de vigia e chequei o tanque do farol. Estava vazio.

— Temos que girar o pistão para cima e então encher o tanque com o querosene — expliquei, girando a manivela. Depois de subir o peso, pedi para Cassius despejar o óleo ali, em seguida recoloquei o peso. — O pistão pressiona o óleo para cima através desse cano — continuei, mostrando a ele o tubo de cobre subindo até o queimador na sala da galeria. — Enquanto o pavio queima o óleo, ele é reabastecido pelo tanque.

— Até acabar — finalizou Cassius, abaixando o balde.

— Exato. Agora só temos que acender o queimador, e o farol volta.

Cassius olhou pelas janelas, observando a tempestade.

— Vamos acabar bem a tempo.

— Fique aqui para o caso de eu precisar abaixar o pistão de novo para fazer o querosene fluir — orientei, deixando o candeeiro com Cassius enquanto subia.

A galeria estava um caos de sombras escuras, mas consegui me encontrar e chegar ao farol e à lâmpada. Segurando a saia com os dedos para cobri-los e evitar que os óleos em minha pele fizessem o vidro se aquecer de forma irregular e quebrar, coloquei a placa de lado e acendi o pavio. De início ele só crepitou, oscilando enquanto o querosene era pressionado lá de baixo. Quando a chama se tornou plena e estável, coloquei o vidro de volta no lugar e fiquei observando os espelhos em rotação. Funcionavam em um sistema de pêndulo, bem similar a um relógio vertical.

— E então? — perguntou Cassius.

A chama do farol oferecia luz suficiente para ver Cassius por uma abertura no solo.

Ajoelhei-me, apontando pelo buraco.

— Está vendo essas correntes aí perto? Ice os pesos bem para cima e então acione o trinco. Isso vai fazer com que os espelhos se movimentem e enviem o feixe de luz.

Estreitando os olhos no escuro, fiquei observando-o executar a tarefa, checando o pavio de tempos em tempos para me certificar de que ainda estava forte. Inclinei um dos espelhos, de imediato ofuscando minha própria vista quando o cômodo se encheu de luz, amplificada pelo monte de espelhos.

— Está funcionando! — exclamei, esfregando os olhos. Dezenas de pontinhos coloridos resplandecentes dançaram em minha vista, impossibilitando enxergar. Ouvi Cassius na escada, subindo para checar o resultado. — Cuidado com o clarão.

Se Silas estivesse ali, teria se desmanchado de rir por causa daquele erro tão amador.

— Annaleigh?

Percebi o tom de preocupação na voz de Cassius. Estreitando os olhos, mal o enxergava na escada. Havia estrelas dançando em volta dele.

— Annaleigh, venha para perto de mim.

— O quê? Por quê?

Ele estava olhando não para mim, mas para alguma coisa amontoada aos meus pés. Eu me virei, e um grito escapou de minha garganta, fazendo o mundo se fragmentar.

Ali, no chão, todo contorcido, com o corpo com rigidez cadavérica e escurecido pelo processo de decomposição, estava Fisher.

34

BATI COM OS JOELHOS NAS TÁBUAS de madeira ao cair no chão. Tentei cobrir a boca, mas nada conseguiria conter os gritos guturais e sufocantes que escapavam de mim. O pescoço de Fisher estava virado de um jeito horrendo para o lado, seus membros revirados em ângulos grotescos. Os olhos leitosos me encaravam das órbitas fundas. Eu sabia que não me enxergavam de fato, mas pareciam implorar por alívio.

— Fisher? — chamei aos soluços, arrastando-me até o cadáver. Estiquei as mãos trêmulas, mas as deixei caírem de novo. Não havia como ajudá-lo. Ele estava morto havia muito tempo. O cheiro fétido de carne apodrecendo era avassalador, invadindo minha boca e garganta. Senti a bile subir, então virei-me e cuspi. — Eu não entendo...

Cassius em um instante estava ao meu lado, abraçando-me e puxando-me para longe do corpo do meu amigo de infância em decomposição.

— Não faz nem cinco horas que eu o vi. Como isso é possível?

Uma risada baixa soou nas sombras, parecendo vir do próprio Fisher. Ficou mais e mais alta, transformando-se em uma gargalhada triunfal. Cassius me puxou para ficar de pé e me empurrou para atrás de si enquanto se colocava a postos, sacando uma adaga escondida na bota.

— Quem está aí? — perguntou ele, exigente, apontando a arma para o cadáver. — Apareça.

Uma ondulação inacreditável passou pelo peito de Fisher, e seu braço rolou do corpo, caindo no chão com um baque.

— Fisher — sussurrei, ousando ter esperança de que ele ainda estivesse vivo.

O braço se flexionou, contorcendo-se enquanto as pernas se esforçavam para erguer a parte inferior do corpo do chão. Não pareceram conseguir e tiveram que tentar de novo, testando a força. O outro braço teve um espasmo debaixo do corpo, de modo que ele parecia um caranguejo de costas tentando voltar à posição normal. O tórax se contorceu e se retorceu, seus músculos e tendões estalavam e rangiam enquanto se desdobravam em ângulos dolorosos.

Deixei escapar um lamento baixo e estridente conforme eu me encolhia atrás de Cassius, apertando as laterais do corpo dele, utilizando-o como âncora. Ele era real. Estava ali. Todo o restante parecia algo saído de um pesadelo sombrio do qual eu logo acordaria.

Fisher se endireitou, sustentado por pernas muito decompostas para aguentarem o peso. Os joelhos se dobraram, suas costas encurvaram, a coluna estava torta e desajeitada. Ele nos olhou por um momento com os olhos inexpressivos e frios, então começou a tossir.

Um muco denso e viscoso saiu de sua boca, caindo no chão como alcatrão. O corpo inteiro se sacudiu com a força, esforçando-se para cuspir o que quer que estivesse preso bem fundo na garganta. Quando os lábios dele começaram a se desprender, curvando-se como rolos de casca de árvore retorcida, escondi meu rosto nas costas de Cassius, lutando contra a vontade de vomitar. Eu não queria ver o que quer que fosse acontecer em seguida.

Mas não conseguia abafar os arfares e grunhidos enquanto meu amigo bem morto tossia e lutava contra o objeto estranho. Com um estouro molhado, algo horrível cedeu e caiu no chão. Espiei por cima do ombro de Cassius, sem conseguir me impedir de olhar.

O corpo de Fisher estava todo aberto, com pedaços e entranhas jogados para todo lado pela explosão horripilante. No centro desse horror estava uma figura, de costas para nós. Coberta de vísceras, ela virou o pescoço de um lado ao outro, esticando os músculos, deleitando-se com a repentina liberdade depois de ter ficado em um espaço confinado.

Ela se virou devagar, olhando ao redor. Quando nos viu, a boca escura abriu um sorriso, mesmo enquanto as lágrimas oleosas escorriam de seu rosto.

Os olhos pretos terríveis dela focaram nos meus.

— Dance comigo?

— Kosamaras? — disse Cassius, surpreso.

— Olá, sobrinho — respondeu a Mulher Melancólica, estreitando os olhos para ele.

Fiquei boquiaberta, em choque.

— Você conhece essa... coisa?

— É minha tia. — Cassius abaixou a adaga, ligando os pontos que eu desconhecia. — Os bailes, a dança... foi tudo você?

Os olhos da Mulher Melancólica eram ferozes em meio à luz pulsante.

— Foi, sim, foi, sim. Talvez tenha sido meu melhor trabalho. Lógico, ainda não acabou. — Ela inclinou a cabeça para o lado, olhando dele para mim. — Eu espero que não tenha se afeiçoado muito a essa aí. Ela é a próxima da lista.

— Lista? — repeti. — Cassius, o que está acontecendo?

Cada parte de mim gritava para eu ir embora, descer a escada correndo e sair no frio, para longe daquela criatura, para um lugar seguro. Mas onde era seguro? Não naquela ilha, e com certeza não em Highmoor. E, com a tempestade se aproximando, até o mar seria perigoso. Não havia mesmo nenhum lugar para onde ir.

— Kosamaras — sussurrei, repetindo o nome que ele havia usado. Eu já o ouvira antes. Resgatando lembranças das aulas quando criança sobre o cânone dos Deuses, vasculhei-as até me recordar. Kosamaras era a meia-irmã de Vérsia, não completamente uma Deusa, mas com certeza imortal. — A Arauta do Delírio.

Ela passou a língua pelas pontas dos dentes.

— E dos Pesadelos — adicionou ela. — Todo mundo sempre esquece dos Pesadelos. Não devia me incomodar, eu sei, mas é minha parte favorita. — Estendeu as mãos, gesticulando para os pedaços destruídos de Fisher. — Eu sou tão boa neles.

— O que está fazendo aqui? — indagou Cassius, em um tom exigente.

Ela riu, um sonzinho estalado horrível, bem gutural, como uma cigarra em busca do companheiro.

— Fui invocada, caro rapaz. Por qual outro motivo seria?

— Por quem?

— Você sabe que isso eu não vou contar, querido sobrinho. — Ela passou por ele, vindo em minha direção, e quase tropecei nas saias para fugir dela. Acurralando-me contra uma janela de vidro, ela pressionou o corpo no meu. Era surpreendentemente gelado, fazendo meus braços se arrepiarem completamente. — Nós nos divertimos bastante, não foi, garotinha Taumas? Você sempre foi minha parceira de dança favorita.

Ela colocou a mão na minha bochecha, passando os dedos por minha mandíbula.

— Dança? — Cada centímetro de meu corpo queria se livrar do toque dela, mas ela era mais forte do que parecia, e o aperto em meu pulso era como uma corrente. — As festas não eram de verdade? Nenhuma delas?

Kosamaras gargalhou, satisfeita.

— Você está entendendo! — Ela se virou para Cassius. — Sabe, eu preciso dar os devidos créditos. Sua queridinha foi bem mais difícil de iludir do que a maior parte das irmãs. O garoto tinha que dar um negocinho a ela todas as vezes, só para ela apagar o suficiente para sonhar. Vinho, chá, champanhe, o que fosse. — Então se voltou para mim de novo. — Mas eu sempre fazia você dançar no fim.

— Você fez Fisher me dopar?

Ela deu um tapa na minha bochecha, fazendo-me virar a cara para o lado, então deslizou na direção da chama do farol, como uma mariposa indo para a luz.

— Ele? — questionou ela, virando-se para o monte de pedaços de Fisher. — Nunca foi ele. Não de verdade. Já faz semanas que ele virou esse saco de carne aí. *Eu* — ela prolongou a palavra com uma importância vaidosa — controlava tudo.

— Isso não é possível. Eu o vi vivo faz...

— Você viu o que eu queria que visse! — bradou ela, todos os vestígios de regozijo sumindo da voz. Ao redor dos seus olhos, redes escuras de veias como teias de aranha pulsaram com ira, e uma nova onda de lágrimas escorreu pelas bochechas, pingando no chão à vontade. — Tudo o que viu, tudo o que fez, foi de acordo com o que eu queria. — Então ela voltou os olhos para Cassius. — Bem, quase tudo.

Um relâmpago dançou pela Velha Maude, atingindo os penhascos lá embaixo. Eu quis chorar. A tempestade havia chegado, e estávamos presos em Héspero até passar.

— Então você fez as garotas irem dançar — concluiu Cassius.

Se ele havia notado o relâmpago, sua voz não o denunciou.

Percebi que Cassius ainda estava com a adaga na mão, ao lado do corpo, e por um momento considerei pegar a arma e enfiá-la no peito de Kosamaras. Mas aquele pedacinho de metal não faria nem um arranhão na imortal, e estremeci ao pensar no que ela faria comigo caso ficasse brava.

— Tenho certeza de que foi um engodo bem impressionante, bem elaborado. Mas não entendo o propósito aqui. Por que mandá-las para castelos extravagantes em vestidos bonitos? Não parece muito seu estilo.

Kosamaras passou por cima do tornozelo de Fisher para olhar pela janela. Ela deu um tapinha no vidro, deixando uma mancha sangrenta na superfície.

— Eu sei o que está fazendo, sobrinho... bajulando-me para que eu conte mais do que deveria. — Ela deu de ombros. — Não é como se alguém fosse acreditar em vocês, não é? Não quando estou na mente deles. — Ela cantarolou uma valsa bonita, dançando ao redor dos pedaços de Fisher. — Eu admito que a complexidade era parte do apelo. Controlar as visões de oito meninas ao mesmo tempo, sem nenhuma delas saber... era um desafio que eu não poderia deixar passar. E eram todas tão sonhadoras e impressionáveis. Parecia o tema perfeito. Eu as seduzi com enfeites e brilhos, então deixei que o próprio delírio delas assumisse o controle.

Outro relâmpago iluminou o céu por um momento, bem mais claro que o brilho da Velha Maude.

— Duas já dançaram até a morte — continuou ela, sua voz se enchendo de orgulho. — Direto para o frio que nem umas lunáticas, girando e girando até virarem blocos de gelo. — Ela nos fitou. — E essa aí... essa está perto, bem perto, Cassius. Eu não me surpreenderia se ela mesma tirasse a própria vida a qualquer momento. Não tem como ter pesadelos como os meus toda noite e não enlouquecer. Você devia ter visto como a fiz se contorcer. Gostou da tartaruga, garota Taumas? Fiz especialmente para você.

— Que tartaruga? — perguntou Cassius, voltando a olhar para mim. O olhar dele estava profundo e preocupado.

— Você matou Rosalie e Ligeia — murmurei, ignorando-o quando me lembrei daquele dia horrível, correndo pela floresta, com tanta esperança de que a encontraríamos vivas. — O terceiro par de pegadas na neve era seu.

— Dele, tecnicamente — corrigiu Kosamaras, apontando para Fisher. — Estive dentro dele por um bom tempo.

Havia tantos pensamentos girando em minha mente, ficando mais velozes enquanto entravam e saíam de foco, demandando atenção. Mas o silêncio dominou após as palavras dela.

— Quanto tempo? — perguntei exigente, minha voz saindo mais forte do que eu me sentia. — Há quanto tempo está fazendo isso com a gente?

— Annaleigh — alertou Cassius, esticando a mão para me deter.

— Não, eu tenho o direito de saber. Você disse que nos faz ver coisas... Foi isso o que Elizabeth viu? Achamos que ela estava delirando... e foi você aquele tempo todo? Você usou Fisher para empurrar Eulalie do penhasco? E Octavia da escada? Quando ele deixou de ser meu amigo e virou o que quer que fosse *aquilo*? — Apontei para o monte purulento de membros, pele e sangue. — Quantas irmãs minhas morreram por sua causa?

— Vocês, mortais, são todos tão ridículos, todos arrogantes e pomposos com um senso de importância mesquinho. Quem é você para me questionar?

— Responda!

Ela estreitou os olhos, imóvel e contemplativa, antes de virar um borrão em movimento que resvalou a toda. Em um instante estava em cima de mim, com as coxas sarapintadas sobre meu peito. Pressionou minha clavícula com os joelhos, impedindo minha respiração. Embora fosse menor do que eu, o peso dela era esmagador, pressionando-me no chão de madeira até eu achar que meus ossos se quebrariam um por um. Quando ela se aproximou, duas mariposas gigantes, como aquelas que eu vira na galeria, saíram sorrateiras do cabelo dela. Rastejaram até minha testa antes de esticarem as patas em formato de gancho para grudarem em meu cabelo. As asas podres roçaram em minha pele, e senti uma língua em espiral se desenrolar e lamber minha bochecha.

— Só duas — respondeu ela, sibilando. — Por ora. — Então fez um som de escárnio, achando graça. — Além daquele relojoeirozinho.

Cassius brandiu a adaga de novo.

— Solte-a, Kosamaras.

Ela olhou para ele de cima a baixo e riu enquanto mais lágrimas escorriam pelo rosto.

— Talvez eu acabe com esta aqui agora. Sobretudo considerando que ela sabe demais.

Ela me apertou com mais força, e grunhi enquanto minha vista começou a escurecer.

— Por favor! — A voz dele tremeu, contorcendo-se de angústia. — Essa garota é meu mundo todo. Diga o que quer em troca e será seu.

Pouco antes de minhas costelas se romperem, ela saiu de cima de mim, indo para o outro lado da sala como se nada a tivesse chateado. Fiz esforço para me sentar, ofegante. Cassius correu até mim, acariciando meu cabelo, checando minha pulsação, murmurando palavras reconfortantes. Senti a leve pressão de sua boca em minha testa, mas não senti de fato. Tudo dentro de mim tinha ficado dormente.

— Me poupe das suas propostas. Você nunca vai salvá-la. Isso não vai ter um final feliz para vocês. Sobretudo para você — completou ela, dando uma piscadela para mim.

— Eu vou contar tudo às minhas irmãs. Elas vão saber e não vão...

— Não vão o quê? Não vão dormir? Não vão sonhar? Já passamos desse ponto, garota Taumas. Agora que estou aqui dentro — ela deu piruetas até mim de novo e deu um toque leve em minha testa —, eu não preciso nem que durma. Não preciso nem que sonhe. Estou sempre com você.

Observei, horrorizada, enquanto a pele dela se descolava, deixando rastros sangrentos em tudo o que tocava. Inclusive em mim.

Cassius deu um tapa na mão de Kosamaras.

— Quem invocou você? Quem começou isso?

Um trovão ribombou pela ilha, sacudindo as placas de vidro da galeria com uma ferocidade furiosa. A chama do farol tremulou, conduzida em uma dança sinistra pelo vento. Isso fez as sombras no espaço pairarem com malícia antes de retornarem aos cantos. Quase como...

— O homem-dragão — sussurrei. — Eu sei quem invocou você — afirmei, erguendo a voz. — O homem com o dragão de três cabeças.

Cassius ficou pálido, olhando para Kosamaras.

— Dragão de três cabeças? Um Traquineiro? Isso é verdade?

Senti os olhos pretos dela me analisarem por inteiro, com interesse.

— Sua queridinha vê mais do que eu pensava. Foi estúpido da parte dele ir dançar.

— Quem? — questionou Cassius, exigente. — Diga em voz alta.

— Viscardi — revelou Kosamaras em um tom instável, prologando o "s" e o "r".

Uma rajada de trovão ressoou, ecoando a voz dela.

— Isso não é possível. Os Taumas nunca fariam uma barganha com ele.

Ela abriu um sorriso sobrenatural de tão aberto.

— Isso mostra o quanto você não sabe, sobrinho. Acha que todo mundo naquela casa é um humano valente, um exemplo para a comunidade? Precisaram de Viscardi. Chamaram Viscardi.

— Por favor, Kosamaras, desfaça a barganha. Eu sei que tem influência sobre ele. Se alguém conseguiria isso, seria você.

Ela jogou a cabeça para trás, rindo.

— Esse é a barganha mais interessante da qual já participei, e acha que vou acabar com tudo só porque você pediu com educação? Não. — Ela fez uma pausa, ouvindo algo que não ouvíamos. — Vou deixar a garota em paz...

— Obrigado, Kosamaras — começou Cassius.

— ... apenas por esta noite — prosseguiu ela. — Mas a partir do nascer do sol, tudo pode acontecer. — Ela se virou para mim, com mais lágrimas escorrendo dos olhos, pintando-lhe a boca de preto. — Vamos nos divertir muito depois, você e eu. Muito. Mesmo. Tchau, tchau por ora, querida Annaleigh. Sonhe comigo, está bem? — Ela deu um leve toque em meu nariz antes de me soltar de vez. — Divirta-se brincando com sua bonequinha enquanto pode, sobrinho.

— Deve ter algo que possa convencê-la a acabar com isso, Kosamaras — insistiu Cassius, aproximando-se da tia, erguendo as mãos em súplica. — Algo que você queira.

O sorriso dela ficou afiado, rígido.

— Na verdade, tem uma coisa de que eu gostaria agora, sim. Estou com vontade de dançar com a menorzinha, a pequena... Qual é o nome dela? Patience? Prudence? Charity? — Houve outro lampejo dos dentes pontiagudos, um lobo pronto para o abate. — Verity. Venho visitando a pequena há bastante tempo. A mente dela é tão aberta a tudo que lanço lá... Danças, bailes, fantasmas...

Meu coração martelava.

— Você é quem está por trás das visões dela.

— Cada uma delas. — Ela sorriu em pura alegria. — Ah, se soubesse o que já mostrei a ela... Você não iria acreditar no quanto ela grita. — Os olhos da imortal brilharam, imaginando novos horrores. — Volte logo para Highmoor. Você não vai querer perder.

— Não! — berrei, lançando-me na direção dela, mas, com um estalo de trovão, Kosamaras desapareceu.

35

Eu JÁ TINHA AVANÇADO ATÉ A metade da sala de vigia, pronta para correr escada abaixo e sair na tempestade, antes de perceber que eu estava sozinha.

— Cassius?

Ouvi os passos dele na escada, pesados e ritmados. Quando enfim apareceu, estava com o rosto sombrio.

— Eu não posso nos levar de volta agora.

Como se para provar seu argumento, um lampejo branco de relâmpago cortou o céu.

— É perigoso demais. Pode acontecer algo...

— Já *está* acontecendo algo! Você ouviu o que ela disse. Ela vai atrás de Verity. Eu não posso simplesmente ficar aqui e deixar acontecer! — Um soluço subiu por minha garganta, implorando para escapar. Fechei as mãos em punhos. Eu não podia ceder às lágrimas no momento. Eu tinha que fazer alguma coisa, tinha que agir. — Tem um barco! Eu vou sozinha.

— Nessa tempestade? Você não vai conseguir. Annaleigh...

Ele segurou meu ombro.

— Não! — gritei e me virei. — Já perdi muita gente hoje. Silas, Fisher... Não posso ficar aqui, sem fazer nada, e deixar que Verity seja mais uma nesta lista. Isso vai me matar por dentro.

— E ela está contando com isso — berrou Cassius por cima do barulho da tempestade. — Kosamaras sabe que a irritou. Ela quer que você faça algo estúpido.

O soluço se formou de novo, daquela vez não consegui reprimi-lo.

— Por quê? Por que ela faria isso? Nunca fizemos nada com ela!

— Vocês não são o alvo pessoal dela. Viscardi com frequência a usa para cobrar a parte dele das barganhas. Ele gosta do elemento teatral, e Kosamaras nunca decepciona. — Ele suspirou. — Ela é a Arauta do Delírio, criando tantas visões falsas e realidades distorcidas que a pobre alma tira a própria vida só para acabar com o sofrimento.

Uma risada, amarga e vazia, escapuliu de mim antes que eu conseguisse contê-la.

— Ela vai tentar fazer isso com minhas irmãs. Eu preciso impedi-la.

— Vamos descobrir um jeito. — Cassius empurrou o cabelo para trás. — Eu sei que é difícil, mas temos que deixar Kosamaras de lado por um instante. Ela é só a marionete. É Viscardi quem está manipulando as cordas. Temos que descobrir quem fez a barganha com ele.

— E então o quê? Pedir com educação para que a pessoa a desfaça?

Ele desviou o olhar.

— Não exatamente... Isso pode ficar muito perigoso, Annaleigh.

Lembrei-me do corpo destroçado de Fisher, dos olhares silenciosos de Lenore, de Verity fazendo pirueta pelo quarto com os olhos pretos de Kosamaras.

— Já está... — Esfreguei as têmporas, tentando pensar melhor. — Imagino que não dê para matar um Traquineiro...

— Não, são imortais. Mas... — Ele franziu as sobrancelhas. — Se a pessoa que fez a barganha morrer antes que as partes a cumpram... então teria que acabar. Viscardi não pode cumprir sua parte da barganha se o parceiro estiver morto.

— E outra pessoa morre — murmurei, olhando para o teto.

No alto, o farol da Velha Maude reluziu, de novo e novo. Com uma precisão exata.

Eu tinha amado aquele farol desde minha primeira viagem a Héspero. Camille e Eulalie ficaram entediadas em minutos, questionando, em voz alta, por que o farol não fazia algo mais interessante. Elas queriam explosões e fogos de artifício, algo grande e ousado. Não conseguiam ver a simples beleza de algo funcionando com uma eficiência tranquila, fazendo o que era preciso.

Mas eu via.

Inspirei fundo.

— E se eu mesma fizer uma barganha com Viscardi? Eu conseguiria impedir que isso acontecesse, e ninguém mais precisaria morrer.

Ele pareceu horrorizado.

— De jeito nenhum.

— Cassius, talvez seja a única forma de parar isso antes que mais alguém se machuque. Não posso perder mais uma irmã.

— E eu não posso perder você — rebateu ele, com os olhos intensos como estrelas em chamas.

Lágrimas escorreram por minhas bochechas.

— Tem que haver algo que eu possa oferecer a ele, algo que não machucaria ninguém.

Ele balançou a cabeça.

— É o que todo mundo que o invoca acha. Supõem que vão enfim conseguir ser mais espertos que ele. Que vão ser os primeiros a pensar em uma barganha completamente perfeita. Nunca aconteceu. Viscardi sempre tem uma carta na manga.

Ele se sentou no degrau de cima, deixando espaço para eu ficar ao seu lado.

— Ouvi muito sobre as barganhas dele enquanto crescia. Pontos gosta de convidar Viscardi para visitar a Salmoura. Ninguém diverte aquele Deus tanto quanto os Traquineiros. Eram todos terríveis. Viscardi sempre consegue deturpar a coisa de alguma forma, incluir alguma maldade. Ele contou a Pontos sobre duas irmãs que amavam o mesmo homem. Quando o homem se apaixonou pela irmã mais nova, a mais velha, de coração partido, invocou Viscardi.

Sentei-me ao lado dele.

— Eu não consigo imaginar querer algo o suficiente para invocar um Traquineiro.

— Quando determinados tipos de pessoas ficam desesperados o suficiente, acabam fazendo qualquer coisa.

O trovão, retumbante e feroz, ecoou as palavras dele. A tempestade estava ficando mais forte, e eu também queria urrar. Tentei não pensar no que estava acontecendo em Highmoor enquanto estávamos longe. Só acabaria perdendo a sanidade. Virando-me para Cassius, foquei nele.

— O que aconteceu com as irmãs?

— Viscardi apareceu e ouviu o pedido da mais velha. Disse que ele concederia o desejo do coração dela, com alegria, mas que queria uma coisinha em troca. Só uma lembrancinha, mesmo. Queria algo que fosse da irmã mais nova. Algo que ela considerava precioso.

Parecia tão simples, uma barganha tão insignificante. Se eu tivesse estado no lugar da irmã mais nova, o que Viscardi tiraria de mim? Um dos colares da mamãe? Minha fita favorita de cabelo? O que eu considerava precioso de verdade?

Verity me veio à mente, segura e aconchegada no sono. Camille ao meu lado no piano, nossos dedos se esbarrando enquanto tocávamos uma canção nova, rindo cada vez que errávamos. As trigêmeas, as Graças...

Um calafrio gelado serpenteou dentro de mim, alojando-se no meu cerne.

— Ela não concordou, concordou?

Cassius confirmou devagar com a cabeça, sabendo que eu já tinha imaginado o desfecho.

— A mais velha ficou noiva do homem e se casou mesmo, como a barganha prometia. Foi um belo casamento, e os aldeães disseram que ela era uma noiva linda. Mas no altar, enquanto o homem terminava de pronunciar os votos que os unia, Viscardi chegou, exigindo o pagamento. "Pagamento?", exclamou a noiva, constrangida pela intromissão. "Minha irmã está ali. Ela está até usando os grampos de cabelo dos quais tanto gosta. Leve os grampos e me deixe em paz."

Segurei o braço dele para interromper o relato da história. Era muito horrível de imaginar, e sentia que o verdadeiro final seria, de algum modo, ainda pior. A neve açoitava as janelas, batendo no vidro. Levantei a cabeça, de repente preocupada que veria o homem-dragão na galeria, à espreita, implorando para entrar.

Esfreguei os braços, tentando dar fim aos tremores que me afetavam.

— Eu não acredito que alguém que eu conheça faria uma barganha com ele.

— Talvez seja um ato de vingança. Uma barganha por justiça. Conhece alguém que já teve um desentendimento com seu pai? Alguém na corte? Ou talvez um dos criados?

— O papai nunca mencionou nenhum problema. Todo mundo sempre foi tratado bem, com bondade. — Dei a resposta com facilidade.

Só que não era de todo verdade. Lembrei-me da expressão horrorizada do sapateiro Gerver enquanto era xingado e repreendido dentro da própria loja, dos ataques raivosos do papai por causa de qualquer contratempo nos estaleiros, da fúria com a qual arremessou a garrafa de uísque em um mordomo durante o Revolto.

O Revolto...

— Você está bem? Ficou pálida de repente.

— O tio Sterland. — Contorci a boca depois de proferir as palavras traidoras.

Ele inspirou com força, compreendendo.

— Ele ia se casar com sua tia Evangeline... Você disse que ela morreu... Como?

Assenti com a cabeça, triste.

— Ela e o papai eram gêmeos. Evangeline nasceu primeiro... teria se tornado a duquesa e herdado tudo.

— O que aconteceu? — perguntou Cassius com gentileza.

— O pai de Sterland tinha sido um almirante respeitado na Marinha Real e era um dos aliados mais próximos de meu avô. Quando o almirante morreu em alto-mar, Sterland e a mãe foram convidados a ficar em Highmoor.

Do lado de fora, o vento uivava, sibilante e gutural, como o choro de uma mulher.

— Quando crianças, os três eram inseparáveis. Conforme envelheceram, Evangeline e Sterland formaram um casal. Quando os rapazes foram para a academia naval, minha tia ficou chorando por meses. Ela implorou ao pai que os trouxesse de volta. Parou de comer e ficou pálida e doente. A única coisa que o vovô conseguiu fazer para acalmá-la foi prometer que ela poderia se casar com Sterland quando ele se formasse e que ele nunca mais deixaria Highmoor.

Cassius prendeu a respiração.

— Imagino que isso não tenha agradado muito seu pai...

Fiquei calada por um instante.

— Tem... histórias. Rumores, na verdade. Nunca acreditei neles, mas se Sterland acredita... — Coloquei a mão na barriga, tensa e enjoada. — Mas com certeza ele não poderia ter feito isso.

— Me conte o que aconteceu, Annaleigh.

Olhei pelas janelas para o mar escuro que nos cercava. Um relâmpago ziguezagueou, partindo ao meio uma árvore que crescia na lateral dos penhascos.

— O vovô não perdeu tempo preparando Sterland para ser o futuro consorte de Evangeline. Mandou várias cartas e livros detalhando a história da família, atualizando-o sobre a política e sobre o negócio de transporte marítimo em Vasa. Pelo que entendi, Sterland provocava o papai sem parar com isso, brincando sobre como toda a riqueza e a honra da família Taumas logo seriam dele.

Uma rajada de vento soprou, levantando uma névoa fina de neve. Por um momento, vi o passado se desenrolando diante de mim em uma neblina, como se eu assistisse a uma ópera no teatro.

— Os rapazes voltaram por causa do Revolto, e Evangeline ficou toda feliz por ter o trio reunido de novo. Ela queria que os dez dias fossem como antes: piqueniques no labirinto, visitas a Astreia, brincar de esconde-esconde na floresta... Mas uma tempestade surgiu do nada.

O papai disse que correu de volta para Highmoor. Sterland voltou, esperando que Evangeline estivesse com o papai... Só encontraram o corpo dela dias depois.

— Então Ortun virou o herdeiro, e Sterland perdeu tudo — concluiu Cassius.

Confirmei com a cabeça.

— Eu sei que a história o favorece, mas o papai nunca teria machucado Evangeline.

Cassius esfregou seus braços.

— Não importa o que ele fez ou deixou de fazer, se Sterland acredita nisso...

Estava enjoada de tanta culpa, querendo argumentar. Aquele homem era como um tio para mim. Mesmo se ele quisesse mesmo machucar o papai, como ele poderia oferecer a mim e minhas irmãs? E com que propósito? O que poderia ganhar com aquilo?

Mas então lembrei de como os olhos dele tinham ficado sombrios e com raiva na Primeira Noite. A amargura que emanara dele como um sachê de chá enturvando a água límpida. Lembrei-me do ódio fervilhando de modo invisível enquanto ele brincara sobre solucionar o mistério dos sapatos e enfim reivindicar o que lhe era de direito.

— Temos que contar ao papai — sussurrei. Segurei as mãos dele, suplicando enquanto chorava mais. — Cassius, eu sei que é perigoso, mas, por favor... leve-nos de volta a Highmoor.

Outro relâmpago passou chamuscando a Velha Maude, parecendo me provocar, e nos sobressaltamos quando o trovão a seguir pareceu retumbar dentro de nós.

— Nós não conseguiríamos chegar lá nessas condições.

Muitas lágrimas escorreram por meu rosto. Tentei me segurar, desesperada para encontrar um jeito de sair daquele pesadelo. Nunca havia me sentido tão impotente. Cassius me abraçou, aninhando-me com carinho e me deixando gritar e chorar. Quando bati com o punho na escada de metal, querendo machucar algo tanto quanto Kosamaras nos havia machucado, ele deixou. Ficou me abraçando até a sensação frenética passar e a exaustão me assolar.

Mesmo assim, acariciou meu cabelo, passando os dedos pelos fios embaraçados com ternura. Relaxei encostada nele e fechei os olhos.

— Annaleigh? — A voz de Cassius era aconchegante e baixa em meu ouvido.

Despertei com um sobressalto. Eu tinha adormecido?

— Eu acho que o pior da tempestade já passou. É melhor tentarmos voltar a Highmoor antes que a nevasca chegue a Salície.

Com um aceno de cabeça cansado, segui-o escada acima. Desviando os olhos da bagunça lúgubre caída no canto, abri a porta de vidro. Saímos antes que a brisa fria apagasse a chama do farol.

Cassius observou o céu por um momento antes de estender a mão. Eu queria ir com ele, mas hesitei.

— O que vamos fazer?

— Suas irmãs precisam saber da verdade em relação aos bailes, antes de qualquer coisa. Mesmo que não possamos impedi-las de dormir, elas precisam saber que não podem acreditar em tudo o que veem. Temos que contar tudo ao seu pai também.

— E Sterland? — indaguei, odiando o tom rígido de medo em minha própria voz.

Ele cerrou os dentes.

— Vamos deixá-lo se explicar, lógico, se chegar a isso... se o único jeito de dar fim à barganha for... — Ele esticou a mão para a adaga, segurando o punho. — Eu o farei.

— Cassius, eu não posso lhe pedir para...

— E você não pediu.

Embora ele tenha sorrido, os olhos dele continuaram sombrios e cheios de tristeza.

Dei um passo à frente, abraçando-o e mantendo-o bem perto. Queria agradecer-lhe, queria dizer o quanto significava para mim tê-lo ali, pronto para lutar comigo, mesmo que não fosse uma batalha dele. Queria dizer a Cassius que eu tinha me apaixonado por ele, profunda e verdadeiramente, mas antes que pudesse abrir a boca, nós desaparecemos da Velha Maude em um redemoinho de neve e sal.

36

Quando abri os olhos, Highmoor pairava diante de nós, um monólito escuro e vigilante. Só que não parecia a casa que eu conhecia e amava. Parecia uma fera prestes a me devorar.

Chegamos à extremidade mais distante do labirinto de sebes assim que os ventos começaram a soprar mais forte. Era perturbador estar no meio de uma tempestade em um minuto e no outro vê-la se aproximando. As nuvens se revoltavam enquanto a tempestade ganhava força sobre o mar Kaleo. Quando enfim chegasse a Salície, seria muito, muito pior.

Senti uma preocupação crescendo dentro de mim. Será que alguém acreditaria em nós? A história parecia completamente bizarra. Se eu não tivesse visto por mim mesma, nunca teria acreditado ser possível. Me pressionei contra calor do corpo de Cassius, desejando que fosse o bastante para que tudo voltasse ao normal.

— Você estava falando sério sobre o que disse para Kosamaras? Lá no farol? Sobre mim?

— Você é meu mundo — afirmou Cassius de forma solene, sem hesitar.

— E você é o meu.

Ele acariciou meu cabelo com os dedos, juntando um monte de mechas entre as mãos antes de beijar minha testa com gentileza. Só uma vez. O gesto me aqueceu profundamente, e me senti protegida e valorizada.

— Vamos superar tudo isso. Você e eu. Juntos.

Respirei fundo, tentando me estabilizar.

— Então vamos entrar.

Em uma época que parecia fazer parte de outra vida, minhas irmãs e eu havíamos adorado ficar na Sala Azul e observar as tempestades se aproximando. Nós nos sentávamos nos sofás com chá ou chocolate quente, envoltas em travesseiros e risadas. Aqueles dias já não existiam mais havia muito tempo, mas talvez todo mundo tivesse replicado o gesto por costume.

Meu estômago se revirava a cada passo. Estava com os nervos à flor da pele, atenta ao mínimo movimento ao meu redor. Quando uma criada abriu a porta da rouparia, quase pulei de susto.

Quando entramos na sala de estar, todos levantaram a cabeça. Por um instante, o cômodo estava cheio, contando até com a presença de minhas irmãs mortas havia tanto tempo. Ava estava preocupada, com a mão no colo cheio de sardas, e as trigêmeas estavam juntas de novo, embora Lenore não parecesse notar as irmãs congeladas dividindo a namoradeira com ela. Pisquei várias vezes para afugentar os truques de Kosamaras.

— Graças a Pontos! — bradou o papai, cruzando a sala em três passos para me abraçar. Por cima do ombro, Sterland se empoleirou na ponta do sofá e ficou todo rígido. — Onde vocês se meteram? Estávamos preocupados! — Ele olhou para atrás de mim, procurando. — Mas cadê a Verity?

Contei as irmãs que tinham sobrado. Camille em uma poltrona perto da lareira. Lenore na espreguiçadeira. Mercy e Honor no chão com um caderno de desenhos entre elas.

— Como assim? Verity não estava com a gente.

— Ela não desceu para tomar café. Quando subimos, o quarto dela estava vazio, e o seu também. Achamos que ela estava com você. Onde estava?

Senti uma onda de náusea passar por mim ao imaginar o corpinho de minha irmã esparramado na neve, outra vítima da barganha de Viscardi e do engodo de Kosamaras.

Camille fez um barulhinho, um som de horror do fundo da garganta.

— Ah, Annaleigh, o que você fez?

Todos ao redor ficaram surpresos, e Camille se inclinou para a frente, os olhos intensos com a acusação.

Eu sentia como se o chão tivesse sumido de debaixo dos meus pés.

— Como assim?

— Cadê ela? O que você fez com Verity?

— O que eu fiz? Nada! Eu estava em Héspero, reacendendo o farol da Velha Maude. Silas morreu dormindo... e Fisher...

O rosto do papai ficou rígido, confuso.

— Fisher morreu faz semanas, Annaleigh.

— Não... Quer dizer, sim, mas nós não sabíamos disso até...

— Não sabíamos? — repetiu Camille. — Teve um acidente em Héspero. Um dos latões de óleo explodiu... Fomos ao velório dele. Não lembra? Você chorou o caminho todo.

— E na volta também — adicionou Mercy.

— O quê?

Eu ouvia as palavras deles, entendia cada significado, mas quando as frases se juntavam... quando eram reunidas em uma acusação... era como ouvir um idioma desconhecido.

E então ouvi a risada.

Começou no canto da sala, ficando mais alta e mais profunda até que os risos ecoassem pelo teto arqueado, ameaçando fazer a estrutura desabar. Porém, ninguém mais olhou para cima. Virei-me para Cassius, pedindo sua ajuda silenciosamente, mas ele só deu de ombros. Também não ouvia nada.

— Kosamaras está por trás de tudo! Ela está fazendo vocês terem memórias falsas... todos vocês.

O papai e Camille trocaram olhares desconfortáveis.

— Isso não faz nenhum sentido, Annaleigh. Por que uma Arauta estaria aqui?

Fechei as mãos em punhos, querendo berrar. Como eles podiam não entender?

— Ela está bagunçando suas lembranças. Aquele velório nunca aconteceu. Fisher esteve aqui desde o baile das trigêmeas.

— Annaleigh, você sabe que ele não esteve. — Camille se levantou. — Você está estranha há semanas. Primeiro com Eulalie, então aquele espetáculo todo no mercado por causa de Edgar. E eu pensei que devia ter sido horrível para você, por ter encontrado os corpos dos dois. Então Rosalie e Ligeia sumiram... e quem encontrou os corpos, de novo, foi você. Tentei ignorar os pensamentos, as dúvidas. Tentei dizer a mim mesma que você nunca nos machucaria. Você nos ama demais. Mas agora Verity? Annaleigh, como você pôde?

Fiquei boquiaberta.

— Não é possível que você acredite nisso. Não está enxergando as coisas direito.

Camille veio até mim, uma ameaça a cada passo.

— Você vem culpando a maldição, mas foi você o tempo todo, não foi?

Eu queria fugir, mas estava congelada no lugar, chocada demais para reagir. Embora eu soubesse que era Kosamaras manipulando Camille, as palavras dela ainda doíam, feriam muito.

— O que está dizendo?

— Eu acho que você esse tempo todo quis ser a herdeira. Herdar Highmoor, herdar tudo.

— Camille! Você sabe que isso não é verdade! Eu nunca faria nada para machucar nenhuma de vocês, muito menos Verity! Matá-la não me deixaria mais perto de herdar Highmoor. Você deve perceber como isso soa absurdo.

— Absurdo — concordou ela. — Viu mariposas de novo nos últimos tempos?

Olhei para o papai. Ele era o único que sabia sobre aquela noite na galeria.

— Roland! — berrou Camille, chamando o valete.

— Ele não está aqui. Foi ajudar o navio que naufragou. Todos os lacaios foram... — Parei de falar quando Roland entrou na sala.

Ele parou na soleira, de sobrancelhas arqueadas, aguardando as instruções.

— Você não está aqui de verdade — murmurei. — Não pode estar.

Senti os olhos da minha família em mim, os olhares intensos variando de pena a terror, mais e mais perto até eu não conseguir respirar.

A sala ao meu redor começou a girar com brusquidão, e caí de joelhos. As cores sumiram, pintando tudo de tons de cinza, então de repente voltaram, vívidas e mais saturadas do que nunca. Fechei bem os olhos para me proteger do clarão, e no fundo da minha mente, eu entendi o que estava prestes a acontecer.

Roland me arrastaria para fora da sala e me prenderia em algum lugar. Cassius não conseguiria impedi-los. Diriam que eu seria levada a Astreia para aguardar o julgamento, mas Camille não deixaria a assassina das irmãs sair de Highmoor ilesa, sobretudo com uma Arauta enchendo-a de mentiras.

Será que Camille envenenaria uma de minhas refeições? Faria parecer que eu havia usado as roupas de cama para me enforcar? Kosamaras riscaria meu nome da lista, ficando mais próxima do seu objetivo mortífero.

A luz refletiu os rastros oleosos escorrendo pelo rosto de Camille. Embora fossem leves, dava para ver que Kosamaras estava em ação, alterando as lembranças de minha irmã.

Sem pensar, peguei a adaga de Cassius e a brandi, mirando em Sterland.

— Annaleigh, não! — berrou Cassius de trás de mim, mas não cedi.

— Annaleigh, abaixe isso — ordenou o papai, aproximando-se pelo meu flanco.

Eu mantive a lâmina direcionada a Sterland.

— Ele fez isso. Ele fez o pacto. Está por trás de tudo, papai.

O rosto de Sterland ficou vermelho.

— O quê? Do que está falando?

Tentei conter o tremor nas mãos enquanto observava a lâmina da adaga apontar para o amigo de longa data do papai.

— Conte a eles! Conte a todo mundo sobre Viscardi e a barganha. Conte que as danças e os bailes não eram reais. Conte do trato que fez!

— Trato? Que trato? Annaleigh, você perdeu a cabeça!

Ele olhou ao redor, talvez em busca de uma arma.

— Você está punindo o papai porque ele virou duque e roubou tudo de você.

Ele abriu a boca, surpreso.

— O quê? Eu nunca iria...

— Sterland, isso é verdade? — questionou o papai, de olhos arregalados. — Você acha que eu matei Evangeline? Minha própria irmã? Só por causa de um título?

— Lógico que não — contrapôs Sterland. Ele ergueu as mãos quando dei um passo na direção dele, brandindo a adaga para a frente e para trás. — Admito que isso já tenha passado pela minha cabeça, mas eu nunca... Ortun, eu não sei do que a garota está falando. Eu nunca fiz trato nenhum... e não com um Traquineiro, disso tenho certeza.

— Papai, faça alguma coisa! — bradou Honor ou Mercy com um soluço sufocado. Eu não sabia ao certo qual das irmãs porque não tirei os olhos de Sterland para averiguar.

Um pensamento me ocorreu, disparando por minha mente como um aguaceiro por uma parede de pedra. Embora parecesse nítido que Kosamaras estivesse usando as acusações de Camille para que eu acabasse morta, talvez ela estivesse criando aquela confusão toda para me fazer atacar Sterland primeiro.

O que significava que Sterland não tinha feito a barganha...

Ou ela soubera que eu chegaria àquela conclusão e não conseguiria matá-lo, protegendo então aquele que fizera a barganha?

Ou, pior ainda, será que era ela colocando aquelas ideias em minha mente, tanta coisa até que eu entrasse em crise? Minhas têmporas martelavam, minha mente girava com tantas possibilidades. Como eu saberia qual era a correta?

— Annaleigh, por que não me dá a faca? — sugeriu o papai, aproximando-se devagar, erguendo as mãos em súplica. — Você está chateada, lógico. Passou por muita coisa nessas últimas semanas. Vamos conversar, e tenho certeza de que encontraremos uma solução.

— Não. Sterland tem que morrer antes que a barganha seja concluída. É a única forma de consertar isso. Diga a eles, Cassius.

Olhei por cima do ombro. Precisava da confirmação dele. Aquilo estava saindo de controle depressa. Mas quando olhei para a porta, ele tinha sumido.

Deixei escapar um som confuso. Saí para o corredor, mas ele não estava em lugar nenhum.

— Cassius? — Voltando para a sala, eu a vasculhei com mais atenção. — Para onde ele foi?

Camille franziu a testa, com o rosto confuso.

— Quem?

37

— CASSIUS. — VIREI-ME DE NOVO PARA AS minhas irmãs. — Ele vai explicar tudo, Camille. Não fiz nada com Verity, eu prometo...

— De quem está falando, Annaleigh? — A voz de Camille soou calma e comedida, como se ela estivesse falando com uma mulher desatinada.

O medo verdadeiro no olhar dela me surpreendeu. Ela olhava para mim como se eu fosse *mesmo* uma mulher desatinada.

— Cassius... Cassius Corum. O filho do capitão Corum.

— O capitão Corum morreu.

— Eu sei disso. O filho veio no lugar dele no Revolto. Por que não se lembram disso? — Apesar de muito me esforçar para me conter, minha voz ficou estridente enquanto eu falava, perigosamente beirando o desespero.

— É igual ao que aconteceu com Elizabeth — murmurou o papai, com o rosto desolado. Nunca o tinha visto parecer tão velho. Ele lançou um olhar resignado a Sterland. — Eu sinto muito, velho amigo. Poderia nos deixar a sós com Annaleigh?

Sterland se levantou do sofá, dando um tapinha de lamento profundo nas costas do papai.

— Lógico, lógico. Questão de família e tudo mais. — Ele ficou me olhando por um tempo, claramente angustiado. — Se eu puder ajudar de alguma forma...

O papai agradeceu e acenou para que ele saísse.

— O senhor vai deixá-lo sair assim? — perguntei, observando-o deixar o homem ir embora, livre. — Papai, ele...

— Sterland não é o problema aqui.

A expressão no rosto dele disse tudo o que suas palavras não disseram.

— Eu sou? — perguntei, aterrorizada. — Eu?

— Ninguém mais está vendo gente que não existe.

Deixei a adaga cair no chão enquanto a sala entrava e saía de foco. Aquilo era um erro. Tinha que ser. Cassius era real. Eu tinha estado com ele. A noite toda. Fora ele que me contara tudo sobre Viscardi e a barganha, Kosamaras e os joguinhos dela.

Os joguinhos dela...

"Ela é a Arauta do Delírio, criando tantas visões falsas e realidades distorcidas que a pobre alma tira a própria vida só para acabar com o sofrimento."

Com as palavras dele ressoando nos ouvidos, fiquei de joelhos, tremendo sem parar. Será que Kosamaras tinha me feito imaginar Cassius? Ela era poderosa o bastante para criar uma pessoa do nada? Tínhamos tido tantas conversas, trocado tantos beijos. Eu me lembrava do olhar dele quando dissera que entre as irmãs Taumas, eu era a de quem ele mais gostava. Ainda conseguia sentir as mãos dele em meu corpo. Aquilo não poderia ser forjado, poderia? Ele era real. Tinha que ser.

Lembrei-me de conversar sobre ele com minhas irmãs. Elas o tinham visto... Eu não fora a única! Mas assim que o pensamento nítido surgiu, foi-se, como se eu tentasse segurar as marés em movimento.

Rosalie e Ligeia tinham falado com ele. Estavam mortas e não poderiam testemunhar nem por ele nem por mim.

— Honor! Mercy! Vocês estavam com ele na taverna em Astreia. Ele comprou sidra para vocês.

Elas só ficaram me olhando.

— Naquele dia com Edgar... no dia em que compramos os sapatos novos para substituir os sapatos de fada...

Mesmo ao dizer aquilo, vislumbrei o lampejo cor de jade. Fiquei confusa ao afastar as saias e ver os sapatos de fada, inteiros e intactos. Pareciam tão novos quanto no dia em que os tínhamos desembrulhado. No mesmo instante larguei as saias para cobri-los, desejando não tê-los percebido.

— Camille, você o viu, eu sei que sim. Ele se sentou bem do seu lado no Revolto! Ele estava no baile em Pelage...

Balancei a cabeça, tentando me desvencilhar daquele pensamento. Os bailes não eram reais, e Cassius não estivera lá.

A verdade me atingiu, caindo sobre mim como uma âncora chegando ao leito oceânico.

Cassius não estivera no baile em Pelage, embora eu tivesse estado certa da presença dele.

Kosamaras havia me feito vê-lo lá.

Ela tinha me feito vê-lo em todo lugar.

Devagar, observando o papai para ter sua aprovação, Camille cruzou a sala e se ajoelhou ao meu lado. Começou a acariciar minhas costas em círculos, da forma como confortaria um cavalo assustado, desesperado por causa de uma tempestade.

— Você se refere ao baile das trigêmeas? Annaleigh, não tinha ninguém chamado Cassius lá.

— Não naquele baile. Pare de dizer meu nome assim.

— Assim como?

Empurrei o braço dela para longe.

— Como se eu tivesse perdido a sanidade. Como se estivesse tentando acalmar uma pessoa desequilibrada.

— Ninguém acha que perdeu a sanidade, Annaleigh — contrapôs o papai. — Só estamos preocupados com você.

— E com a Verity — interveio Honor.

Virei-me na direção dela de pronto, com um rosnado preso na garganta.

— Eu falei que ela não estava comigo!

Camille mordeu o lábio inferior, com os olhos marejados.

— Mas talvez ela estivesse com... esse... Cassius?

Uma pontada forte de dor me atravessou.

— Como você pode pensar que eu faria algo com Verity? É absurdo! Você sabe que eu nunca a machucaria!

— Tenho certeza de que tem uma explicação para tudo isso — interveio o papai, pegando a adaga do chão.

Ali nas mãos dele, não passava de uma faca de manteiga, sem dúvida surrupiada do café da manhã daquele dia. A lembrança reluziu em minha mente, clara e límpida. Eu me vi pegando a peça do bufê e a escondendo na saia.

— Não — murmurei, olhando para o pedacinho de latão. — Não, não, não, não. — Eu me curvei em posição fetal, apertando a cabeça com os braços e tentando ligar os pontos. — O que está acontecendo comigo?

A risada sombria surgiu de novo no canto da sala. Camille ficou me olhando, sua expressão demonstrando preocupação. Era óbvio que não ouvia nada. Tão repentina quanto antes, a risada então soou do lado direito. Mesmo sem olhar, eu soube que Kosamaras não estaria ali. A risada continuou, chegando mais e mais perto até eu perceber que desde o início estivera dentro de minha mente, fundindo-se com meu cérebro até eu desmoronar.

Bati na minha própria têmpora para me livrar da intrusa indesejada, mas a risada só cresceu. Bati em mim mesma de novo. E de novo, com mais força. Parte de mim sabia que o papai e Camille estavam se aproximando para segurar minhas mãos e interromper os golpes, mas eu não conseguia parar. Quando puxaram meus braços para trás, me movi para a frente, tentando bater a cabeça no chão. Se eu conseguisse rachá-la, só um pouco, a voz escaparia e me deixaria em paz.

O som de porcelana se quebrando interrompeu minha crise, fazendo-me parar. O vaso que estivera em uma das estantes tinha explodido, virando centenas de pedacinhos afiados no chão.

Fiquei tão aliviada ao ver todo mundo virando a cabeça para olhar que solucei.

O busto de mármore de Pontos deslizou para a beirada da prateleira superior, empurrado por mãos invisíveis. Ficou ali se equilibrando por um instante, como se esperasse para garantir que todos estivessem observando, e então caiu no chão.

Honor e Mercy gritaram, correndo para longe dos pedaços quebrados. As duas estavam descalças, porque tinham se recusado a andar pela casa usando as botas de marujo que o papai providenciara, e gemeram quando as lascas vis se cravaram em seus pés.

Como um eco, um grito prolongado soou lá de cima. Os cabelos de minha nuca se arrepiaram quando o som ficou mais alto, então foi sumindo pouco a pouco.

— O que foi agora? — perguntou-se o papai, grunhindo.

Lenore endireitou a postura, sentando-se na ponta da espreguiçadeira estofada. Pela primeira vez desde a manhã em que Rosalie e Ligeia desapareceram, os olhos dela estavam firmes e presentes. Ela apontou para o teto.

Outro grito de lamento atravessou o ar.

— É Morella — afirmou Mercy, acompanhando o dedo de Lenore.

Aquilo foi um soco no estômago, desanuviando os pensamentos, e aquela risada horrenda da minha cabeça.

— Os gêmeos.

— Fiquem aqui. Todas vocês — comandou o papai.

Os urros de Morella ficaram mais altos, tomando a casa feito um tsunami, mergulhando tudo em dor e sofrimento.

— Com ela?

Virei-me para as Graças remanescentes. Estavam com medo de mim. As lágrimas arderam em meus olhos enquanto as observava se encolherem diante de meu olhar.

— Mercy...

— Papai, por favor, não nos deixe — choramingou ela, estendendo os braços, em um gesto nítido de que queria ser carregada para longe da sala.

Com um grunhido impaciente, ele voltou e se ajoelhou diante das duas, abraçando-as.

Agitei os dedos, contorcendo-os uns nos outros de forma dolorosa, com vergonha de olhar minhas irmãs nos olhos. Eu as tinha assustado. Elas acreditavam mesmo que eu tinha feito alguma coisa com Verity.

Reprimi um soluço.

Na noite das mariposas, o fantasma de Eulalie havia me acusado de assassiná-la. Eu tinha descartado aquilo como um pesadelo, um episódio de sonambulismo que acabara mal.

E se não tivesse sido só isso?

E se Kosamaras tivesse me usado para empurrar Eulalie do penhasco? E Edgar da loja... Obviamente eu não havia estado com Cassius quando acontecera.

Mas não. Eu nunca machucaria minhas irmãs, de jeito algum. Era o truque.

Não era?

Se Kosamaras conseguia fazer um homem morto voltar à vida, criar dezenas de bailes do nada, e me fazer acreditar em uma pessoa que não era real, tremi só de pensar no que mais ela reservava para mim.

O que eu havia feito com minha irmã caçula?

O papai interrompeu o abraço.

— Morella precisa de mim, e preciso que vocês duas sejam corajosas agora. — Ele beijou a testa das duas, uma depois da outra. — Minhas marujazinhas corajosas. Camille... preciso de sua ajuda.

Ela ficou pálida.

— Mas eu não sei nada de parto. É Annaleigh quem cuida dela. Ela que vem conversando com a parteira e que ajudou com os partos da mamãe.

Ele me olhou de cima a baixo, então suspirou.

— Eu não vou levá-la lá para cima nesse estado.

Odiei a forma como ele falou sem me incluir, como se eu não estivesse apta para contribuir com a conversa. Analisando a faca de manteiga na mão dele, imaginei que talvez estivesse certo.

Abri a boca, forçando minha voz a permanecer neutra.

— A parteira deixou um livro da última vez que veio. Tem imagens nele. Você e Camille devem conseguir seguir as instruções. São bem detalhadas.

O rosto do papai foi tomado pelo alívio.

— Obrigado, Annaleigh. Você pode pegar o livro para nós?

Sentindo-me como uma marionete sendo manipulada e movimentada por cordas contra a minha vontade, fui até a estante de onde a estátua tinha caído. Peguei o exemplar grosso da prateleira e passei a mão pela capa gasta.

Ao voltar para perto do papai, contornei a bagunça de porcelana e mármore, então estaquei no lugar. Escrito na poeira dos cacos, por um dedo invisível, estava uma mensagem:

EU EXISTO

Mercy e Honor foram as únicas a chegar perto dos cacos, mas tinham corrido para longe assim que o busto caíra. Elas não teriam tido tempo de escrever aquilo. Uma centelha de esperança reconfortou meu coração. Será que Cassius tinha escrito aquilo? Minha cabeça girou quando percebi que poderia ter sido Kosamaras a escrever a mensagem, querendo me levar a perder a sanidade com a incerteza.

— Annaleigh? — papai incitou.

Voltei a olhar para o chão antes de entregar o livro a ele, certa de que as palavras teriam sumido, que estavam só em minha mente, assim como todo o resto. Mas continuavam ali.

— Papai, você tem que ver uma coisa...

Um novo grito cortou o ar.

— Agora não — contrapôs ele, correndo da sala junto de Camille.

Um clarão forte do relâmpago atravessou o céu, seguido por um estrondo de trovão. Ecoou em meu peito, fazendo-me perder o ar. Mesmo isso não foi capaz de abafar os sons vindos do quarto andar.

— Alguém devia mandar chamar a parteira. — Honor foi até a janela, observando outro relâmpago. — Acham que ela conseguiria chegar com essa tempestade?

— Eu vou — ofereci. Era uma missão impossível, mas eu estava desesperada para mostrar às minhas irmãs que eu não era o monstro que no momento acreditavam que eu era. — Eu posso ir de bote, ou de barco se os ventos estiverem muito fortes.

Antes que alguém pudesse argumentar, o relógio de ouro caiu da cornija, espatifando-se no chão e espalhando um monte de peças e engrenagens. Do outro lado da sala, o piano ganhou vida, ressoando e emitindo uma série de notas horríveis enquanto as teclas eram pressionadas por si próprias. Parecia que havia alguém andando pela extensão do chão de marfim, batendo os pés. O poltergeist tinha voltado.

Mercy urrou e saiu correndo da sala, com Honor logo atrás. Lenore olhou para mim, calada, em evidente desconforto.

— Você deveria ir atrás delas. É provável que estejam indo direto para o quarto de Morella, e não é bom verem o que está acontecendo lá.

Ela mordeu o lábio, então confirmou com a cabeça.

— Lenore — chamei quando ela chegou à porta. — Você não lembra mesmo de Cassius?

Ela negou com a cabeça.

— E dos bailes? Da dança? Também inventei isso? Você esteve comigo em quase todos.

Ela abriu a boca, parecendo que negaria as lembranças, mas então fez uma pausa. Balançou a cabeça uma, duas vezes, como se desanuviasse a mente. Pela primeira vez desde o velório, ela falou:

— Eu lembro de dançar, mas...

Outro estalo de trovão interrompeu sua linha de raciocínio, então alguns gritos estridentes soaram.

— Vá. Eu vou ficar aqui, prometo.

Ela se virou e correu pelo corredor atrás das meninas.

O relâmpago dançava perigosamente perto da janela, e o estrondo de resposta foi tão alto que me agachei e cobri as orelhas. O vidro das janelas tremeu. Será que o raio tinha acertado a casa?

Um urro sobrenatural soou lá de cima. As lembranças dos partos da mamãe me vieram à mente, mas era cedo demais para Morella, não era? Mesmo que os gêmeos tivessem sido concebidos antes do casamento, como Camille tanto achava, ela estava grávida apenas de seis meses. Talvez. Era cedo demais. Cedo demais.

Andei de um lado ao outro, sentindo-me um animal enjaulado.

Os lamentos de angústia de Morella tornaram-se mais e mais altos, derramando-se em minha mente de forma tão dominante quanto a risada de Kosamaras. Será que os gêmeos faziam parte da barganha? Ou Morella? Quantas pessoas estavam destinadas a morrer naquele dia?

Um berro alto e longo atravessou a casa antes que um silêncio sinistro se instalasse. A tempestade rugiu, com lampejos de relâmpago e estrondos de trovão, mas do quarto andar só emanou o silêncio. Ousei seguir para o corredor, de orelha em pé para escutar o choro de um bebê.

Apenas o silêncio respondeu.

Então Camille gritou:

— Annaleigh! Annaleigh, precisamos de você *agora*!

38

Correndo para dentro do quarto, fui atingida pelo cheiro de ferro no ar. Os lençóis eram um emaranhado horroroso de sangue e vísceras. Os bebês tinham nascido.

Morella estava esparramada sobre uma pilha de travesseiros, dormindo ou desmaiada, eu não sabia dizer. Por um momento, temi que estivesse morta, mas então vi seu peito subindo e descendo. O papai estava ao lado da cama, segurando as mãos dela enquanto sussurrava uma oração silenciosa.

— E os bebês? — perguntei de forma estúpida, afetada pelo silêncio do quarto.

Camille se virou, estendendo o embrulhinho coberto pela colcha. Temi que ela se encolhesse e fugisse de mim também, como Honor e Mercy tinham feito. Minha irmã chorava, e eu soube que meus cálculos estavam certos. Era cedo demais.

Sem dizer nada, ela me entregou o bebê. Espiando dentro dos paninhos manchados, vi um rosto belo e minúsculo de olhos fechados. Eles nunca se abririam. Era um menino. O único filho do papai. Natimorto.

— O que aconteceu? — Mantive a voz baixa.

Não havia outro embrulhinho no quarto. O garoto fora o primeiro. Morella precisava descansar o máximo possível para conseguir parir outro filho naquele dia tenebroso.

Incomodada, Camille olhou para a cama, então me chamou para o corredor. Eu não conseguia suportar deixar meu irmão, ainda que pequeno, ainda que morto, sozinho, então o levei conosco. Esfreguei as costas do bebê, desejando que voltasse para nós.

— Ela já estava em trabalho de parto quando chegamos. Disse que as contrações foram muito rápidas e fortes. Ela estava bem no café da manhã, mas então... Tinha tanto sangue. Eu não sabia se era normal. Imagino que não. — Camille afastou uma mecha de cabelo com o pulso. Eu nunca a tinha visto parecer tão cansada. — Ela começou a fazer força, e ele só saiu junto com um monte de fluidos e mais sangue. O papai o pegou e... ele nunca emitiu som nenhum. Ele tentou dar tapinhas nas costas do bebê, mas o bebê não acordou, não chorou. Eu não posso passar por isso de novo, não sozinha. Eu sei que você não está muito bem agora, Annaleigh, mas preciso que fique. Eu preciso da minha irmã.

Ela conteve um soluço.

— Ah, Camille.

Dei um abraço nela com o braço livre, sem me importar com suas roupas ensanguentadas, sem me importar com as acusações dela ou a barganha. Senti o alívio me tomar quando ela me abraçou de volta.

— O que está acontecendo com nossa família? — perguntou ela com o rosto enfiado em meu pescoço, e quase não consegui ouvir. — Do que estava falando lá embaixo? De uma barganha?

— Cassius...

Ela se afastou, e parei de falar, vendo o brilho nervoso nos olhos dela. Mas prossegui:

— Eu acho que alguém nesta casa fez uma barganha com um dos Traquineiros, o Viscardi. Achei que talvez tivesse sido o papai. Para que tivesse os gêmeos. Então pensei em Sterland. Mas agora já não sei mais no que acreditar.

— Foi Cassius quem lhe disse isso? — A voz dela indicava ceticismo, mas não era indelicada.

Minha risada foi breve e teve gosto de café amargo, forte demais.

— Ele me disse muitas coisas, mas o que é real e o que não é? Estamos aqui mesmo tendo esta conversa? E ele? — Subi o bebê um pouco mais. — Ele morreu mesmo, ou é tudo uma ilusão?

— Uma ilusão? — repetiu ela. — Eu não estou entendendo nada. Óbvio que ele morreu. Coloque só a mão no peito dele. O coração não está batendo. Ouça os pulmões. Não tem respiração.

— Mas isso pode ser o que ela quer que vejamos.

Camille bateu o pé, sua paciência se esgotando.

— Que "ela"? De quem está falando?

— Kosamaras. — Esfreguei as costas minúsculas de meu irmão, fazendo círculos. — Ela pode nos fazer ver o que quiser. Até o filho de um capitão do qual ninguém se lembra.

— Ah, Annaleigh. — Ela colocou a mão em meu ombro, com a voz cheia de compreensão. — Mas por que ela estaria aqui? O que fizemos para deixá-la com raiva?

Eu via que ela queria ouvir, queria acreditar, mas eu não sabia se ela acreditava de verdade no que eu dizia ou se era só mais fácil pensar aquilo do que na possibilidade de que a irmã fosse uma assassina.

— Ela está agindo em nome de Viscardi. Atormentar a todos nós fazia parte da barganha dele.

Ela levantou a cabeça, olhando para mim com uma determinação exausta.

— Verity morreu, não foi?

— Eu não sei. — As lágrimas escorreram por meu rosto, descendo de repente e depressa. Sentia a garganta apertada. Kosamaras tinha chegado à caçula de alguma forma, e eu não estivera lá para impedi-la. Eu nunca mais veria o sorriso torto ou os olhos verdes alegres da minha irmã me olhando de novo. — Acho que sim.

Camille deixou um soluço escapar e mordeu as costas da mão para contê-lo. Eu a abracei de novo, mantendo nosso meio-irmão entre nós.

Os grunhidos vindos do quarto de Morella nos interromperam.

— Ela deve estar acordando. Acha que o outro gêmeo vem hoje?

Já havia muitas mortes. Eu não aguentaria perder também Morella e o outro bebê ainda por cima.

— Vamos entrar e ver.

— Ah, Annaleigh! Você está aqui!

Morella estendeu as mãos, incitando-me a chegar perto dela.

O papai olhou para Camille.

— Tem certeza de que é uma boa ideia?

Depois de considerar por um momento, minha irmã confirmou com a cabeça, e ele, com relutância, permitiu que eu me aproximasse.

— Como está se sentindo? Teve mais contrações?

— Não tão intensas. Não como antes.

Ela estava com os lábios pálidos, quase da mesma cor que os lençóis tiveram antes, sensíveis e rachados por causa dos gritos.

Vi Hanna parada no canto do quarto. Ela parecia ter envelhecido uma década desde que eu a vira pela última vez, e me perguntei outra vez se todo mundo além de mim se lembrava da morte de Fisher. Aquelas olheiras marcadas pelo luto já estavam ali antes ou eram outra ilusão de Kosamaras?

— Hanna, pode trazer água, por favor? E lençóis limpos. Muitos. — Virei-me para o papai. — Pegue outra camisola para ela. — Subi na cama, afastando a bagunça ensanguentada o máximo possível. — Vamos limpar você, está bem, Morella?

Ela se recostou, fechando os olhos.

— Vocês não precisam se dar o trabalho. Acho que estou morrendo.

— Não está, não — contrapus com mais confiança do que eu realmente sentia. — Diga o que aconteceu.

— Você viu seu irmão? — Ela recomeçou a chorar. — Eu estava descansando depois do café da manhã quando senti uma pontada repentina de dor. Bem aqui. — Apontou para a lateral do corpo. — Parecia que eu estava sendo rasgada de dentro para fora. Então saiu um esguicho de água. Talvez fosse sangue. E quando pensei que a dor não podia piorar, piorou. Ali... ali embaixo. Eu não lembro de muito mais depois disso. Mas Ortun...

O corpo dela se sacudiu todo com os soluços.

— Às vezes isso acontece. O papai sabe disso.

O trovão retumbou por Highmoor, balançando até o ar dentro de nossos pulmões. Não havia chance de que uma parteira chegasse a Salície a tempo.

Hanna voltou com os lençóis limpos, e o papai ajudou Morella a se levantar da cama com ternura, levando-a para o banheiro. Camille se ofereceu para ajudar a limpá-la e vesti-la enquanto Hanna e eu lutávamos com as roupas de cama.

— Queime tudo — instruí, olhando para os lençóis ensanguentados. Um rastro de secreção pegajosa e preta, da cor de alcatrão, estava grudado no tecido. Não haveria como limpar aquilo. — E peça para alguém trazer uma sopa quentinha para ela. Morella vai precisar ficar forte.

Hanna olhou para a espreguiçadeira, onde eu tinha colocado meu irmãozinho com cuidado entre as almofadas macias.

— O que devemos fazer com... — Ela não terminou de falar.

Na verdade, eu não sabia. Em algum momento precisaríamos fazer um sepultamento adequado para ele, na cripta. Quando o corpinho enfim retornasse ao Sal, será que ele saberia como procurar as outras irmãs? Com certeza elas o tratariam com gentileza e amor.

— Deixe que eu cuido dele — ofereceu o papai, voltando para o quarto. Ele ajudou Morella a se deitar nos lençóis limpos. — Vou cuidar de meu filho.

Morella voltou a chorar quando ele e Hanna saíram do quarto.

— Ele vai me odiar. — A boca de Morella tremia, e peguei a mão dela. Também tremia.

— Ele ama você — repeti. — Você precisa ficar calma. Tem que pensar no outro bebê.

Ela negou com a cabeça com tanta força que conseguiu desfazer a trança que Camille tinha acabado de arrumar.

— Não. Não. Não vou passar por isso de novo. Não vou parir outro filho morto.

Coloquei a mão na barriga dela, buscando sinais de movimento do outro gêmeo. Meu coração ficou apertado enquanto eu mudava de posição, rezando a Pontos para identificar um sinal de vida. Assim que me afastei, a barriga dela saltou, o bebê ali dentro se exaltando como se para dizer "Ainda estou aqui, não se esqueçam de mim".

Ela fez uma careta.

— Viu? O outro bebê está vivo e bem. E parece bem forte!

Tentei rir, esperando que ela risse de volta, mas minha madrasta se deitou de lado, dando-me as costas.

— Eu não consigo — choramingou ela.

Aos pés da cama, Camille se remexeu, em um desconforto evidente de quem aguardava instruções. Ela arqueou a sobrancelha para mim, perguntando em silêncio o que deveríamos fazer. Ao me lembrar da bandeja com o creme e o óleo, fui até a penteadeira.

— E se Camille e eu fizéssemos uma massagem em seus pés? — sugeri, pegando o pequeno frasco de óleo de lavanda.

Aquilo a relaxaria e, com sorte, mascararia os odores fétidos ainda presentes no quarto. Respirar com a boca só ajudava um pouco. Eu sentia o gosto do sangue no ar, como moedas de cobre sobre minha língua.

Nós nos ajoelhamos ao lado das pernas de Morella. Derramando várias gotas do fluido prateado na mão, mostrei a Camille como massagear os arcos dos pés de nossa madrasta com a pressão crescente.

Morella grunhiu quando uma leve contração tensionou sua barriga. Quando passou, ela continuou a chorar. Seu desespero foi crescendo, ficando mais forte e mais desagradável como uma bolha enorme, pronta para estourar e despejar o veneno em todo mundo. Ela acabaria perdendo a cabeça, focando na agonia e na dor do primeiro parto. Precisava de uma distração.

— Tem um cheiro bom, não tem?

Ela flexionou os dedos, apertando o lençol com força antes de soltar, esticando o linho até os fios se partirem e se desfazerem.

— Faz você se lembrar dos campos de lavanda perto de sua antiga casa?

Ela havia mencionado os campos de flores antes. Talvez se eu conseguisse fazê-la falar da infância, ela relaxasse e parasse de estressar tanto o filho ainda por nascer.

Quando outra contração passou, ela franziu a testa.

— Minha antiga casa? Não, não tínhamos lavanda nas montanhas.

Foi minha vez de franzir a testa, embora ela não conseguisse ver. Ela estava de olhos fechados, antecipando a dor da próxima pontada.

— Eu achei que você tivesse morado nas planícies.

Ela negou com a cabeça.

— Não. Cresci perto dos cumes mais altos da região. Mas havia flores lindas nos arredores do vilarejo. Vermelho escarlate, como rubis brilhantes. Têm um cheiro bem doce. É difícil de descrever, mas impossível de esquecer. Sinto tanta saudade de lá. — Ela retorceu o rosto e ficou tensa outra vez. Quando passou, ela abriu os olhos. — Tem uma na penteadeira, a florzinha no vidro. — Ela fez um biquinho, nostálgica. — Mas não dá para sentir o cheiro.

Camille saiu da cama e foi buscar a peça.

— É linda — comentou minha irmã, entregando-a a Morella. — Como uma sardinheira peculiar.

Uma lembrança me ocorreu. Eu tinha ouvido algo sobre flores vermelhas antes. Algo que Cassius tinha dito...

As Montanhas Cardãs. A flor nixmista e o Povo dos Ossos...

O povo de Viscardi.

Outra contração, mais forte e mais demorada que as anteriores. Morella soltou o pequeno enfeite na cama enquanto se curvava de dor.

Quando sua respiração voltou ao normal, peguei a esfera de vidro, considerando.

— Eu tenho certeza de que, quando tudo isso acabar, o papai vai conseguir um buquê dessas flores para você, o maior que já viu. É provável que ele encha a casa toda de flores!

O sorriso dela foi fraco, sua energia esgotada.

— Só crescem lá nos arredores do vilarejo. É tão longe de Salície que acabariam morrendo no trajeto.

Tudo aquilo soava bem como o Povo dos Ossos. Com certeza um discípulo de Viscardi não hesitaria em fazer uma barganha com ele. Enfiei os dedos na arcada do pé dela, massageando com uma concentração aguçada. Eu tinha chegado à conclusão errada sobre Sterland antes. Não queria cometer o mesmo erro.

— Que pena. É a flor nixmista, não é?

Com a menção à flor, ela congelou.

— Já ouviu falar da nixmista?

Ousei fazer contato visual com ela, indo direto para o ataque.

— Eu não sabia que tinha crescido nas Montanhas Cardãs. Você nunca falou de lá.

Camille franziu a testa, sem perceber o que Morella estava prestes a revelar.

— Você disse que tinha crescido perto de Forésia, nas planícies.

De olhos arregalados, ela notou ter sido pega na mentira.

— Eu me mudei para lá... depois. Depois que virei parteira.

— Governanta — lembrei-a. A farsa dela começava a aparecer, se desfazendo como fios de tecido. — O papai disse que você era uma governanta.

Ela colocou uma mecha de cabelo atrás da orelha. Estava molhada de suor. A camisola já estava encharcada enquanto se curvava em outra contração. Meus instintos gritavam para ajudá-la, para aliviar a dor, mas ignorei tudo e me afastei da cama. Quando a contração passou, minha madrasta se recostou nos travesseiros, fingindo estar dormindo.

— Como você pôde?

Ela continuou de olhos fechados.

Camille ficou boquiaberta.

— Foi você? Você fez a barganha?

Minha irmã tinha entendido tudo.

Morella abriu os olhos devagar.

— Vocês não se lembram mesmo de mim, né? — A voz dela soou tão fraca e seca, como um farfalhar de folhas.

Não parecia que continuaria a respirar por muito tempo.

— Eu sabia que as pequenininhas não lembrariam, mas fiquei preocupada que vocês duas se lembrassem.

— Lembrar de você? — indagou Camille, avaliando-a sob uma nova perspectiva. — Lembrar de você de onde?

— Fui uma das parteiras de sua mãe enquanto ela estava grávida de Verity.

Franzi a testa, resgatando da memória as lembranças turvas das mulheres de branco que tinham ido a Highmoor na última gravidez da mamãe. O papai não poupara nenhuma despesa, dizendo que queria o melhor cuidado possível para ela. Houvera muitas parteiras e curandeiros, e não era possível lembrar de todos.

— Eu era bem mais jovem — sussurrou ela. — Óbvio. Eu nunca morei nas planícies nem trabalhei como governanta. Seu pai e eu inventamos tudo isso. Nasci nas Montanhas Cardãs e fui mandada para a capital a fim de ser treinada e me tornar parteira, como minha mãe e minha avó materna. — Então respirou fundo. — Podem me dar um pouco de água?

Camille se virou para pegar o jarro na mesa de cabeceira, mas estiquei o braço e a detive.

— Quando terminar de contar a história.

Morella suspirou, esfregando a testa.

— Ah, de que importa agora? Vou morrer de qualquer jeito. Alguém deveria saber a verdade. — Ela se virou para a janela, com os olhos indo de um lado ao outro como se observasse a própria história ser encenada em um palco. — Eu nunca tinha visto o mar. Ou uma casa tão bonita quanto Highmoor. Passei a primeira tarde toda aqui sonhando em algum dia ser a senhora de uma propriedade assim... Quando notei os olhares de Ortun, resolvi que "algum dia" era longe demais.

Uma risada me escapou.

— Você está mentindo. O papai era fiel à mamãe. Ele nunca a teria traído.

— Não seja tão ingênua. Eu sabia que ele me queria. Conseguia ver cada vez que ele me olhava.

Ela abriu um sorrisão, seu lábio rachou e dali começou a brotar sangue enquanto um relâmpago aparecia através da janela.

Camille fez um som de nojo.

Morella voltou a fechar os olhos.

— Depois que Verity nasceu, sua mãe estava tão fraca. Tão cansada e esgotada. Parir doze filhas... Ninguém ficou surpreso quando ela morreu...

Ouvir as palavras que Morella não disse me fez ter calafrios. Ela tensionou a testa quando surgiu outra contração. Depois que passou, ousou enfrentar meu olhar de raiva.

— Foi um ato de gentileza, Annaleigh, de verdade, você precisa acreditar em mim. Ela estava sentindo dor, tanta dor. Coloquei um pouco de cicuta no remédio que ela tomava à noite, e ela morreu dormindo, sem saber de nada.

— Você matou a mamãe? — O rosto de Camille era pura ira. Ela pegou o atiçador de ferro de perto da lareira, brandindo-o na direção de Morella. — Sua vagabunda!

— Não foi uma morte ruim — contrapôs ela, arfando. — Ela não sofreu.

— E devemos fazer o quê, dizer "obrigada"?

Camille golpeou com o atiçador as pernas de nossa madrasta... não com força o bastante para fraturar o osso, embora tivesse deixado um hematoma dos feios. Morella gritou e se afastou do alcance do objeto.

Estendi a mão na direção de Camille.

— Deixe-a acabar de falar. Temos que ouvir tudo. Você matou a mamãe. E depois?

— Annaleigh — implorou ela —, não foi assassinato. Ela iria morrer de qualquer jeito, provavelmente. Eu só... ajudei.

Rangi os dentes, tentando conter a fúria.

— E. Depois? — repeti pausadamente.

— Depois que Cecilia morreu, nos enviaram de volta. Minha mãe implorou para que eu voltasse para casa, mas fiquei na capital. Um dia cruzei com Ortun... Ele estava lá tratando de negócios da corte, e... ele estava tão perdido depois da morte de Cecilia, precisando de conforto e cuidado... então eu o ajudei a superar o luto da única forma que eu sabia. — Ela sorriu, relaxando o rosto por um breve momento enquanto as lembranças lhe tomavam a mente. — Ortun mandou me buscarem toda noite naquela semana... Quando ele voltou para cá, mandou cartas para mim, dizendo que sentia minha falta, que ansiava por mim. — Fechou os olhos de novo. — E como uma garotinha boba, acreditei nele.

Outra contração. Outro estalo de trovão.

— Foi assim por meses. Noites de êxtase, seguidas por semanas esperando por ele. Em público, ele precisava ficar de luto por Cecilia. Eu só precisava esperar por um ano. Só um aninho. — Ela engoliu em seco. — Cinco anos se passaram. Toda vez que uma de suas irmãs morria, Ortun tinha que começar o processo de luto de novo. Ele disse que eu precisava ser paciente e então poderíamos ficar juntos, mas eu... eu deveria ter desconfiado da verdade.

Morella fez uma pausa, seu rosto todo vermelho e suado.

— Uma noite, eu estava voltando para casa depois de um parto e vi seu pai. Eu não sabia que ele estava na cidade. Ortun não tinha mandado carta, não tinha mandado me buscarem. — Morella afastou uma mecha molhada de cabelo, sibilando. — E estava de braço dado com uma mulher. Uma menina, na verdade.

Ela se curvou de dor, mas eu não soube dizer se era por causa das contrações ou das lembranças daquela noite.

— Fui para cima dele, xingando e gritando, fazendo escândalo. — Ela arfou, então soltou um grunhido profundo. — Água, por favor.

Camille mirou o atiçador no pescoço de Morella, e ela jogou a cabeça para trás, encolhendo-se.

— Continue falando.

— Ele me bateu. Na frente da nova putinha dele. Ele nem se importou que ela visse. Me xingou, berrou, me censurou. Disse que eu era uma tola por acreditar que uma pessoa como ele se casaria com uma ninguém como eu. Eu não tinha título de nobreza, não era rica. Eu só era... eu.

Ela chorava livremente agora.

Apesar dos horrores que ela havia confessado, naquele momento horrível, ouvindo minhas próprias palavras sendo ditas por ela, quis confortá-la. Ela tinha sido machucada pelo meu pai, um homem que alegava amá-la.

Um estalo forte de trovão soou bem acima de nós, fazendo-me voltar a mim. De um jeito impossível, a tarde ficou ainda mais escura, a tempestade pronta para retalhar o céu todinho.

— Ele me deixou lá, jogada na rua, como se nunca tivesse se importado comigo. — Ela soltou um soluço atormentado. — Mas mesmo depois de tudo isso... eu o queria.

Um grunhido surgiu das entranhas de Morella. As pernas dela se agitaram com tanta força que parecia que havia mais de um par debaixo dos lençóis. Voltei o olhar ao polvo Taumas no topo do dossel da cama. Seus olhos pareciam vivos em acusação, estreitando-se e julgando enquanto ouvia o relato. Os braços da criatura formavam espirais pelas hastes do móvel, o metal batido e o mogno aproximando-se em retaliação. O prateado refletiu os relâmpagos do lado de fora, e o vento ficou mais forte, uivando pelas janelas em sons irregulares.

— Então você invocou Viscardi — deduzi. — Você o invocou para fazer o papai se apaixonar por você?

Morella confirmou com a cabeça.

— E para engravidar de um filho homem. Se eu engravidasse, Ortun teria que se casar comigo. Depois de tudo o que eu tinha feito por ele... era o mínimo que eu merecia. Quando voltei para Highmoor, vi Eulalie me observando de perto. Ela estava começando a se lembrar de mim. Então naquela noite horrível... ela me confrontou, dizendo que contaria para todo mundo. Eu... eu não podia deixá-la acabar com tudo.

A sombra que Edgar vira no penhasco.

— Você matou Eulalie?

Os olhos fervorosos dela focaram os meus, suplicando para que eu entendesse.

— Ela não ia guardar o segredo.

Eu me curvei, como se tivesse levado um soco no estômago. Eu havia me tornado amiga daquela mulher, e durante todo aquele tempo ela vinha matando minha família como se não fosse nada mais do que riscar itens de uma lista. Uma névoa vermelha tomou minha vista, e meu coração passou a martelar duas vezes mais rápido. A fúria percorreu meu corpo, pulsando das entranhas até a ponta dos dedos. Peguei o atiçador de Camille e apontei para o pescoço de Morella.

— Você nos usou como pagamento para ter um filho.

Minha madrasta chegou para trás na direção da cabeceira, tentando escapar do gancho de metal.

— E foi tudo em vão. Meu filho morreu, e antes do fim do dia vou morrer também.

— Que bom — bradou Camille.

Um estalo de trovão explodiu bem acima de nós, e Morella começou a rir, apertando a barriga enquanto a próxima contração a atravessava. Ouvi uma comoção no fim do corredor, gritos e berros.

— Vá ver o que é. — Mantive o ferro apontado para Morella. — Eu fico aqui com ela.

Morella observou Camille sair antes de me olhar de novo.

— Annaleigh, você tem que acreditar em mim. Eu não queria que você morresse. Eu... De início, sim, antes de conhecê-la... Eu queria fazer Ortun pagar pela forma como me tratou... mas depois... Você foi tão gentil comigo. Cuidou de mim, virou minha amiga. Eu não sabia que Viscardi usaria a Arauta para cobrar o pagamento, não sabia mesmo. Por isso eu lhe dei o livro para ler... para que não dormisse de noite. Para que não sonhasse com aquela *coisa*.

Não respondi.

Um som fraco e estridente escapou dela.

— Eu não consigo fazer isso, não consigo. — Morella grunhiu, os ossinhos nos seus ombros ficando proeminentes. Ela mexeu a mandíbula e mordeu o lábio superior. — Você poderia acabar com isso logo, sabe. Anda, faça isso logo.

— Fazer o quê?

Um brilho desesperado surgiu nos olhos dela.

— Me bater. Eu sei que você quer. Você sabe que quer.

— Não quero.

— Só levante o ferro e bata na minha cabeça. Então tudo vai estar acabado.

Eu me afastei da cama, olhando para o corredor enquanto os gritos ficavam mais altos. Os criados corriam com baldes de água e toalhas. A fumaça emanava de um quarto lá no final do corredor.

— Anda, Annaleigh — insistiu ela. — Acerte minha cabeça. Estoure meus miolos. Eu matei sua mãe. Eu matei suas irmãs. Faça sua vingança e me mate. — Um urro horripilante escapou de sua boca, e uma mancha vermelha apareceu na camisola, ficando cada vez maior e mais molhada na região das coxas. — Por favor!

— Eu não ligo para o que vai acontecer com você, mas não vou matar meu irmão.

A risada emanou dos seus dentes à mostra, pedaços afiados de estilhaços ricocheteando nas paredes.

— Sua estúpida. — Ela grunhiu e se agachou enquanto começava a empurrar, fazendo força em meio às contrações, fazendo força em meio à dor, fazendo força até o bebê sair. Sua voz estava baixa e rouca, como o metal raspando penhasco abaixo. — Este não é filho do seu pai.

Senti meu estômago embrulhar.

— O quê?

Ela arfou.

— Viscardi e eu tínhamos que selar a barganha de alguma forma... Uma vez que o fizemos, Ortun se jogou aos meus pés, implorando por perdão, implorando por outra chance, implorando para voltar à minha cama. E eu deixei. Deixei que os dois me levassem para a cama. Deixei que os dois me devorassem.

Os grunhidos dela viraram um grito de angústia enquanto uma forma escura brotava dela, caindo na cama em uma confusão de membros emaranhados e asas escuras membranosas. Eu não conseguia focar nos detalhes, não conseguia dar sentido às formas que se moviam. Uma boca grande demais, cheia de dentes, se abriu e soltou um uivo alto.

Não era um bebê. Era um monstro.

39

CAMILLE ENTROU CORRENDO NO QUARTO DE novo, com o rosto vermelho e marcado de fuligem.

— O relâmpago acertou o telhado. O quarto andar está pegando fogo! Temos que sair daqui!

Ela parou de súbito ao ver a coisa se contorcendo na cama.

A criatura se virou, expondo as costas aladas, e pegou o cordão umbilical. Deu um puxão na ponta, e Morella soltou um grito de dor, apertando a barriga. Levando o cordão à boca, a coisa deu uma mordida no fio, libertando-se. Eu me virei para o lado, sem conseguir segurar o vômito.

Camille segurou meu braço e me puxou na direção da porta. Os criados passavam correndo, gritando para que descêssemos. Não era possível controlar o fogo. Precisávamos fugir naquele momento.

— Esperem, não vão! — pediu Morella, com a voz alta e esganiçada. Por um momento, não parecia tomada pela loucura, e sim nossa madrasta de novo. — Eu não consigo descer sozinha! Vocês não me deixariam aqui para morrer queimada, deixariam?

Parada à soleira, estaquei, interrompendo os passos de Camille até a escada.

— Não podemos deixá-la aqui assim.

Ela grunhiu, exasperada.

— Ela faria exatamente isso com a gente!

Morella lutou para desvencilhar as pernas ensanguentadas dos lençóis molhados. Ela inclinou a cabeça, ouvindo algo que estava além de nossa audição. Da sala de estar adjacente emanou o som de passos pesados. Fiquei com a boca seca enquanto a sensação sombria de medo cravava suas garras em mim.

Viscardi tinha chegado.

Camille puxou meu braço de novo.

— Não podemos ficar aqui! O fogo já está no corredor!

A porta da sala de estar foi aberta com um estalo, fazendo-nos estacar. Uma figura escura familiar apareceu, com a silhueta formada por fumaça e chamas. Os cachos prateados se moviam, contorcendo-se feito cobras.

Assim que ele passou pela lareira, como um rei atravessando a sala do trono, projetou uma sombra na parede mais distante. Um enorme dragão de três cabeças ficou em evidência, com as asas espalhadas, ferozes, e os dentes à mostra.

Morella teve outra crise de choro diante dele.

— Senhor, não entendo. Meu filho nasceu morto. O senhor me traiu!

Ele ergueu o dedo com uma graciosidade fluida, balançando-o de um lado ao outro. A voz dele era feito mel, melodiosa e modulada.

— Morella, minha querida, isso é jeito de me receber?

— O senhor mentiu!

Em um instante, o ar tremeluziu rapidamente e ele estava na frente dela, imponente, com aquele olhar desagradável de uma gárgula das trevas. Na parede, a sombra do dragão a observou, ameaçadora, flexionando-se e estalando, enquanto Morella se contorcia na cama.

— Eu. Nunca. Minto! — bradou ele.

— Meu filho morreu!

Ele negou com a cabeça.

— Nosso filho vive.

— O de Ortun morreu. O senhor jurou que eu teria um filho! O senhor jurou...

Ele ergueu a mão, calando-a.

— Eu jurei que você teria um filho. E teve. O corpinho que seu marido levou deste quarto não era o perfeito retrato da masculinidade? — O olhar dele endureceu e se estreitou. — Da próxima vez que invocar o Deus das Barganhas, lembre-se de pedir exatamente o que quer.

— Eu pedi!

Viscardi negou com a cabeça, seus olhos escondidos pelas chamas.

— Você detalhou muito bem tudo o que queria: o marido, a casa, o filho que pensou de maneira ridícula que herdaria a propriedade... mas não especificou que o filho tinha que nascer vivo. — Ele esticou a mão e tocou a bochecha dela, passando o dedo comprido pela boca de Morella. — Mas pense só, minha querida. Aquele filho nutriu o nosso de tudo que ele precisa para fazer a longa jornada para casa.

Ele pegou o monstro berrante das roupas de cama, observando a cara minúscula e as presas à mostra. A expressão de Viscardi ficou suave, terna. Ele até fez uns sonzinhos reconfortantes para a criatura, que mordia o dedo do pai.

— Não! — bradou Morella, esforçando-se para se equilibrar no colchão irregular. — Não! Eu lhe dei seu filho. O senhor levou duas das garotas Taumas. O trato está desfeito. Quero desfazer a barganha!

Ele se virou para ela, aninhando o filho no braço.

— Desfazer? Quem é você para tentar voltar atrás em sua palavra?

— Eu não quero mais fazer parte disso. O senhor levou meu filho, então não pode levar as outras meninas!

Com o fogo ondulando nos olhos, ele passou a língua bifurcada pelos dentes, analisando a pequena mulher diante de si. Na parede atrás deles, o dragão de três cabeças se apoiou nas patas traseiras, afoito com a sede de sangue.

— Você não pode só dizer que quer acabar com a barganha e esperar que assim seja. Sabe o preço que cobro. A única coisa que aceitarei como pagamento.

Morella suspirou, trêmula, e confirmou com a cabeça, com uma expressão determinada. Ela olhou por cima do ombro dele, focando em mim.

— Não conte nada disso ao seu pai. Diga... diga que o amei. Sempre.

Viscardi nos olhou de novo, os lábios dele (muito finos para sequer serem chamados assim, na verdade) se ergueram em um sorriso desagradável, e ele deu uma piscadela. Então, com aquele movimento tremeluzente estranho, ele recaiu sobre Morella. De repente era bem mais que um mero homem. Asas e escamas e garras apareciam e sumiam em meio ao movimento.

Gemidos emanaram do caos, e por um momento terrível, ecoaram os sons que eu ouvira Morella emitir quando eu a interrompi com o papai naquela noite. Mas o prazer foi temporário, e os gemidos de deleite logo viraram guinchos de dor. E os guinchos viraram gritos. E os gritos deram lugar ao silêncio.

Camille cobriu a própria boca, abafando os próprios lamentos de horror quando vimos a curva branca de uma costela emergindo da cama. Morella tinha vindo do Povo dos Ossos e fora reduzida a nada além de uma pilha deles.

Tomando a forma de homem de novo, Viscardi se virou para nós, com uma apreciação desejosa nos olhos incandescentes.

— Vocês sempre foram minhas parceiras de dança favoritas — declarou ele, observando-nos de cima a baixo, seu olhar nos queimando como se fôssemos terra sendo chamuscada. — Bela, bela Annaleigh, e minha querida Camille... Ah, como poderíamos nos divertir juntos... Vocês só precisam pedir.

Camille cerrou os dentes e deu um passo à frente.

— Qual é a extensão do seu poder, Traquineiro? Consegue mudar o rumo das coisas? Mudar o passado?

— Camille, não! — berrei, pressentindo o que ela estava prestes a fazer.

Segurei os braços dela, afastando-a do Deus sorridente.

— Ele pode trazer nossas irmãs de volta! — bradou ela, sibilando. — Pode trazer a mamãe de volta!

— A que custo?

— Eu poderia, sim — confirmou Viscardi, erguendo a voz para que o ouvíssemos. — Eu poderia fazer tudo isso e mais. — Uma língua bifurcada deslizou pela boca coberta de sangue, convidativa. — E vocês talvez até acabariam desfrutando da negociação.

Neguei com a cabeça.

— Nunca!

Ele me olhou com os olhos cintilantes e flamejantes.

— Você está preocupada com o que aconteceu com Morella? Eu entendo, Annaleigh. Mas você nunca seria tola o suficiente para cometer os mesmos erros que ela. Você é bem mais esperta, e tão mais... fascinante.

Meus pés começaram a se aproximar dele, aparentemente sob meu controle, mas quando tentei me forçar a parar, continuaram se movendo. Ele me atraía em sua direção como um tamboril atraindo a presa com o orbe hipnótico e reluzente.

Seus dedos roçaram minha bochecha, acariciando a pele com uma ternura sedutora à qual eu não conseguia resistir. Não foi até eu encostar o rosto na mão dele que percebi que estava coberta pelo sangue de Morella.

— Annaleigh, pare! — bradou Camille, pegando minha mão e me puxando para fora do transe, para longe do alcance de Viscardi.

Ela me apertou forte, firmando a nós duas.

Viscardi suspirou, uma nuvem de enxofre escapando da boca, mas deu de ombros, fazendo uma reverência.

— Como quiserem.

Pegando a prole que se contorcia, ele desapareceu em meio a um estalo de trovão.

Camille e eu nos encaramos, arfando em meio ao ar enfumaçado, enquanto absorvíamos tudo o que havia acontecido naquele dia horrível.

Acabou de verdade? Eu tinha esperado me sentir diferente, me sentir menos marcada. Com certeza deveria haver algo que sinalizasse que a barganha fora desfeita... mas nada aconteceu.

Um clamor soando no corredor nos fez voltar ao momento. O fogo se alastrava sem controle por Highmoor. Se não saíssemos naquele momento, não teríamos outra chance.

Disparamos para o corredor enquanto uma tora do teto, com um fogo vermelho da cor dos olhos de Viscardi, tombou no chão e ateou fogo ao tapete. As chamas laranja lamberam o papel de parede, e em uma súbita explosão de fogo, a pintura a óleo de Eulalie e Elizabeth foi destruída.

— A escada dos fundos! — berrei para que ela me ouvisse em meio ao barulho das chamas crepitantes.

— O terceiro andar já está pegando fogo — disse Camille quando chegamos ao topo da escada. — Cadê as Graças?

— Elas estavam no primeiro andar com Lenore.

Eu rezava para que elas não tivessem se aventurado a subir.

O fogo se espalhava depressa enquanto descíamos correndo a escada, como um punho laranja monstruoso tentando nos acertar. Irrompendo para o jardim, começamos a tossir por causa da fumaça. A tempestade tomava Salície, lançando descontroladamente flocos de neve em nossos olhos. Deveria estar frio, mas o incêndio emitia tanto calor que não corríamos o risco de acabar congelando.

As pessoas se reuniam ao redor do chafariz, uma perto da outra, em busca de calor e conforto. Solucei aliviada ao ver Lenore, Honor e Mercy aninhadas sob um cobertor.

— Camille! Annaleigh! — exclamou Hanna ao nos ver. — Graças a Pontos! A escadaria principal já estava em chamas quando tentamos subir para ir atrás de vocês. Eu estava com tanto medo de ter perdido vocês duas. — Ela nos puxou para um abraço doloroso de tão apertado. — Você viu Fisher?

Eu a observei, sem entender nada.

— Fisher! — berrou ela de novo, como se eu não tivesse ouvido bem. — Eu não consegui encontrá-lo quando o fogo começou. Ele foi com Roland e os outros para ajudar no navio naufragado? Você o viu naquela hora? Eu não sei onde ele está!

Hanna chorava.

Passei os dedos pelas minhas bochechas, espalhando a fuligem e afastando de mim os últimos vestígios do engodo de Kosamaras.

Fora uma mentira, aquilo lá na Sala Azul, um dos truques de Kosamaras. Não houvera acidente. Nem velório. Eu era a única que sabia que Fisher já estava morto havia semanas. Tinha morrido antes de sequer chegar ao baile das trigêmeas.

Lenore se afastou do chafariz, se aproximando de nós. Seus olhos também estavam marejados, e o fogo se refletia neles, fazendo-me lembrar das íris em chamas de Viscardi.

— Cadê o papai? Por que ele não está com vocês?

Hanna soltou outro lamento.

— Ele ajudou a tirar as pequenininhas de casa, então entrou de novo, dizendo que ia atrás da senhora Taumas. Vocês estavam lá com ela... — Hanna parou de falar, notando nosso silêncio. — Não o viram?

Fiz contato visual com Camille. Ela negou com a cabeça, com as lágrimas silenciosas surgindo.

— Não o vimos. Não desde que ele levou o bebê... não desde que desceu.

— Temos que ir atrás dele.

Hanna nos soltou, olhando para os outros criados aos quais mobilizar. Enquanto estreitava os olhos em meio à neve, eu percebi que não havia muito a quem chamar. Roland e muitos dos lacaios não estavam ali. Regnard e Sterland também não estavam.

Puxei Hanna pela manga.

— A escada dos fundos já estava tomada quando descemos. Ele não estava lá.

Como se para confirmar minhas palavras, um grande barulho de algo se quebrando soou lá dentro de Highmoor, um pedaço de piso cedendo sob o peso da madeira queimada e das labaredas. Honor e Mercy soltaram gritinhos, e Hanna voltou a chorar.

Abracei Camille, me obrigando a ter força em meio aos soluços dela. Ninguém precisava saber do que tinha acontecido de verdade naquela noite. Ficamos agarradas uma à outra, tomadas por um instinto feroz de proteção enquanto observávamos as chamas consumirem Highmoor.

40

Enquanto o fim de tarde cedia ao cair da noite, mais criados escaparam da casa, irrompendo pelas portas dos fundos e seguindo para o jardim. Camille se juntou às meninas no chafariz, aninhando-as, enxugando as lágrimas delas. Também me chamou para perto delas, mas eu não conseguia ficar parada. Passando por entre os grupos de pessoas, contei quantos tinham saído, quem ainda faltava.

Todos os criados homens estavam longe. O *Rusalka* tinha naufragado mesmo, e eles haviam seguido para lá. Ver Sterland e Roland na Sala Azul fora outro engodo.

Enquanto as chamas percorriam a ala, as janelas se quebraram, fazendo chover lascas de vidro como flocos de neve perversos. Algo lá dentro explodiu, sem dúvida eram os estoques de vinho ou o querosene, e uma bola de fogo irrompeu. Desceu pelas escadas, caindo por cima de um banco de neve.

Não era parte da explosão... era uma pessoa.

Horrorizada, corri até lá e joguei punhados de neve em cima da pessoa para apagar as chamas.

Com os dedos trêmulos, virei o corpo e vi que não era uma pessoa, e sim duas.

Verity me olhou, com o rosto corado e manchado de fuligem, mas parecendo relativamente ilesa.

— Annaleigh! — Ela se jogou em meus braços, com lágrimas escorrendo pelas bochechas sujas. — Annaleigh, você está viva! — Ela se virou para a outra pessoa, deitada imóvel na neve. — Cassius está bem?

Olhei para a pilha de roupas queimadas, tentando ver o corpo ali debaixo.

— O que você disse?

— Ele está bem?

Ela removeu um pedaço de tecido, expondo o rosto dele.

Meu coração parou. Era Cassius. Ele era real. Verity o via, e eu sentia o corpo dele sob meus dedos. Kosamaras tinha feito uma artimanha para que todos se esquecessem dele.

— Cassius?

Verity começou a tatear as pernas dele, tentando incitar uma reação.

— Foi tão horrível, Annaleigh. Eu acordei de manhã e ninguém conseguia me ver nem me ouvir. Era como se eu não existisse. Fiquei seguindo Mercy e Honor por toda parte hoje, mas elas não sabiam que eu estava ali. Peguei no sono na Sala Azul quando a tempestade chegou. Quando acordei, estava tudo pegando fogo. Mas aí Cassius apareceu e ele conseguiu me ver! E me levou para longe do fogo! Ele me salvou!

Eu me inclinei sobre o corpo sujo.

— Cassius?

Sacudi-o com gentileza, tentando fazê-lo acordar.

Ele abriu os olhos, mas não conseguiu focá-los. Seus olhos estavam vermelhos por causa da fumaça densa. Será que o fogo o deixara cego?

— Você me vê?

Dei um beijo na palma da mão ferida dele.

— Eu vejo, eu vejo.

Ele tossiu.

— Eu escrevi aquela mensagem na poeira para você... Não queria que pensasse que estava sozinha... Ela está bem? A Verity? — A voz dele falhou, talvez com a garganta sensível por inalar os gases nocivos.

— Ela está segura. Está aqui.

Verity passou a mãozinha pelo rosto ferido dele, e ele sorriu.

— Você salvou minha vida, Cassius.

Ele fechou os olhos por um momento.

— Bom. Que bom. — Então tateou até encontrar minha mão, a pele dos dedos fervendo com as bolhas chamuscadas. — Não era Sterland, era?

Neguei com a cabeça.

— Não se preocupe com isso. Você precisa se preservar. A barganha foi desfeita. Todo mundo vai ficar seguro. É o que importa.

Ele tentou sorrir, embora fosse evidente que o gesto era penoso.

— Nem todo mundo.

As lágrimas escorreram por meu rosto, pingando no dele.

— Não ouse desistir! Você saiu da casa, e a tempestade logo vai passar. Vamos chamar sua mãe! Tem a parede dos pedidos na abadia... Tudo vai ficar bem.

Ele ergueu a mão, interrompendo-me.

— Pode me levar mais adiante no jardim? Por favor? Para onde eu não fique debaixo dos galhos? Quero ver as estrelas.

Verity e eu levantamos a cabeça, vendo a tempestade. Não havia como Cassius ver estrela alguma naquela noite.

— Ainda tem a tempestade, meu amor. Fique aqui e descanse.

Por um momento, os olhos dele se iluminaram e ele pareceu o Cassius que eu conhecia e amava.

— Você disse "amor"?

Dei o mais suave dos beijos em sua bochecha.

— Lógico que disse.

— Então me leve para onde eu não fique debaixo das árvores, Annaleigh.

Com a ajuda de Verity, eu o ergui com o máximo de gentileza possível e o ajudei a andar para mais longe da casa, para longe das sombras dos galhos dos carvalhos.

Ele deu uma tossida forte quando o recolocamos no chão. Sangue escapou de sua boca, e eu quis gritar. Não era daquele jeito que as coisas deviam ser. Os romances de Eulalie sempre acabavam com os vilões derrotados e os casais sãos e salvos, prontos para recomeçarem a vida juntos.

— Cassius, não tem como impedir isso? Podemos invocar sua mãe e...

Ele segurou minha mão, negando com a cabeça de forma quase imperceptível.

— Ah, querida Annaleigh, lembra-se de quando soltou as tartarugas no mar? Algumas coisas não podem ficar guardadas para sempre. — Ele tocou minha bochecha, e minhas lágrimas se derramaram pelos seus dedos. — Seja corajosa. Seja forte. Você sempre terá todo o meu coração.

Ele tossiu de novo, e sua mão caiu de novo na neve.

— Não! — berrei, e Verity chorou aos soluços, abraçando-me pelo pescoço.

Fiquei me balançando de um lado ao outro, segurando-a o mais apertado que podia. A fumaça nas roupas e no cabelo dela se infiltrou em minhas narinas, mantendo-me presente naquele momento horrível e tenebroso. Eu queria socar o chão, chutar e pisar e arrancar meu inútil coração partido do peito.

Ele não podia ter morrido.

Esperei, torcendo para ouvir a risada perversa de Kosamaras, mas aquilo não era parte dos truques dela. A artimanha tinha acabado, e Cassius havia morrido.

A neve ondulou enquanto a noite se transformava em manhã, cobrindo-nos, cobrindo Cassius, até ele estar revestido por um manto branco. Ouvindo nossos lamentos, minhas irmãs se reuniram ao nosso redor, bem juntinhas, quentinhas e seguras, as últimas Taumas vivas.

Ao passo que a tempestade sumia e o sol se erguia sobre a fachada esfumaçada de Highmoor, Camille ficou de pé, observando a propriedade destruída. Ela estava com o corpo tenso e ereto, tentando ser forte, mas seus ombros tremiam.

Fiquei de pé, sabendo que ela precisava de conforto, de alguém para segurar sua mão e enfrentar aquele desafio ao seu lado. Mas eu precisava ver Cassius uma última vez. Queria dizer adeus enquanto ele era ainda só meu. Não um semideus. Não o filho de Vérsia. Só meu.

Mas quando olhei para trás, seu corpo não estava mais lá.

Empurrei a neve para o lado, de punhado em punhado, cavando, mas ele tinha sumido, desaparecido como se nunca houvesse existido.

Mas ele tinha existido, sim. Verity o vira. Ela estava ali encostada a mim, viva e bem, por causa dele.

Olhei para o céu. Será que Vérsia o tinha transportado para longe de algum modo, de volta ao palácio de pedra da lua? De volta ao Sanctum? Eu queria correr até a porta da Furna e me transportar para a Casa das Sete Luas, exigindo respostas, mas parei. Não havia porta. Nunca houvera. Eu não tinha como contatá-la e nunca descobriria.

Uma boa parte da parede da Ala Leste tombou, fazendo o jardim se sacudir e a multidão ficar em choque.

— O que faremos agora? — questionou Lenore. — Para onde vamos?

Camille, com os olhos vermelhos e úmidos, analisou as ruínas do edifício.

— Não vamos a lugar algum. Somos o Povo do Sal. Estamos ligadas a esta terra, a estes mares. O fogo não pode nos obrigar a sair. — Ela se virou, olhando para todas nós, as últimas seis irmãs Taumas. — Nós vamos reconstruir.

Sete meses depois

— SEGUREM FIRME, NÃO SOLTEM AINDA!

— Mas eu já sei meu pedido! Eu não quero esquecer! — exclamou Verity, pulando com impaciência de um pé para o outro.

— Eu também!

Honor segurava a borda da lanterna de papel com as pontas dos dedos, correndo o risco de soltar.

— Vocês precisam esperar que eu acenda a minha, e a Annaleigh também — retrucou Mercy com raiva. — Vocês querem é que os pedidos de vocês cheguem lá primeiro!

Uma brisa de verão dançava ao nosso redor, leve, com o aroma de algas e sal, e, por um momento, o pavio de Mercy não acendia. Oscilou uma, duas vezes. Quando enfim se acendeu, a lanterna de papel se encheu de ar quente, e a entreguei a ela. Corri para acender a minha antes que a paciência das Graças se esgotasse.

— Está bem, estão todas com os pedidos prontos? — questionei, e elas concordaram, afoitas e com os olhos refletindo o brilho alegre das chamas. — Então, quando eu chegar ao três, soltamos. Um... dois...

— Três! — gritamos juntas e soltamos.

As lanterninhas brancas subiram devagar ao céu, girando e se entrelaçando umas nas outras, executando um balé fascinante. Flutuaram juntas, subindo mais e mais até se unirem às estrelas.

Será que Vérsia estava nos olhando lá de cima, naquele belo e límpido solstício de verão? Do poleiro na Velha Maude, o céu parecia infinito a ponto de ser vertiginoso, um "para sempre" cintilante. As estrelas brilhavam com um esplendor a mais, como se também soubessem.

Fiquei com um nó na garganta ao pensar em meu pedido. Queria que Cassius estivesse ali ao meu lado naquela perfeição estupenda em forma de noite de verão. Noites como aquela eram feitas para serem compartilhadas, lembradas e rememoradas por anos e anos. Céus como aquele eram feitos para que testemunhassem beijos.

— Você pediu o quê? — perguntou Honor.

Verity negou com a cabeça.

— Não pode contar ou não vai se realizar!

Honor suspirou e voltou a olhar para o céu.

— Quanto tempo acha que leva para os pedidos voltarem?

Dei de ombros.

— Eu não sei. É parte da graça, né? Toda vez que vir uma estrela cadente, pode ficar feliz porque o pedido está voltando para alguém.

Ficamos observando até não mais conseguirmos distinguir as lanternas das estrelas.

— Eu espero que meu desejo se realize primeiro — comentou Honor, de um jeito nada solidário.

Mercy ficou boquiaberta.

— Não, o meu!

— Hora de ir para a cama — anunciei, antes que se iniciasse uma briga.

Com alguns grunhidos, as Graças voltaram para a galeria, ainda com o aroma forte de tinta fresca, e desceram pela escada em espiral do farol. Voltamos para casa, para a cabaninha no penhasco, e elas se arrumaram para se deitar. Depois de uma história e um beijo na testa de cada uma, pegaram no sono como toda criança, deixando-me para trabalhar como Guardiã da Luz.

Depois daquela noite horrível em Highmoor, enquanto partes das falsas lembranças plantadas por Kosamaras voltavam às mentes de minhas irmãs, ficou nítido que a Velha Maude precisava de um novo Guardião, e depressa. Camille, como a nova Duquesa das Salinas, de imediato me concedeu sua bênção, mandando as Graças comigo. Com a reconstrução acontecendo em Highmoor, elas seriam uma distração, e imaginei que Camille tivesse ficado contente de não precisar se responsabilizar por elas enquanto se firmava no novo posto.

Com o clima esquentando de novo, Lenore visitava com frequência, trazendo Hanna e uma cesta de quitutes de casa. Cada vez que ela aparecia, seu olhar estava um pouco menos assombrado, um pouco mais presente. Durante a última visita, ela tinha falado sobre sair de Highmoor quando a reforma terminasse. Ela queria ficar e ajudar Camille, mas se sentia esmagada sob o peso das lembranças. Não sabia ainda para onde queria ir, mas estava animada para desbravar outras partes de Arcânia.

Eu entendia como ela se sentia. Sempre tinha amado a casa em que crescera, mas fiquei feliz por estar longe. Embora algumas partes do trabalho em Héspero fossem bem difíceis, eu me sentia cheia de propósito e acordava todo dia com o coração feliz. Com frequência imaginava Cassius trabalhando ao meu lado, levando o querosene à chama, monitorando os navios e as marés. A ausência dele continuava latente, fazendo com que eu sentisse uma dor mais profunda do que tudo o que já havia sentido. Eu sabia que passaria o resto da vida sofrendo por ele.

Enquanto voltava para a Velha Maude, uma brisa amigável brincou com minha trança, convidando-me a tomar outro caminho. Era uma noite bonita demais para voltar lá para dentro tão cedo. Na caminhada da tarde, tínhamos visto vários ninhos de tartarugas-marinhas na praia, montes enormes tão largos quanto à altura de Verity. A areia sobre eles se movera enquanto observávamos. Logo seria a hora de os filhotes seguirem para o mar.

Caminhando até as areias pretas, descalcei os sapatos. As ondas quentes banharam meus pés, repuxando o tecido fino do vestido, puxando-me mais para dentro da água. As cigarras cantaram nas árvores mais para dentro da ilha, competindo com o marulho suave na costa. Fechei os olhos e absorvi a maravilha daquela noite. A salmoura do oceano preenchendo meu olfato, meus pulmões, todo o meu ser, e inspirei tudo, completamente em paz.

Uma agitação na água me arrancou do devaneio, e abri os olhos a tempo de ver uma estrela cadente cortar o céu escuro. Sorri enquanto ela corria na direção do horizonte. Alguma pessoa sortuda estava prestes a receber seu pedido de volta. Ouvindo outro esguicho, virei-me, pensando que veria um exército de filhotes seguindo para a praia e para as ondas.

Estaquei no lugar, observando uma forma alta parada com a água na altura dos tornozelos, seus cachos banhados pela luz estelar prateada.

Cassius.

Cada fibra de meu ser ansiava para que fosse mesmo ele, não uma fantasia assombrando meus olhos como ele fazia com meu coração. Não era ele. Não poderia ser.

Mas parecia tão real.

Uma gaivota guinchou no alto, e por um momento inebriante, as estrelas pareceram brilhar mais forte, ofuscando o céu com um esplendor sobrenatural. Um fiozinho de esperança surgiu dentro de mim, ardendo forte. Será que Vérsia recebera meu pedido? Aquela estrela cadente fora para mim?

— Cassius? — ousei sussurrar, em parte convicta de que era um sonho.

Não acorde...

Quando ele se mexeu, entrando mais na água, fiquei tensa. Ele não chegaria até mim. Apenas abriria a boca, mas eu não ouviria as palavras. Eu acordaria na sala de vigia da Velha Maude, sozinha, de novo. Senti meu peito se apertar ao imaginar a decepção dolorosa que se seguiria.

Não acorde...

Com um sorriso que começava nas profundezas de seus olhos reluzentes, Cassius me puxou para um abraço apertado. Passei as mãos pelos braços dele, maravilhada. Estavam cobertos por uma pele lisa, sem sinais de queimaduras.

Era um sonho. Tinha que ser.

Então ele acariciou minha bochecha com o dedo. Seus olhos estavam iluminados pela mais pura alegria, e ele abriu a boca, pronto para falar.

Não acorde!

Quando não acordei, estiquei as mãos, deslizando os dedos por sua nuca, sentindo os cachos. Cassius soltou um som de prazer antes de me puxar para um beijo. A boca dele encostou suavemente na minha antes que ele me abraçasse apertado, puxando-me para um beijo mais íntimo, uma dor mais doce.

— Você ainda tem o gosto do Sal — sussurrou ele.

— Isso está acontecendo mesmo? — murmurei. — Você está mesmo aqui?

Cassius confirmou com a cabeça.

— Estou mesmo aqui.

— Por quanto tempo?

O sorriso dele se alargou.

— Por quanto tempo me quiser aqui.

Meus dedos tremeram quando segurei seu rosto, olhando nos olhos dele. Queria memorizar tudo daquele milagre diante de mim.

— De verdade?

Ele confirmou com a cabeça.

— Como?

— De todos os pedidos de hoje, o seu foi quase o mais alto, quase o mais esperançoso. — Ele sorriu. — O segundo desejo mais fácil de se conceder.

Um barulho de água esguichando soou da costa. Nós nos viramos e vimos dezenas de tartarugas seguindo para a água, nadando no mar aberto. Uma roçou minha perna, dando um toquinho amigável em meu tornozelo com as nadadeiras antes de partir para o desconhecido azul.

— Quase? — perguntei, olhando para o céu.

A luz estelar nos banhava, e eu não conseguia imaginar um momento mais dolorosamente perfeito do que o que vivia naquele instante, aninhada entre as estrelas e o sal com o homem que eu amava, que era metade de um e de outro.

— Só teve um mais alto — murmurou ele antes de encostar a boca na minha outra vez. — O meu.

Agradecimentos

Logo depois que minha filha nasceu, comecei a escrever *Casa de sal e lágrimas*. Fazer malabarismo com um caderno, uma caneta e um bebê fofo todo esparramado no colo pode não parecer o melhor jeito de começar uma história, mas sinto meu coração se encher de emoção ao me lembrar de todas aquelas tardes de paz que passei no quartinho dela. Grace, obrigada pela paciência e por estar comigo em cada etapa desta jornada, desde anotar as primeiras palavras até me ajudar a colocar o contrato na caixa de correio e pronunciar que era "bom, muito bom!". Observar seu amor por livros, máquinas de escrever e *post-its* cor-de-rosa é uma das minhas coisas favoritas na vida. Tenho muito orgulho de ser sua mamãe.

Sarah Landis, obrigada por ver algo de especial em mim e em minhas palavras, e por saber o que raios fazer com elas. Você é incrível, e tenho sorte de ter você como agente.

Um sentimento enorme de gratidão a Wendy Loggia, Audrey Ingerson, Alison Impey, Noreen Herits, Candy Gianetti e a todo mundo na Delacorte Press pelo tempo e cuidado que tiveram com este livro. Wendy, ainda estou dando gritinhos de alegria e sou muito grata por meu livro estar nas mãos de alguém tão talentoso. Sapatos de fada para todo mundo!

Gostaria de agradecer a Jason Huebinger e ao evento #PitDark por uma montanha-russa tão intensa de emoções. Nunca pensei que um mero tweet poderia mudar o mundo, mas com certeza mudou o meu

À minha querida família e aos amigos, leitores beta e irmãos de agência: Jonathan Ealy, Sarah Squire, Sona Amroyan, Charlene Honeycutt, Maxine Gurr, Susan Booker, Scott Kennedy, Kaylan Brakora, Jenni Bagwell, Jeannie Hilderbrand, Kate Costello, Peter Diseth, Jeni Chappelle, Jennie K. Brown, Jessica Rubinkowski, Shelby Mahurin, Ron Walters, Meredith Tate e Julie Abe... Não poderia haver um melhor grupo de pessoas com quem compartilhar esta jornada! O apoio e as risadas de vocês significam tudo para mim. Obrigada!

Muito amor e gratidão a Jessica Hahn, que me ensinou tudo o que sei sobre a história de moda e design. Estou lhe devendo muitos vestidos de baile cintilantes.

Hannah Whitten, você é magnífica. Acho que leu este livro tantas vezes quanto eu! Não consigo imaginar fazer nada disto sem você... Além disso, eu não iria querer fazê-lo de qualquer forma. Você é incrível, e tenho sorte de te ter como uma parceira crítica e amiga!

À minha irmã, Tara Whipkey: você lê minhas histórias desde que comecei a escrevê-las. Obrigada pelas tardes correndo pelo chalé, fingindo que éramos sereias ou as crianças Aldenis dos livros da Gertrude Chandler Warner, por falar sobre meus personagens como se fossem pessoas de verdade e por ser a melhor irmã que uma garota poderia querer. Você é uma alegria de verdade, e te amo demais!

Paul, você é meu "para sempre". Obrigada por acreditar em mim, por preparar um café da manhã delicioso toda manhã e por nunca acreditar quando digo que podemos ir a uma livraria "só para dar uma olhadinha". Sou muito abençoada por ter você como meu marido e melhor amigo.

Este livro não existiria sem meus pais, Cyndi e Bob Whipkey, que rechearam minha infância com os livros *Margie the Monkey*, *Anne de Green Gables* e todas as meninas de *O clube das baby-sitters*. Obrigada por cada ida à biblioteca, pelas pilhas e lanternas infinitas que eu usava para ler debaixo das cobertas e por nunca dizerem que eu estava sonhando muito alto, ou que era um sonho absurdo demais. Amo muito vocês.

Este livro foi composto na tipografia Latienne Pro,
em corpo 11/15,5, e impresso em papel off-white
no Sistema Cameron da Divisão Gráfica
da Distribuidora Record.